STRANGER THINGS

STRANGER THINGS

CIDADE NAS TREVAS

ADAM CHRISTOPHER

Tradução de Stephanie Fernandes

intrínseca

Tradução publicada mediante acordo com Del Rey,
um selo da Random House, divisão da Penguin Random House LLC

TÍTULO ORIGINAL
Stranger Things: Darkness on the Edge of Town

PRERARAÇÃO
Marcela Ramos

REVISÃO
Luiz Felipe Fonseca
Mariana Bard
Sabrina Primo

DIAGRAMAÇÃO
Carolina Araújo | Ilustrarte Design

DESIGN DE CAPA
Scott Biel

IMAGEM DE CAPA
Rich Davies

ADAPTAÇÃO DE CAPA
Julio Moreira | Equatorium Design

CIP-BRASIL. CATALOGAÇÃO NA PUBLICAÇÃO
SINDICATO NACIONAL DOS EDITORES DE LIVROS, RJ

C951s

Christopher, Adam, 1978-
Stranger things : cidade nas trevas / Adam Christopher; tradução de Stephanie Fernandes. - 1. ed. - Rio de Janeiro : Intrínseca, 2020.
384 p. ; 23 cm. (Stranger things ; 2)

Tradução de: Stranger things : darkness on the edge of town
Sequência de: Stranger things : raízes do mal
ISBN 978-85-510-0629-0

1. Ficção americana. I. Fernandes, Stephanie. II. Título. III. Série.

19-61816 CDD: 813
CDU: 82-3(73)

Vanessa Mafra Xavier Salgado - Bibliotecária - CRB-7/6644

[2020]
Todos os direitos desta edição reservados à
EDITORA INTRÍNSECA LTDA.
Av. das Américas, 500, bloco 12, sala 303
22640-904 – Barra da Tijuca
Rio de Janeiro – RJ
Tel./Fax: (21) 3206-7400
www.intrinseca.com.br

Para Sandra, sempre.
E para Aubrey, porque sim.

26 DE DEZEMBRO DE 1984
CABANA DE HOPPER
HAWKINS, INDIANA

Jim Hopper tentou conter o sorriso que se formava em seu rosto. Estava parado diante da pia da cozinha com as mãos imersas em água quente e sabão, olhando pela janela a neve pesada cair lá fora.

O Natal não era uma época muito alegre, pelo menos não para ele, desde... Bom, desde muito tempo. Desde Sara. Ele tinha consciência disso, estava conformado, e, durante aqueles seis anos — quase sete já — em que estivera de volta a Hawkins, aprendera a aceitar o luto e o sofrimento, que aumentavam mais perto das datas comemorativas.

Aceitar? Não, não era bem isso. Na verdade, *abraçava* o sentimento, deixava-se afundar nele, porque era... fácil. Confortável.

Por incrível que parecesse, era seguro.

Ao mesmo tempo, odiava a si mesmo por isso, por ceder, por deixar a semente do desespero crescer em sua mente ano após ano, até florescer. O ódio servia apenas para puxá-lo cada vez mais fundo na escuridão, e assim o ciclo continuava.

Mas, dessa vez, seria diferente.

Nesse ano, seria diferente.

Era o primeiro ano depois daquela história toda. A vida dele não era mais a mesma, e a mudança lhe permitiu enxergar até que ponto tinha chegado e o que havia se tornado.

Tudo graças a ela. Jane, sua filha adotiva. No papel, na lei, sua filha.

Jane Hopper.

Eleven.

El.

Hopper sentiu o sorriso voltar, insistente. Dessa vez, não tentou refreá-lo.

Claro que ter El por perto não significava esquecer o passado... Longe disso. Significava ter novas responsabilidades. Mais uma vez, tinha uma filha para criar. Significava seguir em frente. O passado não havia se apagado, mas Hopper finalmente conseguiria deixá-lo um pouco de lado.

Lá fora, a neve ainda caía. As árvores em torno da cabana estavam com meio metro de tronco imerso naquela manta branca. Ninguém no rádio tinha falado em tempestade nem emitido qualquer alerta, mas a previsão do começo da tarde parecia até otimista, na verdade. Previam uma nevasca para o país todo, mas a essa altura Hopper se perguntava se tudo já não havia desabado nos arredores da velha cabana de seu avô. Para quem tivesse que sair, a recomendação do boletim do tempo era: desista. Fique em casa. Aquecido. Aproveite as sobras da ceia.

O plano soava perfeito para Hopper.

Já El, por outro lado...

— Água gelada.

Hopper despertou do devaneio e se deparou com El de repente a seu lado na pia. Ela o encarava com uma expressão intensa, interessada, *preocupada* por ele estar ali lavando a louça havia tanto tempo que a água quente até esfriara. Ele tirou as mãos da água, cobertas de espuma. As pontas dos dedos estavam enrugadas, e a pilha de louças das sobras da ceia não tinha diminuído muito.

— Está tudo bem? — perguntou a menina.

Hopper fitou El. Ela estava de olhos arregalados, esperando uma resposta. Ele sentiu o sorriso de novo. Droga, era impossível segurar.

— Tudo ótimo!

Ele estendeu as mãos ensaboadas na tentativa de afagar os cachos castanhos dela, mas El recuou com uma careta. Hopper riu, desistindo, e pegou o pano na bancada. Enxugando as mãos, apontou para a sala.

— Conseguiu falar com o Mike?

El bufou, um pouco dramática demais, pensou Hopper... Mas era importante lembrar que tudo era novo para ela, quase um desafio. Ela foi até o sofá, pegou o novo walkie-talkie e estendeu o trambolho para Hopper, como se, de alguma forma, ele pudesse conjurar os amigos dela do éter.

Eles se entreolharam por um instante, e El chacoalhou o walkie--talkie, impaciente.

— O que você quer que eu faça? — perguntou Hopper, jogando o pano de prato no ombro. Pegou o aparelho da mão dela e o analisou. — Não está funcionando? Será que tem que trocar a pilha?

— Ninguém aí. — El suspirou de novo, cabisbaixa.

— Ah, como fui esquecer isso? — disse Hopper, ao lembrar que Mike, Dustin, Lucas e Will tinham ido visitar a família fora da cidade. A gangue toda estava fora do alcance do novo walkie-talkie de El.

Ela pegou o aparelho de volta e testou os controles, aumentou e diminuiu o volume, ligou e desligou. Ondas de estática irrompiam a cada nova configuração.

— Cuidado — disse Hopper. — Foi um presente bacana.

Ele se lembrou do próprio fracasso nesse quesito e suou frio. Hipopótamos Comilões era um jogo *muito* infantil para El, constatação que o atingiu feito uma marreta no momento em que ela abriu o embrulho no dia anterior — uma bobagem em comparação com o walkie-talkie que os garotos se juntaram para comprar para ela.

Hopper estava fora de forma em termos de paternidade. Tinha comprado o jogo sem pensar, porque Sara adorava e...

E El não era Sara.

Ela nem percebeu o desconforto de Hopper, de tão focada que estava no aparelho. Hopper retornou à pia, ligou a água quente e mergulhou alguns pratos na espuma.

— Você se divertiu ontem, não foi? — Ele olhou para trás. — El?

A menina fez que sim e parou de apertar os botões do walkie-talkie.

— Olha, todo mundo vai estar de volta amanhã. Se bobear — disse ele, fechando a torneira —, você consegue falar com eles hoje à noite.

Hopper começou a ensaboar a louça, enquanto ouvia El voltar à cozinha com passos firmes. Olhou para baixo assim que ela reapareceu ao seu lado.

— Ei — disse, mergulhando mais alguns pratos. — Sei que você está entediada, mas às vezes é bom ficar entediada, vai por mim.

El torceu o nariz.

— Bom ficar entediada?

Hopper fez uma pausa, na esperança de estar no caminho certo com aquela sua demonstração de sabedoria paternal improvisada.

— Claro que é! Se está entediada, é porque está em segurança, e é aí que surgem *ideias*. E é bom ter ideias, nunca são demais.

— Bom ter ideias — ecoou El.

Não era uma pergunta, era uma afirmação.

Hopper a fitou de novo, quase vendo as engrenagens se movendo na cabeça dela.

— Certo — disse ele. — E ideias levam a perguntas. Também é bom fazer perguntas.

Hopper se virou para a janela, tentando esconder da filha o desespero estampado no rosto. *Também é bom fazer perguntas?* Que diabo estava falando? Talvez tivesse tomado *eggnog* demais durante as festividades, ou de menos.

El escapuliu da cozinha. Logo em seguida, Hopper escutou o clique da televisão. Deu uma espiada e viu que ela estava sentada no sofá, longe do televisor, mas que mesmo assim zapeava os canais depressa, todos exibindo uma tela estática multicolorida.

— Esse tempinho... Sinto muito, mas acho que a TV vai ficar um bom tempo sem funcionar. Quer jogar mais uma partida de Hipopótamos Comilões?

A pergunta de Hopper foi respondida com silêncio. Ele voltou a dar uma espiada em El, que se revirou no sofá, encarando-o com um olhar que só poderia ser descrito como... *descontente*.

Hopper riu.

— Foi só uma sugestão. Que tal ler um livro?

Hopper terminou de lavar a louça e puxou a tampa do ralo da pia. Enquanto a água escorria, enxugou as mãos e olhou pela janela. No reflexo, viu o sofá e a televisão ainda ligada, e nenhum sinal de El.

Ótimo, pensou. Não tinha muito o que fazer quanto à nevasca, mas talvez não fosse de todo mau ficar preso na cabana. O Natal tinha sido movimentado. El celebrou com os amigos, e Hopper aproveitou a oportunidade para ficar um pouco com Joyce. Ela parecia curtir a companhia dele. Jonathan, também.

Hopper se dirigiu à mesinha vermelha encostada na parede do outro lado da bancada da cozinha, onde tinha deixado a caixa aberta do presente fracassado. Na falta do que fazer, sondou se seria possível jogar sozinho e puxou uma cadeira. Ele estava prestes a se sentar quando El ressurgiu do quarto, encarando-o com uma expressão tão séria que Hopper congelou.

— Está tudo bem? — perguntou ele, ainda segurando a cadeira.

El inclinou a cabeça de lado, feito um cachorro ouvindo um som impossível de ser captado pela audição humana, sem tirar os olhos de Hopper.

— Que foi?

— Por que você é policial?

Hopper pestanejou e respirou fundo. Foi pego de surpresa pela pergunta.

Aonde ela quer chegar com isso?

— Nossa! — disse ele, passando a mão ainda úmida pelo cabelo. — De onde veio essa pergunta?

— Você disse que é bom fazer perguntas.

— Ah, sim... É, eu disse isso, verdade. E é bom mesmo.

— E então?

Hopper deu uma risadinha e se debruçou no espaldar da cadeira.

— Então... Olha, é uma boa pergunta... Só não sei se tem uma resposta simples.

— Não sei nada de você. Você sabe de mim.

Hopper assentiu.

— É mesmo... Verdade.

Por fim, sentou-se. El fez o mesmo, apoiando os cotovelos na mesa. Hopper refletiu.

— Não sei se eu *queria* mesmo ser policial. Pareceu uma boa ideia na época.

— Por quê?

— Ah... — Hopper hesitou. Endireitou-se e esfregou a barba do queixo. — Bom, eu não sabia muito bem o que fazer da vida. Tinha acabado de voltar do...

Hesitou de novo.

Ah, não, ainda não é hora. Isso é assunto para outra conversa.

Com um aceno de mão, mudou de assunto e continuou:

— Queria fazer alguma coisa. Mudar alguma coisa. Ajudar as pessoas, acho. E eu tinha competências e experiências que poderiam ser úteis. Então virei policial.

— E aí?

Hopper franziu as sobrancelhas.

— E aí o quê?

— Você mudou alguma coisa?

— Ah...

— Você ajudou as pessoas?

— Ajudei você, não ajudei?

El sorriu.

— Onde você estava antes?

Hopper balançou a cabeça.

— Não sei se você está pronta para essa história.

De repente, sentiu um leve aperto no peito, uma leve onda de adrenalina misturada com os efeitos reminiscentes do tradicional *eggnog* natalino, resultando em uma náusea alcoólica.

Foi a vez de El menear a cabeça.

— É bom fazer perguntas — repetiu ela.

Ela tinha razão, claro. Ele a acolheu, ajudou, protegeu. Juntos tinham passado por coisas que ninguém seria capaz de imaginar e se tornado oficialmente uma família... Ainda assim, Hopper se deu conta de que ele era um mistério para a menina, tanto quanto ela era para ele naquela noite na casa de Joyce, quando a encontrou no ferro-velho com os meninos.

El baixou o olhar, claramente esperando por uma resposta.

— Escuta, pequena, tem coisas que você ainda não está pronta para ouvir e coisas que ainda não estou pronto para contar.

El franziu a testa, concentrada. Hopper a observou, fascinado, imaginando aonde a linha de raciocínio dela a levaria em seguida.

— Vietnã? — perguntou ela, enunciando a palavra como se fosse a primeira vez que fazia isso.

Hopper levantou uma sobrancelha.

— Vietnã? Onde você ouviu isso?

El balançou a cabeça.

— Eu li.

— Você *leu*?

— Em uma caixa. Debaixo do chão.

— Debaixo do... — Hopper riu. — Você saiu explorando a casa?

El fez que sim.

— Bom, ponto para você. Eu tinha acabado de voltar do Vietnã. Outro país, bem longe daqui.

El se inclinou mais na mesa.

— Mas... — Hopper parou por um instante. — Quer saber? Não é uma boa ideia.

— O quê?

— Falar do Vietnã para você.

— Por quê?

Hopper soltou um suspiro. Mais uma *boa* pergunta.

Mas qual seria a resposta?

A verdade, concluiu Hopper, era que não queria falar sobre o Vietnã, não porque fosse um trauma ou uma sombra em seu passado, mas porque era passado — e, mais do que isso, outra vida. Parecia até a vida de outra pessoa. Embora nunca tivesse parado para pensar muito no assunto, tinha plena noção de que compartimentalizava o passado em sua mente. Sim, o Vietnã tinha sido difícil, e ele tinha voltado diferente — como quase todo mundo voltava, claro —, mas a questão era que se tornara um assunto irrelevante. Não cabia mais a ele.

Ele aprendeu a aceitar que sua vida se dividia em dois capítulos apenas.

Antes de Sara. Depois de Sara.

E nada mais importava. Incluindo o Vietnã.

Ele só não sabia muito bem como explicar isso a El.

— Porque o Vietnã foi há muito tempo. E bota tempo nisso! Não sou mais essa pessoa. — Ele sorriu. — Olha, sinto muito, sério. Entendo a sua curiosidade. E imagino que você queira saber mais sobre mim. Sou seu...

Ele hesitou. El levantou a cabeça, esperando pela resposta.

Hopper suspirou, contente.

— Sou seu pai agora. Tem muita coisa que você não sabe de mim, verdade. Incluindo o Vietnã. Um dia vou te contar, quando você for mais velha.

El torceu o nariz. Hopper levantou a mão, esquivando-se da retaliação que sabia que estava por vir.

— Você vai ter que confiar em mim — disse ele. — Um dia vai estar pronta, e eu também. Vamos esperar esse dia chegar. Tá bom, pequena?

El mordeu o lábio e, por fim, assentiu.

— Ótimo! Olha, você está entediada, eu sei, e tem um monte de perguntas. Isso é bom. Podemos conversar sobre outra coisa, que tal? Deixa só eu passar um café.

Hopper se levantou, foi até a cozinha e ligou a cafeteira, uma relíquia que tinha encontrado em um dos armários e que, surpreendentemente, funcionava muito bem. Assim que começou a encher o compartimento de água, ouviu um baque.

El estava de pé, limpando as mãos na calça jeans. Na mesa, havia uma grande caixa de arquivo, rotulada com duas palavras escritas à mão:

NOVA YORK

Hopper não via aquela caixa havia anos, mas sabia muito bem o que guardava. Retornou à mesa, puxou a caixa e olhou para El.

— Não sei se é uma boa ideia...

— Você disse que podemos conversar sobre outra coisa. — Ela apontou para a caixa. — Outra coisa.

Pelo olhar e pelo tom de voz de El, Hopper sabia que, dessa vez, ela não daria o braço a torcer.

Certo. Nova York. Hopper se sentou e olhou a caixa. Pelo menos, era uma história mais recente.

Será que ela estava pronta?

Ou melhor, será que *ele* estava?

El se sentou à mesa, e Hopper tirou a tampa da caixa. Dentro, havia uma série de documentos desorganizados, com uma pasta parda no topo, atada com dois elásticos vermelhos.

Ah.

Ele enfiou a mão na caixa e, sem tirar a pasta dali de dentro, puxou os elásticos e abriu o documento. Uma grande foto em preto e branco o encarava — um cadáver numa cama, com uma camisa branca ensopada de sangue.

Hopper fechou a pasta, fechou a caixa e se sentou de volta. Olhou para El.

— Acho que não é uma boa ideia.

— Nova York.

— Olha, El...

De repente, a tampa da caixa se abriu sozinha. Surpreso, Hopper então encarou El. A expressão dela estava firme, imóvel, determinada.

Ele estalou o pescoço.

— Tá bom, tá bom! Você quer saber de Nova York, você vai saber de Nova York.

Ele puxou a caixa para mais perto. Dessa vez, ignorou a pasta parda e tirou o objeto que estava embaixo: uma grande carta de baralho, selada em um saco plástico, grampeado a uma ficha com o detalhamento da evidência.

Hopper fitou a carta — não tinha nenhuma característica marcante —, então virou o saquinho e colocou a ficha para trás. O verso da carta tinha apenas um símbolo, aparentemente desenhado à mão, com um traço preto e grosso: o contorno de uma estrela de cinco pontas.

— O que é isso?

Hopper ergueu o rosto. A menina estava de pé, debruçada sobre a caixa, curiosa. Ele tirou a caixa da frente dos dois e ergueu o cartão.

— É só uma carta de um jogo bobo — respondeu, rindo. De repente, sentiu o riso entalar na garganta e estudou de novo o símbolo. — Um jogo que você tiraria de letra.

El se sentou, encarando Hopper com um brilho no olhar.

— Um jogo?

— Calma. Uma coisa de cada vez.

Hopper baixou a carta, tirou a caixa de cima da mesa e a colocou no chão, ao lado de sua cadeira. Ainda ignorando a pasta com a foto, pegou uma pilha de documentos. No topo, encontrava-se uma carta de louvor do detetive-chefe do Departamento de Polícia de Nova York.

Hopper leu a data: *Quarta-feira, 20 de julho de 1977.* Respirou fundo e olhou para El.

— Antes de ser delegado em Hawkins, eu trabalhava na polícia de Nova York. Era detetive na divisão de homicídios.

A menina repetiu a palavra estranha.

— Ah, sim — disse Hopper. — Homicídio significa assassinato.

A menina arregalou os olhos.

Hopper bufou, temendo ter aberto a Caixa de Pandora.

— Bom, no verão de 1977, aconteceu um negócio muito estranho...

Capítulo Um

A FESTA DE ANIVERSÁRIO

4 DE JULHO DE 1977
BROOKLYN, NOVA YORK

O corredor era todo branco. Paredes, chão, teto. As artes. Branco sobre branco sobre branco, e o único efeito que surtia em Hopper era tontura. Feito neve ofuscante. Em plena cidade. Imagine só.

Uma casa toda branca, de cima a baixo, todos os cômodos, todos os andares. Por fora, era uma típica casa de época do Brooklyn, com a fachada marrom. Por dentro, uma instalação de arte. Hopper segurava pelo bojo a taça de vinho tinto, morrendo de medo de derrubar uma gota.

Só pessoas ricas podiam morar numa casa assim, pensou ele, porque só pessoas ricas podiam bancar o exército de faxineiros necessário para mantê-la impecável. Pessoas ricas que se achavam o próprio Andy Warhol. Pessoas ricas que conviviam com Andy Warhol ou, pelo menos, conheciam o decorador dele.

Uma família com filhos. Dois filhos. Os gêmeos que estavam celebrando o aniversário na ampla cozinha nos fundos da casa, com um quintal luxuoso, cercado por muros altos, um oásis improvável escondido entre casas geminadas, uma vegetação que, de algum jeito, sobrevivia ao verão escaldante, enquanto o restante da cidade virava uma tempestade de areia. O ruído da festa reverberava pelo corredor espartano onde Hopper tinha se refugiado um pouco, com sua péssima escolha de bebida.

Ele levantou a taça e observou o líquido. Vinho tinto em uma festa infantil.

Sim, os Palmer eram esse tipo de gente.

Hopper soltou um suspiro e tomou um gole. Não era como planejava passar o Quatro de Julho, mas sabia que não podia julgar. As crianças — um total de trinta, ou seja, quase a turma inteira do ensino fundamental de Sara — estavam se divertindo, entretidas por uma equipe recreativa contratada pelos Palmer para a ocasião, e se enchendo de comes e bebes — e muito açúcar — fornecidos por uma empresa de bufê que provavelmente receberia mais por aquele trabalho do que Hopper ganhava em um mês.

Não eram só as crianças que estavam se entretendo. Os adultos também. Em algum lugar do fim do corredor branco, atrás de uma das inúmeras portas brancas, os pais — exceto por Hopper — estavam reunidos para ver uma apresentação especial para eles. Uma espécie de show de mágica, segundo disseram. Diane tentou convencê-lo a participar, tentou até arrastá-lo pelo braço, mas... um show de mágica?

Não, obrigado. Ele estava bem em seu canto. Sozinho. No corredor branco infinito. Com seu vinho.

Gargalhadas vinham da cozinha, acompanhadas pelos risos quase simultâneos da outra ponta do corredor. Hopper olhou para um lado, depois para o outro, em dúvida sobre qual show prestigiar. Então, balançando a cabeça, repreendendo-se por ser um estraga-prazeres, resolveu juntar-se aos pais. Ao abrir a porta no fim do corredor, imaginou que entraria em uma sala branca com um piano de cauda branco bem no meio, com John Lennon tocando e Yoko Ono deitada em cima.

Mas se deparou com mais uma sala de estar, entre tantas outras, embora talvez fosse menos austera que o restante da casa. Pelo menos a madeira escura, provavelmente original, das estantes de livros decoradas aliviava o rigor das paredes brancas.

Hopper encostou a porta e assentiu, cumprimentando os pais mais próximos. Notou que a maioria eram homens, ao passo que, à grande mesa circular que ocupava quase toda a sala, estavam sentadas as mães e tias, atentas a uma mulher sentada na cabeceira, do lado oposto da porta. A mulher era jovem e usava um lenço de padronagem vermelho na cabeça. Na mesa, havia apenas uma bola de cristal.

Hopper trincou os dentes, mas resistiu ao impulso de olhar o relógio. Sentia-se desconfortável e deslocado. Aparentemente, era o único homem presente que não tinha aproveitado o convite à festa infantil para se arrumar. Quase todos os outros pais estavam de blazer de lapela larga, nos mais variados tons terrosos, com gravatas combinando.

Claro, a típica combinação aristocrática de blazer e gravata. Na cor que você quiser, contanto que seja marrom.

Por um instante, Hopper não se sentiu tão mal com sua camisa xadrez e calça jeans. Pelo menos era uma roupa confortável. Naquele calor, poliéster não era lá uma decisão muito sábia, e, a julgar pelos semblantes avermelhados e úmidos, os homens ao redor já estavam começando a perceber isso.

Hopper escondeu o riso com a taça. Virou de um gole o vinho e prestou atenção à cena que se desdobrava no meio da sala, onde Diane estava sentada com as outras mulheres — quase todas de vestido longo e esvoaçante de algodão, opção bem mais arejada que o uniforme da ala masculina —, projetando o corpo para escutar melhor a vidente, que fitava a bola de cristal e fingia ler o futuro de... O alvo parecia ser Cindy, a mãe de Tom.

Hopper já não sabia mais quem era quem. De repente, ficou com vontade de tomar mais uma taça de vinho.

A vidente continuou murmurando. Era mais nova do que Hopper esperava de uma vidente, embora ele não soubesse ao certo a faixa etária média de videntes. Não deveriam ser velhinhas? Não que importasse. Aquilo não passava de um teatro fajuto.

Hopper disse a si mesmo para relaxar, curtir o show e parar de ser babaca.

A salva de palmas que sucedeu o show despertou Hopper do devaneio. Ele esquadrinhou a sala e notou que as mulheres à mesa estavam se reorganizando. A próxima da fila se sentou de frente para a vidente.

Era Diane. Estava rindo de algo que a moça ao lado tinha dito. Então olhou para trás e avistou Hopper. Os olhos dela chegaram a brilhar. A esposa acenou para ele se juntar a ela.

Acanhado entre os outros pais, Hopper atravessou a sala para ficar atrás da cadeira de Diane. A esposa deu a mão para ele e sorriu.

— Ei! Por que está olhando para mim? É a Madame Mystique que vai ler o seu futuro — disse ele, sorrindo também.

A vidente riu, ajeitou o lenço na cabeça e olhou para Hopper.

— Passado, presente, futuro... Todos os caminhos estão abertos para mim!

Ela moveu as mãos sobre a bola de cristal.

Diane sorriu, respirou fundo, ajeitou-se na cadeira e fechou os olhos. Expirou devagar pelo nariz.

— Tá bom. Pode começar.

A plateia comemorou. Segurando o riso, a vidente se curvou e encarou a bola de cristal atentamente, as mãos espalmadas na mesa, uma de cada lado do instrumento.

A vidente não disse nada. Hopper observou enquanto ela semicerrava os olhos e franzia o cenho, parecendo concentrada. Formou-se um burburinho no fundo da sala à medida que alguns homens perdiam o interesse.

E então...

— Eu... Nossa!

A vidente jogou o corpo para trás. Hopper tocou o ombro da esposa, e ela segurou sua mão.

A vidente fechou os olhos, o rosto contorcido, como se estivesse com dor. Hopper sentiu Diane apertar sua mão e começou a se sentir irrequieto. Era tudo encenação, não tinha nada de real, mas alguma coisa havia mudado na sala, o clima leve de diversão de repente evaporou.

Ele limpou a garganta.

A vidente abriu os olhos e inclinou a cabeça enquanto lia o cristal.

— Eu vejo... Vejo... — Ela balançou a cabeça e fechou os olhos com força. — Eu vejo... escuridão. Uma nuvem... Não, é como uma onda chegando, varrendo... varrendo tudo.

Diane se remexeu na cadeira e se virou para Hopper.

— Luz... Vejo... — A vidente fez uma careta, como se tivesse comido algo azedo. — Vejo... Não, não é luz, é uma... ausência. Um vazio. Obscuro, uma nuvem, como uma onda, está vindo, varrendo... varrendo tudo...

A vidente teve um sobressalto. Diane pulou de susto, junto com metade dos convidados na sala.

Hopper balançou a cabeça.

— Olha, se for alguma piada...

A vidente chacoalhou a cabeça de novo, e de novo, e de novo...

— Uma escuridão. Não há nada além de escuridão, uma grande nuvem, negra feito uma serpente...

— Acho que já chega — disse Hopper.

— A escuridão está vindo. Uma noite sem fim. Um dia sem alvorada. O dia da...

— Eu disse *já chega*!

Hopper deu um tapa na mesa. Os olhos da vidente se abriram de repente, e ela puxou o ar com sofreguidão. Piscou várias vezes, observando as expressões em torno dela, ela própria demonstrando surpresa, como se tivesse acabado de acordar de um sono profundo.

Todo mundo começou a falar de uma só vez. As mulheres deixaram seus assentos, apressadas, subitamente constrangidas por terem participado da brincadeira, enquanto os maridos murmuravam ao fundo. Diane se levantou. Hopper a abraçou.

— Você está bem?

Diane fez que sim, esfregando a testa.

— Estou, sim.

Ela se virou e abriu um sorriso fraco para ele.

Hopper se voltou para a vidente.

— Olha, não sei o que foi isso, mas estamos em uma festa de criança, pelo amor de Deus. Se quiser assustar alguém, melhor esperar o Halloween.

A vidente encarou Hopper, ainda com uma expressão vazia, cerrando os olhos, na tentativa de acompanhar o que ele estava dizendo. Enquanto isso, os outros pais pouco a pouco deixavam o recinto. Hopper se virou para segui-los.

— Está tudo bem com você? — perguntou Diane.

Hopper olhou ao redor e percebeu que a esposa não estava falando com ele, mas com a vidente, que massageava as próprias têmporas.

— Ah, sim. Olha, sinto muito por essa cena. Mesmo. Não sei o que deu em mim.

— Sei — disse Hopper.

Ele puxou Diane pelos ombros, afastando-a da mesa. Pouco antes de deixarem a sala, Hopper olhou para trás uma última vez. A mulher à mesa de repente pareceu ainda mais jovem, o longo lenço vermelho e a bola de cristal ganhando um aspecto ridículo.

— Vou ter uma palavrinha com a Susan e o Bill sobre isso — comentou ele.

— Deixa pra lá, Jim — pediu Diane, balançando a cabeça.

Hopper franziu a testa, bufou bem alto e saiu. No corredor, ele sentiu a raiva abrandar: Sara vinha correndo com as outras crianças. Trazia um saco de papel branco com listras vermelhas em uma das mãos e, na outra, uma caixa de papelão marrom com furos na lateral e uma alça resistente no topo, que ela apertava com tanta força que seus dedos estavam esbranquiçados.

— Ei, pequena, o que você tem aí? — indagou Hopper, agachado para pegar a filha de seis anos no colo.

— Bolo de aniversário! E uma pedrinha de estimação! Todo mundo ganhou. A minha se chama Molly.

— Legal — disse Hopper, devagar, espiando a caixa com a pedra de estimação, que Sara tinha levantado para mostrar a ele. — Será que a Molly vai querer um pouco do bolo de aniversário?

— Deixa de bobeira, pai. A Molly só bebe limonada.

— Ah, claro.

Hopper se virou para Diane, boquiaberto, com as sobrancelhas arqueadas, fingindo surpresa.

— Bom, assim sobra mais para a gente!

Diane riu e o puxou pelo cotovelo.

— Vamos? — disse ela, e se virou para seguir os outros pais e filhos que formavam uma fila na porta da frente.

No saguão de entrada, dois animadores do espetáculo infantil estavam à espera, ambos vestidos de Tio Sam por conta do Dia da Independência e entregando bandeirolas americanas, amarradas a um saquinho de doce, para cada criança que passava. Sara entregou a caixa com a pedra para o pai, deixando a mão livre para pegar a lembrancinha.

— Como é que se fala, Sara? — perguntou Diane.

— Obrigada, sr. Palhaço!

Juntos, os três desceram os degraus até a calçada, enquanto os demais convidados desapareciam em meio à frota de carros que tinha tomado quase todas as vagas da rua.

A família Hopper, por sua vez, podia muito bem voltar a pé. A casa deles não ficava longe. Mal tinham começado a andar quando Sara tentou se desvencilhar da mão dele. Ele deixou a filha correr, contente por vê-la gastar o excesso de energia enquanto seguiam para o próprio apartamento a poucas quadras de distância.

Diane ficou de braços dados com o marido e recostou a cabeça no ombro dele enquanto caminhavam devagar.

— Bela festa — comentou ela.

— Ô! Passei o tempo todo com medo de derrubar vinho tinto em algum móvel que não poderia bancar, depois recebi a profecia do apocalipse pela profeta da perdição. — Ele levantou a caixa. — Ah, e agora temos um novo membro na família. Bela festa mesmo. Mal posso esperar pelo ano que vem.

Diane riu, soltou Hopper e deu um soquinho no ombro em que apoiara a cabeça.

— Ah, não foi tão ruim assim, vai! A Lisa só ficou...

Ela desconversou e gesticulou, tentando arrumar uma explicação.

— A Lisa?

— Lisa Sargeson, a vidente. Ela é uma das mães, na verdade, e faz uns bicos com mágica.

— Vidência é mágica?

— O show dela não é só vidência. Ela fez uns truques ótimos para se libertar de correntes e cadeados. A Janice McGann se voluntariou para ficar algemada e quase teve um ataque do coração quando Lisa disse que não tinha a chave!

Hopper sorriu.

— E essa história de vidência? A Lisa Sargeson simplesmente entrou no personagem?

Diane deu de ombros.

— Ela exagerou mesmo.

Hopper soltou um assobio.

— Que momento!

— Que festa!

— Nem me fale! Digo, a sala toda da Sara estava lá, com todos os pais, mas posso jurar que a festa tinha mais funcionários do que convidados. Tinha até entretenimento para os adultos. Onde já se viu? Vai dizer que a Susan e o Bill não estavam se exibindo?

— Olha, não sei você, mas eu me diverti.

— Não foi isso que eu falei.

— Nem precisou. Eu vi como você estava.

— Já disse, estava com medo de fazer uma lambança.

— Sei.

— É sério!

— James Hopper! — Diane deu o braço de volta ao marido. — Você passou a festa toda tenso. Precisa aprender a relaxar.

Hopper abriu a boca, mas fechou antes de dizer qualquer coisa. Deu de ombros, mas os ombros dele se recusaram a descer de volta.

— É só que...

— Só que o quê?

— Sabe, aquela casa. *Aquelas* pessoas. Tudo bem, os Palmer são uma família bacana. Mas... não são como nós. Não são como nenhum daqueles pais. Digo, só não deram a festa na casa deles nos Hamptons porque sabiam que ninguém poderia bancar a gasolina.

— Não é bem assim — disse Diane, com um sorrisinho.

— Aham — retrucou Hopper, finalmente relaxando os ombros. — Talvez não. Mas sério... Que casa era aquela... Pessoas normais não vivem assim. E já que têm tanto dinheiro, por que mandam os gêmeos para uma escola pública?

— Ei, não tem nada de errado com a escola. Eu não daria aula lá e certamente não matricularia a Sara se não fosse uma boa escola.

— Eu sei, eu sei, mas deve ter meia dúzia de escolas particulares de elite para onde poderiam mandar as crianças. Digo... Você não faria isso, se pudesse? Não tem nada de errado com a escola da Sara, mas estamos falando do sistema de ensino público de Nova York.

— Se eu não achasse que o sistema de ensino público de Nova York funciona, por acaso daria meu sangue, suor e lágrimas pela escola? — Diane encarou Hopper. — Você não é o único tentando fazer a diferença, Jim. Não me mudei para cá só para te dar apoio. Às vezes, você precisa se lembrar disso.

Hopper assentiu e puxou a esposa para perto enquanto seguiam para casa. Claro, a cidade de Nova York tinha seus problemas, mas a escola de Sara era mesmo boa. Hopper sabia que era um privilégio e tanto Diane ter conseguido uma vaga no corpo docente, considerando a situação educacional na cidade. Ela contava para ele das outras escolas, onde professores às vezes nem apareciam para dar aula, crianças de doze anos dividiam garrafas de vinho enquanto os professores ficavam sentados diante da turma, sem disposição para intervir, na certeza de que qualquer tentativa de impor autoridade seria ignorada ou mesmo recebida com violência. Claro, eram exemplos extremos, mas às vezes a sensação era de que a cidade toda era um exemplo extremo. Praticamente falida, com os serviços públicos e a infraestrutura desmoronando.

Bem-vindo à Nova York de 1977.

Não que Hopper se arrependesse da decisão de se mudar para lá. Longe disso. Para ele, era a coisa certa a se fazer, no momento certo. Depois do Vietnã, voltar para Hawkins, Indiana, era como entrar em uma espécie de universo paralelo. Tinha dado seu sangue e suor pelo Exército — e parte da sanidade, pensava ele — para lutar em uma guerra que parecia não terminar nunca, travada por nenhum motivo compreensível. E, enquanto isso, a vida na cidadezinha americana pelo visto tinha ficado presa em uma fenda temporal, sem ter mudado um pingo até ele voltar.

Hopper se perguntava se um dia de fato ia, ou mesmo poderia, mudar.

Andava inquieto e nem tentava disfarçar. A chegada de Diane em 1969 foi uma distração bem-vinda; ao romance que logo desabrochou entre eles, seguiu-se o nascimento da filha, Sara, em 1971. E isso ajudou.

Por um tempo, pelo menos. Mas Hawkins, Indiana, ainda era Hawkins, Indiana. A felicidade doméstica não duraria para sempre. Hopper precisava de... outra coisa. Algo maior.

Um *lugar* maior.

Um lugar como Nova York.

Verdade seja dita, não foi fácil convencer Diane, e de vez em quando Hopper sentia uma pontada de culpa. Por mais que ela o apoiasse a fazer o que julgasse necessário, ir de Hawkins para Nova York era uma grande mudança, em vários sentidos. Hawkins era pequena e enfadonha, mas lá tinham estabelecido um lar, formado família. Era segura e confortável. E, com as memórias do Vietnã se desfazendo rápido, era... fácil.

No entanto, a facilidade talvez fosse um problema. Podia ser ótimo estar em um lugar seguro, confortável e fácil, só que Hopper logo percebeu que não era o que buscava. As duas missões no Vietnã o transformaram, e, desde que voltara, passou a afundar na alienação suburbana.

Ele identificou os sinais a tempo — Diane também —, e por isso sentia-se grato. Contava com o apoio dela, sem o qual... Bom, não conseguia nem pensar no que poderia ter acontecido. Ele viu o que aconteceu com os soldados que foram lutar e não souberam lidar com o retorno.

Hopper precisava de uma mudança. Então foi isso que fizeram. Mudaram-se para Nova York. Uma cidade grande, uma cidade conturbada, uma cidade que precisava de ajuda.

Hopper sabia que daria conta. Sabia que seria difícil, um batismo de fogo em uma cidade que começavam a chamar de inferno na Terra, mesmo naquela época, antes de tudo degringolar de vez.

Mas... era o que ele queria. Do que *precisava*.

Então, na primavera de 1972, Diane acatou os argumentos dele e consentiu — era hora, enquanto ainda eram jovens, capazes de traçar um novo caminho de vida. Faria bem aos três.

O histórico de Hopper era louvável. Entrou para a Polícia de Hawkins logo que retornou do serviço militar, e os três anos e meio de trabalho policial sólido e um punhado de louvores, aliados à experiência militar, renderam-lhe uma vaga em um programa de recrutamento do Departamento da Polícia de Nova York — cujo quadro de funcionários estava desfalcado —, focado em transformar em detetives os policiais locais com qualificações especiais, profissionais imprescindíveis. Depois de uns meses rápidos de serviço na rua, para aprender o máximo possível sobre a cidade e o departamento, Hopper se viu com um distintivo no bolso e uma mesa para chamar de sua. Trabalhou, deu duro e não passou despercebido. Embora os cortes de orçamento e a redução de equipes assolassem a polícia, ele foi promovido mais uma vez, dessa vez para a divisão de homicídios.

Hopper nunca tinha se sentido tão feliz.

Verdade, não tinham muita coisa — e era isso que o havia incomodado tanto na casa dos Palmer, com toda aquela ostentação gratuita —, mas... eram felizes. Arrumaram um apartamento em uma vizinhança do Brooklyn que não era de todo mau. Uma vaga para Diane numa escola, que não era de todo ruim — mediana, podia ser melhor, podia ser pior. Sara era uma criança esperta e, embora tivesse acabado de começar o primeiro ano, estava se saindo bem, e Diane estava lá, não para dar a mão, mas... apenas para ficar de olho.

Era a cidade de Nova York, afinal.

Hopper sentiu uma fisgada na perna, trazendo-o de volta para o mundo real. Olhou para baixo e viu Sara puxando seu joelho com todas as forças. O prédio deles estava a poucas portas de distância.

— Vamos! Rápido! Hora de comer mais bolo, papai!

— Claro, porque se tem uma coisa de que essa garotinha está precisando é de mais uma dose de açúcar — disse Hopper, rindo, enquanto botava a filha no colo e Diane destrancava a porta da frente.

Estava logo atrás da esposa, prestes a entrar no edifício, e deu uma trombada nela, que parou de repente.

— Que foi?

Diane olhou para o marido.

— Não é o telefone?

Hopper prestou atenção. Ela estava certa, dava para ouvir um telefone tocando, o telefone deles, no segundo andar.

— Segura a pequena — disse Hopper, entregando Sara a Diane. — Vou ver se consigo atender. Pode ser importante.

Com a filha nos braços da mãe, Hopper subiu a escada correndo, de dois em dois degraus.

— Alô?

— Hop, tá difícil achar você, hein! — disse uma mulher.

Era uma voz bem grave e rouca, de fumante. Hopper a conhecia bem.

— Bom sinal, Delgado — retrucou ele. — É Dia da Independência. Minha única responsabilidade hoje era levar a Sara para uma festa de aniversário.

— Sei. Bom, parece que tem outra festa para você ir agora.

Hopper sentiu o coração acelerar. Se a detetive Rosario Delgado, parceira dele havia seis semanas, estava tentando contatá-lo no dia de folga, coisa boa não era.

E, parado diante do telefone na parede, do lado da geladeira, teve a sensação de saber exatamente qual era o motivo. Atrás dele, ouviu Diane e Sara entrarem no apartamento. No caminho para a cozinha americana, Diane fitou o marido, ansiosa. Ele a olhou nos olhos e assentiu discretamente.

— Ei, Torre de Controle para detetive James Hopper. Responda, por favor.

Ele aproximou o bocal do telefone.

— Desculpa. — Hesitou. — Não me diga que temos mais um na conta.

— É melhor você vir para cá assim que puder.

Hopper assentiu.

— Já estou a caminho. Qual é o endereço?

Ele se virou à procura de papel e caneta, mas Diane foi mais rápida: já estava com o bloco de anotações da cozinha, usado para a lista de compras, e uma caneta diante dele. Ele murmurou um obrigado, virou-se de volta e apoiou o bloco na parede, perto do telefone. Delgado deu os detalhes, e ele anotou tudo com um garrancho.

— Certo, entendi — disse ele. — Estou de saída.

— Vou estendendo o tapete vermelho aqui — retrucou Delgado, e a ligação se encerrou com um clique.

Hopper colocou o telefone de volta no gancho. Sentiu Diane massagear seus ombros. Deu a mão a ela e a rodopiou.

— Ah, escuta... — começou ele.

Diane assentiu.

— Você precisa ir.

— Preciso. Desculpa.

Diane sorriu.

— Não precisa se desculpar. Você está fazendo o seu trabalho.

— Vou compensar.

— Vou cobrar.

Ele a soltou e se dirigiu à porta. Passou pela soleira e se virou, com as mãos ainda na maçaneta.

— Eu telefono para avisar onde estou — disse. Olhou para Sara, que já estava ocupada com o bolo na mesinha de jantar da cozinha. — Deixa um pouco para mim, hein!

Sara olhou para ele e sorriu, o rosto coberto de pasta americana vermelha e azul.

Diane deu um beijo na bochecha de Hopper.

— Tome cuidado.

Hopper a beijou na boca.

— Esse é o plano — disse ele, e saiu.

Capítulo Dois

A TERCEIRA VÍTIMA

4 DE JULHO DE 1977
BROOKLYN, NOVA YORK

— Que caos!

Hopper olhou para o policial uniformizado, sem saber ao certo se ele se referia ao estado do apartamento ou à natureza do crime. *Os dois*, pensou, enquanto atravessava o corredor com cautela, de mãos fechadas, tomando cuidado para não encostar em nada nem atrapalhar o pequeno exército de policiais que tomava o local. Ele olhou ao redor e tirou fotos mentais do ambiente, como fazia em toda cena de crime. Obviamente, a equipe tiraria fotos de todos os ângulos possíveis e desenharia uma planta, medindo tudo e marcando os itens de interesse com uma bandeirola amarela, mas nada se comparava a uma averiguação em pessoa do local, com os próprios olhos, sentindo a atmosfera, a configuração do cenário. As relações entre os cômodos, os objetos.

O policial tinha razão. O apartamento estava um caos. Sacolas com quinquilharias lotavam o corredor e pareciam estar ali havia um bom tempo. Ao seguir para a cena do crime, Hopper aproveitou para dar uma olhada nos cômodos adjacentes. Mais do mesmo. O apartamento inteiro parecia repleto de lixo. E Hopper não conseguia discernir nenhum cheiro além do azedume abafado do apartamento fechado em plena onda de calor.

Isso só até ele se aproximar da cena do crime: o característico cheiro rançoso de morte de abatedouro logo deu as caras. Com aquele calorão, Hopper ficou até surpreso por não estar pior.

— Detetive Hopper, você por aqui!

Hopper se virou e viu a parceira, a detetive Rosario Delgado, parada com as mãos na cintura na porta do cômodo onde ele acabara de entrar. Estava com uma calça jeans boca de sino, um cinto marrom de quinze centímetros de largura e uma camisa polo azul, mais clara, com os botões abertos até o limite. O medalhão de detetive pendia de uma corrente no pescoço, deixando o distintivo dourado balançar no decote. Ver aquele distintivo lembrou a Hopper do seu próprio, que ele tirou do bolso de trás e prendeu no cinto. Delgado o observava com um sorrisinho afetado se abrindo em seu rosto.

— Bela camisa — disse ela. — Não me diga que era uma festa chique e você foi de lenhador.

Hopper olhou para baixo, de repente se lembrando da calça jeans de corte reto, da camisa xadrez vermelha e da bota de bico fino.

— Fazer o quê? Gosto de camisas xadrez.

— Aposto que leva as garotas à loucura.

Ele apontou para a roupa dela.

— Por falar em traje...

Delgado deu de ombros.

— Eu estava a caminho da Studio 54 quando recebi o chamado.

— Sério?

— Claro que não! Está um calor do cão! O que você queria? Pelo amor de Deus!

Ela o guiou pelo corredor, que desembocava em mais um par de portas, vigiadas por mais dois policiais uniformizados. Delgado entrou primeiro, com Hopper na cola.

Primeiro ele deu uma espiada no cômodo, não para evitar a cena de horror, mas para absorver tudo. O quarto. A decoração. As dimensões. As relações.

A *cena*.

Era um quarto forrado por um papel de parede listrado marrom que não parecia velho nem novo. Tinha uma janela retangular com cortinas verdes, também listradas, que deixavam entrar bastante luz. O carpete era florido, azul e vermelho. A cômoda de madeira não combinava com o tom das paredes, e em cima do móvel havia um espelho circular de barbear. Não havia cadeiras no quarto, apenas uma cama de solteiro. Ao que parecia, alguém tinha acordado e arrumado a cama meio de qualquer jeito, sem muito cuidado ou empenho. Quase não havia lixo espalhado, "quase".

Só então Hopper se permitiu prestar atenção no que estava na cama, a coisa que transformava aquela pocilga em uma cena de crime.

O corpo da nova vítima.

Delgado apontou para a cama.

— Certo, o mesmo de sempre. Homem, trinta e muitos, em boa forma, exceto pelo sangue derramado.

Hopper se aproximou, e Delgado se afastou para dar um pouco de espaço a ele. A vítima estava de barriga para cima, vestida: calça azul, camisa branca com as mangas dobradas. Os pés pendiam da beira da cama, calçados em meias pretas e sapatos pretos engraxados. A cabeça estava bem próxima ao travesseiro. A colcha era de um material pesado, marrom, e a parte ao redor do torso da vítima estava quase preta, encharcada de sangue.

O peitoral do homem era uma imagem horrível: a camisa branca estava aberta, e Hopper reconheceu um padrão familiar de listras escuras na pele dele.

Respirou fundo, cruzou os braços e coçou o queixo.

— Igual aos outros — concluiu.

— Igual aos outros — repetiu Delgado. — Cinco facadas e um corte superficial entre elas, em forma de...

— Uma estrela de cinco pontas. Uma maldita estrela de cinco pontas. — Ele fitou a parceira. — E de resto, a mesma coisa também?

Ela fez que sim.

— Nenhum sinal de invasão forçada. Nenhum sinal de luta. Nenhum relato de barulho ou atividades suspeitas entre os vizinhos.

Hopper olhou ao redor de novo. Foi até a janela e espiou por entre as cortinas ligeiramente abertas.

— Então quem o encontrou?

— O síndico — informou Delgado. — Parece que alguém reclamou do cheiro e ele decidiu entrar no apartamento por conta própria.

— Já colheram um depoimento?

— Já. Ele está cooperando bastante.

Hopper assentiu e se virou de volta para a janela. Viu, lá fora, uma rua como qualquer outra do Brooklyn, com alguns carros estacionados na calçada. Um cruzou a rua, o motor ronronando. Um homem mais velho, de colete branco e chapéu Fedora preto, passou pela calçada, e, na direção contrária, vinha uma moça de mão dada com uma garotinha, ambas de vestido florido de gola alta esvoaçante feito um veleiro na brisa do fim do dia.

Uma rua como outra qualquer.

Uma rua como a dele, onde ele, Diane e Sara tinham um lar. Tudo bem, o apartamento deles estava um ou dois patamares acima daquele, mas fazia mesmo alguma diferença? O espaço particular de alguém havia sido invadido ali. Um homem havia sido assassinado em sua própria casa. Isso deixava todo mundo no mesmo patamar, não importava quem você era ou onde morava.

Ele não conhecia o homem na cama, mas podia muito bem ter conhecido.

E se tivesse sido com Diane?

Hopper afastou aquele pensamento. Ser policial era o tipo de profissão em que todos aconselhavam a não se envolver emocionalmente; as apostilas, manuais e programas de treinamento recomendavam certo grau de desapego caso a pessoa não quisesse sair do trabalho destroçada.

E era verdade. Hopper sabia disso.

Mas também sabia que, se *não* fosse para se envolver... o que ele estaria fazendo ali?

O truque — a resposta — era controlar os sentimentos antes que eles o controlassem.

Hopper observou a rua. Lá fora, o mundo seguia normal. Ali dentro, porém, era outra história, mas ele respirou fundo, esvaziou a cabeça e retomou o trabalho.

— Então, caso alguém aqui esteja contabilizando — disse Delgado, de algum lugar atrás dele —, é a terceira vítima. A cena do crime é idêntica, o método é idêntico, tudo é idêntico.

Hopper fechou os olhos e pressionou a ponte do nariz.

— Não preciso nem perguntar se deixaram mais uma, preciso?

— Não, não precisa.

Ele se afastou da janela. Delgado já tinha estendido o saquinho de evidências para ele, que encarou o objeto por um instante, pegando-o e examinando-o em seguida.

Dentro do saco plástico transparente havia uma carta. Era retangular, maior que uma carta de baralho, talvez o dobro do tamanho. De um lado, não tinha nada, era toda branca.

Hopper virou a carta, certo do que encontraria no verso. Não deu outra.

A carta tinha uma figura, três linhas onduladas curtas e paralelas na horizontal, bem próximas, traçadas à mão, em pinceladas grossas, com uma tinta preta. O símbolo era diferente dos encontrados nas cenas dos crimes anteriores, mas claramente faziam parte do mesmo esquema.

— Mais uma para a coleção — disse Delgado. Ela levantou o cabelo atrás da nuca, buscando um pouco de ar naquele quarto abafado. — Sugiro deixarmos nas mãos dos profissionais agora. O calor está começando a me incomodar.

Hopper assentiu e devolveu a carta. Delgado a repassou para o técnico da perícia a postos na porta. Então, saiu do quarto. Hopper ficou para trás por um instante, dando uma última olhada no corpo e na cena.

Segurou a respiração.

Três vítimas. Cada uma delas com cinco facadas e um corte ligando as feridas e formando uma estrela no cadáver.

Três vítimas. O mesmo *modus operandi*. Então, era isso.

Brooklyn tinha um *serial killer* para chamar de seu, com direito a assassinatos ritualísticos e tudo.

Hopper respirou fundo e deixou a cena.

Como se Nova York já não tivesse problemas o bastante.

26 DE DEZEMBRO DE 1984
CABANA DE HOPPER
HAWKINS, INDIANA

— A *terceira*?

Hopper olhou para a caneca de café. Já estava vazia. Uma caneca inteira e ele mal tinha começado a história. Precisava ir com calma.

Do outro lado da mesa, El balançava a cabeça, atônita, a boca retorcida. Hopper se levantou e se dirigiu à cafeteira, na cozinha.

— Pois é, era a terceira vítima — disse, enquanto reabastecia a caneca. — Estávamos trabalhando no caso fazia dois meses já. Dois assassinatos iguais formam um padrão, então, claro, procuramos uma mesma pessoa. Mas três assassinatos já é outra história. Foi quando nos demos conta de que estávamos atrás de um *serial killer*.

El semicerrou os olhos, concentrada.

— Cereal *killer*... tipo de café da manhã? — perguntou ela, pronunciando a palavra, hesitante.

Hopper se sentou de volta.

— Não, não, não é "cereal". É *serial*. — Ele soletrou para ela. — Um *serial killer* é... alguém que mata bastante gente.

— Como o papai?

Papai?

De repente, a ficha dele caiu. Ela estava falando de Brenner, do *dr.* Brenner, o monstro que a manteve presa no laboratório, submetida a todos aqueles testes.

Droga!

— Não, é outra coisa. *Ele* era outra coisa. É... complicado. Escuta...

Ele parou e bebeu um pouco de café. Estava mesmo disposto a fazer aquilo? De repente, pareceu uma péssima ideia. Em muitos sentidos, El era muito ingênua para a própria idade, e lá estava ele, contando para ela sobre Nova York nos anos 1970, quando ele tinha enfrentado um *serial killer*?

Estava passando dos limites. Ele suspirou e esfregou o rosto.

— Não sei se é uma boa ideia. Digo...

El se empertigou na cadeira.

— Não vai parar agora!

Hopper suspirou. De novo.

— Você tem certeza disso? Porque...

— O que aconteceu?

— Porque não quero que você passe o ano inteiro tendo pesadelos, tá bom?

El encarou Hopper com a intensidade habitual. O silêncio entre eles se estendeu, até que El finalmente se pronunciou:

— Volta para o começo.

— O começo? A história já é longa o bastante por si só. E os dois primeiros assassinatos foram a mesma coisa. Foi o que eu disse, depois do terceiro é que as coisas começaram a esquentar.

El olhou para a mesa. Com a caneca nas mãos, Hopper olhou para ela. A menina não falou nada, então Hopper colocou a caneca na mesa, intrigado.

— Qual é o problema agora? — perguntou ele.

— Começo, meio e fim — disse El, sem tirar os olhos da mesa. — É assim que se conta uma história. Começo, meio e fim.

— Certo.

El encarou Hopper.

— Começa com a Delgado.

— A Delgado? *Essa* pergunta eu posso responder.

Hopper tomou um gole do café e começou do começo.

Capítulo Três

SONNY E CHER

17 DE MAIO DE 1977
BROOKLYN, NOVA YORK

A repartição dos detetives da 65ª Delegacia do Brooklyn não era exatamente movimentada às oito da manhã, mas Hopper culpava o calor infernal pela letargia. Nova York estava fritando, e o verão ainda nem tinha começado. Se continuasse assim, Hopper consideraria a ideia de arrastar sua mesa até o elevador de serviço e levá-la para o terraço. Pelo menos lá em cima ventava um pouco. Ali embaixo, na repartição, a única coisa que fazia o ar circular eram três ventiladores de pé escangalhados que o sargento McGuigan tinha desenterrado de um almoxarifado velho. Claro que o ar-condicionado não estava funcionando. Hopper nem se lembrava se já tinha funcionado um dia, e não tinha muita esperança de vê-lo funcionando ainda naquela década, não com os cortes de orçamento que recaíam sobre a polícia de Nova York.

A mesa na frente dele era um exemplo disso. Assim como todas as outras mesas, capitaneadas pelo esquadrão dos seis detetives da delegacia — não, agora eram *cinco* —, tinha uma estrutura de metal e já não estava em sua melhor forma. Essa mesa, em particular, estava desocupada, com as gavetas vazias, sem nem um mata-borrão ou telefone. Já estava assim fazia semanas, depois da última rodada de cortes da 65ª Delegacia, uma demissão em massa desoladora que abateu um detetive do esquadrão, deixando Hopper sem parceiro.

Por um lado, Hopper entendia a necessidade de poupar. A cidade estava sem dinheiro e o governo federal não mexia um dedo, então era preciso fazer cortes. Não que fosse *certo* — de tanto cortar a gordura, uma hora começa a sair sangue —, mas ele pelo menos entendia a matemática.

Também entendia quão sortudo era. Só na primeira metade de 1977 — até então, pelo menos — foram registrados quase seiscentos homicídios na cidade. Mas a taxa não era distribuída uniformemente entre os cinco distritos. A 65ª Delegacia cuidava de uma parte relativamente tranquila do Brooklyn. Cada detetive do quinteto remanescente cuidava, no máximo, de três investigações ao mesmo tempo. Não era pouca coisa, mas Hopper sabia que poderia ser muito, muito pior e, por ora, mesmo sem parceiro, sentia-se grato pela designação. Se tinha uma pessoa que dava pena, para ele, era o capitão Bobby LaVorgna, um italiano grandalhão com um bigode volumoso, digno de leão-marinho, e vinte e cinco anos de experiência nas costas, fazendo um malabarismo de mestre para distribuir os casos entre os detetives da equipe. Ultimamente, andava passando mais tempo trancafiado em seu escritório, preenchendo a sala com fumaça de cigarro, discutindo ao telefone com o alto escalão, pedindo mais recursos, mais dinheiro, mais homens. A vida de um detetive de homicídios em Nova York não era moleza, mas pelo menos, pensou Hopper, ele não ficava o dia todo preso a uma escrivaninha, cuidando de papelada e dando murro em ponta de faca.

— Ei, você ouviu o que aconteceu ontem?

Hopper fez uma pausa no dossiê que estava revisando, levantou o rosto e tirou o pé de cima da mesa assim que viu o detetive Symonds se aproximar, vindo da copa, com uma caneca de café fumegante em uma das mãos e uma cópia da edição matinal do *The New York Times* na outra. Ele entregou o jornal a Hopper e se empoleirou no canto da mesa vazia, ajeitando as calças do uniforme azul para ficar mais confortável. Hopper ficou observando por cima do jornal Symonds ajeitar a gola da camisa e afrouxar a gravata larga que combinava perfeitamente com o terno.

— Já pensou em usar fibras naturais, Symonds?

Symonds fungou e bebeu mais um pouco de café.

— Isso se chama estilo, James Hopper. Imagina se começo a acatar conselhos de moda do sr. Lenhador aqui! Seria melhor procurar um psicólogo!

Hopper meneou a cabeça, achando graça, então voltou a atenção para o jornal. A foto de um helicóptero caído estampava a primeira página.

— Sabe o acidente na avenida Madison? A minha esposa estava lá. Por Deus! — Symonds bebeu mais um pouco do café e balançou a cabeça.

Hopper leu a manchete: CINCO MORTOS EM ACIDENTE COM AS HÉLICES DE UM HELICÓPTERO NO EDIFÍCIO DA PAN AM

Hopper tinha ouvido falar do acidente no noticiário da noite anterior, mas o jornal o ajudou a visualizar melhor a cena: uma pane no motor de pouso do helicóptero da New York Airways, que levou a aeronave a cair na cobertura do edifício às cinco e meia da tarde. A hélice desgovernada matou quatro pessoas na cobertura. Em seguida, o helicóptero tombou pela lateral do prédio, ricocheteou em uma janela e mergulhou na avenida Madison, acertando um pedestre.

— Meu Deus! — exclamou Hopper. — Está tudo bem com a Jacqueline?

— Graças a Deus, está tudo bem, sim, mas ela viu tudo. Está abalada. Sugeri que tirasse o dia de folga hoje, mas ela preferiu ir trabalhar, sabe? — Ele voltou a balançar a cabeça. — Mas vou dizer uma coisa: é um baque e tanto. — Apontou para o jornal com a caneca de café, como se isso explicasse tudo. — A gente não sabe quando chega a hora, não é? Simplesmente não sabe.

Hopper concordou e sentiu a mandíbula tensionar. Symonds estava certo. Quando chegava a hora, não tinha jeito. Enquanto policial — enquanto *veterano* —, Hopper talvez soubesse disso melhor que muita gente, mas não pensava muito no assunto. Não podia. Se começasse a se preocupar com essas coisas, logo sentiria as paredes se fechando ao redor. Hopper tinha visto isso acontecer com muitas pessoas que voltaram do mesmo lugar que ele.

Um estrondo ecoou do outro lado da repartição, interrompendo os pensamentos de Hopper. Ele devolveu o jornal para Symonds, que se levantou e olhou para a direção do ruído. Hopper se virou na cadeira, seguindo o olhar do colega pelas janelonas da sala do capitão.

Lá dentro, LaVorgna andava de um lado para outro, depois de bater a porta com toda a força. Oito da manhã, e já tinham perdido a primeira batalha do dia, ao que tudo indicava. Ficaram observando o capitão andar para lá e para cá, com o telefone apoiado no ombro enquanto tentava acender o próximo cigarro, gesticulando loucamente e formando redemoinhos enormes em meio ao nevoeiro, visíveis até para Hopper, do outro lado da delegacia. Hopper fez a leitura labial enquanto o capitão protestava contra as últimas medidas do alto escalão. A sala com janelas tinha um isolamento acústico surpreendente, restando aos funcionários decodificar as ações do capitão somente por mímica.

Então, aconteceu. LaVorgna era um defensor das regras. Apesar do calor, estava de uniforme completo, embora tivesse relegado pelo menos o paletó pesado de lã ao espaldar da cadeira. Mas, enquanto balançava a cabeça ao telefone, com o cigarro firme entre os lábios, afrouxou a gravata e desabotoou a gola da camisa branca engomada.

Isso nunca era bom sinal.

Symonds retornou à própria mesa de fininho, e Hopper voltou ao trabalho. Tinha acabado de abrir a pasta do dossiê quando ouviram um novo estrondo vindo da sala do capitão. LaVorgna atravessou a repartição a passos firmes, deixando a porta da sala aberta, batendo no umbral. Então, desapareceu pelas portas principais que davam no saguão do elevador.

Na sala, os demais detetives retomaram o trabalho, tendo o show da manhã oficialmente terminado. Os três ventiladores zuniam, e o burburinho do escritório voltava ao normal.

Hopper se virou devagar na cadeira. Depois de um ano na 65ª Delegacia, ainda não tinha se enturmado tão bem quanto gostaria com os outros quatro detetives do turno do sargento McGuigan. Talvez até considerasse chamar Symonds e Harris para qualquer coisa de vez em quando, por impulso, como bons colegas de trabalho, mas Marnie e Hunt eram dois machões babacas de quem Hopper fazia questão de manter distância. E, além do mais, mesmo antes de chegar, sabia que seria difícil — era o novato, o garoto do interior, o caipira do Meio-Oeste que achava que podia chegar de repente e salvar a cidade que os demais tinham chamado de lar a vida inteira. Hawkins, Indiana, podia muito bem ser considerada um deserto por aqueles policiais. A rápida escalada de Hopper para a divisão de homicídios também não ajudava muito no entrosamento com eles. Era possível que vissem como favoritismo — Hopper só não sabia dizer de quem. Mas dava para ver que ficaram ressentidos com a promoção rápida dele, pelo menos um pouco.

Com o tempo, Symonds e, em menor medida, Harris aprenderam a gostar dele. Mesmo com todos os problemas, Hopper não se deixava abalar. Tinha chegado com um trabalho para fazer e... Bom, talvez tivessem razão, talvez também tivesse chegado com uma missão. Mas que não era salvar a cidade. Muito menos bancar o herói. A cidade não precisava de heróis. Precisava de policiais — bons policiais — que soubessem fazer o trabalho.

Policiais como Hopper.

Contudo, embora o capitão LaVorgna estivesse do seu lado, como qualquer capitão deveria estar, Hopper ainda estava sujeito ao protocolo e à pressão dos outros detetives. Por ser o novato da vez, tinha aceitado o parceiro que lhe haviam designado sem pestanejar — ordens são ordens —, mas sabia que tinham largado Joe Stafford nas suas costas, um velho detetive cuja carreira estava claramente nas últimas. Stafford relutava sempre em deixar a mesa para trabalhar em campo, mas tampouco parecia capaz de lidar com a papelada. Mais de uma vez, Hopper o flagrou debruçado sobre as estatísticas dos Yankees, em vez de cuidar da pilha crescente de dossiês na mesa, até que, depois de sobreviver a duas rodadas de avaliações, finalmente chegou a hora dele, e a Polícia de Nova York lhe concedeu uma aposentadoria antecipada.

A porta principal se escancarou, e o brutamontes do capitão LaVorgna ressurgiu com o cigarro queimado até o filtro, enxugando o suor da testa conforme marchava de volta à sala, quase arrancando de novo sua porta ao fechá-la. Se continuasse assim, o ar-condicionado não seria a única coisa da delegacia que precisaria de reparo.

Hopper olhou para a mesa ocupada mais próxima, na fileira da frente, onde o detetive Harris rabiscava qualquer coisa em um documento enquanto, distraidamente, brincava com uma velha bola de beisebol.

— Harris, você faz ideia do que está acontecendo?

O policial não fez questão de olhar para o colega, apenas deu de ombros.

— Como eu vou saber?

Hopper mergulhou de volta no trabalho. Logo em seguida, ouviu alguém assobiar um fiu-fiu na mesa atrás dele. Levantou o rosto, perscrutou a repartição, que estava novamente em silêncio, e se deparou, de repente, com um borrão azul e um baque: alguém acabara de largar uma caixa de papelão no espaço vazio da mesa diante dele.

— Cala a boca, você também! — disse a forasteira.

Ela estava de pé, com as mãos na cintura, ao lado da mesa vazia. Vestia uma calça boca de sino azul-marinho e uma camisa branca com babados por baixo de um colete acinturado. Tinha cerca de trinta anos e um cabelo preto na altura dos ombros, com ondas elegantes. Torceu o nariz para Hopper e ergueu um pouco a sobrancelha.

Hopper olhou ao redor e notou que o restante do escritório observava os dois em silêncio. Alguns detetives sorriam, e, nos fundos, Hunt e Marnie — os parceiros que se vestiam quase igual, de terno cinza-claro e camisa colorida, desabotoada até embaixo do peito — trocavam sussurros, fazendo Marnie se dobrar de tanto rir.

Hopper os ignorou e se virou de volta para a novata.

— Oi?

Ela lançou um olhar desaforado para ele.

— Você que é o Hopper?

Ele olhou para a própria mesa por um instante, sem querer, mas foi o bastante.

— Que foi? Está procurando o distintivo para conferir?

Hopper piscou e encarou a mulher de volta.

— Sim. Jim Hopper, sou eu. E você é?

A mulher estendeu a mão, convertendo a cara feia em um sorriso forçado. Hopper apertou a mão dela e sentiu os dedos serem esmagados.

— Sua nova parceira, detetive Rosario Delgado.

— Minha nova... *parceira*?

Delgado soltou a mão e começou a arrumar a mesa. Puxou a caixa de papelão, deu uma espiada dentro e começou a tirar cacarecos.

Um grampeador. Papéis. Um porta-lápis cheio de canetas, com uma bandeira estampada e qualquer coisa escrita em espanhol embaixo.

Hopper estudou a repartição. Ninguém mais sorria. Harris encarava eles, espremendo a bola de beisebol e estreitando os olhos.

Hopper se virou para Delgado.

— Desculpa, mas você disse que é minha nova *parceira*?

Ela permanecia concentrada em seus pertences.

— Nota dez em compreensão auditiva, detetive. Aposto que você tem um certificado da academia, até.

Hopper a encarou. Os demais detetives se aproximaram deles. A duplinha Marnie-Hunt se recostou na coluna no meio do escritório, um de cada lado, de braços cruzados e com um sorrisinho de volta ao rosto, medindo Delgado de cima a baixo. Marnie fitou Hopper e levantou as sobrancelhas.

Hopper o ignorou. Virou-se de volta na cadeira.

— Certo. Escuta, srta. Delgado...

— *Detetive* Delgado, detetive Hopper. — Ela terminou de desempacotar suas coisas e colocou a caixa de papelão no chão, ao pé da mesa. Então, empertigou-se, com as mãos na cintura de novo, e encarou Hopper por entre os fios da franja escura. — Não me diga que... usando os seus incríveis poderes policiais, você deduziu que sou uma mulher?! Parabéns! Vou recomendá-lo para uma medalha de louvor.

Hopper abriu a boca para falar, mas foi salvo pela aparição repentina do capitão LaVorgna. Empapado de suor, o chefe parou entre eles e começou o processo de arregaçar as mangas pelos braços corpulentos. A bituca incandescente do cigarro que sempre o acompanhava pulsava no ritmo da respiração dele.

— Vejo que vocês já se conheceram. A detetive Delgado foi transferida da 117ª Delegacia do Queens para cá. Ela é a nova detetive de homicídios e vai ser sua parceira, e se você tiver algum problema com isso, sugiro que fique de bico calado, e se tiver alguma pergunta, não quero saber. — Ele ajeitou o punho de uma manga da camisa na altura do cotovelo. — Fui claro?

Hopper se endireitou na cadeira.

— Perfeitamente claro, senhor. — Hesitou. — É só que... Ah...

Delgado abriu um sorrisinho.

— O que o detetive Hopper está tentando dizer, senhor, é que a nova parceira dele parece ser uma mulher.

LaVorgna bufou, apagou o cigarro no cinzeiro cheio da mesa de Hopper e se dirigiu aos funcionários do turno.

— Escutem! É com orgulho que agora fazemos parte de uma iniciativa liderada pelo próprio comissário. A partir deste mês, detetives mulheres podem ser indicadas a cargos da divisão de homicídios. A detetive Delgado é uma das nove mulheres que começaram a trabalhar nas delegacias dos cinco distritos. Ela terá as mesmas responsabilidades que vocês, trabalhará nos mesmos casos que vocês e provavelmente será tão pé no saco quanto vocês. É a detetive substituta do nosso querido detetive Stafford. — Ele colocou o dedo na cara de Hopper. — Aqui está o parceiro que você tanto esperou! Feliz Natal!

Marnie soltou uma risadinha. LaVorgna o encarou.

— Algum problema, detetive?

O maxilar de Marnie estalou quando ele mascou seu chiclete.

— Bom, estávamos precisando mesmo de alguém para passar o café — disse ele.

Hunt soltou mais um risinho desagradável.

— Vai rindo, detetive — disse LaVorgna. — Esta cidade precisa de policiais, e dos bons. Não me importo se vierem dos anéis de Saturno, contanto que os casos sejam resolvidos, e as metas, atingidas. Agora, todo mundo, de volta ao trabalho.

LaVorgna voltou para a sala dele e, pouco a pouco, os demais detetives retornaram às suas mesas. Harris, que não tinha movido um dedo, não tirava os olhos da novata. Delgado o encarou, até que, por fim, Harris soltou a bola de beisebol na mesa, pegou sua caneca e saiu em busca de café.

— Que plateia receptiva — comentou Delgado, enquanto puxava a cadeira e se sentava à mesa. — O submundo do Brooklyn deve tremer de medo!

Hopper sorriu.

— A nata de Nova York.

Delgado balançou a cabeça.

— Que Deus nos acuda! — Ela mexeu em uma papelada, jogou um punhado de canetas numa gaveta e olhou para Hopper. — Mas, então, qual é a sua história, parceiro?

Hopper arqueou a sobrancelha.

— A minha história?

— É! Só pula a parte do signo e da cor favorita, porque não dou a mínima para essas coisas. — Ela reparou no cinzeiro. — Estou vendo que você fuma.

— Quem não fuma?

— Eu. Mas meu pai me aconselhou a nunca confiar em um homem que não fuma, então está tudo certo. Você não parece ser daqui. O sotaque e o modelito denunciam.

— Bem observado. Sou do Meio-Oeste. Indiana.

— Meus sentimentos.

Hopper se recostou na cadeira e olhou para Delgado, que deu de ombros.

— Que foi? — indagou ela.

Hopper apontou para a caneca na mesa dela.

— É a bandeira de Cuba?

— Olha só! Ele sabe geografia também. O sistema educacional de Indiana nunca decepciona.

— Você é de Cuba?

— Não, do Queens.

— Ah!

— Os meus pais são de Cuba. Eles fugiram para Miami, depois para Nova York, antes de eu nascer.

— Mas o que significa?

Delgado jogou a cabeça para trás.

— O que significa o quê?

Hopper se inclinou para a frente, embora sua cadeira o forçasse a manter a postura, estendeu a caneta e deu uma batidinha na caneca da parceira. Embaixo da bandeira cubana, tinha uma frase em espanhol.

— Essa frase.

Delgado sorriu.

— Já vi que não entende nada de espanhol. A caneca diz: *Eres la mejor mamá del mundo*.

— Hum...

— "Você é a melhor mãe do mundo."

Hopper sorriu.

— Você tem filhos?

— Não, só gostei da caneca. E você?

— Uma filha, Sara. Ela tem seis anos.

— Seis anos de idade em Nova York. Complicado.

Hopper deu de ombros.

— A gente se vira bem.

— De onde você disse que veio mesmo?

— Indiana. Uma cidadezinha chamada Hawkins.

— Tem polícia em Hawkins, Indiana?

— Tem, sim. Eletricidade e água corrente também.

— Olha, você até que aprendeu alguma coisa por lá, então. Mas, e aí? O brilho e o glamour da cidade grande atraíram você ou foi a pulsão de morte que falou mais alto?

Hopper riu.

— Nada disso. Só achei que era o momento certo para tomar essa decisão.

Delgado se aproximou mais dele.

— Existe momento certo para se mudar para Nova York? Porque ser policial em Hawkings...

— *Hawkins.*

— Hawkins, que seja. Ser policial lá não é como ser policial aqui. — Ela tamborilava as unhas na mesa. — Não faz muito sentido.

Hopper mordeu o lábio.

— Você tem razão, é diferente. Mas eu precisava de uma mudança. Antes de ser policial, eu servia no Exército. Larguei o colégio e me alistei, servi durante quatro anos ao redor do país. Quando dei por mim, estava no meio da selva, do outro lado do mundo.

Delgado soltou um assobio, surpresa.

— Você se voluntariou para aquela merda? Você não me parece fazer o tipo do Tio Sam.

— Não faço mesmo, mas me pareceu um jeito fácil de sair de Indiana. E foi... E eu até que gostei, no começo. — Hopper crispou os lábios. — Completei duas missões entre 1962 e 1968, depois voltei para Hawkins, Indiana, com uma Estrela de Bronze e nada para fazer.

— E resolveu virar policial?

Ele esticou os braços e abriu um meio sorriso.

— E cá estamos nós. E você?

Delgado riu.

— Ah, essa é fácil. Entrei para o Departamento de Polícia de Nova York. Segui a cartilha, fiz o meu trabalho. Virei detetive. E cá estamos.

Hopper arqueou a sobrancelha.

— Você sempre quis trabalhar na divisão de homicídios?

— Era o meu sonho! Homicídios é uma das três áreas de maior prestígio para um detetive. E vou falar uma coisa: nunca me dei por vencida. Bem-vindo aos efervescentes anos 1970, detetive. Agora me passa um dossiê! Deixa eu ver que mistérios do universo vocês, palhaços, estão tentando resolver.

Hopper riu, passou um calhamaço de documentos para ela e ficou observando a nova parceira abrir a primeira pasta para ler. Ela se sentou debruçada na mesa e, logo em seguida, pegou um lápis e começou a conduzi-lo pelo texto, linha após linha de cada documento que lia.

Hopper conhecia a colega de trabalho fazia cinco minutos e já estava com a cabeça rodopiando. Ela era inteligente, sagaz e cheia de... atitude.

Pouco tempo depois, a figura corpulenta de LaVorgna lançou uma sombra sobre a mesa dos dois pela segunda vez naquela manhã. Hopper e Delgado levantaram o rosto.

— Ótimo! Vejo que vocês já estão se entendendo. Vão formar uma dupla e tanto, poderão contar um com o outro, serão o Sonny e a Cher da delegacia. Maravilha! Fico muito feliz por vocês.

Hopper ergueu a sobrancelha e trocou olhares com Delgado, que sorria.

— Algo que a gente possa fazer pelo senhor, capitão?

— Podem solucionar um assassinato por mim — respondeu ele, largando uma nova pasta na mesa, diante de Delgado.

A detetive abriu a pasta. Hopper se inclinou para ver. Logo de cara estava uma grande foto da cena do crime em preto e branco. Parecia um conjunto de figuras abstratas, até ele perceber que se tratava de um cadáver.

— Meu Deus — sussurrou ele. — O que diabo aconteceu aqui?

— O de sempre, detetive — disse LaVorgna. — Alguém foi assassinado, e é o seu trabalho descobrir quem foi o responsável.

Enquanto lia o documento, Delgado balançava a cabeça.

— Que caso estranho!

Hopper se virou para ela, depois para o capitão, e arregalou os olhos, à espera de uma resposta.

— "Estranho" é a palavra — comentou LaVorgna. — O legista está no local. Está esperando vocês faz cinco minutos.

Hopper se levantou e pegou o blazer na cadeira. Delgado se levantou mais devagar, sem tirar os olhos do dossiê, antes de fechar e entregar a pasta ao parceiro.

— Pronta? — perguntou Hopper.

— Sempre.

Hopper pegou a pasta, acenou para Delgado, em prontidão, e os dois saíram para sua primeira investigação como dupla.

26 DE DEZEMBRO DE 1984
CABANA DE HOPPER
HAWKINS, INDIANA

Hopper notou que uma pergunta estava por vir, então parou de falar, recostou-se na cadeira e segurou a caneca de café junto ao peito.

— Então... — ensaiou El, e parou no meio da frase.

— Então?

El ergueu o queixo e torceu o nariz.

— Não gostavam dela.

— Da Delgado?

— Todo mundo ficou olhando para ela, e foram malvados... Ela ficou nervosa.

Ah. Nossa.

— Bom... — disse Hopper, e parou. Como poderia explicar? Tomou um gole escaldante de café, exalou o ar quente e foi direto ao ponto. — Não gostavam dela porque era uma mulher, e era latina.

— Latina? — repetiu El devagar, imitando Hopper da melhor maneira possível.

— Uma pessoa que mora na América, mas tem origem hispânica. A verdade é que tinham medo dela.

El balançou a cabeça.

— Medo?

— Tinham receio do que ela poderia fazer, de que ela fosse melhor que eles no trabalho, e não gostavam disso. Sentiam-se ameaçados por ela. Intimidados. Sabe, era uma grande novidade naquela época. Os detetives homens achavam que a delegacia era território deles, e de repente apareceu uma mulher cheia de atitude, disposta a bater de frente com eles. Achavam que ela estava invadindo o mundinho masculino, que ela pertencia a outro lugar, de onde nem devia ter saído. O Departamento de Polícia de Nova York não tinha detetives mulheres até aquele dia. Ela precisou batalhar pelo simples direito de passar pela porta como um de nós. Alguns caras não gostavam disso.

El franziu a testa.

— Isso não é certo.

— Não mesmo.

— Ela era detetive.

— Pois é.

— Como você.

— Sim, como eu.

— Você queria ela lá?

— Eu? Bom, fiquei surpreso, sem dúvida. Mas gosto de pensar que fui um pouco mais aberto. E, como você mesma acabou de dizer, Delgado era uma detetive de homicídios, exatamente como eu. Eu precisava de uma parceria e foi o que consegui, então partimos para o trabalho. Mas também é preciso lembrar que faz muito tempo, e as coisas eram diferentes na época.

— E agora, já está tudo certo?

— Bom...

— Está ou não está?

Hopper balançou a cabeça. Já estava se arrependendo da conversa, por mais necessária que fosse.

— Não, não está... tudo certo. Mas melhorou. Mais ou menos.

El assentiu.

— Eu também ficaria brava.

Hopper sorriu.

— Aposto que sim. Mas Delgado sabia lidar com a situação. Ela não se deixava abalar. — Ele riu. — Era uma policial durona, com certeza. No fim das contas, ela era mesmo melhor do que os outros detetives. Inclusive melhor que eu.

El sorriu.

— Esse foi o começo?

O sorriso de Hopper foi se esvaindo. Ele se debruçou na mesa.

— Sim, esse foi o começo. O capitão nos passou o caso no primeiro dia da Delgado.

— Caso estranho — disse ela, pronunciando as palavras devagar, como se fossem importantes, como se fosse o parecer oficial.

O sorriso de Hopper ressurgiu. Claro, as palavras de Delgado não haviam sido bem essas, mas El não precisava saber. A história por vir teria assassinatos, violência e perigo, e ele se esforçaria ao máximo para moderar os elementos. Ele não ligava para palavrões, mas tentava dar um bom exemplo a El.

Hopper bebeu o café e retornou ao "começo" da história: dia quatro de julho de 1977.

Capítulo Quatro

UM DIA COMO OUTRO QUALQUER NO ESCRITÓRIO

4 DE JULHO DE 1977
BROOKLYN, NOVA YORK

Era quase meia-noite quando Hopper girou a chave na fechadura da sua porta, com cautela, e entrou em casa, tentando não acordar a esposa e a filha.

Nem precisava ter se preocupado com a primeira. Uma luz estava acesa na sala de estar, e, quando Hopper fechou a porta, ouviu o farfalhar dos papéis e os acordes de "Undercover Angel", de Alan O'Day, bem baixinho, e uma batidinha suave. Era Diane pousando uma xícara de café em um descanso em forma de vaca, comprado em uma viagem que eles fizeram pelo norte do estado no ano anterior.

Hopper deixou o molho de chaves no balcão da cozinha e entrou tateando a parede.

— Oi — disse Diane, desviando a atenção do seu trabalho.

Hopper contornou a mesa e beijou a esposa na testa.

— Desculpa. Tentei não fazer barulho.

— Ah, não se preocupa. Estou quase acabando aqui.

Hopper contemplou a mesa coberta de papéis. No centro, havia uma ampla folha de calendário, toda preenchida pela letra caprichada de Diane, que por sua vez estava debruçada em um grande caderno. Ele não entendeu muito bem o que ela estava fazendo, mas logo de cara viu que se tratava do planejamento das aulas.

— Como estão as coisas?

Diane fechou o caderno com a caneta dentro e relaxou na cadeira.

— Muito bem, por incrível que pareça. Refiz o planejamento do próximo ano letivo. Acho que vai funcionar melhor agora. — Ela apontou para o calendário, rindo. — O Derek vai ter um treco quando eu mostrar isso para ele!

Hopper sorriu. Derek Osterman, o vice-diretor da escola, era um estraga-prazeres. Não simpatizava com as ideias de Diane porque não tinha capacidade de pensar nelas por conta própria, e acabou virando tópico recorrente nas conversas do casal.

— Bom, qualquer dia, você vai ocupar o cargo dele e vai ser você quem vai ter que lidar com um novo forasteiro ambicioso.

Diane riu e se levantou. Foi até o aparador, colocou a agulha do toca-discos de volta no suporte e se virou para abraçar o marido.

— Você andou bebendo? — perguntou ela, afastando-se um pouco.

— Só uma dose. Foi uma noite difícil. Tudo bem com a Sara?

Diane sorriu.

— Ela passou a tarde toda brincando com pedra Molly que ganhou no aniversário. Você se livrou dessa. Deixei ela ficar acordada para ver os fogos de artifício na TV comigo, mas estava cansada, depois da festa e de tanto bolo, e foi para a cama sem fazer birra.

— Você leu...

Diane assentiu.

— Até o fim do capítulo cinco, mas não sei o quanto ela absorveu. Apagou em um piscar de olhos. Na hora, nem percebi e continuei lendo.

Hopper sorriu.

— É um bom livro.

O sorriso se dissipou, e ele soltou um suspiro. Delicadamente, deixou os braços da esposa despencarem enquanto se dirigia à cozinha. Abriu a geladeira e fitou o engradado de cerveja na prateleira de cima, à luz do eletrodoméstico. Mudou de ideia, fechou a porta e começou a vasculhar os armários altos da cozinha, desarrumando os itens do espaço apertado.

Atrás dele, Diane cruzou os braços e ficou emburrada.

— Noite difícil mesmo, hein?

— Bota difícil nisso — disse Hopper, ainda vasculhando os armários. Ao terminar a ronda na cozinha, franziu o cenho e balançou a cabeça. — E vou precisar trabalhar amanhã também.

— Feliz Dia da Independência — disse Diane, cutucando um dos armários inferiores da bancada com a pantufa.

Hopper parou por um instante, então se agachou e abriu a portinha, tirando do armário uma garrafa de uísque pela metade.

Diane ficou observando o marido pegar um copo e o encher até a boca.

— Pelo jeito, você tem tido muitas noites difíceis — disse ela. — E alguns dias também.

Hopper hesitou, olhou para ela e tomou um belo gole de uísque. Ele segurou o líquido por um instante, curtindo o calor agradável que preenchia a boca, e por fim engoliu, permitindo que a sensação ardente se espalhasse pelo peito.

Estava mesmo precisando de uma dose.

— Querida — disse, servindo uma segunda —, acontece que Nova York é uma cidade difícil, e ser policial em Nova York é um trabalho difícil.

Ele tampou a garrafa, entornou o conteúdo do copo e se apoiou na bancada, de frente para Diane. Ela cruzou os braços com ainda mais força e o encarou.

Ele suspirou, abatido.

— Desculpa. Mesmo.

Colocou o copo na bancada e se aproximou da esposa com a mão estendida. A princípio, ela resistiu, mas cedeu e deu a mão a ele.

Balançando a cabeça, chegou mais perto de Hopper, abraçando-o pelos ombros, e virou o rosto para repousar no peito dele. Ele a abraçou também.

— Está tudo bem — disse Diane. — Você queria esse emprego e está dando o melhor de si. Jamais peça desculpa por isso.

Hopper apoiou o queixo na cabeça dela.

— Ninguém disse que seria fácil.

Diane riu baixinho.

— A gente queria um desafio. Pelo visto conseguimos.

— Ô se conseguimos! — Ele soltou um longo suspiro. — Você pensa em voltar para Hawkins?

Diane se desvencilhou do abraço e olhou de cara feia para o marido.

— Você só pode estar de brincadeira, James Hopper!

Ele sorriu.

— Você sabe o que eu quis dizer. Será que tomamos a decisão certa vindo para cá? Para Nova York? Meu Deus, parece que está tudo ruindo à nossa volta.

— A gente adora um sofrimento — brincou Diane. — Mas acredito em você.

— Ei, eu também acredito em você.

— Não, escuta. Eu acredito em você, e isso significa que acredito no que você quer *fazer*. Não dava para a gente ficar em Hawkins. Eu sei disso, e você também. Não depois de tudo pelo que você passou. Você queria transformar sua experiência em algo bom, para ajudar as pessoas, e da mesma forma que a Polícia de Hawkins precisava de você, você precisava de algo maior. Foi o que você disse. Acreditei em você lá atrás e acredito em você agora. E olha... Eu também precisava de algo maior. A mudança veio a calhar para nós dois. Fizemos a coisa certa. *Estamos fazendo* a coisa certa.

Hopper abraçou a esposa. Ela tinha razão, era *exatamente* o que ele tinha dito. Na época soou tão cafona, pensou ele, em retrospecto. E se tinha algo que não cansava de fazer era pensar em retrospecto, até mais do que deveria.

Hopper agarrou a esposa para um beijo mais apaixonado. Sentiu o calor do corpo de Diane contra sua camisa xadrez, e o coração dela acelerou ao segurá-la pela nuca.

Tinha sido um dia longo mesmo, e na verdade era *disso* que ele precisava, mais do que um porre, mais do que uma nova rodada de questionamentos sobre a mudança. Por Deus, já moravam na cidade fazia cinco anos. Se o lugar era mesmo tão ruim, se tinham mesmo tomado uma decisão ruim, por que ainda estavam ali?

Ao encerrar o beijo, Diane olhou para Hopper e sorriu. Ele sorriu de volta, olhando-a no fundo dos olhos.

— Por acaso já disse que te amo?

Diane franziu o rosto.

— Hum, deixa eu ver. Acho que já comentou, sim, se não me engano. — Ela abriu um sorrisão. — Vem para cama, vem.

Ela se virou e, de mãos dadas, deixaram a cozinha, rumo ao quarto.

Capítulo Cinco

A INVASÃO DOS HOMENS DO GOVERNO

5 DE JULHO DE 1977
BROOKLYN, NOVA YORK

Hopper mal notara a chegada de Delgado, mas o baque da bolsa dela largada na mesa o trouxe de volta de uma imersão de sabe-se lá quanto tempo em sua papelada. Ainda de pé atrás da mesa, a parceira desabotoava os três botões de cima da blusa verde e se abanava com uma pasta de papel pardo. Já estava trinta e dois graus antes das oito da manhã, e lá dentro a sensação térmica era de cinco graus a mais.

— Chegou cedo — disse Delgado.

— Vai dizer que consegue dormir nesse calor?

— Sou de Cuba, isso não é nada.

— Não, você é do Queens, e, mesmo para o Queens, já é bastante coisa.

Delgado riu, colocou a pasta na mesa e pegou a caneca.

— Vai um café?

— Você só pode estar de brincadeira mesmo.

Delgado colocou a mão na cintura.

— Um, você já deveria me conhecer bem o bastante para saber que não faço piada antes do almoço; dois, na verdade parece que você já passou do ponto de beber café, agora tem que começar a injetar direto nas veias; e três, está quente e...

— E você gosta de se torturar para provar o seu valor e o seu direito de ser detetive de homicídios?

Ela ergueu não só a sobrancelha, como o canto da boca.

— Você é o rei dos imbecis, sabia?

Hopper se inclinou na cadeira.

— Ouvi dizer.

Ele sorriu. Delgado bufou e balançou a cabeça.

Seis semanas de parceria e já tinham estabelecido uma rotina que, era preciso admitir, ele adorava. Antes de Delgado, não sabia o que estava perdendo. Ele e Stafford, seu antigo parceiro, nunca haviam se dado bem. O cara talvez já tivesse sido um bom policial um dia, mas Hopper suspeitava de que fora nos tempos idos da guerra de independência dos Estados Unidos.

Rosario Delgado, sim, era uma parceira *de verdade*. Dedicada, capacitada, alguém em quem podia confiar — confiar a vida, até.

— Está quente... e? — indagou ele.

— E tomar uma bebida quente nesse calor esfria o corpo.

Hopper franziu o cenho.

— Não sei se isso é verdade.

— Falou o sr. Educação de Indiana. Posso até ser do Queens, mas sei uma coisa ou outra sobre Cuba e café.

Hopper se levantou. Delgado sinalizou para ele ficar onde estava.

— Senta aí! Não vou deixar de ser uma detetive se servir um café. Além do quê, você já estava todo concentrado, e sei que os seus neurônios demoram para pegar no tranco!

Hopper entregou a caneca dele, e Delgado foi até a copa sem dizer mais nada. Hopper a observou por um instante, então se sentou e voltou a atenção para os documentos na mesa.

Era uma série de fotos de crimes: três imagens grandes, todas em preto e branco, lado a lado no meio da mesa dele. Em torno delas, havia fotos menores, mostrando as mesmas cenas de ângulos diferentes. Embaixo, Hopper alinhou três sacos plásticos, com evidências correspondentes a cada cena.

Três cenas, três evidências.

Três cartas brancas retangulares, cada uma em branco de um lado e com um símbolo diferente desenhado com tinta preta no verso.

Vítima número um: Jonathan Schnetzer. Homem, branco, vinte e dois anos. Uma circunferência sem preenchimento.

Vítima número dois: Sam Barrett. Homem, branco, cinquenta anos. Uma cruz.

Vítima número três, do dia anterior: Jacob Hoeler. Homem, branco, trinta anos. Três linhas onduladas.

Hopper estalou o pescoço e começou a ajustar a disposição das cartas e fotografias na mesa, embaralhando-as um pouco, mas mantendo-as alinhadas enquanto deixava o cérebro trabalhar no problema.

Uma coisa era certa: quando o capitão LaVorgna designou o primeiro caso a ele e Delgado, logo no primeiro dia da parceira como detetive de homicídios, acertou em cheio ao descrevê-lo como estranho. Um assassinato ritualístico tinha virado dois, dois tinham virado três.

Não havia conexões entre os três homens, pelo menos não que ele ou Delgado tivessem encontrado. Pareciam cidadãos normais, fosse lá o que "normal" significasse em Nova York. A única coisa em comum entre as vítimas, aparentemente, era que nenhuma delas tinha família ou cônjuge, não até o ponto que os detetives haviam rastreado.

Isso e, claro, a forma como morreram. Todos esfaqueados com uma lâmina que media algo entre dez e quinze centímetros, segundo as autópsias, e todos golpeados cinco vezes, formando um padrão distinto, deliberado. Uma só facada dessas já seria o bastante para causar a morte, e embora cinco com certeza fosse um exagero, era um número relativamente contido. No período como policial em campo, nas ruas, Hopper viu vítimas esfaqueadas trinta, cinquenta, cem vezes, por agressores movidos pelo frenesi das drogas, ou desespero, ou transtorno mental, ou uma combinação desses fatores.

Era um caso calculado, tendo em vista que as facadas foram cuidadosamente desferidas para delinear o formato inconfundível de uma estrela de cinco pontas invertida.

— Olha o café! — anunciou Delgado, e colocou a caneca de Hopper na beirada da mesa dele. — Não me responsabilizo pelo sabor, mas garanto que está quente.

Ela se aproximou do parceiro e deu uma olhada na disposição das fotos enquanto bebericava o próprio café.

— Complicado esse caso, hein!

Hopper massageou o maxilar e pegou a caneca.

— Nem me fale!

— Nenhum sinal do assassino ainda?

Ele balançou a cabeça.

— Bom, isso diz alguma coisa — comentou Delgado, e tinha razão. No verão anterior, duas adolescentes do Bronx, Donna Lauria e Jody Valenti, tinham sido baleadas no carro de Jody. Jody sobreviveu, Donna não teve a mesma sorte. Desde então, cinco outras vítimas foram assassinadas — a mais recente, duas semanas antes —, e o assassino não só tinha escrito para um capitão da Polícia de Nova York e para o jornal *Daily News*, como também assinara ambas as cartas com um pseudônimo bizarro.

Hopper não se conteve; sentiu-se compelido a olhar para a mesa de Harris. O detetive ainda não tinha voltado, e a placa caseira que ele tinha feito estava bem ali para que qualquer um visse, ao lado da máquina de escrever Smith-Corona dele. Era um lembrete macabro, mas talvez necessário, do mal que ainda pairava sobre a cidade.

NOVE DIAS DESDE O ÚLTIMO ATAQUE
DO FILHO DE SAM

Logo após os primeiros assassinatos, Nova York ficou obcecada pelo caso, um *serial killer* para chamar de seu. Filho de Sam dominava as manchetes havia semanas, meses, pelo menos nos momentos em que a mídia não se debatia com os problemas monetários da cidade ou o salve-se-quem-puder da corrida pela prefeitura. A eleição por vir, talvez a mais importante para toda uma geração de nova-iorquinos, seria decidida em quatro meses.

E então, sem perspectiva de captura do Filho de Sam, tudo indicava que havia outro *serial killer* em ação. Assim que descobriram a primeira vítima, Hopper e Delgado chegaram à mesma conclusão: era melhor manter o caso debaixo dos panos, pelo menos por ora. O capitão LaVorgna concordou de pronto. Já bastava o Filho de Sam.

Era difícil dizer como a população reagiria se um segundo psicopata figurasse no noticiário das seis.

— Pelo menos não aparenta ser um imitador. O nosso cara não está seguindo os passos do Filho de Sam. Não tentou contatar as autoridades. — Hopper se debruçou sobre as fotografias. — E a natureza ritualística dos assassinatos é diferente.

— Isso é óbvio — pontuou Delgado, já sentada à mesa, café em mãos.

— O que quero dizer é que o cara não está fazendo isso pelo espaço na mídia, para chamar atenção. E talvez nem pelos assassinatos em si.

Delgado ficou confusa.

— O café queimou seus neurônios, foi? Ninguém esfaqueia uma pessoa à toa. E o cara nem sequer rouba as vítimas.

— Aí é que está! Escuta só. Não são roubos. São homicídios, sim, mas talvez não seja essa a motivação dele.

— Não estou entendendo.

Hopper pegou uma das fotos das cenas do crime e entregou para a parceira.

— Dá uma olhada. São assassinatos ritualísticos, as vítimas foram mortas de um jeito bem específico e cada cena foi marcada com um símbolo. Não mexeram em mais nada. Isso por si só já diz bastante coisa. E se o assassino não estiver matando para chamar atenção? E se for alguém que não leu nada sobre o Filho de Sam, que não está nem aí para isso? Alguém com uma ideia fixa, um propósito próprio? Atenção e mídia não seriam de muito valor, no caso.

Delgado colocou a foto de volta na mesa e olhou para Hopper enquanto se recostava na cadeira. Ela colocou os pés na quina da mesa, mostrando as solas de suas botas de salto quadrado para o parceiro.

— Quer dizer que as cartas que ele deixa não são para a gente? Ele não está tentando nos passar uma mensagem?

Hopper balançou a cabeça.

— Não. O padrão dos ferimentos, o corte, as cartas. Tudo tem significado, só não é para a gente.

— Mas e aí? É uma boa teoria, só que não ajuda muito. Se não está tentando nos dizer nada, significa que não passa de um doido de pedra. Que novidade!

Hopper bufou. Examinou as cartas nos sacos plásticos. Os olhos dele estavam fixos na carta encontrada no dia anterior, três linhas onduladas.

— Isso significa alguma coisa para o assassino. Se descobrirmos *o quê*, talvez desvendemos o porquê.

— E *quem*... — completou Delgado. — Mas as cartas não dizem nada, Hopper. Nenhuma impressão digital. Cartas brancas que você compra em qualquer lugar. Dá até para tentar afunilar as possibilidades pelo tipo de tinta acrílica, mas, mesmo assim, pensa no tanto de loja de material artístico que tem pela cidade.

De repente, o capitão LaVorgna abriu a porta da sala dele. Hopper ficou olhando de esguelho e só se virou quando ficou claro que estava acontecendo alguma coisa. LaVorgna ficou parado à porta, com a mão na maçaneta, olhando para um lado e para o outro, esquadrinhando a repartição.

— O que deu no capitão? — perguntou Delgado. — Ataque cardíaco, talvez?

— Hopper! — LaVorgna apontou o dedo gordo para Hopper antes de se refugiar de volta em sua mesa, deixando a porta aberta.

— Lá vem... — Hopper se levantou e foi até lá.

Parou à porta, e o capitão acenou para que entrasse imediatamente.

— Fecha a porta — ordenou LaVorgna.

O capitão bateu as mãos nos joelhos e fitava com intensidade o mata-borrão na mesa em vez de olhar para o detetive.

Hopper hesitou, desconfiado, então atendeu o pedido.

— Sente-se, detetive — ordenou LaVorgna, ainda sem levantar o rosto.

Hopper parou atrás de uma das duas cadeiras diante da mesa do capitão. Apoiou as mãos no tecido azul felpudo do espaldar, os dedos pegajosos de suor.

— É grave assim? Preciso mesmo me sentar?

LaVorgna ergueu o olhar.

— Não tenho tempo para joguinhos, detetive. Sente-se, fique de pé, faça como bem entender. Não tenho tempo para me preocupar com essas coisas. Não tinha tempo de sobra ontem, não terei amanhã e certamente não tenho hoje.

Hopper mordeu o lábio, deu a volta na cadeira e se sentou.

— Tem a ver com o caso? Delgado e eu estávamos só...

LaVorgna fechou os olhos e balançou a cabeça pesada de um lado para outro, devagar. Hopper parou de falar.

— Certo. Eu...

— Você diz bastante "eu", detetive.

— Bom, eu... Digo...

O capitão levantou a mão.

— Não tem mais caso, detetive. Acabou.

Hopper pestanejou. Inspirou, segurou a respiração e estudou a sala do capitão. Tinha deixado passar alguma coisa? Uma descoberta? Novas informações? Novas evidências? Algo encontrado na terceira cena do crime? Alguém tinha sido pego? Confessado?

Centenas de perguntas passaram por sua cabeça. Hopper soltou a respiração devagar e se ajeitou na cadeira, com a consciência repentina de que a camisa estava grudada na nuca, de tanto suor.

Por fim, resolveu fazer a pergunta mais óbvia que lhe veio à mente.

— O que houve?

— Não tem mais caso, detetive. Por ora, os homicídios das cartas estão fora da nossa jurisdição.

Hopper se ajustou na cadeira de novo.

— Mas o que aconteceu? Surgiram novas pistas? Alguém fez uma descoberta?

LaVorgna não disse nada. Só fitou Hopper e, mais uma vez, virou o rosto devagar, esquerda, direita, esquerda, direita, sem tirar os olhos do detetive.

Hopper abriu a boca para dizer alguma coisa quando alguém escancarou a porta sem bater. Hopper se virou na cadeira, esperando Delgado se juntar a eles. Ela podia até ser uma detetive júnior, mas o caso também era dela.

Não era ela. Uma policial segurava a porta prontamente para um homem de terno azul-escuro entrar na sala. A policial arqueou a sobrancelha para LaVorgna, mas o capitão apenas bufou e fez um sinal para ela se retirar. A mulher obedeceu e fechou a porta.

O homem de terno azul colocou uma maleta na mesa do capitão, sem pudor, e, sem atentar para a presença dos dois, começou a virar os números do segredo da trava.

Hopper o observou, boquiaberto, e trocou olhares com o capitão, que quase se recusava mais uma vez a encarar seu funcionário, balançando a cabeça numa lentidão exagerada.

Hopper continuou observando o homem mexer na maleta. Era um tipo mediano, em todos os sentidos — pendendo, talvez, um pouco para a magreza —, e tinha um desses rostos que camuflam totalmente a idade. Por alto, Hopper diria que o sujeito tinha entre quarenta e cinquenta anos. Estava com a barba bem-feita, e o cabelo, bem ralo e bem escuro, carregado de tônico e repartido ao meio, exibindo trilhas deixadas por um pente fino, em paralelos quase geométricos. Os lábios finos formavam uma linha tênue, demonstrando muita concentração ao trabalhar no segredo da maleta. Usava um terno justo, com acabamentos quadrados, e calça reta; parecia até que o conjunto tinha acabado de sair da loja — uma loja de 1967, não 1977.

Hopper conhecia bem o tipo. Um advogado, ou qualquer outra autoridade da promotoria, talvez até um procurador-geral. Um desses homens que mantinham o próprio escritório tão arrumado a ponto de parecer que ninguém de fato trabalhava lá. Hopper já visualizava a fileira de lápis e canetas esferográficas alinhadas na mesa dele, sem faltar, é claro, o corretivo líquido, porque o homem de azul era do tipo autômato que devotava toda a sua energia a fazer relatórios fiéis e precisos, sem erros de grafia ou manchas. Um burocrata carreirista, burocrata com muito orgulho. Um homem cujo único propósito era deixar a vida dos policiais nova-iorquinos mais difícil do que deveria ser.

Hopper já o detestava, e o homem não tinha sequer aberto a boca.

— Precisa de uma ajudinha aí? — perguntou ele, indicando a maleta. — Já tentou 1-1-1?

No mesmo instante, os fechos se abriram com um estalo, que varou o escritório feito um tiro. Satisfeito, o homem de terno azul assumiu uma postura altiva e abriu um sorriso contido, claramente destinado a si mesmo e mais ninguém.

— Senhores — disse ele, com um meneio sucinto dirigido ao capitão e outro a Hopper.

— Com licença — disse Hopper —, mas quem diabo é você?

O homem virou o sorrisinho para Hopper. Os olhos azuis combinavam com o terno, e um leve rastro de suor delineava seu buço.

Ah, então era humano, afinal.

LaVorgna pigarreou e apontou para o recém-chegado.

— Esse é o agente especial Gallup. Ele está aqui para supervisionar a transição do seu caso para o departamento dele.

Hopper fechou a cara e assentiu, fingindo estar de acordo.

— Ah, sim! Certo, certo. — Ele voltou-se para o agente Gallup. — E que departamento seria esse, agente especial Gallup?

O sorriso de Gallup se estreitou um pouco mais, como se fosse possível.

— Essa informação é confidencial, senhor.

Foi a vez de Hopper abrir um sorriso contido.

— Senhor, não. *Detetive*.

— Peço desculpas — disse Gallup, e se virou para LaVorgna. — Ossos do ofício.

Então, deu de ombros, como se estivesse pouco se lixando.

Hopper sentiu o sangue ferver, e não só por causa do calor da repartição. Ele se apoiou nos braços da cadeira e se levantou. Deu um passo em direção a Gallup. Era quase um palmo mais alto que o agente.

— Escuta, *amigo* — disse Hopper. — Não sei quem é você ou o que te dá o direito de entrar na minha delegacia, na sala do meu capitão, mas você está brincando com fogo.

Gallup fitou Hopper com seu sorrisinho engessado. Hopper observou a pulsação na têmpora do homem.

— Estamos trabalhando nesse caso há seis semanas já — prosseguiu Hopper. — Estamos progredindo. Damos conta do recado. Então, me desculpa, *agente especial*, mas não vou deixar um engomadinho a serviço do governo chegar aqui e tomar as rédeas.

Gallup arqueou as sobrancelhas. Hopper continuou a encará-lo, mas não surtia efeito. Gallup não se deixaria intimidar; o semblante calmo e plácido permanecia inabalado. Até que finalmente assentiu.

— Entendo as suas preocupações, detetive, mas o caso não está mais em suas mãos. — Ele olhou para LaVorgna, que não tinha movido um músculo. — Não diz mais respeito à 65º Polícia de Nova York ou a qualquer empregado do departamento. Estamos tirando o caso de vocês. — Ele parou e encarou Hopper. — Pode apagar esse seu quadro-negro, inclusive. — Então, voltou o olhar para LaVorgna. — Não, não! Para falar a verdade, o quadro-negro é uma ótima ideia, o jeito que vocês listam os casos e detetives. Talvez eu pegue emprestado. Pode vir a calhar no escritório.

— E que escritório seria esse? — indagou Hopper.

— Não tenho permissão para dizer, sr. Hopper...

— *Detetive* Hopper.

— Perdão, detetive Hopper. — Ele voltou a olhar para o capitão. — Desculpe, sou terrível com títulos. Sabe o que é? Sua organização é tão... — Ele balançou a mão. — Hierárquica.

Hopper bufou e se debruçou na mesa do chefe.

— Capitão, o que está acontecendo aqui? Que merda é essa?

LaVorgna soltou um suspiro e coçou o rosto. Depois da aparente reflexão, afrouxou a gravata e soltou o botão mais alto da camisa do uniforme. Dessa vez, Hopper sorriu, recostou-se na cadeira e cruzou os braços.

Lá vamos nós!

— Agente especial Gallup — disse o capitão —, eu entendo por que você está aqui, e os meus superiores me mandaram cooperar ao máximo, ao que obedeço de bom grado. Mas, se você fornecer algumas informações, talvez possamos agilizar um pouco o processo.

Gallup assentiu.

— Claro.

Ele abriu a maleta. Hopper deu uma espiada, mas tudo que conseguiu ver foi uma única pasta de papel pardo, que Gallup tirou da maleta e entregou a ele. Hopper pegou e olhou para a capa em branco. O agente especial se sentou e apontou para a outra cadeira.

— Por favor.

Hopper bufou mais uma vez e se sentou. Abriu a pasta.

Dentro, havia um calhamaço de papéis grampeados. A primeira página era uma espécie de formulário, com uma cópia de uma foto de um homem anexa, de qualidade tão baixa que Hopper levou alguns segundos para reconhecer quem era antes de ler o nome no rodapé da imagem.

Era a terceira vítima, Jacob Hoeler, e o formulário acrescentava ainda o *T.* referente à inicial do nome do meio. O endereço batia com a cena do crime. As demais páginas pareciam ser algum relatório oficial, mas metade do texto tinha sido censurada com tarjas pretas. Hopper folheou o documento, era tudo mais do mesmo. Tinha algumas linhas de texto legível, mas, sem contexto, a única coisa que fazia sentido era outro endereço.

Gallup acomodou as mãos no colo enquanto cruzava as pernas e disse:

— A terceira vítima se chamava Jacob Hoeler.

— Sabemos disso — retrucou Hopper.

— O que vocês *não* sabem, detetive, é que Jacob Hoeler era um dos nossos, *agente especial* Jacob Hoeler. Ele estava trabalhando em um caso, e o fato de ter morrido enquanto exercia suas funções é a principal preocupação do meu departamento. Precisamos assegurar uma investigação rigorosa, e, por conta disso, resolvemos conduzi-la nós mesmos.

Hopper balançou a cabeça.

— Não é assim que funciona. Se você trabalha para autoridades federais, pode enviar uma solicitação formal. Ou pode pedir com educação para cooperarmos. O que não pode fazer é vir aqui e nos mandar parar de trabalhar. Não importa a quem você se reporta. Não é assim que funciona.

Gallup abriu um sorriso ainda mais estreito. Olhou para Hopper, então se virou para LaVorgna.

— Os detetives desta delegacia são todos emburrados assim?

— Só os bons — respondeu o capitão.

Gallup se acomodou na cadeira, descruzando e cruzando as pernas de volta, e tornou a encarar Hopper.

— Na verdade, tenho plena autoridade para entrar aqui e tirar um caso de você quando bem entender. Tenho poder jurídico para mandar a polícia renunciar a todos os casos e seus respectivos documentos ou até para afastá-los do trabalho. E digo mais: se me desrespeitarem, posso tomar providências legais, incluindo prestar queixas de obstrução de justiça. — Ele ajustou uma de suas abotoaduras, deixando-a exatamente paralela ao punho da camisa, e olhou bem nos olhos de Hopper. — Estamos de acordo, *detetive* Hopper?

Hopper passou a mão no cabelo. Olhou para o capitão, mas LaVorgna se ateve a balançar a cabeça de novo.

— Estou de mãos atadas, Hopper. São ordens do chefe. Quando recebi a chamada, o agente especial Gallup e os homens dele já estavam a caminho. — Ele se recostou na cadeira e colocou as mãos na mesa. — Não há nada que possamos fazer. O caso não é mais nosso.

Hopper franziu o cenho.

— Os homens dele?

A porta da sala se escancarou, e Delgado entrou correndo. Esquadrinhou o trio e encarou o capitão.

— Que raios está acontecendo aqui, chefe? Estão levando tudo.

Hopper saltou da cadeira e foi até a divisória do escritório. Fora da sala, na repartição, estavam dois homens de terno escuro encaixotando os documentos da mesa dele e de Delgado, ao passo que um terceiro agente parecia estar tendo uma conversa unilateral com o sargento McGuigan, que berrava. O agente não dizia uma palavra.

— Você só pode estar de brincadeira! — exclamou Hopper.

Ele deixou a sala, com Delgado em sua cola. Quando chegou à sua mesa, o agente que levava um sermão de McGuigan o fitou. O sargento se colocou entre os dois e se virou para Hopper.

— Hopper, o que está acontecendo? Esses palhaços não abrem o bico. E quem é aquele cara na sala do capitão?

LaVorgna se aproximou da cena, com o agente especial Gallup à espreita. Atrás deles, vinha Delgado, fumegante, de braços cruzados.

— Já chega, sargento! — ordenou o capitão.

Gallup sorriu, e Hopper reprimiu a vontade repentina de esmurrá-lo até que ele parasse de sorrir.

O agente especial olhou de relance para LaVorgna.

— Esse é um dos bons, capitão?

LaVorgna o ignorou e separou os dois. Os demais detetives da repartição assistiam ao escarcéu, então o capitão resolveu se pronunciar.

— Não há nada que possamos fazer, pessoal, além de deixar os agentes fazerem o trabalho deles e darem o fora daqui. Enquanto isso, a polícia não pode parar. Mãos à obra!

Entre murmúrios, os demais detetives retornaram às suas mesas, embora Hopper pudesse ver que poucos estavam retomando o trabalho de fato. Delgado correu para a mesa deles e pegou a caneca cheia de café antes que o agente pudesse varrer tudo para a caixa de papelão.

— Só os documentos do caso, babaca!

LaVorgna deu um tapinha no braço de Hopper.

— Dá um tempinho na copa. Toma um café, volta daqui a cinco minutos. Até lá, já devem ter terminado.

— E depois? Vão deixar a gente com uma mão na frente e outra atrás?

— O que você quer que eu faça, detetive? Que ligue para o Beame, lá na prefeitura, e peça um favor? Ele tem mais o que fazer. Todos nós temos. Ou será que você se esqueceu dos outros casos no quadro, com o seu nome ligado a eles? — Ele bufou. — Talvez seja melhor assim. Os crimes das cartas pareciam mesmo muito complicados para a divisão. Talvez eu mesmo acabasse ligando para os agentes federais.

Dito isso, o capitão se retirou para seu posto de trabalho e fechou a porta.

Hopper ficou vendo os agentes empacotarem as coisas. Eram vagarosos, metódicos e — exceto pela caneca de café de Delgado — pareciam verificar item por item antes de guardá-los, certificando-se de que se tratava mesmo do material dos crimes das cartas. Logo ao lado, balançando a maleta, o agente especial Gallup conversava com o terceiro agente.

Hopper seguiu o conselho do capitão e se dirigiu à copa. Quando passou por Delgado, ela deu um tapinha no cotovelo dele. Entreolharam-se, e ela gesticulou para que seguissem para onde ele já estava indo. Com a caneca em mãos, ela foi na frente.

Assim que entraram na copa, Hopper fechou a porta. Delgado se aproximou da janela e deu uma espiada no corredor que dava na repartição. No canto da copa, havia uma televisão em preto e branco de catorze polegadas, ligada no mudo; Hopper girou o botão de volume ao máximo bem na hora em que Vicki Lawrence fazia propaganda de leite em pó. Certo de que não seriam ouvidos, Hopper se virou para a parceira.

— Você está bem, Delgado?

— Isso aí é historinha pra boi dormir! — reclamou ela.

— Nem me fale!

— Mas... tive uma ideia.

Capítulo Seis

PLANO DE ATAQUE

5 DE JULHO DE 1977
BROOKLYN, NOVA YORK

"Notícias em tempo real: uma vitória e tanto! Se você nos der vinte e dois minutinhos do seu tempo, daremos o mundo a você!"

Hopper afundou no assento do motorista da viatura e abaixou o volume do rádio na hora em que a musiquinha de xilofone reverberava no veículo para indicar o intervalo do noticiário. O carro era um Pontiac Catalina, que já devia ter vivido seus dias de glória quando novo, mas ultimamente, com uma suspensão velha de guerra, chacoalhava feito um barco em um mar tempestuoso. Por conta dos cortes de orçamento do Estado, as revisões veiculares ficavam cada vez mais raras.

Ainda era, contudo, relativamente confortável, ainda mais para alguém alto como Hopper. E depois de uma hora de espera no estacionamento do subsolo, no assento baixo do motorista, ele agradecia o apoio que o banco oferecia à lombar.

"Boa noite! São sete da noite, faz vinte e quatro graus lá fora, sou Stan Z. Burns, e eis o boletim do dia: o prefeito Beame pede que a cidade retome o diálogo com os sindicatos, mas diz que os sindicatos precisam ceder um pouco..."

O estacionamento ocupava dois andares debaixo da 65ª Delegacia, e o Pontiac se encontrava no mais baixo, nos fundos, totalmente encoberto pelas sombras, graças aos ângulos infelizes da parca iluminação do estacionamento. Talvez ele estivesse exagerando na discrição, mas a frota de viaturas era usada com frequência, e quanto menos oficiais o vissem, melhor. Se as coisas se complicassem mais tarde, ele não queria que ninguém fosse forçado a admitir tê-lo visto com Delgado na garagem, na noite em que o agente especial Gallup tinha tirado deles o crime das cartas.

Ou... achava que tinha tirado.

Até que estava fresquinho na garagem, pelo menos comparado com as ruas lá em cima, a julgar pelo que dizia o rádio. Hopper deixou as janelas abertas, não só para manter a temperatura agradável, mas para poder ver e ouvir qualquer coisa que acontecesse na garagem.

Torcia para ela aparecer logo. Não tinha telefonado para Diane para avisar que chegaria tarde, afinal isso era tão comum que ela sabia que não precisaria se preocupar, mas estava se remoendo dessa vez, por fazer aquilo deliberadamente.

Delgado apareceu uns minutinhos depois, descendo a rampa principal do andar de cima do estacionamento. Parou na base da rampa, examinando os carros. Hopper virou a chave da ignição e piscou o farol. Ela foi até lá e se sentou no banco do passageiro.

— Que loucura! — exclamou ela.

— É cautela, eu diria.

— Paranoia, eu diria.

Ela olhou para ele, olhou para o rádio, torceu o nariz e desligou o aparelho.

Hopper deu um sorrisinho.

— Não é muito fã das matérias do Stan Z. Burns?

— Sou mais um sonzinho para relaxar. Mas, olha, quando disse para nos encontrarmos mais tarde, não esperava todo esse esquema de espionagem.

O sorriso de Hopper se esvaiu.

— Olha, estou do seu lado, só acho que precisamos ser cautelosos. Se continuarmos por esse caminho, sinto que não vai ter volta. É ganhar ou perder, e perder pode ser terrível. Então, sim, estou tomando precauções.

Delgado o encarou. Ela podia ser uma policial experiente, mas ainda era uma detetive novata, pelo visto disposta a burlar as regras do trabalho em nome de um bem maior.

Então lá estavam eles, escondidos em uma viatura, desobedecendo a ordens diretas.

Pois não desistiriam tão fácil do caso.

Na copa, Hopper tinha ouvido o plano de Delgado. A princípio não havia colocado muita fé, mas, conforme acompanhava o discurso determinado e percebia o comprometimento no olhar da parceira, deixou o medo de lado.

Pois ela estava certa em todo o seu discurso sobre como tinham um trabalho a fazer, uma cidade para proteger. Aquele era o bairro deles em perigo, os moradores dependiam deles, e por isso os dois não podiam simplesmente abdicar do caso. Era seu dever proteger as pessoas que haviam jurado proteger, e Gallup não tinha o direito de pegar o caso daquele jeito e...

Hopper só pôde concordar. Ele tinha ouvido e absorvido tudo. A ideia era maluca, mas muito boa — o tipo de ideia que, Hopper sabia, volta e meia eles precisavam executar.

Minutos depois, retornaram ao gabinete e...

Bom, Hopper incitou uma briga. Peitou Gallup, colocou o dedo na cara dele e berrou a plenos pulmões.

A explosão dele surtiu o efeito desejado. Os outros agentes e detetives se juntaram em torno deles, e LaVorgna saiu correndo da sala para intervir. Atrás de todos eles, Hopper viu Delgado entrar escondida na sala do capitão. Pouco tempo depois, ela ressurgiu, assentindo para Hopper, que desistiu da discussão.

Antes de retornar à sala, o capitão LaVorgna deu uma bronca em Hopper. O detetive pediu desculpas sinceras, e a repartição seguiu com a rotina. Hopper se enterrou em outro caso, e ele e Delgado passaram o resto do expediente se evitando. Era tudo parte do plano: a explosão de Hopper era um mau exemplo para a parceira iniciante, então fazia sentido presumir que ficariam constrangidos e passariam o dia afastados, respeitando o espaço um do outro. E foi o que aconteceu de fato, exceto por um breve encontro no corredor, quando Hopper informou à parceira o horário e o local do encontro secreto.

— Enfim, desculpa o atraso — disse Delgado. — Tinha que terminar umas coisas. Mas missão cumprida.

Ela abriu a bolsa e tirou um documento sucinto, referente a Jacob Hoeler, um arquivo que deveria estar na mesa do capitão LaVorgna, bonitinho, intocado.

— E antes que você pergunte, sim, também notei o endereço.

Hopper pegou o documento e virou a primeira página. No verso, nadando no mar de tarjas pretas, estava o segundo endereço.

— Rua Dikeman — disse Hopper. — Tem o número do prédio e do apartamento, mas nada de CEP, bairro ou referência.

Delgado assentiu e abriu o porta-luvas do carro, de onde tirou um guia de ruas espiralado, todo surrado e encardido. Ela abriu no índice, franziu a testa e acendeu a luz do carro para poder enxergar. Passou o dedo pela densa lista impressa de nomes de ruas até encontrar o nome em questão. Então, revirou as páginas e abriu o mapa indicado.

— Só tem uma rua Dikeman listada, então só pode ser essa. — Ela deu um tapinha no mapa, e Hopper deu uma olhada. — Então, o que você quer fazer? Quer ir lá conferir?

Hopper assentiu.

— Acho que é uma boa. Mas você tem certeza de que quer seguir com isso? Ainda dá tempo de cair fora.

Delgado balançou a cabeça.

— Eu não sugeriria um plano maluco como esse se não estivesse disposta a mergulhar de cabeça, para começo de conversa. Não gosto quando agentes, especiais ou não, se metem nas minhas coisas, e certamente não foi para roubarem o meu primeiro caso assim, sem mais nem menos, que eu batalhei para virar uma detetive de homicídios.

— Você sabe o que pode acontecer conosco se formos pegos, não sabe? — indagou Hopper. Embora tivesse concordado com o plano da parceira, ainda era o detetive sênior, e se sentiu obrigado a ressaltar a realidade da situação em que estavam prestes a se meter, quisesse ela ouvir ou não. — Se pisarmos na bola, você não vai ser mais a detetive de homicídios que tanto quis ser. É muita coisa em jogo!

Delgado ergueu a mão e disse:

— Pode acreditar, sei no que estou me metendo. Mas temos trabalho a fazer e vamos fazê-lo. — Ela se ajeitou no assento para conversar melhor com Hopper. — Então preciso perguntar: e você? Está dentro ou não está?

Hopper sorriu.

— Estou dentro, detetive.

— Bom! Muito bom! Então vamos dar uma olhada na rua Dikeman.

— Na verdade — disse Hopper —, quero que você dê uma passada no apartamento.

A expressão no rosto de Delgado se contraiu, confusa.

— O apartamento da cena do crime?

— Isso. Quero que você vá até lá para ver se deixamos passar pistas. Temos mais informações sobre a vítima agora, talvez você consiga extrair algo disso.

— Certo — disse Delgado. — Nos encontramos aqui mais tarde?

Hopper olhou as horas de novo e estremeceu.

— Não. Não vai dar. Preciso ir para casa. — Ele encarou a parceira. — Melhor você fazer o mesmo. Nos falamos amanhã.

— Combinado. — Delgado abriu a porta da viatura. — Boa caçada, detetive!

Ela saiu do carro, fechou a porta e desapareceu rampa acima.

Hopper esperou mais alguns minutos até a barra ficar limpa, deu a partida rumo à rua Dikeman e ao apartamento misterioso.

Capítulo Sete

CASA DE SEGREDOS

5 DE JULHO DE 1977
BROOKLYN, NOVA YORK

Hopper estacionou a viatura a duas quadras de distância da rua Dikeman, pegou a lanterna que estava atrás do banco do passageiro e seguiu o caminho a pé. Não fazia ideia do que encontraria no apartamento, mas tentou ser otimista. Havia algo de estranho no caso — o caso no qual ele não deveria estar trabalhando —, e ele sentiu uma pontada de adrenalina no peito, enquanto repetia a si mesmo que estava fazendo a coisa certa.

Não estava?

A rua Dikeman ficava em um bairro multifacetado. O bloco residencial ficava colado a uma série de lojas locais — bodegas, lojas de bebidas, lojas de móveis e salões de beleza. Não era a melhor região da cidade, mas, dada a situação de Nova York, Hopper não via problema em caminhar pelas ruas sob a luz amarela dos postes. Apesar da hora, as bodegas e as lojas de bebidas estavam fervilhando, e Hopper estava longe de ser a única pessoa na rua.

O apartamento misterioso de Jacob Hoeler ficava no segundo andar de um prédio sem elevador que estava com a porta da frente aberta. Depois de subir um pequeno lance de escada, o detetive entrou em um amplo corredor com piso revestido de linóleo e arandelas nas paredes. Metade das luzes estava apagada; o linóleo era gasto, ainda que polido, e os sapatos de Hopper arrastaram no piso.

Hopper cruzou o corredor checando os números das portas e logo encontrou o apartamento que procurava: no fundo, perto de uma janelona panorâmica e, pelo lado de fora, da estrutura de ferro da escada de incêndio.

Ele parou e se virou para verificar o corredor; estava sozinho. O vidro da janela era fino e não abafava o barulho do trânsito na rua lá fora, e o indecifrável burburinho de televisores dos vizinhos ecoava em alto e bom som.

Quase indecifrável. Tão logo Hopper olhou para trás, alguém aumentou o televisor em um apartamento próximo, e a trilha de *M*A*S*H* dominou o ambiente.

Enquanto Hawkeye e o coronel Potter debatiam na sala de estar do vizinho sobre quem iria para o inferno, Hopper tirou um lenço xadrez limpo de um bolso interno do casaco, cobriu a maçaneta e tentou girá-la. A mão dele escorregou pelo metal gelado, e a maçaneta se recusou a ceder.

Trancado, conforme esperado.

Ele olhou por cima do ombro enquanto pescava uma carteira fininha de couro de outro bolso, de onde tirou um jogo de chaves-mestras. Segurando a carteira com os dentes, agachou-se e pôs a mão na massa.

Trinta segundos depois, estava dentro do apartamento. Fechou a porta com cuidado para não deixar cair o lenço. Era um trabalho extraoficial, então a última coisa que queria era deixar impressões digitais por toda parte.

Ele tirou a lanterna grandalhona da cintura — tinha atochado a ferramenta na calça, na parte de trás —, acendeu e manteve a luz baixa, com cuidado para não alardear sua presença não autorizada para a rua lá fora.

Hopper demorou um pouco para processar o que o feixe de luz mostrava. Ele não sabia o que esperava encontrar, mas com certeza não era aquilo.

O apartamento estava vazio. Pelo menos a sala em que ele se encontrava. O lugar era minúsculo. Logo à esquerda de Hopper, ficava uma cozinha-corredor. Às voltas com a lanterna, ele viu uma porta à esquerda, uma janela à frente e uma parede branca à direita — a lateral do prédio.

A sala de estar não estava só vazia, estava *despida*. O chão não tinha assoalho. As paredes estavam descascadas, com restos de papel de parede ainda colados aqui e acolá, em retalhos, puídos nas pontas, revelando décadas de camadas. No meio do teto, havia uma rosa ornamentada de gesso, relíquia de um tempo em que aquela parte da cidade era um tanto mais desejada. Da rosa pendia um cabo trançado, que terminava em uma lâmpada sem lustre. Certo de que estava sozinho e de que as cortinas da janela estavam fechadas, Hopper tateou a parede com a mão envolta no lenço até encontrar o interruptor. A lâmpada soltou um zumbido, mas acendeu mesmo assim. Hopper desligou a lanterna e a guardou de volta no cinto.

Entrou no quarto devagar, ciente de que o piso de madeira rangeria. Circundou o cômodo e não encontrou nada de mais. O lugar também estava vazio. Abandonado. Parecia que ninguém morava lá havia anos.

Ou morava?

Hopper fez uma pausa. Se fosse um cativeiro, estaria todo empoeirado, ainda mais em um prédio antigo como aquele, com paredes expostas e rebocos se desfazendo. Mas o lugar estava limpo — não um brinco, só não estava sujo. A poeira acumulada com o passar dos anos parecia ter se dispersado com a movimentação de alguém que usava o local.

E esse alguém era Jacob Hoeler.

Mas para que ele vinha usando o apartamento? A sala estava claramente vazia, a não ser que houvesse algo sob o assoalho. Hopper deu alguns passos para sentir o chão, mas as tábuas eram sólidas feito ferro, instaladas talvez cem anos antes, intactas desde então. Ainda de mãos cobertas, seguiu para a cozinha estreita e examinou os armários. Estavam todos vazios. No canto tinha uma geladeira, que devia ter sido a última moda na década de 1950, mas se encontrava desligada e também vazia.

Sem encontrar nada de interessante, Hopper seguiu para a outra porta à vista. Abriu fácil, revelando um corredor intrincado, com uma porta aberta que dava em um banheiro de um lado e uma porta fechada — provavelmente de um quarto — do outro. Hopper pegou a lanterna de volta e a apontou para o banheiro. Tinha uma banheira sem chuveiro, um vaso sanitário, um armário embutido perto do chão e um espelho instalado na porta. A luz refletida no espelho ofuscou um pouco a vista de Hopper, e ele decidiu dar uma olhada no quarto.

Bingo!

O quarto não tinha cama ou qualquer outro móvel, mas não estava nem um pouco vazio. Havia uma maca portátil de acampamento no meio, com coberta, lençol e travesseiro. Ao lado da maca, estava uma mesa dobrável, de onde brotava um abajur mais apropriado para um escritório do que para um quarto. Ao pé do abajur, encontrava-se um livrão de capa dura: *O Iluminado*, do Stephen King. Esse, Hopper ainda não tinha lido.

Ele estudou o pequeno cômodo com a lanterna.

Foi quando viu.

Enfileirada ao rodapé da parede da porta, uma série de pastas-arquivos, todas idênticas, pretas, de papelão, com uma etiqueta branca na lombada. As etiquetas tinham longos números, escritos à mão em uma letra bonita, com uma caneta de ponta grossa de feltro. Embaixo de cada número, havia uma grande etiqueta impressa:

DEPARTAMENTO DE DEFESA DOS ESTADOS UNIDOS
RETIRADA PROIBIDA

Hopper deu um passo para trás, passando a lanterna pelos arquivos. Eram quinze caixas no total. O detetive ficou ali parado, imerso em conjecturas.

Algo muito esquisito estava acontecendo. Ele deu meia-volta e apontou a lanterna para a maca portátil.

Mas que diabo o agente especial Hoeler fazia ali? Que ele estava usando aquela pocilga como base de operações era óbvio. Difícil era entender por que tinha um monte de documentos do governo federal com ele, ou mesmo como teve acesso àquilo. Gallup sabia dos arquivos? Do apartamento, decerto sabia, mas os documentos — RETIRADA PROIBIDA — ainda estavam ali.

Hopper balançou a cabeça e se voltou para os documentos. Precisava descobrir do que se tratavam. Então se abaixou e se esticou para pegar a primeira caixa.

Foi então que ouviu. Um rangido baixinho mas inconfundível, o mesmo barulho que tinha feito poucos minutos antes, ao cruzar a sala principal e pisar na tábua de madeira.

Alguém mais tinha entrado no apartamento.

Hopper congelou. Devia ser um dos agentes da equipe de Gallup. O apartamento com certeza estava sob vigilância, e talvez os documentos tivessem sido deixados ali deliberadamente, como...

Isca.

Hopper tinha caído em uma armadilha.

Ele se levantou e apagou a lanterna, então se espremeu na parede ao lado da porta do quarto. Ser preso por um agente federal não era o que ele tinha em mente. Apurou os ouvidos para escutar melhor. Estava com sorte, parecia ser uma única pessoa.

Talvez, quem sabe, Hopper conseguisse escapar.

Controlou a respiração, tentando se acalmar, focado nos ruídos do outro cômodo. Depois de um minuto, a paciência compensou. O rangido dos passos foi ficando mais alto conforme o intruso atravessava o curto corredor fora do quarto. Logo em seguida, a maçaneta começou a girar, devagar.

Hopper abraçou a oportunidade. Afastou-se da parede, ficou de frente para a porta e esticou o braço para segurar a maçaneta. Quando ela começou a girar, Hopper a agarrou e abriu a porta com tudo.

O intruso foi sugado para dentro do quarto, na direção de Hopper, que estava a postos: empurrou o intruso para o lado, deixando um espaço livre para correr até a porta do apartamento. De relance, viu uma máscara de esqui preta. Tentou segurar o homem, mas suas mãos escorregaram pela jaqueta de couro dele.

Não era um agente.

O momento de hesitação era tudo de que o intruso precisava. Ele recuperou o equilíbrio e empurrou Hopper com uma força surpreendente. O detetive perdeu o equilíbrio e caiu no chão, e o intruso deu no pé.

— Filho da *mãe* — sussurrou Hopper ao se levantar.

Correu para a sala a tempo de ver a porta bater, ainda ouvindo o ruído dos passos pesados pelo corredor, cada vez mais fraco.

Hopper soltou mais alguns impropérios e saiu correndo pela porta principal, sem parar pelo corredor na perseguição. Não havia sinal do intruso, mas ainda dava para ouvi-lo descer a escada, a toda velocidade.

Correu atrás dele, descendo de dois em dois degraus, e quase se desequilibrou ao chegar ao primeiro patamar. Escorou-se com os braços ao bater na parede e aproveitou o impulso para dar um passo para trás e seguir pelo segundo lance de escada.

A porta do prédio ainda balançava quando Hopper chegou ao saguão. Continuou com a caça, parando uma única vez na rua para definir qual direção seguiria.

Não foi difícil. A calçada estava movimentada, e o sujeito precisou abrir caminho pelo bando de jovens parados na porta da bodega da esquina. Eram quatro rapazes, todos sem camisa, com a blusa amarrada de qualquer jeito na cintura e a pele negra grudenta de suor. Ergueram as latinhas de cerveja para o alvo de Hopper, brindando a figura em fuga, que logo desapareceu pela rua.

Hopper acelerou o passo, e o quarteto jovem o ovacionou quando ele passou em disparada pelo grupo. O intruso atravessou a rua e corria para a esquina seguinte. Hopper precisava capturá-lo, e rápido, ou se perderia naquele labirinto desconhecido de cruzamentos.

Com seus mocassins de solado macio, o detetive trotou até o outro lado da rua. A lanterna se enterrava dolorosamente em suas costas durante a corrida. Quando chegou à esquina seguinte, sentiu os primeiros sinais de baixa de adrenalina, substituída por um formigamento na lateral do corpo. Tinha dado um mau jeito na escada e, entre pontadas de dor, o joelho passava a dar sinais de que não daria conta de continuar a corrida.

Assim que recuperou o fôlego, Hopper virou a esquina. O fugitivo continuou correndo, movendo os braços como um atleta olímpico no meio da rua. Havia menos pedestres por ali, mas todos pararam e se viraram para assistir à cena.

Hopper continuou atrás dele, mas a distância entre os dois aumentava a cada passo. Enfim, Hopper parou — precisava parar, ou passaria mal. Parou no meio da rua e se curvou com as mãos no joelho, para recobrar o fôlego mais uma vez. Uma buzina aguda soou atrás dele, que deu meia-volta, ofuscado pelos faróis do carro. O motorista invisível enfiou a mão na buzina de novo. Hopper se desculpou com um aceno e saiu da rua. O carro passou por ele, e o motorista fez questão de praguejar pela janela aberta. Assim que os faróis sumiram de vista, Hopper esquadrinhou a rua.

O intruso já estava longe. E de nada adiantaria acionar as autoridades. Hopper não saberia descrevê-lo, a não ser pela máscara de esqui e a jaqueta de couro pretas que usava. Além do quê, Hopper não deveria sequer ter entrado no apartamento e não estava nem um pouco a fim de se explicar para alguém como Gallup.

Mas o palpite dele estava certo. O apartamento era importante.

Hopper refez os passos de volta até a rua Dikeman, devagar, sentindo fisgadas no abdômen.

Quem era o intruso? Não era um agente. Hopper não tinha como ter certeza, claro, mas algo no figurino o denunciava, algo no comportamento, seu jeito de correr.

Seria o assassino de Hoeler? Teria Hopper se engalfinhado com o *serial killer* do Brooklyn? E por que o homem tinha ido ao apartamento? Teria visto Hopper entrar, ou seria mera coincidência os dois aparecerem ao mesmo tempo? Mas se não estava lá por conta de Hopper, estava lá por alguma outra razão.

Pelos documentos?

Hopper apertou o passo assim que avistou o prédio de novo. Os jovens do lado de fora da bodega tinham ido embora, e a rua estava vazia.

Hopper entrou no prédio e subiu a escada. A porta do apartamento ainda estava aberta. Ele escutou do lado de fora por um instante, só para se certificar de que não havia ninguém lá dentro, mas a televisão do vizinho estava muito alta, ecoando a trilha de risadas pelo corredor. Hopper fechou os olhos, tentando se concentrar, mas desistiu. Tudo o que conseguiria concluir era que o episódio de *M*A*S*H* tinha acabado.

Quanto tempo passei fora?

Ele botou o pé no apartamento. A lâmpada principal ainda estava acesa, e agora também transbordava uma luz pela fresta da outra porta. Andando pelo apartamento, Hopper notou que o abajur da mesa do quarto estava aceso.

Então, ele se virou para a parede e...

— Merda!

Os arquivos tinham sumido. Todas as quinze caixas. Desaparecidas.

Hopper olhou ao redor, sem acreditar no que via. Deu uma volta no quarto, como se o movimento fosse trazer alguma revelação. Entrou no banheiro microscópico e, em três segundos, concluiu que não havia nada lá.

Voltou para o quarto e desabou na maca portátil. O colchonete era fino, e a estrutura franzina de metal guinchou em protesto.

Hopper fitou a parede onde os arquivos estavam dispostos. Quanto tempo tinha passado fora? Olhou no relógio e ficou surpreso ao ver que já eram quase dez da noite. A perseguição do intruso e o retorno vagaroso ao apartamento tinham levado mais de meia hora. Tempo de sobra para alguém — ou mais de uma pessoa — entrar e levar os arquivos embora.

Hopper alongou o pescoço e esticou a perna direita, com o calcanhar apoiado no chão. Massageou o joelho inchado enquanto absorvia os eventos do dia.

Então, avistou uma pista. Firmando a perna lesionada de volta no chão, botou a mão embaixo do colchonete e puxou um caderno, que só se fez visível quando o peso de Hopper deslocou a cama.

O caderno era espiralado e estava com boa parte das páginas arrancada. As poucas que restavam estavam em branco. O detetive folheou tudo, soltou um suspiro e jogou o caderno na mesa. Coçou o rosto e resistiu ao ímpeto de berrar com todas as forças.

Abriu os olhos e deu outra olhada no caderno.

A primeira página não estava totalmente em branco, não. O ângulo em que a cúpula do abajur pendia e a inclinação do caderno revelaram um segredo.

Hopper girou a lâmpada e semicerrou os olhos para compensar o aumento repentino da luminosidade, então pegou o caderno e colocou a folha debaixo da lâmpada, inclinando-a de um lado para outro até obter o melhor ângulo.

Os sulcos ficaram evidentes, a sombra fantasmagórica do que alguém — Hoeler, presumiu ele — tinha escrito na página anterior. Hopper tentou focar mais a vista, sem conseguir discernir nada com clareza. As palavras eram pequenas, embora a disposição indicasse uma lista.

Uma palavra, ao menos, estava legível: no verso, na borda do papel, com letras grandes e robustas grafadas à mão, circulada diversas vezes.

Hopper franziu a testa. Virou o caderno de um lado para outro, estudou-o de cabo a rabo e segurou as folhas todas contra a luz para ver se descobria mais alguma coisa. Nada mais apareceu. Apenas uma folha apresentava marcas em baixo-relevo.

Hopper guardou o caderno no bolso, e uma única palavra reverberava em sua mente.

Vipers.

Capítulo Oito

A LISTA

5 DE JULHO DE 1977
BROOKLYN, NOVA YORK

Com as mãos na cintura, Delgado examinava o outro apartamento de Jacob Hoeler, o lugar onde o agente especial tinha encontrado seu triste fim. Chegando lá, deparou-se com o lugar ainda lacrado com fita policial e um oficial de guarda no corredor, lendo um jornal dobrado na seção de esportes, com um rádio transístor reverberando uma música que Delgado julgou ser "Sir Duke", do Stevie Wonder. Delgado o repreendeu por quebrar o protocolo — sabendo que não seria capaz de citar seções relevantes do livro de regras caso ele perguntasse, mas certa de que ele não faria isso — e mandou o oficial entediado dar uma saída para buscar um café, para que ela tivesse um tempo sozinha no apartamento. Ele saiu bufando depois de largar o jornal na mão de Delgado, como se a detetive não tivesse nada para fazer, a não ser acompanhar os resultados de jogos de beisebol. Assim que ele virou no corredor, ela se ajoelhou e desligou o rádio.

— Desculpa, Stevie.

Então, pegou o rádio, entrou no apartamento, largou o aparelho e o jornal no balcão da cozinha e deu início ao trabalho.

Delgado teve a sensação de que estava fazendo a busca havia horas, sem sucesso. O quarto tinha sido desmontado, e a cama não estava mais lá. Levaram-na ao laboratório para análise, junto com um grande pedaço quadrado de carpete, recortado sem nenhum cuidado, deixando à mostra umas lascas esfarrapadas e tortas da peça. O lixo tinha sido tirado do apartamento e, para variar, devia estar mofando no laboratório, à espera de alguém para examinar tudo.

Delgado imaginou que teriam mais sorte que ela.

O quarto tinha um armário e um gaveteiro. Ela procurou por toda parte, mas não encontrou nada extraordinário, nada escondido, nada nos bolsos dos casacos ou calças, nada dentro das meias, nada dobrado e guardado numa cueca.

A sala de estar também estava vazia. Sem todo aquele lixo, não restava nada no recinto, além de estofados puídos e uma mesa de centro pegajosa. Delgado revirou e apalpou as almofadas, mas não encontrou nada.

Teve mais sorte na cozinha. Os policiais, ou talvez os agentes de Gallup, haviam revirado tudo, e os balcões estavam cheios de panelas, frigideiras e louças amontoadas, ao passo que os armários se encontravam abertos e vazios. Delgado esquadrinhou o cômodo, sem muita esperança, e estava prestes a ir embora quando notou a moldura de um quadro de cortiça na parede dos fundos, perto da geladeira, escondida atrás de uma pilha de panelas.

Será que tinham deixado o quadro passar despercebido?

Delgado afastou as panelas, uma por uma, até conseguir acesso ao quadro de cortiça. Estava cravejado de tachinhas, prendendo uma dúzia de pedaços de papel em um mural. Em sua maioria, eram recibos, mas uma folha maior chamou a atenção dela, e a policial a arrancou do mural.

Era uma lista de endereços — cinco no total, espalhados pelo Queens, pelo Brooklyn e por Manhattan. Ela o virou, mas não havia mais nenhuma informação ali.

Deixou o recado de lado e começou a tirar as faturas também; com sorte seriam mais pistas.

— Ei, o que está acontecendo aqui?

Delgado se virou para o homem robusto que apareceu na entrada da cozinha. Era um homem de meia-idade, calvo, com um círculo de cachos castanhos na careca brilhando de suor. Usava óculos quadrados grandes e vestia uma calça de corrida e uma regata.

Delgado ergueu o medalhão em torno do pescoço dela. O homem se inclinou para ver, segurando os óculos um pouco à frente do rosto para focalizar. Então, assentindo, deu um passo para trás.

— Desculpa, policial, não sabia que vocês voltariam aqui. Quer dizer, tinha um oficial parado aqui fora, mas ele foi embora, então pensei que finalmente tinham acabado o serviço.

Ele pigarreou. Algo tilintava atrás dele.

Delgado arqueou a sobrancelha. O homem pigarreou de novo, encabulado, mostrou o taco de beisebol que escondia atrás das pernas e deu de ombros.

— Olha, eu não sabia que você era policial, tá bom? Mas estou errado? Hein? Acha que estou errado? Numa cidade como essa, é preciso se precaver, não é verdade? — Ele gesticulava. — Se precaver... sabe, *senhora*...

Então, baixou o rosto, claramente constrangido por sua arma improvisada ter sido flagrada.

— Sou a detetive Delgado. — Ela semicerrou os olhos, reconhecendo o homem da visita anterior. — Você é o síndico, não é?

— O próprio. — Ele estendeu a mão. — Richardson. Tony. Tony Richardson.

Delgado olhou para a mão do homem. Estava encharcada de suor. Ao perceber, ele baixou a mão e a enxugou na calça de moletom.

— Desculpa. — Ele riu, nervoso. — Estou um caco. Essa porcaria de calor... O ar-condicionado está desligado no prédio inteiro e mal tenho tempo para lavar minhas roupas.

Ele voltou a olhar para o chão. Delgado riu.

— Nem me diga! Faz duas semanas que estou burlando o código de vestimenta. Nesse calor, não vou deixar ninguém me dizer o que vestir.

Tony ergueu os olhos e sorriu, com um alívio evidente. Provavelmente, os encontros dele com a Polícia de Nova York em geral eram menos amigáveis, imaginou Delgado.

— Para falar a verdade — disse ele —, até que essa história é interessante, não acha?

Delgado franziu a testa.

— Interessante?

— Ah, sabe... Um apartamento sob a minha supervisão agora é uma cena de crime. Um assassinato, não é? Tipo o Filho de Sam. Sabe o que é? Não acontece muita coisa por aqui, então essa história acaba ficando interessante. Me fisgou.

Delgado ficou ainda mais intrigada. Richardson a fitava, os olhos cada vez mais arregalados. Ele pigarreou de novo.

— Digo, tenho interesse em ajudar, isso que quis dizer — completou ele, olhando para o chão. — Sabe, ajudar a manter a cidade segura, cumprir o meu dever cívico, essas coisas.

— Aham.

Delgado voltou a atenção para o quadro de cortiça e arrancou mais faturas.

— Desculpa o interrogatório — disse o síndico, girando o taco. — Mas você precisa entender a minha posição. Essa história toda... — Passou a apontar o taco para todos os cantos. — O apartamento, o prédio.... É tudo minha responsabilidade. Preciso tomar conta, prestar atenção em quem entra e sai, e tem um monte de policial para lá e para cá. Entende? Tenho que ficar de olho. Não me leva a mal. É o meu trabalho.

— Entendo. Só me faz um favor e guarda esse taco, tudo bem?

— Ah, sim! Desculpa. *Senhora.*

Richardson ergueu o taco, colocou-o com cuidado no balcão da cozinha e pegou o jornal que Delgado tinha descartado.

— Em que posso ajudar, afinal?

Ele abanava o jornal com uma das mãos, enquanto ligava o radinho com a outra.

"... essa foi Thelma Houston, com 'Don't Leave Me This Way', música que chegou ao topo das paradas em abril e está incendiando as pistas de dança neste verão..."

Richardson se debruçou sobre o rádio e começou a sintonizar, mas Delgado apertou o botão de desligar mais uma vez.

— Você se importa?

O síndico ergueu as mãos.

— Desculpa, estava querendo ouvir a estação de esportes. — E abriu o jornal para ler. — Achei que você fosse um deles — disse Richardson, retomando o fio da meada —, tentando bisbilhotar de novo.

— Um dos policiais?

O síndico deu um tapa no jornal.

— Ah, não! Não acredito! Três a um? Quantas vezes os Mets ainda vão perder para o Philadelphia? Pelo amor de Deus! Isso está me matando. — Richardson olhou para ela. — Sem ofensas. Senhora.

A detetive ficou impaciente.

— Você está falando dos policiais que estiveram aqui ou de outras pessoas?

— Não, não! Estou falando dos outros. Uns tipos meio suspeitos. Não fui muito com a cara deles.

Delgado parou um instante. Ele devia estar se referindo aos agentes da equipe de Gallup, embora "suspeitos" fosse um jeito esquisito de descrevê-los. Ela se voltou para o síndico.

— Homens de terno?

Richardson ajeitou os grandes óculos com o polegar.

— Terno?

— Os caras suspeitos... Eles usavam terno?

— Ah, sim! Digo, não, não estavam de terno. Não, esses caras, eles... Sei lá. Eram uns caras. — Ele deu de ombros.

— Conta mais.

— Deixa eu ver se lembro. — Ele ajeitou os óculos de novo e largou o jornal no balcão. — Estavam em três. Não vi quando entraram, mas ouvi o estrondo. Eu estava lá embaixo... O quartinho do síndico fica bem embaixo do apartamento, sabe, *senhora*? Foi de tarde. Ou já era noite? Enfim, não era muito tarde. De repente, ouvi um estrondo, um *tum tum tum*, como se estivessem tentando derrubar a porta. Estavam aos berros, chamando pelo Jacob, mas, claro, ele nunca respondeu.

Delgado balançou a cabeça.

— Espera! Quando foi isso?

— Hum... Dois dias atrás? Não, três. Semana passada. Antes de, sabe, antes do acontecido. Enfim, estavam fazendo uma barulheira danada, berrando o nome dele, batendo com força na porta, então apareci para ver o motivo daquele estardalhaço todo e mandei caírem fora. Os vizinhos não gostam de perturbações, sabe? E sobra para quem? Para mim, claro. Sem brincadeira! O pessoal forma fila na minha porta como se fosse comprar ingresso para um show na Times Square. — O síndico tirou os óculos, enxugou o suor do nariz e os colocou de volta. — Enfim, subi e mandei pararem de esmurrar a porta e darem no pé. Expulsei mesmo!

Ele fez uma pausa, como se esperasse uma reação de Delgado. Ela se ateve a arquear a sobrancelha. Para o síndico, aquele gesto foi o suficiente.

— Daí pararam de bater na porta e me encararam. Então me preparei para sacar o taco, por precaução, entende? Qual não foi a minha surpresa quando o cara esmurrando a porta simplesmente sorriu para mim e se desculpou? Os arruaceiros mais simpáticos que já vi.

— Arruaceiros?

— Ah, talvez não fossem arruaceiros. Mas, sabe... Jovens. Não crianças. Um pouco mais velhos. Mais velhos que você, mais novos que eu. Meio esfarrapados, sabe? E aquelas jaquetas? Juro, eu teria fritado se estivesse vestindo aquilo.

— Que tipo de jaqueta?

— Ah, umas jaquetas verdes, sabe? Tipo cáqui? Acho que é cáqui. Sabe? Jaquetas militares. Não era uniforme, a não ser que jeans boca de sino seja o uniforme agora. Ou talvez fosse. O que é que eu sei, não é mesmo?

Delgado tentou distinguir as partes relevantes da história do síndico.

— O que aconteceu depois?

— Ah, o homem disse que estava procurando o Jacob, e eu disse que ele não estava em casa. E foi então que notei.

— O quê?

— Ah... O *cheiro*. Sabe o que é, a vizinha do lado, do catorze, ela tinha falado qualquer coisa no dia anterior, mas ela está sempre reclamando. Mas, aqui em cima, eu senti alguma coisa mesmo, sabe? Primeiro pensei que fossem os três caras de jaqueta militar, mas, quando foram embora, o cheiro continuou lá. Então bati à porta. Não sei nem por que fiz isso. A não ser que ele tivesse escalado até o segundo andar e acabado de entrar pela janela, não era possível que o Jacob estivesse em casa. Então deixei quieto, até que a moça do catorze, uns dias depois, veio me azucrinar de novo por causa do cheiro, dizendo que não ia me deixar em paz até que eu fosse dar uma olhada. Então peguei a chave-mestra e... Bom, você sabe o resto da história.

Delgado assentiu. Ela tinha ouvido o depoimento de Richardson algumas vezes, mas sempre começava com as reclamações da vizinha sobre o cheiro. O início do relato era novidade para ela.

— Você deixou bastante coisa de fora do seu depoimento, Tony.

O síndico levantou os braços, na defensiva.

— Escuta, o que posso fazer? Os policiais... Eles não têm muita boa vontade, não é? Ninguém me perguntou essas coisas, só queriam saber como encontrei o corpo. E olha... — Ele fez uma pausa e pegou o taco de beisebol, deixando Delgado um pouco tensa, mas tudo que ele fez foi mostrá-lo para ela, gabando-se. — Às vezes, a gente precisa se cuidar. Os policiais debandaram. Deixaram só um cara a postos. Perguntei o que estava acontecendo, e por acaso me contaram? Nunca que contaram! O que posso fazer? Sou o síndico, tenho responsabilidades e deveres, e preciso cuidar deste lugar.

Delgado anuiu. O síndico tinha razão. Os policiais — os uniformizados, pelo menos — provavelmente entraram e saíram em um piscar de olhos, passando toda a responsabilidade pela cena para a divisão de homicídios. Não contaram nada para Richardson porque não tinham nada para contar, não era o departamento deles. E com ela e Hopper afastados do caso, parecia que Gallup ainda precisava mandar os agentes federais para assumir a cena. O síndico estava por fora.

— Escuta — disse ela —, você foi de grande ajuda hoje, mesmo.

O síndico sorriu e ajeitou os óculos.

— Ah, disponha. Trabalho no andar de baixo. Apareça quando quiser, será um prazer ajudar. Queria que tivesse mais policiais como você, entende o que quero dizer?

Infelizmente, Delgado entendia exatamente o que ele queria dizer. Ela começou a juntar os papéis do mural de cortiça, tudo embaralhado. Puxou um papel da pilha e deu uma olhada. Richardson se aproximou, ajustou os óculos mais uma vez e leu o que dizia.

— Ingressos para ver o Frank Sinatra!

Delgado torceu o nariz e chegou um pouco para o lado, buscando mais espaço. O síndico deu um tapinha no papel na mão dela.

— Arena Forest Hills, 16 de julho — disse ele, soltando um silvo desafinado, que Delgado interpretou como uma tentativa de assobio. — Nossa, o que eu não faria para ter ingressos para ver o Frank Sinatra? Olha, vou dizer uma coisa, vai ser um show e tanto! Nossa!

Ele fitou Delgado e ajustou os óculos. De olhos arregalados, piscava freneticamente por trás das lentes quadradas.

Com outro tapinha no ingresso, o homem deu de ombros.

— Acho que ele não vai mais, não é? O sr. Hoeler. Digo, onde já se viu um homem morto ir a shows?

Delgado sentiu um sorriso se abrir.

— Eu, particularmente, nunca vi — respondeu ela.

Richardson assentiu.

— Certo, certo!

A detetive mordeu o lábio para conter o riso.

— Bom, acho que vou deixar o ingresso aqui no balcão. Se acontecer algo com ele, não me responsabilizo.

O síndico demorou um instante processando as palavras dela, então sorriu e assentiu. Delgado deixou o ingresso no balcão — Richardson não tirava os olhos dele — e revirou a coleção de faturas e papéis remanescentes, tirados do mural. Ela puxou a maior folha da pilha, a lista de endereços, virou-a de frente e a colocou no topo.

— Espera, esse cruzamento!

— O quê?

O síndico pegou a lista da pilha. Ele alisou o papel, ajustou os óculos e deu uma batidinha com o dedo.

— Aqui. Rua Reid com rua Andrew, número 65 da rua Reid. É onde fica o Dixon's.

Delgado tomou o papel da mão dele.

— Uma academia de boxe?

— Isso! Bom, não é só uma academia de boxe. Quer dizer, é uma academia de boxe, sim, mas eles têm um espaço que dá para alugar. Para reuniões e coisas do tipo. O pessoal do Bill W. costuma ir lá.

Delgado olhou para o síndico, reconhecendo o eufemismo.

— O AA?

O síndico ergueu as mãos de novo.

— Não sou eu que vou. É um primo. Levo ele lá já faz uns seis meses.

— Para o Dixon's?

— Isso mesmo, senhora. E tem sido ótimo para ele.

Delgado mostrou a lista para o síndico de novo.

— Você reconhece mais algum endereço da lista?

O síndico pegou o papel e o ergueu na altura do nariz, ajustou os óculos com a outra mão de novo, aproximando e afastando o papel para conseguir enxergar.

— Não, só esse mesmo. — Ele devolveu o papel. — Será que todos são de reuniões do AA? — Ele deu de ombros. — Não é preciso ir sempre no mesmo lugar. Algumas pessoas fazem isso porque gostam, sabe? Porque é para ser um negócio anônimo, mas não é bem assim quando começam a se conhecer melhor. Por isso que outras gostam de honrar o segundo A da sigla e mudar de lugar em cada reunião. E não tem problema. O importante é ir.

— Com que frequência você vai lá?

— Com o meu primo? Toda semana. O Dixon's fica a apenas duas estações de metrô daqui. É fácil chegar lá, e ele curte dar um pulo na grande ilha, que é como chama Manhattan, sabe?

— Você já chegou a ver o Jacob Hoeler por lá alguma vez?

O síndico fez um gesto como se estivesse passando a mão pelo cabelo, embora só estivesse passando a mão no ar.

— Nunca. Nunquinha. Nunca topei com ele. Nem sabia que ele ia. Nossa, eu quase nunca converso com os caras. Faz poucos meses que moro aqui. Talvez ele até frequentasse o Dixon's, mas nunca vi.

— Eles fazem reuniões mais de uma vez por semana?

— O AA? Acho que sim. Nós vamos às terças. Acho que eles têm uma reunião às sextas também. Capaz que Jacob fosse às sextas. Ou talvez estivesse praticando boxe.

Richardson fitava Delgado de olhos arregalados, como se tivesse acabado de revelar uma grande pista. Delgado sorriu para ele.

— Nunca se sabe — disse ela. — Obrigada pela ajuda. Bom show.

O síndico fez uma continência.

— Agradecido! E se precisar de alguma coisa, será um prazer ajudar.

Delgado saiu primeiro do apartamento. O policial ainda não tinha voltado, e a detetive se perguntou se voltaria.

— Vou trancar aqui — disse Richardson. Delgado já seguia pelo corredor. — Ei! — chamou ele, de costas. — Alguma ideia de quando vão liberar o apartamento? Preciso reformar para colocar de volta no mercado, entende o que quero dizer?

— Vou falar com o pessoal para entrar em contato com você. Fica tranquilo, que não vai demorar.

— Está bem, *vou ficar tranquilo* — disse o síndico, mas Delgado já tinha ido embora.

Capítulo Nove

O INFORMANTE

6 DE JULHO DE 1977
BROOKLYN, NOVA YORK

Delgado estava à sua mesa, bebericando café, quando Hopper chegou à 65ª Delegacia. Assim que Hopper a cumprimentou com um breve aceno, Delgado se levantou e fez sinal para se encontrarem no corredor que dava na copa. Mas o plano deles para uma troca clandestina de informações foi por água abaixo quando o capitão LaVorgna chamou Hopper à sua sala.

Hopper suspirou.

— Lá vem problema — disse ele.

Delgado assentiu e sentou-se de volta. Hopper atravessou a repartição, rumo à sala de LaVorgna, que esperava recostado no batente, observando o detetive se aproximar. Ele gesticulou para Hopper se sentar e fechou a porta.

— Calor do diabo! — reclamou Hopper.

LaVorgna resmungou enquanto contornava a mesa.

— Dizem que vai chegar a trinta e sete graus até o fim da semana.

— Alguma novidade sobre o conserto do ar-condicionado?

— Acho mais provável um dos meus detetives pousar na Lua do que consertarem o ar-condicionado.

O capitão arrastou a cadeira e espremeu a barriga contra a mesa. Hopper sabia o que isso significava: era hora de acabar com o papo furado e pôr a mão na massa.

— Tenho um novo caso para você.

Hopper bufou.

— Nem os assassinos estão dando trégua nesse calor.

LaVorgna balançou a cabeça e coçou o cavanhaque com o indicador enquanto fitava o detetive.

— Não é um homicídio. Estamos com um cara sob custódia. Ele diz que tem informações e quer trocá-las por proteção.

Hopper franziu o cenho.

— Proteção contra o quê?

— É isso que eu quero que você descubra, detetive.

Hopper balançou a cabeça.

— Não sei, não, chefe. Trabalho na divisão de homicídios, não em narcóticos, e...

— Sei muito bem que divisão eu comando, detetive — interrompeu LaVorgna, subindo o tom de voz. — E quando eu digo que estou designando um caso a você, é porque estou designando um caso a você. Estamos entendidos? Não sei se você reparou, mas não é só a nossa equipe que está sofrendo com os cortes. Falta mão de obra e verba na delegacia toda. Então, às vezes, vou pedir que você ajude outro departamento, e você vai me agradecer pela oportunidade de expandir os seus horizontes.

Hopper bufou e passou a mão pelo cabelo. Deu um tapa na própria coxa.

— Sim, senhor. Peço desculpa. — Ele coçou o rosto. — Vou ver o que consigo arrancar dele.

LaVorgna abriu um sorriso. Hopper não estava gostando muito daquilo.

— Viu? É por isso que gosto de você, Hopper.

Hopper franziu a testa.

— Por isso o quê?

— Você faz o que mandam e não testa minha paciência.

Hopper sentiu os músculos da mandíbula tencionarem.

Então, capitão, por falar nisso...

Por cima do ombro ele apontou para a repartição com o polegar.

— Já deu a notícia para a Delgado?

— Deixa que eu me entendo com ela, detetive. Agora sugiro que você vá trabalhar. Estão te esperando lá embaixo.

— Sim, senhor.

Hopper se levantou e fez uma continência de brincadeira, mas o capitão já estava mergulhado na papelada.

— O que foi? — indagou Delgado, assim que Hopper retornou à mesa.

— Ah, você não ficou sabendo? Parece que não trabalho mais para a divisão de homicídios.

Delgado quase engasgou com o café.

— O quê?!?

Hopper levantou a mão.

— Relaxa! É temporário. Parece que fui demovido para a divisão de narcóticos. Apareceu um cara pedindo proteção em troca de informações, não sei muito bem. Deve ser um zé mané qualquer.

Delgado passou a língua pelos dentes.

— Você acha que o capitão está tentando nos manter afastados?

Não é que era uma boa pergunta?

— Talvez. — Hopper olhou para a sala do capitão. — Você acha que ele sabe que ainda estamos investigando o caso?

Delgado seguiu o olhar de Hopper.

— Não vejo como poderia saber. Mas, escuta, precisamos conversar.

Hopper assentiu e se levantou.

— Precisamos mesmo. Vamos lá, preciso tomar um café antes de descer.

A copa estava vazia, o sargento McGuigan estava de saída quando entraram. Hopper e Delgado deram bom-dia e esperaram até ele retornar à mesa. Então, Hopper fechou a porta e se dirigiu à cafeteira.

Delgado estendeu a caneca, e Hopper pegou a jarra para servir a parceira.

— O que você encontrou na rua Dikeman? — perguntou ela.

— Um negócio interessante — disse ele, enchendo a própria caneca.

Ele tomou um gole, estremecendo com a quentura e o amargor, e então atualizou a policial sobre a aventura da noite anterior: o apartamento vazio, as pastas-arquivo designadas como propriedade do governo, a perseguição fracassada do intruso e o subsequente sumiço dos documentos.

Delgado ouviu, aquiescendo enquanto absorvia as informações, e alternava olhares para Hopper e para a porta da copa, mantendo a vigília.

— Bem que eu desconfiei... Essa história está muito mal contada.

Hopper assentiu e bebericou o café.

— E bota mal contada nisso! Toma! — Ele enfiou a mão no bolso da frente da camisa e tirou a primeira folha do caderno que achou no apartamento da rua Dikeman. — Vê se você consegue descobrir alguma coisa enquanto resolvo essa história lá embaixo.

Delgado guardou o papel no bolso da camisa polo.

— Alguma novidade na cena do crime? — perguntou Hopper.

Delgado contou a ele dos três homens que apareceram procurando por Hoeler e descreveu a lista de endereços que havia encontrado. Hopper escutava atento, taciturno.

— Por acaso vestiam jaquetas militares? — indagou ele.

Delgado deu de ombros.

— Foi o que o síndico disse. Digo, dá para descolar umas jaquetas dessas em qualquer loja de artigos militares, não sei se é uma informação útil. Por quê?

— Eu tenho uma jaqueta dessas. Lembrança do Exército.

Delgado ficou intrigada.

— Quer dizer que podem ser veteranos?

— O síndico comentou que o Dixon's servia de sede para o AA, não comentou?

— Isso!

— Então talvez também seja usado por outras associações, como um grupo de apoio para veteranos.

— Isso existe?

— Existe. Muitas pessoas voltaram do Vietnã precisando de ajuda.

— Não duvido. Vou investigar o Dixon's, dar uma olhada nos outros endereços, listar os grupos. É melhor você descer.

Hopper olhou o relógio e assentiu. A porta da copa se abriu; era Harris. Ele parou quando viu os dois e abriu um sorrisinho.

— Ora, ora, se não são os dois pombinhos em uma reunião secreta!

Com um suspiro, Hopper se retirou, deixando Harris sucumbir ao olhar letal de sua parceira.

O homem já tinha sido conduzido à sala de interrogatório quando Hopper chegou à divisão de narcóticos. Ele entrou na sala e acenou para o policial uniformizado que estava parado de braços cruzados em um canto. O policial se aproximou, balançando a cabeça.

— Boa sorte com esse aí.

Então, arriou a aba do quepe e, com os polegares enganchados no cinto, se retirou da sala.

Hopper fechou a porta e foi tomado por um mau pressentimento. Seria uma perda de tempo. Colocou o café e os documentos na mesa e estudou o sujeito com quem teria que conversar.

Era um homem jovem, talvez até adolescente, pela aparência. Vestia um colete fininho de couro sobre uma camisa de beisebol, de manga comprida arregaçada até os cotovelos. Estava sentado à mesa de braços cruzados, com a cabeça recostada na cadeira, virada para o lado oposto da porta, como se estivesse dormindo. O cabelo estava bem aparado, um black power redondinho.

O comportamento do informante — ainda que Hopper hesitasse em rotulá-lo assim, já que ele ainda não tinha fornecido nenhuma informação — não era nada novo, claro. As pessoas agiam das mais diversas formas sob custódia, e Hopper já tinha visto de tudo. No caso, imaginou que ele talvez estivesse recuperando as energias para curar a bebedeira ou o efeito de alguma droga. Ao se sentar à mesa, de frente para o homem, Hopper sentiu um cheiro doce emanar dele e ficou com a segunda opção.

Hopper deu um gole do café e olhou o relógio, então bufou e deu um soco na mesa. O informante saltou na cadeira, piscando sem parar e mordendo o lábio.

— Acordei você? Desculpa — disse Hopper, com a voz firme. — Dá próxima vez a gente dá uma ligadinha antes do interrogatório para te acordar.

O homem franziu a testa, confuso, e olhou para Hopper.

— Que foi? — perguntou, enfim.

Hopper suspirou e pegou a caneta.

— Deixa pra lá. — Ele abriu a pasta de documentos e passou a caneta pelo formulário parcialmente preenchido. — Certo, então você é o sr. Washington Leroy.

— Não, não, não — disse o homem, balançando a mão sobre o formulário.

Hopper levantou o rosto, e o homem lhe lançou um olhar intenso. Estava com os olhos vermelhos, mas sem uma lanterna Hopper não conseguia avaliar o estado das pupilas. Imaginou que estivessem bem dilatadas.

— É Leroy Washington. *Leroy*. Você trocou a ordem, cara. — Ele soltou um sibilo e afundou de volta na cadeira. — Leroy Washington.

— Erro meu — disse Hopper, riscando os nomes e corrigindo o formulário. — Leroy Washington.

— E você é...?

Hopper não tirou os olhos do formulário. Pôs a mão no bolso da camisa, tirou um cartão e entregou a ele. O rapaz pegou o cartão e o aproximou do rosto.

— Detetive James Hopper... — Leroy ergueu os olhos. — Divisão de homicídios?

Hopper ignorou a pergunta e fitou o sujeito.

— Você disse que tem informações.

A expressão de Leroy se acendeu. Ele olhava para Hopper, mas sem focalizar muito bem.

— Informações? Tenho informações, sim.

Hopper deu de ombros.

— Bom, sou todo ouvidos!

Leroy assentiu e umedeceu os lábios, então colocou as mãos na mesa, espalmadas. Hopper notou que as unhas eram cotocos encardidos. Leroy ostentava uma coleção de pulseiras, uma combinação do que pareciam elásticos de cabelo coloridos no punho esquerdo e, no direito, um bracelete largo de couro, com uma fivela prateada maior que o fecho do cinto de Hopper.

— Escuta, cara! — disse Leroy, tamborilando na mesa. — Um negócio grande está para acontecer, é sério. — Ele se recostou na cadeira e esculpiu o ar diante dele com as mãos. — Cabuloso, cara. Ele está planejando faz um bom tempo. Meses, cara, meses. Talvez anos. — Leroy balançou a cabeça, apoiou os cotovelos na mesa, olhou no fundo dos olhos de Hopper e deu uma batidinha com o dedo na têmpora. — Você não conhece o Saint, cara, não conhece mesmo. Ele guardou tudo na cabeça. Tudinho.

Hopper crispou os lábios e encarou Leroy.

— Certo. Quer dizer que algo *grande* está prestes a acontecer? — indagou ele.

Leroy fez que sim e voltou a desabar na cadeira.

Hopper o observou mais um pouco e deu uma fungada.

— Olha, isso não basta! Se quiser proteção, se estiver mesmo em perigo, precisa me dar informações concretas.

Leroy torceu o nariz.

— Concretas?

— Nomes, lugares, datas, horários. Informações específicas. Caso precise de proteção, podemos arranjar um esquema, mas você tem que me dar alguma base para agir, uma pista para a prevenção de um crime ou prisão de um bandido. Não oferecemos proteção para qualquer um que aparece por aqui, não de graça.

Leroy balançou a cabeça e tamborilou na mesa de novo.

— Tô ligado! Mas eu te contei, cara, eu te *contei*. Dei até um nome. O Saint. Ele está com *tudo* planejado.

Hopper soltou um suspiro.

— Mas *tudo o quê*, Leroy?

Leroy parecia não estar escutando. Tinha fechado os olhos e jogado a cabeça para trás.

Estava fora de si, sob efeito de alguma coisa. Hopper soltou mais um suspiro. Já estava se levantando, mas parou quando Leroy se pronunciou de novo.

— Está chegando. A escuridão, a noite, a serpente negra. — Leroy não abriu os olhos, só fez uma careta. — Está chegando, aqui e agora, aqui e agora. O trono de fogo está pronto. Ele, o Serpente, logo tomará Seu trono e reinará sobre tudo e todos, com Seu fogo e Seu poder. E Seu manto de sombras varrerá a cidade inteira.

Na mosca. Mais pra lá do que pra cá. Não restavam dúvidas para Hopper. A Polícia de Nova York tinha muita coisa para fazer, não podia perder tempo com esses malucos que apareciam para prever o fim do mundo. Hopper folheou os documentos e conferiu mais uma vez se tinha assinado no lugar certo. Estava prestes a acionar um policial para colocar Leroy para fora quando o rapaz saltou da cadeira de repente. Abriu os olhos, piscou e começou a apalpar os bolsos.

— Espera! Você quer um negócio, cara? Eu tenho um negócio para você.

Ele tirou um objeto do bolso interno do colete de couro.

O coração de Hopper acelerou. Ele se ajeitou de volta na cadeira, sem tirar os olhos do objeto que Leroy Washington tinha colocado diante dele na mesa.

Era uma carta branca, maior que uma carta de baralho. Tinha um símbolo na frente, desenhado à mão, em uma tinta acrílica espessa: o contorno de uma estrela de cinco pontas. Hopper nunca tinha visto aquele símbolo em particular, mas a carta claramente fazia parte do conjunto que ele já conhecia bem.

O detetive a fitou pelo que pareceu um milênio. Leroy dizia alguma coisa, mas o ruído nos ouvidos de Hopper não permitiu escutar o que era.

Logo em seguida, Leroy começou a hiperventilar, e a mudança repentina nele interrompeu o transe de Hopper.

— Onde você arrumou essa carta?

Leroy não estava ouvindo. Estava de olhos fechados de novo e falava entre arquejos.

— O dia da escuridão se aproxima... Do dia, será feita a noite, e a noite ficará negra feito serpente. E o trono há de ser preparado para Sua chegada. É o que diz o Saint... É o que diz o Saint.

Leroy recobrou o controle da respiração e desabou mais uma vez na cadeira, então começou a rir, o queixo quicando no peito, os olhos ainda fechados.

— Ei! — chamou Hopper.

Leroy o ignorou.

Hopper bateu na mesa com força.

— *Ei!*

Sobressaltado, Leroy piscou como se tivesse acabado de acordar de um sono profundo. Olhou para Hopper.

— *Onde você arrumou essa carta?* — berrou Hopper.

A voz alta pareceu ricochetear nas paredes da salinha.

Leroy pelo visto não tinha notado a mudança de humor de Hopper. Permaneceu sentado, estalou os lábios e olhou ao redor da sala, até encarar Hopper.

— Você pode me descolar um trago, cara? Minha garganta está pegando fogo. Tô precisando. — Ele limpou a boca com as costas da mão.

Hopper não se conteve: agarrou o sujeito pelo pulso. Leroy ganiu de medo.

— Você disse que tem informações, e quero ouvi-las. Tem algo a ver com essa carta? Você sabe de onde vem isso? Sabe quem fez? Se souber de alguma coisa sobre os assassinatos, precisa me contar, *agora*.

Leroy tentou se desvencilhar, e Hopper cedeu.

— É tudo parte do plano. Foi o que ele disse. Tudo parte do plano.

— Quem disse? Que plano?

— O Saint disse.

— Quem é Saint? Leroy, *quem é Saint*?

— Saint John. Ele veio salvar todos nós. Está preparando o trono para a chegada Dele.

— Quê? Chegada? — Hopper coçou o rosto. — Chegada de quem?

— Nem vem, cara! Não posso dizer o nome Dele.

Hopper se levantou e se escorou na mesa, as têmporas latejando.

— Do que você está falando, Leroy? Chegada de quem?

Leroy levantou o rosto e olhou para ele. Balançou a cabeça, lágrimas se formando em seus olhos. Ele movia os lábios, tentando encontrar as palavras.

— Satã, cara — sussurrou, baixinho. — Satã está chegando, e Nova York vai ser Seu trono.

Capítulo Dez

A CARTA

6 DE JULHO DE 1977
BROOKLYN, NOVA YORK

Na cabine do banheiro, Hopper estava sentado com os cotovelos apoiados nos joelhos havia vinte minutos. Esfregou o rosto. Não estava se escondendo, mas queria privacidade total para pensar, e o velho banheiro dos fundos da delegacia era a área com o menor tráfego do prédio, até onde ele sabia.

Fitou o branco da porta da cabine, a carta pesando feito chumbo no bolso da camisa.

Estava abalado com a história de Leroy e se culpava por isso. Sim, a carta o pegou de surpresa, mas, céus, ele era um detetive, um oficial. Havia perdido as estribeiras de novo — tinha noção dessa sua falha de caráter.

Mas a carta era uma boa notícia.

Porque era uma pista.

Leroy Washington sabia de alguma coisa. Talvez estivesse até envolvido, embora provavelmente não fosse o assassino, pelo jeito que saiu oferecendo informações em troca de proteção. Estava tão agitado no interrogatório que não tinha apresentado muita coisa além da carta, mas sabia de algo, e aparentemente corria perigo por conta disso.

Talvez estivesse na mira do assassino.

E o resto da história? Satã chegando a Nova York, a cidade em chamas, escuridão? Nada que os doidões da Times Square já não tivessem dito antes. *O fim se aproxima.* Claro que se aproxima, estamos falando de Nova York. O mundo está sempre acabando para alguém.

De repente, Hopper ouviu uma movimentação: tinha alguém no banheiro, interrompendo suas conjecturas. O estranho entrou na cabine ao lado e bateu a porta.

Hopper saiu da sua. Fitou-se no espelho sobre a pia. Estava péssimo, sentia-se péssimo e não tinha muito o que fazer para mudar isso. Vinha dormindo pouco, bebendo café demais, e andava mais estressado do que imaginava por desobedecer às ordens do capitão.

Disse a si mesmo para se recompor, deixou o banheiro e subiu a escada.

No caminho de volta à divisão de homicídios, viu Delgado parada na entrada de uma das salas de arquivo. Na mesma hora, sentiu-se melhor. A nuvem que pairava sobre ele de repente se dissipou por inteiro.

Ver Delgado era um lembrete de que não estava sozinho.

Ela o interceptou no caminho para a mesa e o conduziu à copa.

— Demorou, hein! Escuta, encontrei uma pista.

A copa estava vazia. Assim que entraram, Delgado fechou a porta, aumentou o volume da televisão e foi até a mesa no centro da sala, onde colocou a folha do caderno que Hopper tinha dado a ela mais cedo.

— Agradeça o finado Jacob Hoeler pela mão pesada. — Ela apontou para o papel, coberto de blocos sombreados de grafite cinza. — É bem simples. A gente fazia muito isso na escola.

A escrita ficara bem visível, a palavra VIPERS com um retângulo desenhada em torno dela. O restante do texto era mesmo uma lista. Hopper leu em voz alta:

— Savage Slits. Killer Kings. Bronx 45s. East Village Legion. Fulton Furies. Mercy Nation.

O detetive olhou para Delgado.

— São gangues.

Delgado assentiu.

— Pois é! Mas não gangues quaisquer. Eu verifiquei. A lista cobre os cinco distritos. Todas as gangues, a não ser os Vipers, são conhecidas entre os policiais e agentes federais, e todas têm uma coisa em comum, exceto pelos Vipers.

Hopper coçou o queixo, pensativo.

— E o que seria...?

Delgado deu uma batidinha no papel.

— Todas sumiram. Desapareceram. Nenhuma dessas gangues existe mais, até onde sabemos. Foram dizimadas, se separaram ou se mudaram, vai saber.

— Exceto pelos Vipers?

— Exceto pelos Vipers. Nunca ouvimos falar deles. Ninguém ouviu. — Ela deu de ombros. — Presumindo que também seja uma gangue.

— Tem nome de gangue — disse Hopper. — Pode ser um grupo novo. Gangues se formam e acabam o tempo todo.

— Mas escuta, Hopper, você sabe o que isso significa, não sabe? — Os dois se entreolharam. — Jacob Hoeler, a terceira vítima, era um agente federal, com esconderijo secreto e tudo. Tinha uma lista de gangues, incluindo essa gangue nova. Foi morto em serviço. Por isso o agente especial Gallup apareceu na nossa porta e tirou o caso das nossas mãos. Faz todo o sentido. Podem não querer contar para a gente o que está pegando, mas não é preciso ser doutor para entender.

— Jacob Hoeler fazia parte de uma força-tarefa federal de investigação das gangues.

— Exatamente. Devem ser do FBI, ou talvez da ATF, talvez ambos. Isso explica muita coisa. O agente especial Gallup pode ser um baita de um paspalho, mas não está tentando proteger só o próprio emprego.

Hopper assentiu.

— Se ele estiver mesmo liderando a força-tarefa, tem agentes espalhados por toda a cidade, muito provavelmente infiltrados nessas gangues, à paisana. A força-tarefa está operando há meses. Anos, talvez. — Hopper apontou para o papel. — Talvez seja para lá que as gangues todas tenham ido. Estão trabalhando para desarticulá-las, implodi-las por dentro.

— Exato! — disse Delgado. — Até que um dos infiltrados morreu. Daí chegou a Polícia de Nova York, meteu o bedelho e colocou toda a operação em risco. Então, o agente Gallup se viu obrigado a tomar as rédeas. Ele precisa proteger os agentes dele, custe o que custar. Precisa centralizar a operação na agência. Não tem escolha.

As coisas estavam começando a fazer sentido. Hopper tirou do bolso da camisa a carta com o símbolo e mostrou a Delgado. A parceira arregalou os olhos só de ver o que era.

— De onde veio isso?

Hopper a jogou na mesa.

— O sujeito que me mandaram interrogar, que apareceu pedindo proteção... Ele disse um monte de ladainha sobre o fim do mundo...

— Ele fez o quê?

Hopper balançou a cabeça.

— O cara estava doidão, sob efeito de alguma droga. Mas me deu essa carta, disse que era prova de que tinha informações do interesse da polícia.

— E que informações eram essas?

— Ele não me passou. Vamos saber mais quando ele ficar sóbrio, mas deve ser algo ligado aos assassinatos. — Hopper apontou para a carta. — Isso está cheirando a coisa de *gangue*. O sujeito, Leroy Washington, não disse que fazia parte de uma gangue, mas se encaixa no perfil. Talvez ele faça parte desses Vipers.

Delgado massageou as têmporas enquanto pensava.

— Assassinatos ritualísticos não são muito a praia das gangues — comentou ela.

Hopper deu de ombros.

— Concordo. Mas é impossível ser coincidência. Jacob Hoeler é prova disso. Leroy Washington também.

— Onde ele está agora?

— Mandei de volta para a cela. Ele precisa voltar a si para liberar qualquer informação que seja. — Ele olhou para a parceira. — Mas você sabe o que isso significa, não sabe?

Delgado soltou um suspiro.

— Fim da linha!

Hopper assentiu. Ela estava certa: era o fim da linha para eles. Tinham se metido em algo muito maior do que previram, uma operação federal que, caso fosse dificultada, poderia botar em risco a vida de sabe-se lá quantos agentes mais.

— Mas o nosso trabalhou não foi em vão — disse ele. — Vamos apresentar tudo para o capitão, e ele vai repassar as informações pela cadeia de comando até chegarem a Gallup e aos agentes federais. Com sorte, nosso envolvimento vai passar batido.

Delgado não disse nada, só fez que sim. Os dois detetives se sentaram à mesa. As caixas de som do televisor trovejavam, com o volume alto o bastante para fazer o plástico barato do aparelho tremer. O noticiário reproduzia um discurso passional de Ed Koch, candidato à prefeitura, contra o crime. Delgado torceu o nariz para o parceiro.

— Que foi? — perguntou ele.

— Você está um caco!

Hopper soltou um riso frouxo.

— Me conta uma novidade.

Ela balançou a cabeça.

— Vai para casa, Hop. Tira a tarde de folga. Passa um tempinho com a Diane. Leva ela ao cinema ou algo assim. Deixa que eu me resolvo com o capitão. Podemos apresentar isso para ele amanhã. Pelo que você falou, o informante só vai prestar para alguma coisa amanhã cedo. Isso pode esperar.

Hopper encarou Delgado por um bom tempo, até que finalmente soltou um suspiro.

— Está bem. Obrigado.

— Disponha, detetive.

26 DE DEZEMBRO DE 1984
CABANA DE HOPPER
HAWKINS, INDIANA

A noite caía lá fora, e não parava de nevar. Enquanto isso, Hopper trabalhava na cozinha. Tinha passado um tempão falando, precisavam de um intervalo. El reclamou quando ele interrompeu a história, mas seus olhos brilharam à menção de seu lanche favorito, ou melhor, de sua *comida* favorita.

Era hora de waffles. Eggos.

— *Serpente... negra.*

Hopper olhou para trás. El tinha voltado para a sala, para se esticar um pouco, e estava sentada de pernas cruzadas no chão, encarando-o.

— O que quer dizer?

Hopper empilhou os waffles prontos em um prato, encheu uma caneca de café fresco e retornou à mesa. El se levantou e se aproximou dele.

— Chega de história por hoje, pequena — perguntou Hopper.

Colocou os waffles no meio da mesa e voltou para a cozinha para pegar os pratos de sobremesa. Quando voltou, El já tinha começado a comer. Ele posicionou um pratinho na frente dela.

— É bom fazer perguntas — resmungou El, de boca cheia.

— Olha os modos, mocinha. — Hopper se serviu de um waffle. — É verdade, é bom fazer perguntas. Ter paciência também.

— O Leroy que disse. — El torceu o nariz. — E a Lisa.

Hopper pegou um garfo, parou um instante e olhou para o outro lado da mesa.

— Você quer tratar disso agora?

El o fitou, mas não disse nada. Só semicerrou um pouco os olhos.

Hopper pausou os talheres.

— Tá bom, tá bom. Os dois falaram em serpente negra, é verdade. Reparei na hora, durante o interrogatório do Leroy, mas, como já tínhamos desvendado a força-tarefa, não pareceu muito importante. Contei a história da Lisa para a Delgado, da festa de aniversário, e o que o Leroy tinha dito, e ela achou que fosse uma letra de música ou algum programa de televisão. Sabe quando a gente aprende uma palavra nova e acha que é a primeira vez que está ouvindo, aí de repente começa a ouvir a mesma palavra por toda parte?

El ainda o fitava, mastigando devagar. Hopper suspirou.

Certo, exemplo ruim.

— Enfim... — disse Hopper, voltando a atenção para seu waffle. — Eu percebi, mas só fui ligar os pontos mais tarde.

El parou de mastigar. Engoliu a comida e ficou de boca aberta.

Hopper franziu a testa.

— Que foi?

— Mais *tarde*?

— Bom...

— Uma serpente é uma cobra?

Hopper assentiu.

— E *viper* quer dizer isso, certo?

— Isso mesmo.

— Serpente... Víbora... Cobras!

El chacoalhou as mãos, estava de olhos arregalados.

Hopper só arqueou a sobrancelha.

El bufou mais uma vez, frustrada.

— Está tudo ligado.

— O quê?

— Leroy, Lisa, os Vipers... a terceira vítima — disse a menina.

— A terceira vítima? Você quer dizer o agente especial Jacob Hoeler.

El assentiu, ansiosa.

Hopper beliscou um pouco mais da comida e bebeu café. Puxou um guardanapo do pacote aberto na beirada da mesa e limpou as mãos.

El começava a demonstrar empolgação. Hopper se perguntou se ela estava mesmo acompanhando a história, se conseguia entender o que realmente tinha acontecido tantos anos antes. Era uma pergunta difícil, que Hopper não sabia responder muito bem. El era esperta e decerto se tornaria uma mulher brilhante. Disso ele não tinha dúvida. Mas a criação dela aos cuidados — se é que cabia usar essa palavra — do dr. Brenner tinha deixado alguns... nós, por assim dizer. Em alguns sentidos, El era muito avançada para a idade. Em outros, era menos madura que as meninas da mesma faixa etária.

Não que Hopper tivesse muita experiência com isso.

— Jacob Hoeler — repetiu ele, enfático, sem muita certeza de que precisava fazê-lo.

Via certo perigo em banalizar a história. Não era uma fantasia, um conto de fadas para se ler antes de dormir. Era real, pelo menos até onde ele sabia.

— Tenha paciência, que logo você vai ficar sabendo de tudo.

El torceu o nariz e semicerrou os olhos, mas não perdeu tempo e partiu para o terceiro waffle.

A dupla comeu em silêncio por alguns minutos.

— Achei estranho — disse El.

— O quê?

— O capitão sabia... — Ela levantou o rosto. — Sabia da carta.

Hopper sorriu. Gesticulou com o garfo.

— Boa, pequena. Você pescou bem os detalhes da história. Pois é, o capitão sabia. O Leroy ficou ostentando a carta assim que botou os pés na delegacia. O policial que ligou para o capitão mencionou qualquer coisa, então o capitão delegou o trabalho para mim. Não me disse o porquê, nem em particular, porque queria ficar de fora da confusão. Ele também não curtia muito a ideia de tirarem o caso do departamento, mas, na posição dele, não podia dizer nada. E, lembre-se, ele também não sabia de nada sobre a força-tarefa, não até Delgado e eu desvendarmos o mistério. Depois, ele se explicou para mim.

El assentiu, aparentemente satisfeita, e continuou comendo.

— Seu trabalho é perigoso? — perguntou ela, de repente.

— Às vezes é, sim.

— Você prende as pessoas... Os assassinos.

— Não dá para prender uma pessoa antes de ela cometer um crime. Geralmente, o trabalho policial consiste em descobrir quem cometeu o crime. — Hopper deu de ombros. — Nem sempre é assim. Os crimes das cartas eram um caso especial. Quando o caso envolve o que chamam de *serial killer*, é muito provável que o criminoso continue matando até que alguém o prenda. Ou seja, sim, nesses casos, a gente tenta impedir que matem de novo. Mas são casos raros. A maioria dos detetives nunca pega um caso assim.

— Você procura pessoas ruins.

— Exatamente.

— Pessoas ruins nos machucam.

El olhou para ele como se esperasse mais.

Hopper não sabia se tinha mais a dizer. A pergunta dela tinha sido bem simples, mas a resposta era... complicada. Ele suspirou.

— Pois é, ser policial significa lidar com pessoas ruins e situações perigosas. Faz parte do trabalho, mas não é só isso. Também ajudo as pessoas. Você sabe bem disso. Ajudei *você*.

Hopper hesitou, aos poucos percebendo que talvez fosse a primeira vez que El parava para pensar sobre a vida dele. Sobre o trabalho dele.

Mais importante: em como essas duas coisas afetavam a vida dela. Não só no passado, na história com o Demogorgon e o Devorador de Mentes. Mas *no momento*: ela queria saber como o trabalho e a vida dele afetariam o futuro que partilhariam juntos.

O futuro que partilharemos juntos.

Hopper deixou escorrer uma lágrima enquanto admirava a filha adotiva, cuja vida tinha sido, até pouco tempo antes, pautada por medo e dor.

El levantou o copo vazio ao lado do prato e o estendeu para Hopper. Ele sorriu, pegou o copo sem dizer uma palavra e foi até a cozinha. Logo em seguida, retornou à mesa com o copo cheio de suco.

El bebeu um gole e colocou o copo de volta na mesa.

— Trabalho perigoso...

Hopper arqueou a sobrancelha. Sabia que El já estava maquinando a próxima pergunta. Ficava espantado quando ela ruminava conceitos que deveriam ser simples para uma garota da idade dela, mas sobre os quais El nunca tinha parado para pensar. Mais uma vez, Hopper xingou Brenner mentalmente, mas... ela estava progredindo. Era notável. E embora estivesse fazendo o melhor para criá-la, sabia que a evolução seria mais profunda quando ela fosse integrada de volta ao mundo real.

Mas não era hora de se preocupar com isso. No momento, El estremecia como se estivesse sentindo dor, buscando as palavras certas.

Ela balançou a cabeça.

— Você queria ser um policial... — disse, tentando analisar o problema por outro ângulo.

Então caiu a ficha para Hopper. Era como um joguinho de palavras, desses de juntar duas frases e tecer uma conclusão lógica. Ele sorriu e se recostou na cadeira.

— Mas, então, se ser policial é perigoso e eu queria ser policial, você quer saber por que resolvi arrumar um trabalho perigoso?

El assentiu e relaxou. A confusão — a *frustração* — estampada no rosto dela evaporou em um instante. Ela bebeu mais um gole do suco, calma e contida, como se esperasse por uma resposta. Evidentemente, o perigo não a intimidava. Hopper sabia disso e também sabia que a reação dela ao perigo se dava em parte pela criação e em parte porque ela era capaz de... Bom, se proteger.

Mas talvez com essa história ela estivesse começando a entender que outras pessoas por vezes se colocavam em situações de perigo deliberadamente.

Ela está aprendendo, ela está aprendendo.

— Eu sei, eu sei — disse Hopper. — O trabalho pode ser perigoso, mas não escolhi virar policial *porque* era perigoso. Escolhi virar policial para ajudar as pessoas. Proteger as pessoas. Claro, existem pessoas ruins por aí, mas, lembre-se, existem pessoas boas também. E pessoas boas podem fazer coisas boas se realmente quiserem. Mesmo se implicar certo grau de perigo. Mas é por isso que eu sabia que queria ser policial. Como eu tinha a experiência e as competências necessárias para lidar com o perigo, busquei fazer o bem.

El o olhou nos olhos. Os segundos se passavam. Por fim, ela assentiu e terminou a bebida.

— E não esquece — acrescentou ele. — A história acaba bem. Estou aqui, não estou? Então ficou tudo bem comigo. Agora, *você* está bem? Você quer que eu continue?

El sorriu, fez que sim e empurrou o prato vazio para ele.

Hopper sorriu.

— É pra já!

Capítulo Onze

SR. REBELDE

6 DE JULHO DE 1977
BROOKLYN, NOVA YORK

— Nossa! Quando aquela nave enorme surgiu no alto... Sério, posso jurar que as paredes do cinema tremeram!

Hopper ergueu os braços, formando a letra V, e começou a traçar o movimento da espaçonave com as mãos, em direção à esposa, sentada do outro lado da mesa da lanchonete.

— *Bwaaaaaaaaaaaaaaaaaaaammmmmmmfffff!*

Diane riu tanto que lágrimas escorreram pelo rosto. O marido prosseguiu com o teatrinho, a reencenação do filme que tinham acabado de ver. Não fazia nem meia hora que tinham saído do cinema. Ele se endireitou na banqueta e juntou as mãos em concha diante do rosto, usando o eco para simular uma respiração mecânica dramática.

— Jim!

Quase sem fôlego, Diane gesticulou para o marido e olhou ao redor da pequena lanchonete. Ninguém estava prestando atenção. Hopper baixou as mãos e fez arminhas com os dedos.

— *Pew pew, pew pew!*

— Desculpa — disse Diane, após recobrar o fôlego. — Mas quantos anos tem meu marido mesmo? Trinta e cinco ou treze?

Hopper sossegou e deu risada. Entre eles, na mesa, havia um *egg cream* em uma grande taça clássica que parecia mais um vaso para flores do que um copo. Hopper se inclinou para beber e puxou um dos canudinhos com a boca. Diane fez o mesmo. Sorveu um gole rápido da mistura de chocolate, soltou o canudo e tascou um beijo na ponta do nariz do marido.

— Bom, fico feliz que tenha gostado — disse ela, recostando-se de volta. — Ei, você acha que Luke e Leia vão...

Hopper quase engasgou com a bebida.

— Vão o quê?

— Ah, você sabe — disse Diane, retomando o riso. — Mandar ver!

Hopper sorriu.

— Foi isso que você absorveu do melhor filme que viu na vida? Depois eu que sou o adolescente!

— O melhor filme que *eu* vi na vida?

— Pode admitir! É muito bom, não é?

Diane enxugou as bochechas.

— Tá bom, eu admito, é muito bom mesmo. — Ela pegou o canudo e tomou mais um gole. — Acho que a Sara ia gostar. Podemos trazê-la na próxima vez.

Hopper se debruçou na mesa.

— Você não acha que ela talvez vá gostar mais de *Annie*?

— Aquele musical que acabou de estrear no... Onde foi mesmo?

— No teatro Alvin, se não me engano. Na rua Cinquenta e Dois, ou algo assim.

Diane deu de ombros.

— Talvez. Mas vi o preço dos ingressos no jornal, sem chance.

— Está caro assim, é?

— Digamos que outra sessão de cinema seria uma opção mais responsável, em termos fiscais.

Hopper assentiu.

— Estamos em Nova York! Sou totalmente a favor de responsabilidade fiscal. E agora que o filme tem o selo Diane de aprovação, por que não? — Ele se inclinou para trás e sorriu. — Está vendo?

Diane balançou a cabeça.

— O quê?

— Você achou tão bom que quer ver de novo, e está usando a nossa amada filha como bode expiatório. É a desculpa mais esfarrapada que já ouvi.

Diane se fez de indignada.

— Protesto!

Hopper mergulhou de volta no *egg cream*.

— Não sei se você percebeu, mas sou policial, não advogado, então esse truque não funciona comigo.

— Bom, *detetive*, você é muito bom em escapar de perguntas difíceis e importantes.

Hopper usou o canudo para mexer a bebida.

— Qual era a pergunta?

— Luke e Leia. Sim ou não?

— Ah! Não.

— Por que não?

— As garotas sempre escolhem o cara rebelde no final.

— Será mesmo, sr. Rebelde?

— É um fato — disse Hopper. — Ela vai ficar com o Han, você vai ver.

Diane deu de ombros e tirou a bebida das mãos de Hopper. Virou o copo de lado para mexer com o canudo, concentrada. Quando, por fim, ergueu o rosto, Hopper a fitava.

— Que foi? — perguntou ela.

Hopper abriu um sorrisinho.

— Eu te amo, Diane Hopper.

Diane se debruçou na mesa.

— E eu te amo, sr. Rebelde. Você parece contente.

O sorriso de Hopper congelou. Diane notou a expressão confusa e segurou a mão dele.

— Ei! Relaxa! Você parece mesmo contente. Só isso. Fazia tempo que não via você tão tranquilo assim. Tudo isso por causa de um filme e um *egg cream*? Não pode ser!

Hopper refletiu. Era verdade, estava mesmo relaxado, feliz até.

Ela tinha razão. (Sempre.)

Diane jogou a cabeça para trás.

— Mas, então, o que foi? Aconteceu alguma coisa no trabalho?

Hopper cruzou os braços na mesa alta.

— Na verdade, aconteceu, sim. — Ele baixou a voz. — Sabe o caso dos assassinatos em série?

Diane se aproximou dele.

— O que houve? Alguma descoberta?

— Não, longe disso. Na verdade, não é nem nosso caso mais. Tiraram da gente.

— Como é que é? E você está contente com isso?

Diane se afastou um pouco da mesa, a testa franzida.

— Ah, não me leva a mal. É um caso que queríamos solucionar. Mas os agentes federais deram as caras e tomaram as rédeas. Parece que tem ligação com uma gangue. Estão conduzindo uma força-tarefa especial. Precisam cuidar do caso por conta própria, sem interferência da Polícia de Nova York, então tiraram o caso das nossas mãos.

— Entendi. E como você se sente com isso?

Hopper bufou.

— Não vou mentir, claro que adoraria ganhar os louros por pegar o cara, mas é maior que a gente. Maior que eu. Fico feliz que esteja na conta dos agentes federais agora. E...

Ele hesitou, pensando um pouco.

— E...?

— E... Você tem razão, estou mais feliz. Era um caso complicado. Parte de mim queria solucionar, mas outra parte ficou feliz por eu ter me livrado. Assim, sobram muito mais casos para os detetives Delgado e Hopper resolverem.

Ele sorria.

— E agora? — indagou Diane.

Hopper escorregou da banqueta.

— *Agora*, o que eu quero mesmo é uma porção de batata frita. Volto em um minuto.

Hopper se dirigiu ao balcão, deixando a mulher a sós com o próprio riso e o restinho de *egg cream*.

A noite estava quente. Hopper segurou a porta da lanchonete para Diane e já estava arrependido por ter vestido o casaco de volta. Enquanto a esposa fechava a bolsa e esperava pelo marido na rua, Hopper tirou o casaco e o jogou por cima do ombro. Uma grande carta branca, reluzente à luz dos postes, voou e pousou na calçada.

Diane se agachou para pegar.

— O que é isso?

— Eita! Não era para isso estar comigo. — Ele estendeu a mão. — Preciso levar de volta para a delegacia o quanto antes.

Diane ficou segurando a carta.

— É uma carta de Zener — disse ela.

Hopper pestanejou, ainda com a mão estendida para pegar a evidência de volta.

— Uma carta de quê?

Diane enfim a devolveu.

— Zener.

Hopper estudou a carta, virando-a nas mãos, como se já não tivesse estudado aquela porcaria por horas a fio.

— Você sabe o que é isso?

Diane deu de ombros.

— Não muito. Só sei que usavam essas cartas em testes psicológicos ou algo assim. — Ela apontou para a carta. — Faz parte de uma coleção.

Hopper mordeu o lábio e deu mais um passo em direção à esposa. Diane olhou para ele, preocupada.

— Que foi, Jim?

— Encontramos cartas como essa nas três cenas dos assassinatos ritualísticos que estávamos investigando — explicou ele, baixinho. — Todas feitas à mão, cada uma com um símbolo diferente desenhado em tinta acrílica. Claramente têm algum significado para o assassino, e, se ele está tentando passar alguma mensagem, não conseguimos decifrar.

— Quer dizer que você não sabe de onde vêm essas cartas?

— Pois é. Não sei. Estamos correndo feito loucos atrás de respostas. — Ele hesitou. — Como você sabe disso?

— Lembra da Lisa Sargeson, da festa de aniversário do domingo?

— A vidente. Como poderia esquecer?

Diane abriu um sorrisinho.

— Bom, acho que ela usa essas cartas nas apresentações. Não usou no domingo, mas falou um pouco sobre o trabalho dela, e as cartas faziam parte da parafernália. *Acho* que ela disse que eram cartas de Zener. Talvez eu tenha entendido errado.

Hopper franziu o cenho.

— O quê? Quer dizer que são uma espécie de baralho de tarô, usadas para vidência?

— Não sei. — Diane deu de ombros. — Não sei mesmo. Ela mencionou experimentos psíquicos, mas achei que era lenga-lenga. Sabe, para dar um respaldo científico ao show de mágica, não ficar só no teatrinho.

Hopper mal podia acreditar.

— Jim?

Ele soltou um suspiro e enfiou a carta de volta no bolso da camisa. Pegou Diane pela mão e foi para o metrô.

— Todo esse tempo tentando entender as cartas, quando uma ilusionista de festinha infantil poderia ter resolvido o problema.

Ele parou. Diane fez o mesmo, encarando-o com a sobrancelha arqueada.

— Preciso de um favor — disse Hopper.

— Diga!

— Você poderia falar com a Lisa sobre as cartas de Zener? Sobre o que significam?

— Imagino que sim. Mas você não disse que tinha saído do caso?

— Disse, mas quem me deu essa carta foi um informante que apareceu na delegacia. Parece que ele faz parte de alguma gangue, então planejamos entregá-lo aos agentes federais amanhã. Se pudermos fornecer qualquer informação junto, com certeza ajudaria. Você tem o número dela? Você comentou que a Lisa era mãe de um coleguinha da Sara.

— Pois é. Posso ligar para ela amanhã cedo, se você quiser.

— Na verdade... Será que você não poderia ligar para ela hoje à noite?

— Já é tarde, Jim.

— Eu não pediria se não fosse importante.

Diane suspirou.

— Tá bom.

O silêncio reinava no apartamento quando chegaram. Sara estava no quinto sono, e Rachel, a babá, relatou a eles que tudo tinha corrido bem. Hopper pegou dinheiro na carteira e entregou a ela. Os olhos da adolescente se iluminaram enquanto ela verificava o montante.

— Obrigada, sr. Hopper!

Ela acenou e deu boa-noite para os dois, e, assim que ela foi embora, Hopper se colocou a postos ao lado do telefone, na cozinha, à espera da esposa.

— Um pouco de paciência, detetive.

Ele sorriu.

— Desculpa.

Diane colocou a bolsa no balcão, tirou de lá uma agenda fininha, encadernada em couro, e foi folheando as páginas a caminho do telefone na parede, do lado da geladeira. Prendendo o aparelho entre o rosto e o ombro, leu o número na agenda e discou. Então, virou-se para Hopper. Os dois aguardaram em silêncio.

Depois do que pareceu uma eternidade, Diane balançou a cabeça. Já estava prestes a desligar o telefone quando Hopper escutou um clique e o som abafado de alguém atendendo a chamada.

Diane baixou a cabeça.

— Alô, Lisa? Oi, é a Diane... Não, não, nada de errado. Desculpa ligar tão tarde... Ah, ufa!

Ela riu, e Hopper relaxou. Ele se recostou de braços cruzados na bancada da cozinha, à espera.

Diane explicou que o marido queria perguntar algo a ela e, depois de assegurar a Lisa que nada tinha a ver com a festa de aniversário, passou o telefone para Hopper.

— É com você agora, detetive — disse, e desapareceu em outro cômodo, não sem antes dar um beijo no rosto dele.

Hopper se virou, desemaranhou o fio do aparelho e se debruçou no balcão para conversar com Lisa.

— Sra. Sargeson? Oi! James na linha. Obrigada por me atender, depois da história toda de domingo. Peço desculpas. — Ele esfregou a testa. — Escuta, posso fazer umas perguntinhas?

26 DE DEZEMBRO DE 1984
CABANA DE HOPPER
HAWKINS, INDIANA

— E então? Você vai provar ou não?

— Eca! Tem ovo.

Hopper balançou a cabeça.

— Só no nome.

— Também não tem creme?

— Não!

El fitava o copo alto no balcão da cozinha, entre ela e Hopper. Ele não conseguiu encontrar o recipiente certo, mas o *egg cream* que tinha acabado de fazer não parecia de todo mau. A cor estava convidativa e tinha até espuminha.

El fechou um dos olhos, para espiar melhor o copo com o outro. Claramente, ela estava muito desconfiada de Hopper e daquela mistura esquisita.

— Leite, calda de chocolate...

— Bastante calda de chocolate — acrescentou Hopper.

— E água com gás?

El torceu o nariz ao listar o terceiro ingrediente.

Hopper assentiu.

— É, água com um monte de bolhinha. — Ele se debruçou no balcão, cruzou os braços e descansou o queixo nas mãos, para ficar mais ou menos na mesma altura que El. — Você vai provar ou não? Você que pediu para eu fazer!

El abriu o olho que estava fechado e fez que não com a cabeça.

— *Egg... Cream...*

— À moda nova-iorquina.

— Parece nojento.

Ele se levantou.

— Você só pode estar de brincadeira! É uma delícia! Olha!

Ele pegou o copo e um dos dois canudos do balcão, mergulhou na bebida cremosa e deu um golão.

— *Hummmmm!* — Ele gesticulou como se estivesse avaliando as propriedades de um bom vinho envelhecido. — Vou dizer uma coisa, pequena, isto aqui é bom demais! É um clássico do Brooklyn, você vai adorar.

Ele colocou o copo de volta no balcão. El se debruçou sobre a bebida espumosa e ficou olhando.

— Vai, prova!

El não disse nada. Hopper pegou o outro canudo e ofereceu a ela.

Ela saltou do banquinho.

— Não — disse, taxativa, e retornou à mesinha vermelha.

— Tá bom, então — retrucou Hopper, enquanto pegava o copo e seguia atrás dela. — Sobra mais para mim.

Capítulo Doze

PÁSSAROS E GAIOLAS, GATOS E BOLSAS

7 DE JULHO DE 1977
BROOKLYN, NOVA YORK

Hopper se arrastou pela repartição com apenas uma coisa em mente.

Café.

Tinha sido uma noite longa. Não segurou Lisa Sargeson ao telefone por muito tempo. Ela tinha acabado de chegar em casa e precisava acordar cedo, então Hopper combinou de dar uma passada lá no dia seguinte, para conversarem com mais calma. Passou as horas seguintes vidrado, enquanto Diane dormia ao lado na cama, plácida, alheia à insônia do marido, que recapitulava os eventos recentes.

Apesar dos pesares, ele tinha bolado um plano que achou satisfatório, simples, sem complicações. Conversaria com Leroy Washington mais uma vez — tinha esperanças de que o informante seria mais coerente, depois de curar a leseira do que quer que tivesse usado no dia anterior —, pegaria informações com Lisa sobre a natureza das cartas de Zener e apresentaria tudo ao capitão LaVorgna. O capitão provavelmente o repreenderia, faria um showzinho, mas só para livrar a cara ante qualquer possível complicação futura. Hopper imaginava que seu superior já soubesse que Leroy tinha aquela carta; não podia ter sido mera coincidência.

No dia seguinte, ao chegar à delegacia, pendurou o casaco na cadeira, desabotoou os punhos da camisa e arregaçou as mangas no caminho para a copa. Para a alegria dele, pela primeira vez em muito tempo não estava tão quente àquela hora do dia, e alguma alma caridosa tinha deixado o café pronto, à espera dele. Ao lado da cafeteira, havia ainda uma caixa de rosquinhas, com duas sobrando.

Que Deus abençoe o turno da noite e todos que nele navegam.

Hopper encheu a caneca. O café estava rançoso, com gosto de queimado, mas ele sabia que precisava da cafeína. Pegou uma rosquinha e deu uma mordida, para tirar o gosto do café da boca. Ao voltar para a mesa, cumprimentou o detetive Harris e o sargento McGuigan, como de costume. Os olhos dos colegas brilharam quando viram o que ele estava comendo.

Hopper se sentou à sua mesa, contente por ter chegado um pouco mais cedo que os colegas, contente por estar fora da batalha iminente entre Harris e McGuigan.

Olhou a hora enquanto terminava a rosquinha, espanou o açúcar das mãos e da calça e tirou o telefone do gancho. O sargento do andar de baixo atendeu de imediato, fazendo com que Hopper quase engasgasse com o café antes de começar a falar.

— Ah, desculpa! Bom dia, sargento. É o detetive Jim Hopper, do sexto andar. Escuta, sabe o sujeito com quem conversei ontem, Leroy Washington? Você pode conduzi-lo a uma sala de interrogatório para mim?

A resposta do sargento deixou Hopper mais desperto do que o café que tomava. Sem conseguir conter a raiva, Hopper se levantou da cadeira, pressionando a mesa com força.

— Como assim, foi liberado?

Hopper escutou, fechou os olhos com força e massageou a testa. Quando o sargento terminou, Hopper balançou a cabeça, sem abrir os olhos.

— Certo, obrigado pela ajuda.

Ele bateu o telefone. O detetive Harris emergiu da copa com uma rosquinha e um café. Já o sargento McGuigan vinha logo atrás, contrariado, com apenas um dos itens.

Harris usou a rosquinha para apontar para Hopper.

— Nossa, batendo o telefone desse jeito às oito horas da manhã? O dia promete!

Hopper quase caiu duro da cadeira.

— Nem me fale!

Harris abocanhou a rosquinha e tomou um gole de café ao mesmo tempo. Quando se pôs a falar, ainda estava de boca cheia, para o desgosto de Hopper.

— O que aconteceu?

— Sabe o sujeito que veio aqui ontem, que dizia ter informações?

— Sei. O garoto que queria proteção, ou algo assim. Conseguiram tirar alguma coisa de útil dele?

Hopper balançou a cabeça, frustrado.

— Era o que eu esperava fazer hoje. Mas algum imbecil tratou de soltá-lo logo cedo.

Harris soltou impropérios.

— Como é que é?

Hopper apontou para a mesa, como se a resposta estivesse ali.

— Ontem, pedi para o pessoal mantê-lo sob custódia, mas um policial viu o estado dele e jogou o cara na cela dos bêbados, com os arruaceiros. E, às cinco da manhã, esvaziam a cela.

— Hein? Que jeito estranho de oferecer proteção!

— Pois é...

— Quer que eu desça até lá e solte os cachorros para cima dos responsáveis? Conheço o sargento. Ele me deve uns favorezinhos.

Hopper balançou a cabeça.

— Não, obrigado — disse, deixando a mesa. — Preciso falar com o capitão sobre isso.

LaVorgna não andava solícito, mas, quando Hopper irrompeu espumando de raiva na sala, o capitão até que reagiu bem para quem tinha acabado de bater o cartão. A soltura de Leroy o surpreendeu e frustrou por igual, e, antes mesmo de Hopper deixar a sala, o capitão já estava berrando ao telefone com alguém de lá de baixo.

Mal tinha voltado à mesa, o telefone começou a tocar. Sem sinal de Delgado ainda, Hopper correu para atender, imaginando que pudesse ser a parceira.

— Hopper, homicídio.

A ligação emitia um ruído, como um oceano distante rebentando. O ruído abrandou e foi substituído por uma respiração fraca, ofegante. Então, o ruído de rebentação voltou, numa nova onda, e abrandou, e Hopper supôs que a pessoa do outro lado só podia estar esfregando a barba rala no bocal.

Hopper se sentou. Passou mais um tempinho escutando, até que resolveu desligar — trotes para a polícia eram ossos do ofício —, mas a pessoa do outro lado por fim abriu a boca, ainda a tempo.

— Detetive Hopper? Sou eu, cara, sou eu — disse a pessoa, quase sussurrando.

Hopper pestanejou. Observou a repartição, ninguém estava de olho nele. De qualquer forma, virou a cadeira, para ficar de frente para a parede.

— *Leroy?*

Hopper ouviu um longo suspiro e percebeu o alívio na voz do sujeito.

— Nossa, cara! Ainda bem que foi você que atendeu.

Hopper fechou os olhos.

— Por onde você anda? O escrivão disse que liberaram você na noite passada.

— Liberaram? Os caras me agarraram pelo cangote e me *jogaram* na rua!

Hopper bufou e esfregou a testa.

— Certo. Escuta...

— Detetive, você tem que me ajudar, cara! Por favor! Estou pedindo ajuda para você. É sério!

O ruído de rebentação se fez ouvir de novo. Hopper visualizou Leroy encolhido em uma cabine telefônica, o telefone colado na boca enquanto falava, virando o rosto, esquerda e direita, esquerda e direita, alerta, como se estivesse com os dias contados. Pelo menos, soava melhor, bem mais lúcido, com maior controle de suas faculdades mentais, a voz fraca mas clara.

— Onde você está? — indagou Hopper.

— Por favor, cara, por favor! — repetiu Leroy.

Aparentemente, ele não estava escutando. Então Hopper notou algo mais na voz dele.

Medo.

— Escuta! O Saint John tem um plano, cara, um plano sinistro. Pode esperar um maremoto na cidade! Não é brincadeira! Saint John é o cara, está entendendo? Ele é perigoso, tem umas ideias sobre o demônio e o fim do mundo, cara. Talvez você não acredite nesses papos, talvez eu também não, mas *ele* acredita, acredita mesmo. Então, olha, preciso sair dessa e preciso muito da sua ajuda. Não consigo dar conta sozinho. É como... É como se eu não pudesse nem chegar *perto* dele, se não ele se apodera, como... como...

Hopper tentou focar na voz de Leroy.

— Como o quê? Leroy?

Leroy bufou.

— Como... Não sei. É esquisito, cara, parece que ele tem um poder. Um poder *de verdade*. Como se pudesse ler a sua mente, como se soubesse o que você vai fazer antes mesmo de você saber. Eu disse que ele era perigoso. Você precisa acreditar em mim, me ajudar. Preciso de uma saída, e rápido!

— Tá bom. Acho que posso ajudar. Me diz onde você está que vou te buscar.

— E a minha irmã também.

— Sua irmã?

— Sim, minha irmã. Ela também está metida nisso. O Saint John está com as garras nela, cara. Você precisa me ajudar a tirar ela de lá também. Antes que o bicho pegue na cidade toda.

— Certo, escuta, Leroy...

— Você ouviu o que eu disse, detetive? Você está me ouvindo? Estamos ferrados, cara.

— *LEROY!*

Hopper levantou o rosto. McGuigan e Marnie, que conversavam ali perto, olharam de esguelha, mas ele os ignorou. Aproximou o aparelho do rosto. Podia ouvir a respiração irregular do rapaz assustado.

— Me diz onde você está que vou te buscar agora mesmo. Podemos conversar, e você pode me contar do Saint John e da sua irmã. Tá bom? Você me conta o que está acontecendo e tramamos um plano, que tal?

O único som que Hopper conseguia discernir era uma respiração trêmula, assustada, e a barba por fazer de Leroy contra o bocal do telefone, conforme ele virava o rosto para ver se a barra estava limpa.

— Leroy, você está me ouvindo?

— Estou na escuta, sim. Vem me buscar, por favor. O quanto antes, cara, o quanto antes.

Leroy finalmente deu um endereço a ele, e a linha ficou muda. Hopper girou na cadeira, colocou o telefone no gancho e anotou o local do encontro em um bloco de notas. Arrancou a folha do bloco e escreveu mais um bilhete, dessa vez para Delgado. Levantou-se, deixou o recado debaixo da caneca, tirou o casaco da cadeira e correu para a porta.

Capítulo Treze

O GOLPE

7 DE JULHO DE 1977
BROOKLYN, NOVA YORK

O local que Leroy indicou a Hopper ficava em Sunset Park, um bairro de docas e armazéns, em cuja taxa de criminalidade Hopper preferia nem pensar. Ao deixar a delegacia, tratou de levar sua arma. Conferiu o coldre de ombro quatro ou cinco vezes no caminho para o estacionamento e pegou uma Catalina, viatura que, definitivamente, não era discreta o bastante para o lugar que estava prestes a visitar. Quando chegou perto do local do encontro, parou próximo a um armazém de uma empacotadora, um local cheio de operários que, esperava Hopper, tomariam alguma providência se vissem alguém tentando roubar o carro dele. Hopper prosseguiu a pé, mantendo-se nas ruas principais.

O endereço que Leroy tinha passado ficava em um cruzamento. Hopper notou que o quarteirão todo era um grande pátio de manobras de trens, abaixo do nível da rua, como uma vasta escavação arqueológica. Era um espaço enorme, surpreendente até, o que viria a calhar. Se surgisse alguma encrenca no horizonte, ele pelo menos saberia de antemão.

O pátio de manobras estava fervilhando. Tanto vagões de passageiros quanto de carga e locomotivas passavam vagarosos, tilintando, pelas interseções de trilhos, ao passo que operários de jaqueta marrom e azul, macacão e capacete de segurança, sujos e cobertos de graxa, trabalhavam por todos os lados. Hopper estudou a área do alto da rua e viu que todas as superfícies disponíveis estavam cobertas de grafite, incluindo as laterais e os telhados de cada comboio, container e carro, em movimento ou parado. De ambos os lados, a infinidade de trilhos desaparecia em túneis parcamente iluminados pelo brilho amarelado das luzes de serviço.

Era o esconderijo perfeito, pensou Hopper, visto que, apesar dos operários, havia muitas máquinas e equipamentos enormes, parados, oferecendo bastante cobertura. Hopper notou uma movimentação na entrada do túnel à esquerda; conforme uma locomotiva se arrastava para fora, um grupo de três pessoas, tão sujas de terra quanto os operários, correu de volta para dentro, dois deles arrastando um saco. Moradores de rua, muito provavelmente... Era um lugar perigoso, e Hopper estava certo de que havia mais pessoas escondidas na escuridão dos túneis.

Mas de Leroy Washington não havia nenhum sinal.

Hopper esquadrinhou a rua. Na esquina, uma lojinha vendia cigarros e revistas de mulher pelada e, do lado, havia uma vendinha de comida que devia estar ali só para atender aos operários da ferrovia. Os estabelecimentos não passavam de cabines com um balcão, sem lugar interno para abrigar os clientes. Do lado de dentro ficavam os proprietários, muito provavelmente com uma ou duas armas à mão. Diante da banca da esquina, encontrava-se a carcaça de uma cabine telefônica. O entorno parecia uma área industrial, repleta de edifícios estreitos e altos, inexpressivos, cobertos de grafite, que já deviam ter sido uma bela manifestação multicolorida, mas se tornaram uma demonstração desbotada de dégradés de cinza e marrom.

Hopper esperou mais um pouco. Nada de Leroy. Olhou ao redor para se familiarizar melhor com o local, então decidiu dar uma volta completa no pátio.

A ronda levou quinze minutos. Caminhou devagar, atento, e fez alguns intervalos para observar o pátio sob diferentes ângulos, tentando ver se Leroy estava escondido em algum canto. O concreto já estava fritando no sol, e não era nem meio-dia ainda. Assim que voltou para o ponto de partida, Hopper deu uma olhada na banca e no balcão da vendinha. Os estabelecimentos estavam com movimento agora, mas Leroy não se encontrava em nenhum dos dois. Ao que tudo indicava, ele tinha dado um cano em Hopper.

Com a mão no bolso, o detetive se deu conta de que estava no último cigarro. Suspirou, deu mais uma olhada em volta, então atravessou a rua, rumo à banca. Comprou um maço e, enquanto esperava o troco, espiou as prateleiras de revistas. Ao lado da foto de uma modelo de biquíni segurando um balão gigante no formato de uma cabeça de coelho, Hopper se surpreendeu com a capa da revista *Times*, que anunciava, com orgulho, em letras garrafais, a chegada do verão.

— Quem eles querem enganar? — comentou, apontando para a revista, ao passo que o proprietário lhe entregava algumas notas amassadas de troco.

De cara fechada, o homem aparentemente não estava muito a fim de conversa.

Hopper agradeceu mesmo assim. De volta à esquina, enfiou o novo maço no bolso e sacou o último cigarro do maço antigo. Dirigiu-se à cabine telefônica com o isqueiro Zippo em mãos. A brisa ganhava força, trazendo o calor do verão. Hopper se protegeu atrás da cabine e acendeu o cigarro. Então se recostou, altivo, e tragou uma baforada de fumaça.

Já tinha esperado muito. Estava no lugar combinado. Leroy, não. Talvez tivesse ficado com medo e desistido. Talvez tivesse sido capturado pelos Vipers, a gangue que ele tanto temia.

Ou talvez fosse tudo uma grande piada. Uma gangue de adoradores do diabo? Um homem chamado Saint John tentando invocar Satã em Nova York? Carta de Zener à parte, a história toda de Leroy era bem ridícula, não?

Hopper curtiu o cigarro e conjecturou seu próximo passo. Mesmo sem as informações de Leroy, tinha bastante coisa para apresentar ao capitão, sobretudo — presumindo que Delgado tinha lido o recado dele — depois que a parceira voltasse do encontro com Lisa Sargeson para tratar das cartas de Zener.

O caminho de volta para a delegacia era longo, então Hopper achou melhor ligar para ver se Delgado já estava lá com algo para reportar.

Ocorreu-lhe que Leroy talvez tivesse telefonado de novo, com um novo local e horário para buscá-lo. Para um fugitivo, a possibilidade era bem plausível.

O rugido de um motor ecoou do fim da rua. Hopper ergueu os olhos e viu a luz do sol rebater em um caminhão prateado, que passava pelo cruzamento logo adiante. Era um caminhão dos correios. Hopper não culpou os funcionários por passarem às pressas por aquela vizinhança.

Hopper contornou a cabine telefônica, pronto para fazer sua ligação, quando descobriu que vândalos tinham arrancado o telefone, deixando apenas uma carcaça grafitada, atulhada de bitucas e jornais velhos. Hopper continuou fumando seu cigarro; atrás dele, o estrondo do caminhão ficou mais alto, então veio o ruído de pneu cantando no asfalto, seguido de um cheiro do motor a diesel e borracha queimada, que se sobrepôs ao cheiro do cigarro.

Ele se virou a tempo de ver o veículo subir na calçada na diagonal, na frente da banca. O veículo era grande e prateado, com a águia azul e as barras vermelhas dos correios americanos estampadas na lateral. Com o motor ainda assimilar, cinco figuras saltaram do caminhão. Hopper tentou digerir o que estava acontecendo. Deixou cair o cigarro da boca e a o maço da mão enquanto se afastava, tropeçando nos próprios pés.

Hopper não era um homem franzino, mas os cinco homens que se aproximavam dele tinham porte de jogadores de futebol americano. Ostentavam um estranho traje informal: calça cinza, casaco azul, casaco vermelho, camiseta amarela justinha, marcando os músculos bem desenvolvidos. Mas foram as máscaras de ski que fizeram Hopper sentir a pontada de medo. Máscaras pretas, lisas, sem marcas distintas, sem abertura para o nariz ou para a boca, apenas para os olhos, cinco pares cintilantes fixados em Hopper.

O detetive deu meia-volta. O ar de repente parecia denso, e a calçada, escorregadia. Sentiu as mãos em seus ombros, mas tudo bem, ainda estava tudo sob controle: contorceu-se, deixando o primeiro agressor com sua jaqueta em mãos, e saiu correndo. Só que não calculou muito bem a disparada e cambaleou. Amparou a queda com as mãos e ainda tentou usar o desequilíbrio para tomar impulso, feito um velocista dando largada.

Já tinha perdido muito tempo. Jogou o ombro esquerdo para trás para tentar se equilibrar de volta, mas alguém o agarrou pelo antebraço, e o puxão divergente quase deslocou seu ombro. Hopper trincou os dentes e girou, usando o aperto em seu braço como âncora. Assim, liberou o outro punho e esmurrou o agressor. Acertou o homem no lado direito do peitoral, mas foi como socar uma árvore. Hopper sentiu os ossos da mão deslizarem pelo corpo do brutamontes. O pulso latejava, tinha virado de mau jeito. O detetive tentou se endireitar, mas seus esforços serviram apenas para expor o abdômen para a martelada de outro homem, um punho do tamanho de um presunto de Natal, expulsando todo o ar do corpo de Hopper. Ele sentiu a garganta se encher de bile, quente e ácida, e cuspiu. A dor brotava do abdômen e irradiava como se ele tivesse encostado em um cabo elétrico da estação ferroviária.

Hopper caiu de cara no chão, sem forças. Deu um, dois, três chutes, mas só serviu para que os bandidos o agarrassem pelas pernas. Um novo golpe, dessa vez na nuca, fez Hopper ver estrelas. A última coisa que conseguiu ver quando o arrastaram para a traseira do caminhão foi o jornaleiro da esquina, carrancudo, de braços cruzados, curtindo a confusão, sem a menor disposição para fazer alguma coisa a respeito.

Capítulo Catorze

A HISTÓRIA SECRETA DE LISA SARGESON

7 DE JULHO DE 1977
BROOKLYN, NOVA YORK

Delgado estava no meio da sala de estar, admirando a decoração, e Lisa disse a ela que ficasse à vontade.

A detetive agradeceu e se aproximou de uma das estantes de livros, que cobriam quase todas as paredes que o pequeno apartamento tinha para oferecer.

— Desculpe incomodá-la, mas imagino que nossa conversa não vá demorar muito.

Ela inclinou a cabeça para ler as lombadas de couro dos tomos quase idênticos que ocupavam grande parte daquela estante em particular. A coletânea *Artigos da academia americana de psiquiatria e direito*, do volume um ao quatro, de 1973 a 1976, dominava um metro quadrado de prateleira.

Uma leiturinha leve de cabeceira.

Uma risada ecoou de algum outro ponto do apartamento.

— Não, por favor, sou eu que preciso me desculpar! — vociferou Lisa. — Acabei de chegar. O serviço que eu estava fazendo agora atrasou, e preciso me arrumar para chegar a tempo no meu próximo compromisso.

Delgado ficou na ponta dos pés e deu uma olhada na prateleira de cima. Ali, em vez de uma fileira de lombadas uniformes, os livros formavam uma coleção apinhada de livros didáticos: *Psiquiatria moderna: quinta edição*; *Princípios da psicologia clínica*; *Avaliações práticas para análises de casos: parte II*; *Dentro da mente humana*. Delgado passou o dedo pela prateleira, contando uma dúzia de exemplares, mais ou menos. Ela olhou em torno do apartamento: era tudo mais do mesmo, mais coletâneas de artigos encadernados, mais textos acadêmicos. Diante de tantos livros grossos e sérios, foi quase um alívio para Delgado deparar-se com uma prateleira de romances de Arthur C. Clarke e Ursula K. Le Guin, perto do sofá, à beira da janela panorâmica do outro lado da sala. Na mesma estante, diante dos livros, havia um par de algemas e uma echarpe de penas, enrolada feito uma bola. Dois adereços de mágica, pensou Delgado.

A detetive foi até a janela, apreciando o feixe de luz do sol entrando.

— Bom, como eu já disse, não vou me demorar...

— Imagina! É um prazer ajudar!

Lisa ressurgiu na porta. Tinha trocado a cartola e a meia-calça por um vestido florido, amarelo e vermelho, e botas de couro até o joelho. Enquanto tentava enfiar o que parecia um anel do humor em um dos dedos, notou que Delgado a observava com perplexidade e riu de novo.

— Uma transformação e tanto, eu sei. Mas seria estranho conversar com você de meia-arrastão. — Ela cruzou a sala, sentou-se na poltrona à esquerda da janela panorâmica, ajeitando o vestido. — Por favor, sente-se.

Delgado sorriu e obedeceu. Já sentada, deu mais uma olhada nas estantes.

— Preciso dizer, seu apartamento é muito diferente do que eu esperava!

Lisa riu.

— Não sei o que o seu parceiro disse, mas imagino que ler o futuro e fazer truques de mágica não seja uma carreira lá muito prestigiada hoje em dia.

— Mas o que você faz, exatamente? Digo, quando não está tirando coelhos da cartola... Acho que tem mais livro aqui do que na Biblioteca Pública de Nova York.

— Pode acreditar, detetive, sou uma psicóloga clínica formada e registrada.

Ao dizer isso, ela se virou na poltrona e arqueou as costas para alcançar uma prateleira atrás de si, de onde puxou um livro com capa de couro, e o entregou à detetive.

Delgado pegou o livro, sem saber muito bem do que se tratava. Leu na capa, em letras prateadas:

— *Os desafios sociológicos da reintegração psicológica: padrões de reintegração social: meta-análise histórica e metodologia prática. Tese de doutorado, Lisa Sargeson, Departamento de Psicologia, Universidade Miskatonic, Massachusetts.* — Virando-se para a mulher, perguntou: — Você é doutora em psicologia?

— Doutora em *filosofia*, psicologia clínica e criminal, pela Universidade Miskatonic, formada em 1974.

Delgado assentiu e folheou a publicação. Apesar do espaçamento duplo, o texto parecia denso e tinha páginas e mais páginas de tabelas e gráficos.

— Sabe, meu único certificado foi de natação no nono ano — disse Delgado, fechando e devolvendo a tese para Lisa. — Que reviravolta, hein! De psicologia criminal para mágica.

Ela apontou para a mesa de centro, onde Lisa tinha deixado a cartola.

A mulher deu de ombros.

— É aquela história de sempre... Você acha que sabe o que quer fazer e passa um bom tempo trabalhando para chegar lá, até que...

Delgado arqueou a sobrancelha.

— Até que?

Lisa sorriu.

— Até que, quando consegue, não é bem como você esperava.

— Não gostou da vida acadêmica, foi?

— Não era para mim. Já tinha passado tanto tempo na faculdade que, quando terminei de escrever isso... — Ela ergueu a tese. — Mal via a hora de dar no pé.

— O que trouxe você a Nova York?

— Trabalho. Tinha um lugar chamado Instituto Rookwood. Era um centro de reabilitação para detentos de prisões federais que logo seriam soltos. Não criminosos de marca maior, de penitenciárias de segurança máxima, mas detentos que já tinham cumprido pena e estavam prontos para sair. Dá para acreditar? Alguém da Agência Federal de Prisões percebeu que essas pessoas talvez não devessem simplesmente ser largadas na rua, talvez precisassem de reabilitação, sabe, uma assistência para se reintegrarem à sociedade. Porque, se simplesmente soltarem essas pessoas sem nenhum tipo de assistência, o que vão acabar fazendo? Voltar para o mesmo tipo de vida. Então é preciso ajudá-las, ensiná-las a levar uma vida normal, a conviver com outras pessoas. É assim que as taxas de reincidência caem.

Delgado assentiu.

— Faz todo o sentido.

— Não é? E caiu como uma luva para mim. Porque minha tese de doutorado era exatamente sobre isso. A agência não deu bobeira na hora de criar o instituto. Usaram minha tese como embasamento e me ofereceram um emprego.

— Uau! Mas você não trabalha mais lá, certo?

Lisa balançou a cabeça.

— Não, não trabalho mais lá. O Instituto Rookwood fechou já faz um ano. E... talvez tenha sido culpa minha, embora acredite que o fim fosse inevitável.

— O que aconteceu? Por que fechou?

Lisa riu.

— Em se tratando de Nova York, o que mais poderia ter sido? Dinheiro, claro! Mas, sabe, as coisas já não iam muito bem mesmo. Quando me contrataram, disseram que eu faria parte de um programa que já estava em curso. Mas, quando comecei, não tinha nada. Sério, nadinha de nada. Esperavam que eu preparasse tudo do zero e botasse o programa para funcionar.

— Tá brincando!

Lisa balançou a cabeça.

— Digo, não me leve a mal, eu era mais do que apta para o trabalho, e a equipe do instituto era ótima, mas logo percebi que eu não teria o que mais precisava: a grana. Estabelecer algo como Rookwood, fazer algo assim *funcionar*, demanda tempo e dinheiro. — Lisa deu de ombros. — Não sei o que estavam esperando. Consegui organizar um programa-piloto, mas não demorou a cair a ficha de que eu não conseguiria fazer o que queriam de mim. Então me demiti.

— Você se demitiu?!?

Lisa fez que sim.

— Saí sem olhar para trás. Àquela altura, eu pelo menos tinha noção do que estava acontecendo, o que *está* acontecendo, na cidade. Rookwood era uma bela ideia, mas não tinha como dar certo. Eu estava desperdiçando o meu tempo, queria fazer algo de verdade para ajudar as pessoas da cidade.

Delgado se permitiu um sorriso.

— Por isso, resolveu seguir a carreira de mágica?

Lisa riu.

— Sou ilusionista e orientadora de reabilitação, por favor! — Ela pegou a cartola, jogou-a de um lado a outro com uma soberba teatral e a ajeitou de volta no suporte. — *Esta* é minha renda extra. Quando eu estava na universidade, arrumei um bico de meio período como aprendiz de mágico. E, sério, foi incrível! Pagava minhas contas e era bem mais divertido que fritar hambúrgueres. Não tem quem não goste de um bom truque de mágica. Olha!

Lisa se esticou para o lado da poltrona, até um revisteiro que não dava para Delgado ver, pegou uma das revistas, abriu em determinada página e entregou à detetive.

— Coluna do meio, da metade para baixo.

Delgado leu o anúncio em negrito, na página de classificados.

— Mágica... para todas as ocasiões... Valores razoáveis... Lisa.

Abaixo, havia um número de telefone. Delgado folheou a revista e viu que se tratava de uma edição da *New York Magazine*, que trazia na capa um homem de meia-idade, de terno, jogando champanhe em três outros homens da mesma faixa etária que também vestiam terno. O quarteto parecia alegre; dois deles com os punhos erguidos, comemorando, enquanto o protagonista ostentava um grande troféu de madeira com um modelo dourado de um carro em cima.

Delgado balançou a cabeça e devolveu a revista.

— Enfim... — prosseguiu Lisa. — Quando Rookwood foi por água abaixo, fiz tudo que pude para continuar fazendo meu trabalho principal.

— Que é...?

Lisa enrolou a revista e guardou dentro do chapéu virado para cima na mesa de centro.

— Como eu estava dizendo, trabalho com orientação e reabilitação, que é mais ou menos o que eu queria fazer em Rookwood. Quando fui embora, estava decidida a fazer algo por conta própria, mas acabou que encontrei uma instituição de caridade com objetivos em comum e ofereci meus serviços. O esquema é perfeito para mim. O problema é o salário. Por conta disso, ainda preciso vestir a cartola ou acariciar uma bola de cristal, a depender da vontade do cliente.

— Mas o problema de Rookwood não era falta de dinheiro também?

— Era... Mas Rookwood era diferente, não passava de uma engrenagem de uma máquina federal. Tinha potencial, claro, mas, mesmo para obter o resultado mais ínfimo, demandava uma verba desproporcional. Pelo visto, é assim que funciona o governo. Com caridade é outra história: menos pessoas, menos recursos, e alcance na cidade toda. Claro, o escopo é menor, as metas são mais modestas, mas, não sei, sinto que dá certo, que cumpre seu papel. — Ela se ajeitou na poltrona. — E, bom, até aqui tudo bem. Tivemos bons resultados, fizemos uma diferença. Pode até ser menor, mas é um trabalho mais eficiente, mais focado, se é que faz sentido.

Quando deu por si, Delgado estava assentindo.

Lisa se reclinou para olhar as horas no relógio de parede.

— Desculpa, falei muito.

Delgado abriu a bolsa e tirou uma pasta robusta de papel pardo. Abriu a pasta no colo e puxou uma série de fotografias grandes. Retratadas em preto e branco, estavam as cartas encontradas nas três cenas dos crimes que ela e o parceiro, até pouco tempo antes, vinham investigando. Na lateral das fotos, havia uma régua indicando a escala.

— Você poderia me falar um pouco sobre essas cartas? Se não me engano, são chamadas de cartas de Zener, certo?

Delgado dispôs as fotos na mesa: o círculo sem preenchimento, a cruz, as três linhas onduladas.

Lisa assentiu e pegou a foto da carta com o círculo.

— Isso mesmo. — E olhou para as outras duas que ficaram na mesa. — Bom, você tem três. São cinco no total.

Delgado assentiu e sacou seu caderninho.

— Temos uma quarta carta, com uma estrela de cinco pontas.

Lisa olhou a foto mais de perto.

— São desenhadas à mão?

— Acreditamos que sim. Todas as três aparentemente pela mesma pessoa, que não deixou impressões digitais. Supomos que tenham sido posicionadas na cena do crime por um motivo específico, então gostaríamos de saber mais informações. É aí que você entra.

Lisa arqueou a sobrancelha.

— Quer dizer que encontraram essas cartas em cenas de crimes? Que tipo de crime?

— Sinto muito, não posso lhe dar essas informações. Mas se você puder nos ajudar, agradeço.

— Claro! As cartas de Zener são, ou eram, usadas em experimentos de clarividência.

Delgado hesitou, suspendendo as anotações.

— Clarividência?

Lisa fez que sim.

— Como assim? Telepatia? Leitura de mentes?

— Os círculos científicos costumam usar o termo "percepção extrassensorial".

Delgado largou a caneta.

— Círculos *científicos*? Tem certeza?

— Absoluta. Digo, isso faz muito tempo, pelo menos uns quarenta anos. As cartas foram criadas por um psicólogo, Karl Zener, na década de 1930. A ideia era pegar esse baralho de vinte e cinco cartas, cinco de cada símbolo, embaralhar e mostrar o verso de cada uma delas para um paciente, que tentava adivinhar o símbolo da vez.

Delgado voltou a tomar notas.

— Só isso?

Lisa deu de ombros.

— Não era para ser elaborado. O problema é que era simples demais. Zener publicou alguns artigos, alegando ter descoberto habilidades extrassensoriais, mas ninguém conseguiu replicar os experimentos. Alguns fatores podem ser confusos. Por exemplo, cartas mal embaralhadas podem facilitar o processo, ou o paciente pode ver a carta refletida nos olhos do aplicador do teste. Quando levaram esses fatores em conta, descartaram a pesquisa.

Delgado olhou para as cartas.

— Mas as cartas ainda existem? Quer dizer, as pessoas ainda usam isso?

— Ah, sim! Na parapsicologia...

— *Para*... psicologia? — Delgado levantou o rosto.

— Parapsicologia. Psicologia para além do escopo normal da ciência.

— Como telepatia?

— Exato. A questão é que, sendo um campo real ou não, alguns psicólogos acreditam que o comportamento ou a reação das pessoas a coisas do tipo são tão importantes quanto o próprio fenômeno. — Lisa virou a fotografia para mostrar a Delgado. — Prova disso são as cartas de Zener. Algumas pessoas ainda usam.

— Você chegou a usá-las? Na faculdade?

— Não. Psicologia criminal é o estudo do *anormal*, não do paranormal. Mas um pessoal do departamento chegou a formar um clube de parapsicologia com os alunos da graduação, só por diversão, já que tinham os recursos à mão. Cheguei a ajudá-los, algumas vezes. Fizemos alguns experimentos com as caras de Zener, mas nada sério.

— Entendi — disse Delgado, finalizando as anotações. Ela apontou para as cartas de novo com a ponta da caneta. — Então não têm outros significados além do experimento de Zener? Os símbolos não sugerem nada em particular?

— Não, é só para isso que servem mesmo. Zener quis criar símbolos simples, mas diferentes o bastante entre si para que fossem facilmente reconhecidos. Acho que é um quesito importante quando se está tentando ler a mente de alguém.

Delgado assentiu.

— E você disse que são cinco símbolos, certo?

— Isso, cinco. Esses três, a estrela que você mencionou, e um quadrado. Espera só um segundo.

Lisa se levantou e se dirigiu à estante diante de Delgado. Puxou uma caixa de arquivo morto da prateleira inferior, etiquetada com o brasão da Universidade Miskatonic, e a colocou na mesa de centro.

Tirou a tampa e vasculhou por entre papéis até encontrar uma pilha de cartas pequenas, envolta em dois elásticos.

Ela tirou os elásticos e embaralhou as cartas.

— Sabia que tinha isso guardado! Círculo, estrela, cruz, linhas e... aqui está! — Ela pegou uma carta e estendeu a Delgado. — Quadrado.

Delgado pegou a carta. Era maior que uma carta de baralho normal, de papel acetinado, com bordas arredondas. Na frente, tinha o contorno preto de um quadrado. Ao virá-la, pôde ler o nome e a localização do fabricante — *Cincinnati, Ohio* — impressos em letras pequenas na parte inferior.

Delgado levantou a carta.

— São fabricadas para fins comerciais?

Lisa se levantou, fechou e guardou a pasta na estante.

— São. Como eu disse, as cartas de Zener são usadas até hoje. Algumas lojas em Nova York vendem esses baralhos. Mas essas suas são artesanais.

— Sei. E imagino que não sejam poucas as lojas que vendem esse tipo de papel-cartão e essa tinta acrílica.

Lisa olhou o relógio.

— Olha, desculpa, mas...

Delgado assentiu e enfiou o caderno e a caneta na bolsa. Mostrou a carta para Lisa e perguntou:

— Posso ficar com isso?

— Por favor. Não saía da caixa fazia uns três anos. E não pretendo conduzir meus próprios experimentos de Zener agora.

— Obrigada — disse Delgado, e se levantou. — E obrigada pelas informações.

— Acha que vai ajudar?

— Não sei dizer. Mas sei mais agora do que quando cheguei aqui, então posso considerar um avanço. — Ela hesitou. — Aonde você está indo? Posso dar uma carona. Tomei bastante do seu tempo.

— Olha, acho que vou aceitar, sim.

Lisa a acompanhou até a porta, trancou o apartamento, deu o endereço a Delgado e seguiu pelo corredor.

Delgado não saiu de frente da porta. Ficou paralisada, processando o endereço que Lisa tinha acabado de passar.

No fim do corredor, Lisa parou e se virou.

— Tudo certo?

— Ah, tudo tranquilo!

Lisa sorriu e se virou de volta. Delgado foi atrás dela, com a mente repetindo o endereço sem parar.

Rua Dupuis, número 18. Um velho salão paroquial da Igreja Metodista. Usado por todo tipo de grupo comunitário, para pequenos eventos, incluindo, ao que tudo indicava, as sessões de terapia conduzidas por Lisa.

O segundo lugar da lista de endereços feito pelo agente especial Jacob Hoeler.

26 DE DEZEMBRO DE 1984
CABANA DE HOPPER
HAWKINS, INDIANA

— A Delgado recebeu uma carta? — interrompeu El.

Hopper parou a frase no meio.

— Bom, não era uma das cartas do crime, mas a Lisa deu a ela uma carta de Zener com o símbolo que estava faltando.

El levou as mãos à cabeça e começou a amassar os cachinhos.

— Ela é a próxima.

— Não! Calma! — Hopper ergueu as mãos, tranquilizando El. — Não era o mesmo tipo de carta. Não vá colocando a carroça na frente dos bois. Ainda não terminei a história.

A respiração de El abrandou, e ela soltou o cabelo, os braços desabando na mesa.

— A Delgado está bem?

Hopper riu.

— Quer dizer que você ficou toda preocupada com a Delgado por ganhar uma carta, mas não comigo, que fui sequestrado em plena luz do dia?

— Você está aqui. Você está bem. A Delgado está bem?

— Ficou tudo bem com ela. Pode acreditar.

— Ela está bem *agora*?

— Ô se está! — disse Hopper, coçando o queixo, ameaçando abrir um sorriso. — Ela está vivinha da silva, morando em Washington.

— Washington?

— É. Ela era uma excelente policial, e é uma agente federal melhor ainda. Mais ou menos um ano depois dessa história toda, o agente Gallup a sondou para um cargo. E, pode acreditar, ela mal via a hora de sair da delegacia. Ainda está por lá, na agência. Os dois estão, acho. Faz tempo que não ouço falar dela, mas costumava receber cartões de Natal.

El balançou a cabeça e semicerrou os olhos, fitando Hopper. Os lábios dela formaram o começo de uma pergunta, mas ela não disse nada, como se nem soubesse o que perguntar primeiro.

Hopper deu uma risadinha.

— Sabe, alguma coisa em você me lembra ela.

El suspirou e sorriu, de leve.

— Enfim, por falar no agente especial Gallup, deixa eu contar para você o que aconteceu em seguida.

Capítulo Quinze

A OFERTA

7 DE JULHO DE 1977
BROOKLYN, NOVA YORK

A jornada de Hopper foi curta e impiedosa. Assim que o colocaram na parte de trás do caminhão, ataram suas mãos e usaram um saco de lona bege e áspera para cobrir sua cabeça. Com as mãos atrás das costas, ele não tinha como se apoiar em nada, e os homens, ainda em sua companhia, pareciam curtir vê-lo voar de um lado a outro dentro do veículo, que não ia devagar. A cada nova esquina, Hopper batia em uma parede da caçamba. A cada parada brusca, era jogado para a frente e, após as freadas, era lançado contra as portas traseiras.

Era uma técnica antiga, mas eficaz. Hopper tinha visto a polícia de Nova York aplicá-la. Como intimidar um detento sem encostar um dedo nele, em apenas um passo.

Mas quanto tempo tinha se passado? Uma hora? Talvez mais? Hopper logo se encontrou sentado em um piso frio de cimento. Seu mundo se resumia a uma lona bolorenta em meio a um lugar desconhecido. Tinha desistido de gritar. Estava sozinho no recinto, forçando a voz à toa.

Decidiu se poupar dos esforços. Ficou contemplando a própria situação, mudando a posição da perna de tempos em tempos para que não ficassem dormentes. Alguém haveria de aparecer em algum momento. Ele era paciente.

Podia esperar.

Ainda estava com isso em mente quando alguém apareceu de fato. Ele ouviu um baque metálico quando uma porta se abriu. Passos ecoaram pelo ambiente. Hopper escutou com atenção: estava em uma área industrial, talvez um armazém, possivelmente nos entornos da estação ferroviária.

Escutou sons arrastados. Alguém murmurou qualquer coisa, mas a conversa logo cessou. Hopper ouviu o baque inconfundível de um soco e o grito abafado da vítima. Logo em seguida, o detetive sentiu um corpo colidir com o seu, derrubando-o de lado. Tinham largado mais um prisioneiro no recinto.

Hopper rolou pelo chão assim que ouviu a porta fechar. Sentiu a outra pessoa se debater a seu lado, na tentativa de se sentar, acertando Hopper no processo.

— Ei!

A outra pessoa parou por um instante, então Hopper a ouviu rolar e se levantar. Hopper se sentou também, contraindo-se para tirar as mãos de baixo do próprio corpo.

E então o saco foi arrancado da cabeça dele.

Hopper pestanejou e tossiu, a poeira da lona pairando em torno do rosto dele.

— Você também, cara?

Leroy Washington estava de pé em cima dele, sorrindo, com o lábio inferior coberto de sangue.

Hopper o encarou.

— Leroy? Que diabo está acontecendo? — Ele se contorceu no chão e mostrou os punhos atados para Leroy. — Me desamarra, e vamos dar o fora daqui!

— Cara, não faço ideia do que está pegando — disse Leroy, ajoelhado, trabalhando nos nós de Hopper. — Não sei onde estamos. Não sei quem são *eles*. Só sei que eu estava esperando por você, no lugar combinado, e até vi você chegar, de longe. Eu estava de olho para ver se a barra estava limpa. E achei que estava, mas pegaram você. Eu não pude fazer nada. Depois...

Com um puxão, as mãos de Hopper foram liberadas. Leroy deu um passo para trás, ainda segurando um pedaço de corda amarela. Hopper esfregou os pulsos e se levantou. Então perguntou:

— E depois?

Em um piscar de olhos, o sorriso de Leroy sumiu. Ele brincou com a corda e a jogou para o lado.

— Acho que estavam me observando, que nem estavam observando você. Eu me virei e *bam*! Lá estavam eles. E cá estamos.

Hopper assentiu. Leroy podia estar mentindo, podia ser uma armadilha, mas a intuição do detetive dizia que o jovem falava a verdade, ainda que integrasse uma gangue. Ele se lembrou de como Leroy soou ao telefone. O medo na voz dele, primitivo, elétrico.

Ainda esfregando os pulsos, Hopper começou a andar pelo recinto, olhando ao redor em busca de pistas de onde estavam.

Não precisaria se esforçar muito para deduzir. A sala era quadrada, bem pequena, talvez seis por seis metros. A porta era verde, pesada, com um mecanismo industrial de trava que consistia em barras horizontais e verticais, que pareciam ser mais complicadas que o necessário. Do teto pendiam lâmpadas fluorescentes.

Mas só bateu o martelo quando viu os sacos. Compridos, de lona, pareciam até sacos de boxe, empilhados na parede dos fundos. Quase todos estavam cheios, amarrados na boca com o mesmo tipo de corda amarela, que transpassava grandes aros de metal. Hopper viu mais um monte ao redor, vazios, dobrados, empilhados em uma carcaça metálica de uma velha impressora, ao pé da porta. Todos os sacos eram iguais, estampados com o mesmo logo da lateral do caminhão, a águia azul e as barras vermelhas.

De repente, as engrenagens da trava da porta se moveram. Dois homens corpulentos, de terno apertado, entraram no recinto. Tanto Hopper quanto Leroy recuaram. Não usavam mais máscaras de ski e roupas esportivas, mas algo disse a Hopper que aqueles eram os capangas que o haviam sequestrado.

Acuados contra os sacos dos correios, Hopper sentiu Leroy ficar tenso. Olhou para ele de esguelha e viu que o rapaz tremia de nervoso.

Os dois grandalhões abriram espaço e ficaram ali parados, impassíveis, com as mãos entrelaçadas à frente. Logo em seguida, entrou um terceiro homem de terno azul. Um nanico se comparado aos outros dois.

Hopper sentiu todos os músculos do corpo retesarem quando o agente especial Gallup abriu seu sorrisinho protocolar para os prisioneiros.

— Detetive Hopper, sr. Washington, que bom tê-los por aqui.

— Filho da...

Hopper não se conteve. De punho cerrado, voou para cima de Gallup, espumando de raiva. Era um gesto inútil, e ele sabia disso. Continuou se debatendo quando um dos brutamontes de terno o segurou e o arrastou para longe do chefe. Era como tentar derrubar um carvalho. O sujeito largou Hopper em uma pilha de sacos dos correios e se posicionou acima dele, pronto para voltar a agir caso o prisioneiro ainda não tivesse entendido o recado.

Hopper recobrou o fôlego e limpou a boca com as costas da mão. Seu oponente não estava para brincadeira.

— Sabe, quando você disse que trabalhava para uma agência federal, não imaginei que fosse dos correios. Agora entendi por que você não quis dar detalhes.

O sorriso de Gallup cresceu, mas só por um instante. Então deu de ombros.

— O nome da agência onde trabalho ainda é uma informação confidencial, mas é mesmo incrível ver o que as instalações dos correios podem disponibilizar para as autoridades.

Hopper se pôs de pé, então olhou para Leroy.

— Quer dizer que ele não é o carteiro, então?

Leroy o encarava de olhos arregalados, assustado, confirmando o instinto de Hopper, de que Leroy era tão prisioneiro quanto ele, o que confirmava sua história. Por ele ter sido pego logo após Hopper, ficava claro que os agentes federais sabiam do encontro; ou seja, o telefone de Hopper, na delegacia, tinha sido grampeado. O de Delgado também, muito provavelmente. Não por acaso, tinham demorado tanto para encaixotar os documentos.

Hopper se virou de volta para Gallup.

— Escuta aqui, *agente especial*! — disse ele, cuspindo o título do homem como se fosse um insulto. — Sou um detetive da polícia, esqueceu? Você está com a corda no pescoço. Acabou de sequestrar um policial e uma testemunha que está sob proteção — acrescentou, apontando para Leroy. — Não sei que tipo de autoridade você acha que tem, mas vou te dar uma chance para escolher. Ou nos deixa ir embora agora e não enche mais o nosso saco, ou pode se retratar para o Comissário de Polícia e o detetive-chefe mais tarde. Fui claro?

O silêncio reinou no depósito dos correios. Os dois agentes de Gallup estavam de olho em Hopper, mas não se mexiam nem davam um pio. Hopper ouvia Leroy inquieto atrás dele, perto dos sacos. Diante dele, o agente especial Gallup olhava para baixo, ocupado com os punhos da camisa. Então, sacudiu um pouco a lapela do blazer e olhou para o teto.

— Caramba, está um calor danado aqui, não é mesmo? Pelo jeito, os correios precisam de ar-condicionado.

Hopper arriscou se aproximar mais um passo de Gallup, e o brutamontes foi mais uma vez para cima do detetive, enfiando a mão enorme no peito dele. Hopper tentou empurrá-la, mas a força do homem era colossal.

— Perguntei se fui claro.

Gallup abriu seu sorrisinho enervante de novo e olhou para Hopper. Passaram-se segundos. Hopper fervia, o suor escorria pela nuca.

De repente, Gallup jogou a cabeça para trás como se tivesse acabado de levar um choque.

— Desculpa, mas você já terminou esse seu showzinho de policial durão?

Hopper sentiu o sangue subir de novo e não resistiu, pressionou o corpo contra a mão em seu peito, dessa vez com mais força, chegando a mover o braço do segurança, ainda que quase nada.

— Você está certo — disse Gallup.

Hopper balançou a cabeça.

— Certo sobre o quê?

— Você *não* sabe que tipo de autoridade eu tenho. — Gallup olhou para Hopper, depois para Leroy. — Então, ótimo! Agora que estamos de acordo, senhores, vamos ao que interessa. Ao que parece, detetive, precisamos resolver um mal-entendido, porque tenho a memória fresquinha de uma visita que fiz a você e seu capitão... Quando foi mesmo? Segunda agora? — Ele buscou confirmação de seus homens. — Nossa, a semana foi longa. Enfim, também me lembro de ter passado instruções claras para vocês saírem da investigação dos crimes das cartas e que o caso estaria a partir de então sob a jurisdição das autoridades federais, sob minha tutela direta.

Hopper não se deixou intimidar pelo olhar implacável de Gallup. O agente deu um passo à frente, cruzou os braços e continuou o discurso.

— Sei que policiais nova-iorquinos gostam de pensar que são especiais. E talvez sejam mesmo. É preciso ter coragem e determinação para andar por essas ruas cruéis. Isso eu admiro. Coragem e determinação. Isso é bom. Mas, então, aparece um *serial killer* na sua vizinhança... Bom, corrija-me se eu estiver errado, detetive, mas provavelmente é o pior tipo de homicídio que tem, não é mesmo? Não é uma venda de drogas que deu errado, uma disputa de território entre gangues, uma briga violenta ou roubo à mão armada com um fim trágico. É um maluco à solta. E enquanto a polícia investiga o caso, precisa mantê-lo afastado da opinião pública, porque a cidade já está obcecada o bastante pelo tal Filho de Sam. — Gallup soltou um assobio baixinho. — *Dois* assassinos em série trabalhando ao mesmo tempo.... Sou de Vermont, sabe? Mais árvores que pessoas, do jeito que eu gosto.

— Bom para você — disse Hopper.

— Acho que você ia gostar de lá. Minha cidade natal parece um pouco com Hawkins, Indiana. — Gallup deu uma batidinha com o dedo nos lábios. — Pensando bem, talvez você não gostasse, justamente porque parece um pouco com Hawkins, Indiana. Porque a vidinha de cidade pequena não é para você, certo? Você estava sentindo um vazio depois do Vietnã, não estava? Em que missão você serviu? Foram duas, não foram? E você se voluntariou. Estava numa idade péssima para se alistar já, mas mesmo assim queria contribuir para a causa, imagino. Engraçado, para mim você não é lá muito patriota. Paixão pela cultura americana, tudo bem, mas uma devoção à bandeira? Não, não consigo ver isso.

— Tô vendo que pesquisou direitinho — disse Hopper, baixinho.

Gallup assentiu.

— Gosto de pensar que sou meticuloso. Enfim, por mais que eu adore bater um papo sobre os velhos tempos, acho melhor irmos direto ao ponto.

Hopper bufou e deu um passo para trás, afastando-se do guarda-costas de Gallup. O agente grandalhão baixou a mão e retomou a pose neutra.

Evidentemente, Hopper estava errado, e sabia disso. Tinha continuado a investigar os crimes das cartas, ele e Delgado. Sua parceira havia roubado a pasta de documentos sobre Hoeler, e ele, vasculhado o segundo apartamento. O envolvimento de Leroy podia ter sido coincidência ou não, mas, por fim, ele e Delgado tinham concordado em ceder e deixar tudo nas mãos dos agentes federais. Era a decisão certa, só que talvez tarde demais.

— Escuta, eu admito que a gente achou que poderia prosseguir com o caso. Como você mesmo comentou, é a *nossa* área. São nossos moradores que estamos tentando proteger. Passamos dos limites, não deveríamos ter feito isso, mas pretendíamos repassar tudo a vocês. Encontramos mais informações que julgamos úteis para a sua força-tarefa.

Hopper prendeu a respiração. Gallup o observava com a mesma expressão plácida e enervante. Hopper arriscou se aproximar mais um pouco. Dessa vez, o grandalhão não se mexeu, só acompanhou o detetive com os olhos.

— Podemos nos *ajudar*. Antes da morte do agente Hoeler, eu e minha parceira passamos umas semanas trabalhando no caso. Olha, eu sei que o Hoeler era um dos seus agentes e sei que o caso se misturou com a sua força-tarefa contra a gangue, e isso muda tudo. Eu entendo. Mas posso ajudar. Talvez você não tenha a Polícia de Nova York em alta conta, mas sou bom no que faço. Minha parceira também. Conte conosco nessa.

Hopper mordeu o lábio e arqueou uma das sobrancelhas. Se conseguisse convencer o agente, talvez, quem sabe...

— Tudo bem — disse Gallup.

Hopper pestanejou.

— O quê?

— Por que acha que eu te trouxe aqui? Você vai me ajudar, detetive Hopper. O sr. Washington também. Vocês dois. — Gallup hesitou. — E você não tem escolha.

Hopper olhou para Leroy, que ainda assistia à conversa de olhos arregalados.

Então Hopper se virou de volta para Gallup.

— Do que você está falando?

O sorriso de Gallup desapareceu instantaneamente. Não que Hopper fosse fã do sorrisinho, mas a nova expressão endurecida do agente parecia ainda pior.

— Serei mais claro. Você vai me ajudar. Ou nunca mais vai ver a Diane ou a Sara, ou quem quer que seja. Nunca mais.

Capítulo Dezesseis

A TARDE PERDIDA

7 DE JULHO DE 1977
BROOKLYN, NOVA YORK

Delgado desligou o telefone e olhou o relógio. Estava sem sorte na busca por Hopper e sabia que tentar encontrá-lo estava tirando o foco do trabalho a ser feito. Porque, por mais que quisesse trocar ideias com o parceiro, ela também era detetive, e mais do que capaz de conduzir sua parte da investigação por conta própria, sem levantar as suspeitas do capitão LaVorgna.

Por sorte, o capitão tinha passado boa parte do dia em uma reunião com os superiores, então Delgado estava livre para seguir novas pistas enquanto deixava os casos designados a ela pegando poeira na mesa.

Novas pistas como Lisa Sargeson, que por acaso conduzia suas oficinas beneficentes de reabilitação em um dos endereços da lista do finado agente especial Jacob Hoeler.

A princípio, não havia nada de suspeito nisso. Delgado havia entrado no prédio, um salão paroquial, na companhia de Lisa, e examinado o quadro abarrotado de avisos no saguão. Muitos outros grupos se reuniam ali também. De fato, tudo indicava que o salão estava sempre ocupado por uma organização ou outra, quando não pela própria igreja.

Em seguida, observou Lisa por uns minutinhos, pelo vidro da porta da sala de reuniões do grupo. Ela estava de pé, diante de uma dúzia de homens sentados. Parecia uma sala de aula, e Delgado presumiu que fosse mesmo.

No caminho de volta à delegacia, Delgado se permitiu entrar em transe, deixar a mente seguir o próprio fluxo. Era parte do processo dela, abrir espaço para diversas teorias e ideias — das mais mundanas às mais descabidas — passarem por sua cabeça, deixar o subconsciente trabalhar um pouco. Delgado já tinha percebido que, quando focava demais em alguma coisa, o pensamento em questão, isto é, a linha de investigação, tomava proporções homéricas e dominava sua mente, formando um pré-julgamento no qual acabava tentando encaixar, de qualquer jeito, suas teorias e evidências.

Um hábito perigoso para uma detetive.

Portanto, em vez de seguir por esse caminho, a chave, para ela, era deixar o pensamento correr naturalmente, pelo menos por um tempo. Com sorte, uma ideia um pouco mais racional se destacaria, enquanto Delgado prosseguia com outras investigações.

A policial percebeu que ainda estava com Lisa Sargeson em mente. Havia alguma coisa ali, ela tinha certeza. *Alguma coisa.*

Não me diga. Alguma coisa? Uau, parabéns! Que tal uma grande coincidência?

E assim passou o restante da tarde, encarando a lista do apartamento de Hoeler, perguntando-se onde estaria Hopper.

De repente, o capitão LaVorgna entrou correndo na delegacia, quase arrancando as portas, e se fechou em sua sala. Pela janela, Delgado viu o capitão tirar o casaco e arrancar a gravata. Então, ficou um tempinho parado no meio da sala, balançando a cabeça, e se virou para a repartição, enquanto vasculhava os próprios bolsos, provavelmente em busca de um cigarro.

Delgado congelou. Por mais ridículo que fosse, uma vez que LaVorgna jamais conseguiria enxergar o que ela tinha na mesa, sentiu-se pega no flagra, trabalhando em um caso que não era mais seu. Mas o capitão apenas franziu a testa e fechou as persianas.

Ufa!

Delgado jogou a lista de Hoeler para baixo de uma pasta e pegou outro caso. Enquanto isso, o tempo todo, um único nome não saía de sua cabeça.

Lisa Sargeson.

Capítulo Dezessete

A OPERAÇÃO

7 DE JULHO DE 1977
BROOKLYN, NOVA YORK

Hopper parou na cabeceira da mesa, então começou o que devia ser já a quinta volta pela sala de reuniões, soterrada no meio do labirinto de escritórios do prédio dos correios. À mesa, estavam o agente especial Gallup, Leroy Washington, um bule de café pela metade e outro que o trio já tinha matado, no que pareciam horas antes.

Gallup ficou olhando Hopper andar de um lado para o outro.

— Já terminou, detetive?

Hopper parou e passou a mão pelo cabelo. Ele se virou para encarar o agente.

— Se já terminei? Você está me perguntando se já *terminei*?

— Estou. Porque quanto antes você perceber a gravidade da situação em que se meteu, mais cedo poderemos começar a trabalhar.

Hopper balançou a cabeça.

— Isso é loucura!

— Não é, não. E sabe disso. Podemos recapitular, se você quiser. Que tal anotar desta vez? Porque parece que está com dificuldades de compreender o que posso fazer com você, seus amigos e sua família se não cooperar.

— Isso não faz sentido!

Hopper retomou o passo.

— Vou arruinar a vida de todo mundo, e a sua, se você não cooperar. E não vai ser culpa minha, porque a escolha é toda sua.

Hopper parou no meio da sala. Fechou os olhos. Por trás das pálpebras, sombras vermelhas dançavam.

— Ou você trabalha à paisana para mim — prosseguiu Gallup, de algum lugar a milhões de quilômetros de distância —, ou desaparece para todo o sempre. Diane perde o emprego. Cai na malha fina. Perde o apartamento. Mesma coisa com a detetive Delgado. E isso seria só o começo, pode apostar.

— Você não pode fazer isso — disse Hopper, abrindo os olhos. — Você não tem poder para fazer nada disso. Ninguém tem.

Gallup olhou para Leroy.

— O que estou fazendo de errado, Leroy? Estou falando grego, por acaso? Será que meus agentes bateram com muita força na cabeça dele? — Ele se voltou para Hopper. — Vou tentar mais uma vez. Você vai apodrecer em um buraco, e todo mundo que você conhece vai desejar estar lá também. Será que *isso* você entende, detetive?

Hopper colocou as mãos na mesa e se inclinou na direção do agente.

— Você não tem como fazer *nada* disso.

Gallup balançou a cabeça.

— Tenho o poder de fazer o que eu quiser. A escolha é sua.

Hopper e o agente ficaram se encarando por alguns segundos, até o detetive soltar um suspiro e voltar a andar pelo lugar.

Leroy acompanhou Hopper com o olhar.

— Hopper, por favor! É a minha chance de salvar a minha irmã e parar o Saint John. Não tem outra saída. Escuta o cara!

Hopper bufou e fechou os olhos, esperando passar o nervoso. Então, afundou numa cadeira e encarou Gallup.

— E se eu disser sim?

Gallup entrelaçou os dedos em cima da mesa.

— Você vai cooperar?

— Perguntei primeiro. Esse tal Saint John. Como podemos detê-lo? Não sabemos o que ele anda planejando, sabemos? Além de evocar o demônio.

— Bom — disse Gallup —, imagino que a adoração ao diabo que o sr. Washington mencionou é uma fachada para algo muito mais real e muito mais sério. Algo que espero que você consiga desvendar. É por *isso* que estou propondo esse plano de ação.

Hopper se recostou na cadeira e balançou a cabeça, incrédulo.

Gallup voltou a atenção para os punhos da camisa, ajustando-os até ficarem certinhos.

— Nossa força-tarefa vem observando os Vipers há um bom tempo, detetive. São uma nova gangue. Nova York está cheia de gangues, evidentemente, mas nossa inteligência acredita que os Vipers sejam diferentes. Temos razão para acreditar que o líder, o homem que se identifica como Saint John, não só tem angariado novos recrutas, mas recursos também. Acreditamos que os recrutas tenham vindo de outras gangues. De alguma forma, Saint John conseguiu fazer o que poucos líderes dessa laia conseguem: unir diferentes gangues e facções e organizar o grupo sob as próprias asas, por assim dizer. Unir gangues significa angariar recursos, e sabemos que ele já acumulou bastante dinheiro e armamento. Mas parece que ele está recrutando em algum outro lugar também. Está formando uma espécie de círculo interno, dando um jeito de encontrar pessoas com uma expertise particular. Não sabemos que expertise é essa, nem para que ele quer essas pessoas. Mas acreditamos que ele esteja planejando algo grandioso, algo que representa uma ameaça severa para a cidade e seus habitantes.

Leroy assentiu.

— É coisa grande, cara. Eu falei! O bicho vai pegar. O Dia da Serpente, essa é a data.

— Só que não *sabemos* quando exatamente é essa data — disse Hopper. — E essa conversa toda de devoção ao demônio e invocação de Satã. Você acha que é mera fachada?

Gallup mordeu o lábio.

— Você sabe tanto quanto eu que as gangues de Nova York podem ser bem... cativantes, digamos. Cada uma molda o próprio nicho e identidade. Seja lá quem for, o Saint John parece ter incentivado uma espécie de culto à personalidade. Suspeitamos de que tenha sido o jeito dele de conquistar outras gangues com essa prontidão toda. Um líder carismático, falando sobre o fim dos tempos e afirmando que a gangue dele não só vai invocar o diabo, como servi-lo no apocalipse iminente, reforçando suas palavras com uma série de assassinatos ritualísticos encomendados? É pura fantasia, mas, em uma cidade como esta, as pessoas são ludibriadas, provavelmente com mais facilidade do que vocês imaginam, acreditem se quiserem.

Hopper coçou o rosto e jogou as mãos na mesa.

— Parece que você já tem bastante informação.

— O sr. Washington aqui tem sido de grande valia. Além disso, como você já suspeitava, temos outros informantes. O agente Hoeler era um deles.

— Informante esse que acabou sendo descoberto e morto — observou Hopper.

Gallup assentiu.

— Então, para que você precisa de mim? — insistiu Hopper. — Por que simplesmente não me jogam na cadeia por obstruir a investigação? Vocês já têm informantes, já têm inteligência, por que não entram logo em ação e acabam com Saint John e a gangue toda?

Mal ele falou, Gallup já estava balançando a cabeça.

— Não podemos arriscar uma ação precipitada. Só vamos começar algo se tivermos a certeza de que podemos terminar. Precisamos saber o que Saint John está planejando. Precisamos de detalhes, planos, horários, datas, nomes. Tudo. Se agirmos agora, podemos até lesar os Vipers, mas talvez engatilhemos o plano do Saint John, ou um plano de contingência. É um risco muito alto. Precisamos de algo concreto para agir, o quanto antes. É para *isso* que precisamos de você.

— Mas por que *eu*?

— Porque você não é um detetive qualquer. É um veterano condecorado. Tem experiência e competência. Você se vira bem em circunstâncias extremas. O seu histórico fala por si só. E...

Gallup sorriu. Hopper não gostou nada daquele “e”.

— E?

— E você *quer* ajudar.

Hopper olhou para ele. Já estava envolvido na história, mais do que gostaria, mais do que tinha direito.

Mas.

Gallup tinha razão. Ele queria mesmo ajudar. Queria deter o assassino das cartas. Queria capturá-lo, fazer justiça.

Mais do que isso, queria proteger sua vizinhança.

Proteger sua cidade.

Proteger sua família.

Para o agente especial Gallup, Hopper era um livro aberto. E Hopper o odiava por isso. Mas também sabia que não conseguiria resistir. Não sabia se as ameaças de Gallup eram genuínas, mas o homem parecia ocupar uma posição muito poderosa, senão misteriosa. Não era um risco que Hopper queria correr. Ele não gostava disso e não gostava de pessoas como o agente especial Gallup. Mas, mesmo *sem* as ameaças... não podia se recusar. Era seu dever.

Ele olhou para Leroy, sentado ao lado. O jovem tamborilava na mesa e sacudia os joelhos.

— Preciso resgatar a minha irmã, cara. O Saint John, o cara é ruim. Preciso salvar a minha irmã. Preciso *me* salvar.

Hopper encarou Leroy por mais um bom tempo e então se voltou para Gallup. O agente especial abriu um sorriso e, pela primeira vez, pareceu genuíno.

— Estamos trabalhando pela mesma causa, detetive.

Hopper não disse nada.

— Você tem uma escolha. Pode até dizer não, tudo bem. Daí, você some do mapa e a vida da sua família vira um inferno. — Ele gesticulou como se não fosse nada de mais, um pequeno inconveniente no esquema todo. — Acho que a gente dá conta sem você. — Ele se debruçou na mesa. — Ou não. Talvez Saint John e os Vipers vençam. Talvez Belzebu construa mesmo um trono no topo do Empire State Building e impere em um mundo em chamas. Ou talvez algo muito mais real e muito pior aconteça.

Hopper olhou para Gallup. Olhou para Leroy. As narinas do rapaz se dilataram, e ele passou a respirar pesado, devagar.

— Mas, então, a pergunta que não quer calar é: você vai me ajudar a salvar a cidade, afinal?

Hopper mordeu a bochecha. Sentia o coração martelar no peito. Então assentiu. Apenas um meneio de cabeça, seco.

— Excelente! — disse Gallup. — Agora o primeiro passo, detetive, é fazer você desaparecer.

Capítulo Dezoito

O DESAPARECIMENTO DO DETETIVE JAMES HOPPER

8 DE JULHO DE 1977
BROOKLYN, NOVA YORK

Hopper aguardava na viatura, na esquina, de janela aberta, curtindo a brisa suave. Não havia necessidade de discrição, de se encolher atrás do painel enquanto observava a fileira de prédios antigos geminados.

O apartamento dele ficava no meio do quarteirão. Do carro, tinha uma vista perfeita da fachada e de todo mundo que entrava e saía do prédio.

No momento, ninguém estava passando. O edifício de tijolinhos marrons se dividia em três apartamentos. A sra. Schaefer, do apartamento número um, no térreo, estava no trabalho. Os Van Sabben, do apartamento três, estavam fora por alguns dias. E o apartamento dois, dos Hopper, também estava vazio.

Ele olhou o relógio. Já tinha passado das nove. Diane e Sara deviam estar na escola. A reunião — se é que podia ser chamada assim — com Gallup e Leroy tinha tomado a noite inteira. O agente especial havia delineado os detalhes do plano e respondido ao bombardeio de perguntas de Hopper com sua calma impecável e irritante. Ao que parecia, Gallup tinha até acobertado Hopper, providenciando que alguém telefonasse para Diane, passando-se por um colega da delegacia, e explicasse a ela que o marido estava no meio de um trabalho importante e não dormiria em casa. Passar a noite fora de casa não era do feitio de Hopper, mas tampouco era incomum para um detetive da divisão de homicídios — o que não impediu Hopper de se ressentir com Gallup por usar essa cartada com a família dele.

Hopper respirou fundo. Só de pensar nelas, era tomado por um turbilhão de emoções.

Sabia que estava fazendo a coisa certa. Por trás das ameaças, da confidencialidade, do teatrinho com os homens de preto e mãos pesadas, o agente especial Gallup também só queria fazer seu trabalho, usando todos os recursos a seu dispor. E agora tinham a chance, de uma vez por todas, de derrubar os Vipers e dar um fim ao que quer que o líder deles, Saint John, estivesse planejando.

Desvendar o caso dos crimes das cartas. Fazer justiça em nome da cidade.

Fazer justiça em nome de Sam Barrett. De Jonathan Schnetzer. De Jacob Hoeler.

Mas, por alguma razão, de repente, isso não pareceu suficiente para Hopper. Não era motivo suficiente para magoar sua esposa e sua filha. Porque o agente especial Gallup tinha colocado Hopper entre duas alternativas que causariam dor, medo e incerteza — uma, para sempre, e a outra, felizmente, apenas a curto prazo.

O detetive James Hopper estava prestes a desaparecer. Por quanto tempo, ele não sabia. Estava prestes a largar a vida normal para flertar com o perigo. Voltar para a esposa e a filha era apenas um dos finais possíveis, entre muitos.

Hopper deu um tapinha no volante, dizendo a si mesmo para sair da espiral de ansiedade. Daria conta do recado. Ele sabia se virar. Foi por isso que Gallup o procurou.

Não era a primeira vez que Hopper se perguntava até que ponto Gallup sabia de seu histórico militar. Parte dos registros estava selada. Nem mesmo Diane sabia de tudo. Mas Gallup estava contando tanto com as habilidades e a experiência de Hopper que o questionamento ficou no ar.

Será que Gallup sabia o que ele tinha passado no Vietnã? Hopper esvaziou a mente. Precisava focar.

Não funcionou. Só conseguia pensar na família. Até tentou racionalizar as ações. Diane devia estar nervosa e preocupada. Sem dúvidas. Mas, no fim de tudo, ela entenderia. Sara sentiria a ansiedade da mãe e também ficaria chateada. Mas, por sorte, era muito nova para entender e muito provavelmente nem se lembraria do ocorrido. Logo viraria uma história de família; dali a anos, ela estaria contando aquela aventura de quando seu pai, James Hopper, detetive da divisão de homicídios de Nova York, desapareceu e ressurgiu depois de derrubar uma das gangues mais perigosas da área, salvando a cidade de uma catástrofe e ainda resolvendo o caso de um *serial killer* por tabela.

Seria uma história e tanto.

Se o plano desse certo. E o plano era o seguinte:

Leroy Washington ainda era membro dos Vipers e, embora houvesse dito que não fazia parte do círculo mais íntimo de Saint John, tinha acesso a informações importantes. Era um recrutador, chefiado diretamente pelo misterioso chefe da gangue, encarregado de reforçar as tropas, pescando novos membros em potencial pela cidade, com cuidado e atenção.

Pessoas como Hopper. O detetive não sabia o que Saint John buscava, mas sabia que se encaixava no perfil — pelo menos, de acordo com Leroy. Hopper era um veterano condecorado, um homem com um histórico de violência comprovado. Era um jeito esquisito de encarar as coisas, mas Hopper sabia que era a verdade. Sua profissão era uma reviravolta interessante, e Leroy imaginou que agradaria Saint John.

Porque Hopper estava prestes a se tornar um *ex*-policial. Ele não ia simplesmente desaparecer.

Viraria um fugitivo.

De volta ao depósito dos correios, Hopper entregou a um dos guarda-costas de Gallup sua arma com registro policial, um revólver Smith & Wesson Model 10, antigo mas confiável. O agente grandalhão dessa vez usava luvas brancas de algodão, como um curador de museu, e logo saiu da sala. A pistola seria a grande estrela do sumiço, a arma plantada na falsa cena do crime, implicando Hopper como culpado. Então Hopper desapareceria, e o nome dele ia parar no quadro de procurados da própria delegacia, ao lado de seus casos.

Oficialmente foragido, Hopper procuraria os Vipers: um policial desonrado, corrupto, violento, oferecendo expertise a Saint John. Leroy faria a ponte entre eles. Depois que fosse recrutado, o trabalho seria simples: entender o plano grandioso de Saint John e dar um fim àquilo. Infiltrados na gangue, Hopper e Leroy estariam por conta própria. Se precisassem de extração, poderiam contatar a força-tarefa de Gallup, mas isso implodiria a operação, forçando os agentes federais a agir. Gallup insistiu que, fosse esse o caso, Hopper e Leroy já tivessem coletado informações suficientes antes de pressionar o botão de ejeção.

Leroy e Hopper se separaram assim que Gallup os liberou. Leroy foi contatar os Vipers e mexer os pauzinhos para trazer o novo recruta, e Hopper foi cuidar de assuntos pessoais. Gallup o aconselhou a não fazer isso, com o argumento de que ele precisava romper as amarras do trabalho, amizades e família, mas não insistiu muito. Hopper pediu um voto de confiança, e o agente especial deu o braço a torcer.

Hopper e Leroy se encontrariam à noite, dando início à operação.

Enquanto isso, Hopper tinha algumas coisas para fazer.

A barra estava limpa. Hopper saiu da viatura e correu para o prédio. Subiu os degraus da entrada trotando e entrou sem hesitar, com a súbita sensação de que a vizinhança inteira observava cada passo seu, mesmo com a rua vazia.

No apartamento, Hopper foi direto para o quarto principal. Primeiro, precisava tomar uma ducha e tirar um cochilo. Depois, trocar de roupa — era bobagem, mas sentia que sua camisa xadrez e a calça social o entregavam. Se fosse para encarnar o policial corrompido, queria fazer jus ao papel, se não pela gangue, por si mesmo. Hopper estava plenamente ciente de que, para entrar no personagem e ser convincente, detalhes fariam toda a diferença.

Hopper se deitou por cima das cobertas, programou o alarme e caiu no sono.

4 DE JUNHO DE 1972
BROOKLYN, NOVA YORK

— Mas isso é verde-maçã?

Hopper deu um passo para trás e, com o rolo de pintura inclinado para não pingar, contemplou o resultado de uma hora de trabalho na parede do quarto. Tinha se saído bem e sabia disso. Pintar uma parede estava longe de ser o desafio mais difícil de sua vida, mas queria fazer direito, já que ele e Diane tinham concordado em redecorar o novo apartamento por conta própria, sem contratar profissionais ou algo do tipo. A mudança de Hawkins tinha sido fácil de planejar e difícil de executar, e foi a conta bancária deles que sofreu o maior impacto. Fazia só um mês que Hopper estava no cargo — tinha começado um dia depois de chegarem, no início de maio —, e o casal mal podia esperar pelo primeiro salário.

Mas ali, observando a tinta secar na parede, ele se perguntava se talvez não devessem ter desembolsado um pouco mais por uma tinta melhor.

— Ei, como estão as coisas?

Diane entrou no cômodo com a filha de um ano e dois meses aninhada no ombro, em sono profundo. Com cuidado, Diane deu a volta na lona impermeável amontoada perto da porta e se juntou ao marido no meio do quarto. Ele deu um beijinho na bochecha de Sara, um beijo na boca da esposa e apontou para a parede com o rolo.

— A lata dizia verde-maçã.

Diane assentiu. Hopper olhou para ela de soslaio.

— Espero que essa sua cara seja de apreciação das minhas habilidades manuais... Ou está se perguntando que raios de maçãs são essas?

Diane riu e se aproximou do marido, mas, quando foi abraçar a cintura dele, Hopper ergueu o rolo, dizendo:

— Espera!

Hopper se agachou e apoiou o rolo na bandeja de tintas, no chão, então se voltou para a esposa e a filha. Diane levantou a mão, em sinal de alerta, e ele congelou onde estava.

— Ai, Jim!

— Que foi?

Diane balançou a cabeça e apontou para ele, que olhou para baixo, para a camiseta amarela de Jim Croce que tinha comprado em um show no ano anterior. O semblante sorridente do cantor de folk estava todo respingado de verde.

— Ah, *droga*!

Diane tapou a boca, escondendo o riso. Sara começou a se revirar no colo da mãe, e Diane instintivamente a ninou de um lado para outro, para manter a filha confortável.

Hopper ergueu os olhos semicerrados.

— Você está rindo?

Diane abriu um sorriso de orelha a orelha.

— Você adora essa camiseta!

Ele suspirou.

— Adoro mesmo. — Ele notou que a esposa tentava segurar o riso. — Que bom que um de nós acha graça nisso!

Mas tampouco se conteve. Logo em seguida, ele próprio sentiu o riso fervilhar no peito. Reaproximou-se de Diane, e acabaram acordando Sara, que começou a se mexer nos braços da mãe.

Juntinhos, embalaram-na. Enquanto a filha bocejava e olhava para tudo ao redor, os pais contemplavam o trabalho manual de Hopper novamente.

— Bom, você disse que queria uma mudança — falou Diane. — Uma nova cidade, um novo começo. Foi o que você disse, não foi?

— Pois é! Nova cidade, novo começo, novo aprendizado. Nunca comprar as tintas da... Que marca mesmo é essa?

Hopper se esticou todo, tentando ler o rótulo da lata descartada.

Diane sorriu e beijou Hopper.

— Eu achei lindo! Queríamos uma parede verde e agora temos uma parede verde.

Hopper sorriu.

— Isso temos mesmo. — Ele olhou para Sara, que bocejava de novo, claramente desperta. — Oi, meu amor! O que você achou? Gostou da cor? Seu pai fez um excelente trabalho, não fez?

Ele tirou Sara do colo de Diane e se aproximou da parede, ninando a filha. Apertou a mãozinha com carinho, apontou para a pintura.

— Olha, pelo visto as maçãs de Nova York são dessa cor.

No meio da sala, Diane riu. Hopper virou-se para a esposa. Sentiu as mãos da filha tateando seu rosto.

Mãozinhas... *molhadas*.

— Ih! — exclamou ele, olhando para baixo.

Sara tinha encontrado os respingos da camiseta e se ocupado em transferir a tinta para o rosto dele — e para o dela.

— Maçãs! — disse ela, com uma risadinha.

Com cuidado, Diane tirou Sara das mãos do marido.

— Agora vamos deixar o papai terminar o trabalho. Ele tem um longo caminho pela frente. — Ela fitou o marido. — O mestre das artes precisa de espaço.

Hopper riu e acenou para ela, se despedindo. Assim que Diane e Sara desapareceram pela porta, ele puxou a barra da camisa para dar uma olhada no tamanho do estrago.

Não parecia ter salvação.

Surpirando, Hopper pegou o rolo e retomou a labuta.

Capítulo Dezenove

CAFÉ E CONTEMPLAÇÃO

8 DE JULHO DE 1977
BROOKLYN, NOVA YORK

Duas horas depois, Hopper acordou ao som do despertador. Ele se sentou na cama, sentindo-se pior que antes, desconcertado com a clareza do sonho-lembrança do qual tinha sido arrancado. Redecorar o apartamento... Já fazia quantos *anos*? Ele não conseguia lembrar. As paredes do quarto ainda eram verdes. Felizmente, o tom ficou mais claro quando secou a tinta.

Hopper desligou o alarme e tomou uma ducha.

Meia hora depois, arrumou-se na frente do espelho. Nada de calça social, camisa e gravata! Estava usando uma calça jeans que ainda guardava para fazer tarefas ao ar livre, no quintal inexistente deles, e a camiseta suja de tinta do Jim Croce que desenterrou — com um *déjà-vu* esquisito — do fundo da gaveta, de onde tirou também uma jaqueta de couro. Os calçados foram substituídos por botinas militares, outra relíquia que mantinha guardada para o caso de o quintal se materializar um dia. Chegou a considerar resgatar a jaqueta cáqui do exército também, mas não queria exagerar. Passou um minuto ou dois explorando os misteriosos produtos para cabelo de Diane, até que encontrou qualquer coisa sebosa o bastante para manter o cabelo para trás.

Relativamente contente com a caracterização, Hopper mergulhou mais uma vez nos escombros do armário, para acessar um painel oculto na parede dos fundos. Do pequeno espaço lá atrás, tirou um objeto pesado, embrulhado em plástico. Com o objeto na palma da mão, tirou o plástico, revelando um revólver semiautomático, um Colt M1911 que tinha servido com ele no Vietnã. Checou o pente, então apontou a arma para o próprio reflexo no espelho. Satisfeito, enfiou o revólver na parte de trás da calça e puxou a jaqueta um pouco para baixo, assegurando-se de que estava escondendo a peça, e estava mesmo.

Tudo certo por ora.

Hopper encaixou o painel de volta, arrumou a sapateira e pendurou a velha calça e a velha camisa de volta. Cuidou para que nada parecesse fora de lugar e deu uma última olhada no cômodo. Tudo parecia intocado, exatamente como estava quando ele tinha chegado.

Inclusive as fotos na cômoda de Diane. Hopper parou um pouco, hesitou com a mão a caminho do porta-retratos, até que cedeu e pegou a foto. A moldura se dividia em dois, com uma dobradiça no meio. De um lado, ficava uma foto de Hopper e Diane — ele de terno escuro e ela com um vestido azul-safira. Estavam sentados numa pedra, em um jardim botânico, poucas horas depois de se casarem.

Hopper passou um bom tempo namorando a cena, então passou para a foto ao lado. Era um retrato em família, com o trio completo, mãe, pai e filha. Três pares de olhos cintilantes o fitavam, os três com a postura tão aprumada que Hopper podia até sentir a dor na lombar por ter passado uma hora no estúdio para o ensaio fotográfico.

Hopper riu e colocou o porta-retratos de volta na cômoda, exatamente como estava antes. Deu um passo para trás, sem tirar os olhos das fotos, e acabou esbarrando na beirada da cama.

Por fim deixou o quarto, passando a mão pelo cabelo modelado.

Faltava fazer uma coisa.

Na cozinha, do lado da geladeira, tirou o telefone do gancho e discou. Atenderam quase imediatamente.

— Delgado, homicídio.

— Sou eu — disse Hopper, baixinho, levantando a mão como se a parceira pudesse ver o gesto. — Não fala nada, só escuta, tudo bem?

Hopper podia ouvir a respiração de Delgado do outro lado da linha. Esperou pela resposta.

— Alô?

— Você acabou de me pedir para não dizer mais nada — sussurrou Delgado.

Hopper não conteve o riso.

— Preciso conversar com você pessoalmente. — Ele olhou o relógio. — Me encontra em uma hora, na lanchonete da esquina da Washington com a Sterling. Tom's Diner.

— Fica meio longe, Hop.

— Então é melhor ir logo — retrucou ele, e desligou.

Era um risco ligar para ela, mas não tinha escolha.

Porque havia um trabalho para ela fazer enquanto ele estivesse foragido.

Tom's Diner era uma lanchonete tradicional do bairro de Prospect Heights, em funcionamento desde os anos 1930. Provavelmente, não tinha mudado muito desde então, pensou Hopper. Ocupava o andar térreo de um prédio quadrado e atarracado, sem nenhum aspecto memorável. Dentro, recendia a gordura velha e cigarros, mas o café era muito bom e as canecas pareciam um tanto limpas. Hopper se sentou em um canto escondido e, segurando seu café, ficou observando a rua pela janela encardida. O burburinho dos clientes no balcão e a música de rádio ao fundo se misturavam, criando ao redor dele uma agradável barreira de som.

Delgado chegou cerca de vinte minutos depois de Hopper, bem na hora em que os trompetes da trilha sonora de *Rocky* ressoavam pela lanchonete. Ela entrou no recinto à procura do parceiro por entre as cabines e mesas. Hopper levantou o rosto e assentiu para ela, que foi até lá, deslizou para dentro do reservado e largou a bolsa a seu lado.

— Detestei esse filme! — exclamou, torcendo o nariz. Ela chamou uma das garçonetes do balcão e se debruçou na mesa. — Mas que diabo está acontecendo, Hop?

Na mesma hora, se endireitou e sorriu para a garçonete que se aproximava, com um uniforme tão amarelo quanto o cabelo.

— Vocês querem um cardápio? — perguntou a mulher, mascando um chiclete com a boca tão aberta que Hopper podia sentir o cheiro de hortelã.

— Só um café — disse Delgado.

A garçonete assentiu e retornou ao balcão.

Delgado fuzilou Hopper com o olhar. Ele se ateve a levantar um dedo, acompanhando com o olhar a garçonete, que retornava à mesa com café e uma caneca para Delgado. Serviu as duas, quase fazendo a de Hopper transbordar.

Hopper agradeceu e sorriu. A garçonete não fez a menor questão de retribuir o gesto, apenas se retirou.

— Certo — disse Delgado. — Onde eu estava? Ah, sim. Mas que diabo está acontecendo, Hop? Que mistério todo é esse? E onde você se meteu ontem? Despistei o capitão algumas vezes, mas a sua ausência não está colaborando muito com o humor dele, sabe?

— Vou explicar tudo — disse Hopper, descansando a caneca na mesa. Segurava-a com as duas mãos. Era mais um dia quente na cidade, mas por alguma razão ele sentia frio. — Mas preciso que você escute tudo e me deixe terminar. Se tiver alguma pergunta, guarda para o fim, tudo bem?

Delgado deu de ombros.

— Vou tomar isso como um sim. Confia em mim!

— Corta essa, Hop! Você sabe que confio em você. Nem precisa dizer isso!

— Tá certo.

— Mas, então, o que deu em você? O que está acontecendo?

Hopper baixou o rosto e olhou para a camiseta. O Jim Croce sujo de tinta olhava para o outro lado da mesa.

— Estou trabalhando para o agente especial Gallup agora.

Delgado bebeu um gole do café e ergueu a sobrancelha. Hopper a observou.

— Não tem nada a dizer?

Delgado balançou a cabeça.

— Tenho muita coisa. Mas você me disse para esperar até o fim.

Hopper bufou.

— Enfim, sabe aquele garoto que veio pedir proteção?

— Sei, Leroy Washington. Ele foi liberado e desapareceu da face da Terra.

Hopper balançou a cabeça.

— Gallup pegou ele também. Na verdade, estamos trabalhando juntos. Vamos passar um tempo fora do radar e daqui a pouco você vai começar a ouvir algumas... *histórias* sobre mim. — Hopper estendeu a mão para a parceira, como se quisesse acalmá-la de antemão. — Não importa o que você ouvir, não é verdade, é só para acobertar a nossa missão. Gallup bolou um plano para seguirmos com as investigações. O que quer que comentem na delegacia, o que quer que comecem a falar de mim, provavelmente vai sobrar para você, porque é minha parceira. O pessoal vai ficar achando que você sabe de alguma coisa, do meu paradeiro, e preciso que você segure as pontas por um tempo. Você vai precisar se aliar a eles. Serei o inimigo. O pessoal da delegacia vai ficar puto, você vai ver! Mas, para tudo correr bem, preciso que você colabore.

Hopper fez uma pausa. Beberam o café em silêncio e nenhum dos dois olhou para o lado. A expressão de Delgado se contraía de preocupação.

— Quando eu voltar, abro o jogo — prosseguiu Hopper. — Só não esquece que é tudo um disfarce, não precisa se preocupar. Prometo esclarecer as coisas para todo mundo assim que o trabalho terminar.

Delgado virou a caneca. Hopper esperou.

— Agora, sim: perguntas?

Delgado assentiu.

— Por que o café daqui tem gosto de asfalto? E por que estou tentada a pedir mais, mesmo assim?

Ela ergueu a caneca, levantou-se um pouco e chamou a garçonete. Logo em seguida, o café foi reabastecido. Delgado tomou um belo gole, chegando a soltar um pouco de fumaça pela boca. Hopper só ficou olhando.

— Certo — disse Delgado. — Mas por que o Leroy? Por que não eu?

— O Leroy vai fazer a ponte para mim — explicou Hopper. — E tenho outro trabalho para você enquanto eu estiver fora.

— Ponte? Vocês vão se infiltrar nos Vipers, é isso?

Hopper bebeu mais um gole de café e não disse nada. Delgado se virou para a janela.

— Meu Deus, Hop! Quanto tempo você vai passar nisso?

— Não sei. Uns dias só, espero. Quanto tempo for preciso. Uma vez lá dentro, só poderemos sair quando tudo acabar.

Delgado ainda olhava pela janela.

— E o que você quer que eu faça, além de bancar a detetive procurando por um novo parceiro?

Hopper mordeu o lábio. Ele não respondeu de imediato, então Delgado se virou para ele e tentou decifrá-lo.

— Diane — disse ela.

Hopper assentiu.

— E Sara.

— E Sara. Vou ficar de olho nelas.

Hopper suspirou e encarou a caneca.

— Vai ser um baque para elas. Por sorte, a Sara ainda é muito pequena para entender ou mesmo lembrar. Já a Diane...

Hopper fez uma pausa. Sentiu o rosto queimar, o peito apertar, o coração acelerar.

— Hopper?

Ele virou o rosto e fechou os olhos. Tudo que via era a foto da família na cômoda, os três juntos, o rosto doendo de tanto sorrir. Abriu os olhos.

— Tudo que você ouvir sobre mim, a Diane vai ouvir também. Preciso que você dê uma força para ela. Preciso que cuide delas. Você está me entendendo?

Delgado assentiu.

— Não se preocupa, parceiro. Pode contar comigo. Vou cuidar bem delas.

Hopper soltou mais um longo suspiro. Estranho, mas era como se um fardo tivesse sido tirado de seus ombros.

— Obrigado, Rosario.

— Agora fiquei mesmo preocupada! — disse Delgado, com um sorrisão no rosto. — Se você me chamou de Rosario, é porque está em apuros mesmo!

Hopper sorriu e bebeu mais café.

— Mas antes que você vire a chave do agente secreto, preciso atualizar você sobre as minhas aventuras no País das Maluquices.

Hopper espalmou as mãos na mesa.

— Qualquer informação é útil.

— Lembra da lista de endereços que encontrei no apartamento do Jacob Hoeler?

— Lembro, claro! Um deles era um centro de reuniões do AA, não era?

— Isso! Descobri que outro endereço é um grupo de reabilitação, organizado por uma instituição de caridade. Duas vezes por semana, um orientador trabalha com criminosos que acabaram de sair da prisão, para tentar reintegrá-los à vida civil. É um grupo de apoio, não muito grande, como o próprio AA. Todos se ajudam, guiados pelo orientador.

Hopper franziu o cenho.

— Mas o que isso tem a ver?

— Acontece que esse orientador é ninguém menos que... Lisa Sargeson.

Hopper parou o que estava fazendo, com o café a meio caminho da boca. Colocou a caneca de volta na mesa e ouviu, atento. Delgado contou sobre a conversa com Lisa, as cartas de Zener e o trabalho da psicóloga, passado e presente.

Hopper coçava o queixo enquanto digeria tudo.

— E os outros endereços?

Delgado contou nos dedos.

— Dois salões paroquiais, um clube de boxe, um centro comunitário. Todos usados para grupos do tipo AA, apoio a veteranos do Vietnã, apoio a doenças crônicas, aulas noturnas para desempregados. Tem de tudo. Um monte de organizações. O grupo da Lisa não é o único, é que...

— Juntando com as cartas de Zener...

Delgado assentiu.

— Tem uma conexão aí, Hop.

Hopper respirou fundo.

— Certo, acho que precisamos... — Ele hesitou. — Acho que *você* precisa conversar com a Lisa de novo e investigar mais a fundo o trabalho comunitário dela. Vê se ela conhece alguma das vítimas ou os outros grupos de apoio.

— Quer dizer que ainda estamos *trabalhando* no caso?

Hopper deu de ombros.

— O jogo virou. Estou ajudando Gallup. Você está me ajudando.

Ela terminou o café.

— Deixa comigo!

Hopper olhou o relógio.

— Já deu minha hora! Vai você na frente! Vou dar um tempo aqui, para ninguém nos ver juntos.

Delgado se levantou.

— Boa sorte, Hop. Se cuida.

Hopper sorriu e a seguiu com o olhar enquanto ela deixava a lanchonete. Depois, observou pela janela até perdê-la de vista.

A garçonete de amarelo passou pela mesa, brandindo o bule.

— Vai mais um café, meu querido?

— Não. Não, espera! Vou querer, sim. Vocês têm torta de maçã?

— Temos.

— Maravilha! Me vê um café fresco e a torta de maçã. Dois pedaços.

— Quer que esquente?

— Sim, por favor.

— Chantilly?

— Como negar?

A garçonete não disse mais nada, apenas levantou a sobrancelha e se afastou para preparar o pedido. Era uma bobagem, coisa simples, mas ele se permitiu esse agrado.

Só esperava que não fosse sua última refeição.

Capítulo Vinte
MARTHA

8 DE JULHO DE 1977
NOVA YORK

Hopper estava sentado no assento do passageiro. Leroy conduzia a perua em direção ao norte da cidade, cruzando as ruas enumeradas de Manhattan a caminho do ninho dos Vipers, em algum lugar do Bronx. As janelas estavam abertas, para a alegria de Hopper. A brisa refrescava o interior do veículo, levando embora o fedor de maconha que parecia impregnado no tecido do estofado. A perua era enorme, estava mais para um rabecão. Em boas condições, talvez valesse alguma coisa aos olhos de um colecionador perspicaz.

Mas estava caindo aos pedaços. O banco estava rasgado, o couro, de tão ressecado chegava a machucar, e brotava espuma amarela das fissuras. O forro do teto tinha sido removido, e Hopper não sabia ao certo se os botões do painel funcionavam direito. Do lado de fora, a tinta tinha sido totalmente raspada até o metal da base, que por sua vez fora encoberto por várias camadas de pichação. A grafia desbotada se fundia com as ilhas de ferrugem, deixando o aspecto exterior do carro mais parecido com um vagão de metrô nova-iorquino depredado. Era um verdadeiro milagre que o veículo sequer andasse, a julgar pela fumaça que o exaustor volta e meia arrotava e pelo guizo agonizante que ecoava do motor toda vez que Leroy pisava no acelerador.

Hopper não perguntou de onde aquele carro havia saído. Tinha outras preocupações no momento. Esperara na esquina combinada e entrara no carro assim que Leroy encostou, sem perguntas.

Leroy dirigia com o braço esquerdo para fora apoiado na janela. A marcha ficava no volante, e o jovem parecia apreciar o movimento do carro pendendo para a esquerda quando ele soltava o volante para trocar de marcha, contente em deixar o braço livre chacoalhando ao vento.

O veículo não tinha cinto de segurança, e Hopper logo aprendeu a se agarrar à alça do teto a cada curva para não escorregar e bater em Leroy.

Partiram do Brooklyn, seguiram pelo Queens e cruzaram Manhattan. O trânsito estava denso no começo e foi se dissipando à medida que se aproximavam do Bronx. Não era a única mudança visível. No momento, estavam na Baixa Manhattan, uma coleção monolítica de arranha-céus, com ruas permanentemente entupidas de táxis amarelos. Era sempre assim, e Hopper suspeitava de que sempre seria. Movimentada, mesmo na calada da noite. Um monte de gente. Um monte de turistas. Um monte de trabalhadores.

Outdoors se estendiam pelas fachadas dos prédios e cruzamentos. A maioria anunciava cigarros Winston ou Salem, ou uma das dezenas de marcas de uísque existentes. O último outdoor por que passaram promovia o novo James Bond, *O Espião Que Me Amava*.

O riso de Hopper ao ler o anúncio rendeu um olhar confuso de Leroy, mas o detetive o ignorou e continuou observando a cidade passar.

Nenhuma recessão econômica, crise financeira ou o que quer que fosse faria muita diferença por ali.

As coisas eram diferentes depois da rua Quarenta e Dois. Era gritante. Ele sabia que a Times Square era um pardieiro, mas ficou surpreso com a metástase da decadência pelo sul da cidade. Todos os lugares em torno deles pareciam oferecer os deleites de mulheres nuas — em palcos, em filmes, nas páginas lisas e lustrosas de revistas. Mulheres perambulavam pelas calçadas também, paradas às portas, todas de minissaia, bota de cano alto e casaco de pele, ao passo que homens de calça justa de poliéster ficavam à espreita em áreas bem menos expostas. Por onde o carro passava, levava junto nas rodas da frente os jornais jogados na rua, carregando as notícias e estatísticas dos crimes do dia anterior por algumas quadras.

Depois da Times Square, a altura dos prédios começou a diminuir. Manhattan subia e descia feito um mar revolto, a perua de Leroy cortando as ondas de concreto. O tráfego da rua esmoreceu e o da calçada se intensificou: nas bancas de jornal, nas esquinas, nos degraus das casas, dos prédios. Uma multidão de pessoas, suando, falando palavrões, conversando. Crianças dançavam sob a cascata de um hidrante, um arco de água tingido com um arco-íris, enquanto os mais velhos conversavam em frente a uma loja de móveis sem móveis expostos e vidro na vitrine. A perua atravessava a ilha. No meio-fio, vários carros estavam estacionados; alguns, Hopper notou, abrigavam pessoas dormindo, cidadãos exaustos e acabados, exatamente como os prédios, as ruas.

Leroy virou à esquerda, na direção do Hudson. Hopper olhou pela janela do motorista, para o rio, observando a estrutura pesada do antigo elevado do West Side. Um monumento enferrujado, em homenagem aos fracassos de uma cidade pobre demais para desmontá-lo, pobre demais para reaproveitá-lo, pobre demais para fazer qualquer coisa além de deixá-lo encalhado, feito um monstro mitológico, colossal, beirando quase toda a costa oeste de Manhattan. No inverno de 1973, lembrou Hopper, parte do viaduto decrépito havia desabado, na altura da rua Catorze, com o peso de um caminhão que carregava asfalto para um reparo da própria via. O colapso interditou o viaduto para todo o sempre. Era surpreendente que o restante da estrutura não tivesse ruído também de lá para cá — mas era de se esperar que as demais vias da estrutura seguissem vazias quatro anos depois.

O carro fez uma curva, depois mais outra, e assim Leroy seguia pela rota que existia apenas na cabeça dele. Hopper se recostou no banco e assistiu à cidade afundar em ruínas em torno deles.

Alguma coisa pegava fogo ao longe. A fumaça preta subia em uma coluna quase que perpendicular pelo ar parado do verão. Pelas ruas transversais, Hopper viu carros abandonados, pessoas abandonadas, vidas abandonadas. Ouviu pessoas rindo, pessoas gritando. Garotos jogavam dados na calçada, uma partida de Yam, passando um baseado, tranquilos em saber que não havia nenhum policial por perto para acuá-los. Homens e mulheres de idade empurravam carrinhos de supermercado cheios de tranqueiras, ao passo que homens e mulheres jovens injetavam tranqueira nas veias, em esquinas, sem a menor questão de manter a privacidade em ruas obscuras ou prédios inoperantes.

Em um semáforo, em algum lugar do Harlem, uma viatura parou do lado deles, do lado de Hopper. Ele resistiu à vontade de olhar. Permaneceu onde estava, olhando para a frente, esperando o semáforo abrir. Sentia que estava sendo observado pelos policiais. A luz ficou verde, e a viatura não saiu do lugar. Leroy pisou no acelerador, e a perua se moveu aos solavancos. Passados alguns segundos, Hopper olhou pelo retrovisor, à espreita, quando a viatura por fim engatou a marcha e pegou uma direita.

Hopper ajeitou a postura e estalou o pescoço.

— Está preparado, cara? — perguntou Leroy.

O jovem não tirava os olhos da estrada, girando a mão do lado de fora enquanto dirigia. Mais uma troca de marcha sem segurar no volante, com o carro rumando para a esquerda, e Hopper voltou a prestar atenção à direção. *Está tudo bem*, disse a si mesmo, duas vezes, antes de dizê-lo em voz alta.

Leroy não respondeu nada, apenas sibilou. Hopper tornou a olhar para ele. Balançava a cabeça de leve, chacoalhando o black power de um lado para outro.

— Tudo bem por *você*, Leroy?

Leroy fez uma cara feia e não respondeu.

— Fala alguma coisa! Porque, por mim, está tudo bem, mas preciso que esteja tudo bem por *você* também. Você sabe no que estamos nos metendo. Eu, não. Então, preciso que você se comporte, ou as coisas vão se complicar.

A cara de Leroy ficou ainda mais feia.

— Leroy?

O carro começou a desacelerar. Leroy fez sinal com o queixo, apontando para a frente.

— Temos companhia — disse, franzindo a testa e inflando as narinas.

Hopper olhou para a frente. A noite caía, os postes de luz tremeluziam, começando a acender. Ele já não sabia mais onde estavam, decerto algum lugar ao norte de Manhattan, mas não muito além disso. Não tinha muito trânsito. O carro deles, na verdade, era a única coisa na estrada.

A via estava bloqueada logo adiante.

Eram apenas quatro pessoas, mas isso já era gente demais para o gosto de Hopper. Estavam paradas no meio da via, dois homens negros, um homem branco, uma mulher negra. A mulher estava um pouco à frente, as mãos no fundo dos bolsos de uma jaqueta branca de beisebol ligeiramente grande para ela, vestida por cima de um biquíni vermelho. Usava uma calça jeans branca, apertada, boca de sino, para combinar. Atrás dela, os homens contraíam os ombros como se estivessem posando para uma foto de revista, sem camisa por baixo de seus coletes de couro, e com bandanas amarradas na cabeça.

A mulher sorria. Os companheiros dela, não.

Leroy parou o carro na frente do grupo. A mulher se aproximou, deu uma batidinha no capô e parou na janela do motorista. Leroy colocou o braço para dentro do carro pela primeira vez desde que tinha começado a dirigir. A mulher se escorou na porta pelo cotovelo.

— Fala! — disse Leroy. — Que é que tá pegando, Martha W.?

Inquieto, Hopper observava Leroy. A postura do garoto tinha mudado. Não estava exatamente nervoso, mas o encontro provocara certa mudança, lhe injetara uma nova energia.

Martha sorriu para Leroy, mascando um chiclete. Era mais nova que Hopper, porém mais velha que Leroy, vinte e tantos anos talvez, e carregava algo na postura que Hopper reconheceu instantaneamente. Autoridade.

Martha olhou para Hopper, contemplando-o devagar, e se voltou para Leroy.

— Por onde você andou, maninho? Estava começando a ficar preocupada — disse ela, sem um pingo de preocupação na voz.

Maninho.

Hopper sentiu que estava ficando tenso. Não sabia muito bem o que estava esperando, mas não imaginou que aquela pudesse ser a irmã de Leroy. Do jeito que Leroy falava em tirar a irmã da gangue, Hopper achou que seria uma mulher num estado de desespero tão alto quanto o de Leroy.

A mulher parada ao lado do carro definitivamente não estava desesperada.

Leroy deu uma batidinha no volante com as duas mãos.

— Ah, sabe... Estive por aí — disse ele, com um sorriso forçado demais para o gosto de Hopper.

Se Martha percebeu, não demonstrou. Apenas assentiu e direcionou o sorrisinho para Hopper, ainda mascando chiclete.

— Tudo bem, Leroy?

Leroy fez que sim, afoito, dando mais um tapinha no volante.

— Tudo nos trinques, Martha W.! Esse aqui é o chapa que comentei com o Saint, o Hopper. Hopper, essa é a minha irmã, Martha.

Martha parou com o chiclete, mas só por um instante.

— Então tá bom!

Ela se empertigou e acenou para os demais. Os três homens — garotos, na verdade, provavelmente da mesma idade de Leroy — pararam de brincar de estátua e se amontoaram no banco de trás. Martha entrou pela porta do passageiro. Empurrou Hopper com o quadril e estourou uma bola de chiclete bem alto no ouvido dele. Martha abriu um sorrisinho, inclinou-se sobre ele para falar com Leroy.

— Fiquei sabendo que você estava a caminho, então esperei para pegar uma carona.

Leroy engatou a marcha e segurou melhor o volante.

— Oeste 207 com a Decker — disse a irmã.

Leroy hesitou.

— O quê?

Martha envolveu Hopper em um abraço e apoiou a cabeça no ombro dele, como se estivessem no colégio e ela fosse uma líder de torcida, e ele, um atleta.

— Temos um trabalhinho para fazer antes de ir para casa. E precisamos que o novato diga a que veio. Você não se importa em fazer um pequeno desvio, importa, novato?

Hopper se virou para Martha e quase bateu o nariz no dela, de tão perto que estavam.

— Não me importo, não. E o nome é Hopper.

Martha sorriu, e o trio dos fundos gargalhou. Um deles deu um tapinha no banco do passageiro, atrás de Hopper.

— Bora! Manda ver! — disse o homem.

Os três berravam. Martha ria.

Hopper olhou para Leroy.

Leroy assentiu.

— Certo, irmão! Por mim, tudo bem também!

Então, Leroy pisou fundo e seguiu em frente.

Capítulo Vinte e Um

CRIMES E PECADOS

8 DE JULHO DE 1977
NORTE DE MANHATTAN, NOVA YORK

Seguindo as direções de Martha, Leroy estacionou a perua em frente a uma loja com uma vitrine enorme, protegida por uma grade pesada de metal. Os três garotos no banco de trás foram ficando em silêncio à medida que se aproximavam, e Hopper agradeceu aos céus. Passaram o caminho se batendo, berrando e gargalhando, como três adolescentes matando aula, e os ouvidos de Hopper já estavam zunindo. Leroy passou o trajeto em silêncio, focado na direção, enquanto a irmã não desgrudava de Hopper. Sentado no meio, o policial se perguntava o que esperar do "desvio", o que fariam para testá-lo. Sua cabeça quase explodiu de tanto pensar, e não chegou à conclusão alguma.

Martha tinha trocado algumas palavras com os garotos no fundo, mas Hopper não chegou a ser apresentado a eles. Poucos minutos depois de se recomporem, um clarão laranja refletiu no para-brisa, e a fumaça doce e enjoativa de maconha, e das fortes, invadiu o carro. Os garotos passaram o baseado de um para outro, então para Martha, que deu uma baita tragada antes de passar para Hopper.

Hopper entrou na dança. Tinha que fazer o que fosse preciso para se encaixar, e um pouquinho só de erva não faria mal. Tomou o cuidado de segurar a fumaça pesada na boca o quanto pudesse, para dar a impressão de inalar, e passou o baseado de volta para Martha.

— Meu maninho também precisa relaxar um pouco, viu?

Hopper olhou de soslaio para ela e se deu conta de que tinha deixado Leroy de fora. Mas o garoto tentou consertar a situação.

— Tô de boa, Martha W.

Era noite, a loja estava fechada, mas vinha uma luz fraca de dentro, de algum lugar dos fundos. Os funcionários ainda estavam por lá, fechando o estabelecimento.

Hopper esticou o pescoço para ter uma visão melhor pelo para-brisa. Era uma loja de eletrônicos, bem grande. Atrás da vasta extensão de vidro e barras de metal havia uma variedade de equipamentos de ponta. Caixas de som pretas, enormes, empilhadas, algumas revestidas com placas pesadas de metal, outras com alto-falantes lustrosos, expostos. Consoles de todo tipo, pequenos e grandes, alguns do tamanho de uma mesa, cobertos de botões, pinos e calibres. E outros itens mais familiares: gravadores de rolo, toca-fitas. Uma série de toca-discos em pedestais prateados enormes.

Eram equipamentos audiovisuais, mas não equipamentos para uma sala de estar. Eram materiais industriais, profissionais, de estúdio. Nenhum dos itens à mostra tinha etiqueta de preço, porque quem precisasse saber quanto custavam certamente não era o público-alvo.

Um dos garotos bateu palmas.

— Vamos, vamos, *vamos*!

O trio saltou do banco de trás, e Leroy, pela porta do motorista. Hopper ia logo em seguida. Sabia que Martha estava de olho, e, quando se escorou ao volante para dar impulso e saltar do carro, ela o segurou pelo braço.

— Para você ficar no grau!

Martha puxou do bolso da jaqueta uma pequena sacola azul contendo uma coleção multicolorida de pílulas. Com suas unhas vermelhas, tirou de lá uma redondinha, branca.

Hopper a observou. Ela sorriu e passou a pílula para ele, que pegou sem pestanejar e colocou na boca, debaixo da língua. Sabia que não podia vacilar nem por um segundo, não àquela altura.

Martha abriu um sorrisinho malicioso e saiu do carro. Hopper se virou para sair pelo outro lado e cuspiu depressa a pílula, que se desintegrou em seus dedos. Passou a língua pela boca e sentiu um resíduo farinhento, mas torceu para que a pequena dose que foi obrigado a ingerir não fizesse efeito.

Fora da loja, os três garotos estavam irrequietos, saltitantes, falando rápido e baixo entre si. Leroy ficou em um canto, de braços cruzados, recostado na vitrine.

Um dos garotos deu um gritinho e começou a brincar de lutinha sozinho. Os demais bateram palmas e riram.

A luz da loja se apagou. O grupo parou o que estava fazendo, e todos se viraram de uma só vez. A presença deles tinha sido notada por quem quer que estivesse lá dentro.

Então Martha emergiu da traseira da perua, balançando uma marreta com seu braço fininho. Um dos garotos fez fiu-fiu. Ela se aproximou da porta de entrada do estabelecimento e, sem perder o passo, deu uma marretada.

A trava e a maçaneta entortaram com o golpe, afundando na madeira da porta. Martha desferiu mais alguns golpes até que o mecanismo todo da trava tivesse se deslocado. A maçaneta continuou no lugar, toda estilhaçada no batente, mas a porta cedeu com um empurrãozinho dos garotos. Eles entraram correndo.

Leroy seguiu Martha. Hopper seguiu Leroy.

A loja era enorme e muito bem organizada, com equipamentos profissionais de som enfileirados em plataformas, entre amplificadores e caixas de som. Conforme corriam até os fundos do estabelecimento, os garotos empurravam as torres de som e mesas de mixagem no chão, ou as derrubavam das plataformas. Quando as luzes piscaram ao se acenderem, Hopper pôde ver o rastro de destruição até o fim da loja.

Ele parou um pouco, estava ficando com a visão turva. Por um instante, viu seis garotos correndo, depois nenhum. Então, piscou de novo, e surgiu um homem branco, mais velho, com uma espingarda em mãos, aos berros.

O estampido da espingarda fez Hopper recobrar os sentidos e estabilizar a visão. Chovia gesso em torno dele, caindo do ponto no teto atingido pelo tiro de alerta. Ele tinha cuspido a pílula tarde demais, e tampouco escapara de fumar o baseado; começava a sentir os efeitos combinados das drogas. Ficou zonzo, como se tivesse tomado cerveja demais, mas sem a névoa da embriaguez.

Os gritos o trouxeram de volta à realidade. Ele piscou e olhou para o velho. A espingarda estava no chão, em meio a uma poça de sangue. Sangue que também sujava o punho de Hopper — que estava ao redor da gola do velho, esganando-o, pressionando-o contra uma parede nos fundos da loja. O velho estava na ponta dos pés.

Hopper piscou e balançou a cabeça. Ele não se lembrava de ter desarmado o proprietário da loja. Não se lembrava de ter dado um soco nele. Não se lembrava de ter colocado-o contra a parede. O mundo começou a oscilar de novo; o velho choramingava.

Hopper o empurrou com mais força contra a parede e mordeu a própria bochecha, por dentro.

A dor era suave mas elétrica, limpou sua mente. Hopper olhou por cima do ombro, para a comoção atrás dele.

Leroy e os três garotos empilhavam os equipamentos para carregá-los para fora da loja. Amplificadores, *turntables*, caixas de cabos, álbuns, uma torre de som do tamanho de uma pequena geladeira.

Um barulho ecoou de algum outro lugar. Hopper se virou para trás e notou a porta aberta de um escritório. Lá dentro, Martha jogava papéis pelos ares, vasculhando todas as gavetas da mesa que ocupava boa parte do espaço, até que encontrou o que procurava: um grande cofre de aço. Ela chacoalhou o cofre, e foi possível ouvir o som distinto de cédulas e moedas. Hopper ficou olhando enquanto ela brigava com o cadeado. Por fim, desistiu, pegou o cofre pela alça e saiu correndo do escritório. Parou atrás do balcão e se agachou para pegar a espingarda do proprietário, então saiu da loja.

O proprietário soltou um gemido gorgolejante sob a pressão da mão de Hopper. Os olhos dele estavam cheios de lágrimas e ainda escorria sangue do nariz, vermelho-escarlate, a cor dançando no campo de visão de Hopper.

Travaram olhares por alguns segundos. Então alguém chamou Hopper.

— Desculpa — sussurrou Hopper para o homem.

Ele o soltou e deu um passo para trás. O proprietário se encolheu e desabou no carpete manchado de sangue. Ele tentou se arrastar para o escritório dos fundos, mas desistiu depois de alguns centímetros e ficou ali largado, soluçando, tentando respirar a todo custo.

— Desculpa — repetiu Hopper.

Então, limpou a mão na camiseta e correu.

26 DE DEZEMBRO DE 1984
CABANA DE HOPPER
HAWKINS, INDIANA

Hopper se levantou e, sob o pretexto de se alongar, começou a andar pela cabana. O intervalo veio a calhar. A lembrança do roubo que ele tinha executado, forçado pelos Vipers, não era boa, e embora evitasse contar os pormenores para El, havia certos fatos inescapáveis e desagradáveis que sabia que a menina acabaria questionando, com os quais ele precisaria lidar. Hopper parou ao lado do televisor e juntou as mãos na nuca, virado de costas para a mesa vermelha e para a filha adotiva.

— Tudo bem — disse El.

Hopper soltou os braços e se virou.

— Tudo bem o quê?

El se remexeu na cadeira.

— Não é culpa sua.

Hopper franziu a testa e balançou a cabeça. El prosseguiu.

— Eles fizeram você... — disse ela, com as mãos no espaldar da cadeira, virada para Hopper. — O papai me fazia... Às vezes...

Hopper se sentou de volta. El se endireitou na cadeira, sem tirar os olhos da mesa.

— Às vezes o quê, filha?

— Parecia que... não era eu. Como se eu estivesse... assistindo. — Ela ergueu os olhos. — Como os homens.

— Que homens?

— Atrás do espelho.

O coração de Hopper palpitou. Ele bagunçou o cabelo de El e sentiu uma onda de calor, os olhos marejados.

— O que aconteceu depois? — perguntou El.

Hopper fez uma pausa e olhou para El, um pouco hesitante. Ela levantou o rosto e o encarou, ansiosa, sem se deixar abalar pela memória obscura que o policial tinha acabado de compartilhar.

— Bom.. — disse Hopper, coçando o rosto. — Depois, conheci os Vipers e o líder deles.

El arregalou os olhos.

— Você conheceu o Saint John?

— Conheci.

— Tá. — El se ajeitou na cadeira de novo, buscando uma posição confortável. — Estou pronta.

Capítulo Vinte e Dois

NINHO DE VÍBORAS

8 DE JULHO DE 1977
SUL DO BRONX, NOVA YORK

A jornada parecia mais ruidosa do que antes. Ainda sob o efeito da adrenalina, os garotos no banco de trás falavam alto e enrolado sobre o que tinham acabado de fazer. Hopper não conseguia acompanhar. A conversa era um misto de gírias estranhas, com pronúncias rápidas demais para ele. Sentiu-se indisposto e gélido; quando mexia a cabeça, o mundo ao redor não acompanhava sua velocidade.

Hopper fechou os olhos. Sentia o couro rachado do banco, o quadril de Martha encostado no dele e as pernas de Leroy pressionando os pedais da perua carregada. Hopper não sabia como tinham conseguido guardar tudo, mas o carro de repente soava tão debilitado e cansado quanto ele, o guizo agonizante do motor substituído por um rugido oco e grave que decerto anunciava o fim de carreira daquele modelo de engenharia General Motors.

— Ei, acorda! Acorda aí! — disse Leroy.

Hopper abriu os olhos no susto e olhou por um instante para o motorista. O carro diminuía a velocidade. E, então, Leroy apontou para a frente.

Pelo visto tinham acabado de entrar no Bronx. Estavam em uma espécie de beco, cercados, pelos três lados, de muros lisos e altos. Logo adiante, ficava um paredão com um portão enorme no meio. Quando os faróis da perua iluminaram o portão, um portal menor, de tamanho normal, se abriu na lateral, e dois homens saíram do prédio. O homem à frente acenou para o veículo. Juntos, os dois foram até o portão e operaram, com força, as alavancas pesadas do mecanismo para abri-lo. Quando abriram o suficiente, Leroy entrou.

Era um armazém, um espaço cavernoso, longe de estar vazio. O carro passou por contêineres, alguns empilhados de dois em dois, em torno dos quais havia uma série de caixotes também empilhados, alguns expostos, outros cobertos por uma lona grossa. Mais adiante, Hopper avistou uma fileira de motocicletas esqueléticas de *motocross* estacionadas numa parede. Havia outros veículos também, um caminhão do tipo cavalo mecânico bem do lado deles, a traseira igualmente coberta de lona, escondendo algo grande e anguloso.

Leroy parou o carro no fim da fila. Logo adiante, em um canto do armazém, uma espécie de área de convivência tinha sido estabelecida e estava em plena atividade. Tambores de óleo cuspiam labaredas de fogo, cercados por um conjunto de móveis — sofás e cadeiras, alguns ainda embalados em plástico. Havia também mesas, sacos de dormir, cadeiras dobráveis, cadeiras de acampamento e cadeiras de jantar que pareciam ter saído da mansão do governador.

Assim que o veículo parou, foi rodeado de gente. Abriram as portas e o porta-malas e começaram a descarregar. O trio dos fundos saltou da perua e foi recebido pelos outros com tapinhas nas costas e ovações.

No banco da frente, ainda estavam sentados Martha, Hopper e Leroy.

— Lar, doce lar! — disse Leroy, desligando o motor.

Hopper estava sentado entre os irmãos, olhando para os dois, até que Martha saiu do carro.

Leroy soltou um longo suspiro, vagaroso.

— Está tudo bem, cara? — perguntou em voz baixa.

— Me pergunta mais tarde — disse Hopper, e desceu do carro.

Imediatamente, todo mundo no armazém ficou paralisado. Hopper sentia que todos o observavam e ouvia apenas o crepitar do fogo. Olhou ao redor, fazendo um esforço para encarar os olhares frios. Talvez fosse a pílula de Martha, a maconha, mas de repente ficou desconfiado, como se tivesse ido parar entre os Vipers usando seu velho uniforme policial, com o distintivo reluzindo no bolso da camisa.

Leroy se aproximou dele e com um dos braços o puxou pelo ombro.

— Ei, deixa eu te apresentar uns colegas, irmão! — anunciou em voz alta, com uma gargalhada.

Todos os demais pareceram relaxar um pouco. Retomaram o descarregamento dos bens roubados, mas ainda se entreolhavam em meio ao trabalho. Hopper viu Martha tirar o cofre do porta-malas e correr com ele debaixo do braço até o outro lado do armazém, onde um prédio comercial se projetava sobre o complexo, com uma escada de metal na lateral externa. As luzes dos escritórios estavam acesas. Hopper subiu a escada com o olhar — e então o viu.

Estava na janela do escritório mais alto, no quarto andar. As luzes acesas reduziam o homem a uma silhueta preta.

Seria o próprio Saint John?

Hopper foi tomado por uma onda de vertigem. Fechou os olhos e baixou o rosto.

— Ei, cara! Planeta Terra falando!

Hopper piscou e olhou para o colega. Os membros da gangue pareciam curiosos, de olho em Hopper. Homens e mulheres, negros, brancos, hispânicos, asiáticos. Os mais novos eram bem novinhos — adolescentes, no máximo, concluiu Hopper —, e os mais velhos eram dois homens brancos, grisalhos, ambos de barba comprida, feito gêmeos saídos de um conto de fadas esquecido. Todas as expressões eram duronas e firmes.

Como já era de se esperar, todos vestiam os mesmos coletes de couro que os três colegas de Martha. Hopper esquadrinhou o local e, pela primeira vez, notou o símbolo da serpente vermelha estampado nas costas dos homens que descarregavam o equipamento audiovisual do roubo. Mas, coletes à parte, parecia que as pessoas ali ainda sentiam a necessidade de manter as cores de suas antigas gangues.

— Smoker, Cookie, Betty, Liz, Jackie O. — disse Leroy, apontando para os membros da gangue, um de cada vez.

Hopper cumprimentou todos com um meneio de cabeça, correspondido apenas pelo homem chamado Smoker, um rapaz de cabelo castanho, longo no perfeito estilo Farrah Fawcett, sem barba. Vestia um macacão azul-claro de zíper por baixo do colete dos Vipers, mais apropriado para uma noitada na Studio 54 do que para aquele armazém rústico do Bronx.

Ao lado dele, um trio de mulheres negras o encarava, mascando chiclete quase que em uníssono enquanto o avaliavam de cima a baixo. As três usavam o mesmo macacão jeans e camiseta branca, as pernas da calça cortadas para mostrar o cano alto dos coturnos pesados. As mulheres se apoiaram no ombro uma da outra, e a única diferença no figurino delas era a cor dos laços do rabo de cavalo — Betty usava vermelho, Liz azul, e Jackie O. branco.

Hopper crispou os lábios, e Jackie O. estourou uma bola de chiclete. Ao lado, Cookie era um estranho no ninho, com seu jeans justinho e camiseta, ambos pretos. O cabelo comprido era pintado de preto também — contrastando bastante com a palidez da pele —, com um corte reto, a franja bem na altura dos olhos. Hopper não sabia dizer se o homem estava mesmo olhando para ele.

Leroy conduziu Hopper até o grupo seguinte.

— Esses são Bravo, City e Reuben.

Bravo era uma mulher loura de cabelo comprido, com uma camisetinha apertada com a logo da série *Um é pouco, dois é bom e três é demais*, enfiada para dentro do short jeans. Estava com os polegares enganchados na fivela enorme do cinto, que tinha forma de estrela de xerife, combinando com as botas de caubói de camurça e franjinha.

City era um adolescente magricelo, sem camisa. As costelas à mostra chegavam a dar aflição. Tinha um cabelo tão longo e esvoaçante quanto Bravo. Ele estalou a língua — o que, percebeu Hopper, era um riso contido — e deu uma cutucadinha em Reuben, um homem negro bem mais alto que estava de braços cruzados e uma expressão impassível, escondida pela barba preta bem curta.

O traje de Reuben — camiseta listrada do Mets, número 42, e calça jeans — era comum até, pensou Hopper.

Seja lá o que for comum esses dias.

— Pô, Leroy Washington! Esqueceu da gente, foi?

Leroy se virou ao som da voz. Hopper viu um homem negro corpulento se aproximar, limpando as mãos em um pano engraxado. Usava o colete-padrão por cima do peito nu, suado, e por cima do ombro pendia um par de luvas para trabalho pesado. O rosto do homem estava sujo de graxa e fuligem, como se tivesse realizado algum trabalho mecânico.

— Fala, meu chapa! — disse Leroy. — Quanto tempo!

Os dois homens se cumprimentaram com um aperto de mão afetuoso e depois com um abraço, batendo peito com peito. O grandalhão deu uma batida nas costas de Leroy, um tampinha perto dele.

— Você deu uma sumida, Leroy! O pessoal estava preocupado. Comentando umas coisas.

Leroy se afastou e balançou a cabeça.

— Relaxa! Está tudo bem.

O grandalhão fechou a cara.

— Não, Leroy! As pessoas estavam comentando... Está me entendendo? As pessoas estavam *comentando*.

Leroy mordeu os lábios e deu de ombros.

— Pô, fazer o quê, cara? Eu só precisava dar um tempo, só isso, sabe? Isso aqui é o quê? O jardim de infância? A gente precisa de ar fresco de vez em quando.

O grandalhão encarou Leroy e por fim abriu um sorrisão.

— Entendo, cara. Entendo mesmo. E ouvi dizer que você mandou bem na caça. — Ele se virou para Hopper. — Esse é o cara novo?

— Ele mesmo — disse Leroy, puxando Hopper pelo ombro de novo. — Esse aqui é o meu chapa Hopper. O cara é ponta firme! — Ele se virou para Hopper. — Está tudo bem com você, cara?

— Tudo certo — disse Hopper.

O grandalhão olhou Hopper de cima a baixo, mascou qualquer coisa e cuspiu no chão de cimento. Leroy deu um tapinha no peito de Hopper.

— Esse aqui é o meu chapa Lincoln.

Hopper o cumprimentou com um meneio de cabeça. Lincoln estendeu a mão, e Hopper foi fazer o mesmo, mas o homem o agarrou pelo braço com força, apertando seu cotovelo e dando um puxão. Hopper ficou tenso, até que percebeu que o brutamontes estava dando uma batidinha de boas-vindas em suas costas, como fizera com Leroy.

Lincoln apoiou o queixo no ombro de Hopper, tão perto que dava até para sentir a respiração quente dele ao pé do ouvido.

— É melhor você estar falando a verdade, cara — sussurrou Lincoln.

Hopper se afastou. Lincoln apenas o encarou.

— Pô, cara! É isso que você chama de festa de boas-vindas? — perguntou Leroy, dando um tapa no braço de Lincoln. — Assim você me decepciona, sério mesmo. Bora comemorar!

Lincoln arqueou a sobrancelha, deu uma risadinha e balançou a cabeça. Ele se retirou para os sofás em torno dos tambores de óleo incandescentes. Leroy foi atrás.

Hopper permaneceu onde estava e olhou ao redor. Quase todo mundo retomou o que quer que estivesse fazendo antes. Os bens da perua foram armazenados em um canto, com os outros caixotes e caixas.

Hopper se virou para a área do escritório. Nenhum sinal de Martha. Deu uma olhada no último andar e notou que o homem tinha saído de perto da janela.

— Ei! Quer beber alguma coisa?

Hopper se virou e viu a silhueta de Lincoln ao lado da fogueira, com uma garrafa qualquer na mão.

Então respirou fundo e se juntou a ele.

Hopper não passaria vergonha, sabia disso, mas, mesmo assim, estava ficando ridículo. Já contabilizava três garrafas de cerveja vazias ao lado da espreguiçadeira dele e vinha enrolando com a quarta, quente e pela metade, por sabe-se lá quanto tempo. Mas cerveja era o que não faltava, com engradados e mais engradados empilhados nos fundos. A quentura do fogo dos tambores não era tão intensa quanto ele imaginava. O vasto espaço do armazém absorvia o calor que subia. Hopper observou as vigas e escoras enferrujadas que sustentavam o telhado, algumas soltas, dependuradas feito galhos partidos.

Os demais, reunidos em torno da coleção heterogênea de móveis, já tinham passado da cerveja fazia muito tempo. Garrafas de uísque, vodca e outras bebidas alcoólicas que Hopper não conseguiu identificar eram compartilhadas. Vários baseados passaram pela roda, e Hopper conseguiu repassar sem dar seu trago.

Para sua surpresa, os membros da gangue não pareciam muito interessados nele. O policial ficou sentado, ouvindo, observando, concordando com o que eles diziam, rindo do que eles riam, mesmo quando não conseguia acompanhar o assunto. No papel de novato, um estranho trazido para a gangue, Hopper sabia que precisava ficar na dele. Era o convidado e sabia que a hospitalidade dos Vipers podia acabar em um piscar de olhos se decidissem que não iam com a cara dele, ou que ele não fazia parte daquilo, ou que estava ali por algum outro motivo que não o descrito por Leroy.

Também sabia que estava sendo observado. Lincoln estava sentado de frente para ele, e Hopper sentia seu olhar avaliador boa parte do tempo. Sem dúvida, reportaria a Saint John sobre o novo recruta.

Então, Martha reapareceu, para o clamor da gangue. Deu uma risadinha e foi direto ao encontro de Hopper, toda sorridente. Ele mal acreditou quando ela se sentou no descanso de braço de sua cadeira, provocando mais uma onda de fiu-fius e risos.

Ela olhou para os demais, então para Hopper. Tirou a cerveja da mão dele, tomou um belo gole e se levantou, estendendo a mão para o policial.

— Vem comigo!

Hopper estudou a gangue, pegou a mão de Martha e deixou que ela o levantasse. A plateia foi à loucura com os fiu-fius. Ele virou o rosto para trás e cruzou olhares com Leroy, que balançou a cabeça de leve, a expressão firme, e tomou um gole de uma garrafa que parecia de tequila. Lincoln continuou assistindo a tudo em silêncio.

Martha levou Hopper pela mão até a área dos escritórios.

— Ei! Para onde estamos indo?

— O Saint quer ver você.

Hopper empacou. Martha soltou a mão dele, mas continuou andando. Virou o rosto e olhou para Hopper antes de subir a escada.

O policial olhou para trás. O restante do grupo já estava entretido com outro assunto.

Ele então se voltou para a janela do último andar. Lá estava a silhueta do homem de novo.

Saint John. Líder dos Vipers.

De repente sóbrio, lúcido — e assustado —, Hopper seguiu Martha.

Capítulo Vinte e Três

COMPANHEIROS DE ARMAS

8 DE JULHO DE 1977
SUL DO BRONX, NOVA YORK

O espaço administrativo do velho armazém era um labirinto de corredores e salas muito maior do que Hopper imaginava. Ele não fazia ideia de que tipo de indústria usava o complexo antes. Boa parte dos escritórios ali, sem a função original, passou a ser usada como estoque. Conforme Martha mostrava o caminho, Hopper espiava por toda porta aberta e só via caixotes empilhados, todos iguais, sem identificação.

— Quer dizer que você é policial? — perguntou ela, virando-se para trás.

— *Era* — respondeu ele.

Martha lançou um olhar rápido a Hopper e seguiu em frente.

— Só isso? — perguntou Hopper. — Não quer saber mais?

— Por quê? Eu deveria saber mais?

Hopper não respondeu. Ainda não tinha decifrado Martha muito bem, e ela foi a primeira Viper a questionar seu passado diretamente, embora decerto não tivesse sido a única a pensar nisso.

O próprio líder, Saint John, devia ter suas dúvidas.

Martha o conduziu até um escritório no último andar. A sala era grande, com duas janelas de canto, fornecendo ampla visão do armazém lá embaixo a qualquer um que a ocupasse. No meio, havia uma enorme mesa de reunião — Hopper não fazia ideia de como tinham levado uma mesa tão grande até ali —, e, do outro lado, de frente para a janela, uma escrivaninha colossal fazia par com a mesa. Atrás da escrivaninha, havia duas portas, ambas fechadas. O escritório contava ainda com alguns arquivos estreitos, encostados na parede, e gaveteiros largos, claramente designados para documentos de larga escala: planos, plantas, desenhos arquitetônicos e afins.

Mas era o homem à beira da janela que atraía a atenção de Hopper. Estava de costas para a sala, olhando para todo o seu domínio. Vestia uma túnica roxa que ia até um pouco acima do joelho, amarrada na cintura, como um tipo de instrutor de artes marciais.

— Bem-vindo aos Vipers.

Em seguida, ele se virou.

O homem era mais velho que Hopper, de cabelo raspado, corte militar, e uma barba bem fininha contornando o maxilar. Ele já tinha quebrado o nariz em algum momento da vida e usava óculos de aviador espelhados. Quando o homem se aproximou, Hopper viu o próprio reflexo, amplo, nas lentes prateadas. Por baixo da túnica, ele usava uma camisa de seda preta, desabotoada quase até a metade, com a gola levantada. Do pescoço pendia uma corrente de prata com duas pequenas medalhas retangulares no peito.

Duas plaquinhas. Hopper tinha um par igual em casa, guardado em alguma gaveta da mesa de cabeceira.

Antes que Saint John pudesse falar de novo, Hopper se arriscou, indicando as plaquinhas com o queixo.

— Que unidade?

Saint John parou. Hopper ouviu Martha se mexer atrás dele, desconfortável.

— Fui da Primeira Infantaria — disse Hopper. — Estive em duas missões. Vi de tudo por lá, fiz o meu trabalho, me deram uma medalha em forma de estrela e me enviaram de volta ao meu bom e velho país.

Saint John sorriu, ostentando uma fileira de dentes brancos reluzentes. Estendeu a mão, e Hopper retribuiu. O aperto dele era forte, mas o de Hopper não ficava atrás.

— 101ª Divisão Aerotransportadora.

Hopper sorriu.

— Águias Gritantes.

— Melhor época da minha vida! — Saint John jogou a cabeça para trás. — Quer dizer que você foi condecorado?

— Estrela de Bronze.

Saint John assentiu, admirado.

— Invejo você, soldado. Fui destacado para operações especiais. Me mantiveram lá por mais tempo que quase todo mundo, mas o que eu fazia não se qualificava para nenhum tipo de medalha, em forma de estrela ou não.

— Não pedi por essas medalhas. Só cumpri com a minha obrigação.

O sorriso de Saint John esmoreceu.

— Ah, todos nós só estávamos cumprindo com o nosso dever, não?

Os dois travaram olhares por alguns segundos. Hopper não via nada além dos próprios olhos refletidos nos óculos do líder. Em seguida, Saint John se dirigiu à grande mesa. Hopper olhou para Martha, de pé à porta, mascando chiclete, aparentemente entediada, então se juntou ao líder na mesa forrada por um grande mapa da cidade de Nova York e o que parecia uma planta arquitetônica. Mas, antes que Hopper pudesse dar uma boa olhada, Saint John pegou os documentos, dobrou tudo ao meio e depois dobrou mais uma vez.

— O Leroy me contou que você se desentendeu com a Polícia de Nova York — comentou Saint John, reforçando as dobras dos papéis.

Hopper deu de ombros.

— Pode ficar tranquilo que sei me cuidar.

Saint John assentiu.

— Que bom! Porque isso é problema seu, não meu. Se você trouxer problemas para cá, vai ver que não é tão bem-vindo quanto pensa. — Ele terminou de mexer na papelada e ergueu o rosto, encarando Hopper com as lentes espelhadas. — Os Vipers têm sido bem acolhedores, não acha?

— Têm mesmo. É um belo grupo, fantástico.

O sorriso de Saint John oscilou por um segundo. Então, ele se virou para o arquivo, sacou um molho de chaves da túnica, destrancou uma gaveta e guardou os papéis. Com as gavetas fechadas e trancadas, colocou as chaves de volta no bolso.

— Os Vipers não são uma gangue qualquer — disse Saint John, de costas para a sala, as mãos ainda no puxador da gaveta. — Não gosto desse termo. — Ele se virou e, mais uma vez, Hopper encarou o próprio reflexo. — Somos uma *organização*. Você pode até nos chamar de congregação. Uma congregação à qual dedico minha *alma*. Está entendendo, sr. Hopper? *Consegue* entender o que estou dizendo?

Hopper mordeu os lábios.

— Escuta, estou aqui justamente porque quero fazer parte de algum lugar. Eu voltei do inferno, e esperavam que eu seguisse em frente como se nada tivesse acontecido. Sei que faz tempo. E que eu estava apenas cumprindo com o meu dever, mas fiz o meu trabalho e fiz bem, e tudo o que ganhei foi um tchau e bênção, toma uma medalha para você guardar no fundo de uma gaveta até mofar.

Hopper deu um passo em direção a Saint John. Ele encarou a si mesmo refletido nos óculos e notou que estava com a barba por fazer, com olheiras e a camisa suja de sangue, por causa do que tinha feito na loja de eletrônicos.

Sentiu a adrenalina correr pelas veias e aproveitou para aguçar as palavras, focar a mente.

— Então, sim, eu fiz o meu trabalho, como todos nós fizemos por lá. Mas como é possível voltar depois daquilo? Fomos à guerra por motivos que eu pensava que entendia, mas agora já não tenho tanta certeza, e voltei para quê? Para isso? Troquei uma zona de guerra por outra, saltei de uma selva para outra. Só que, dessa vez, eu não tinha trabalho para fazer, ordens para seguir ou um país pelo qual lutar. Então, sim, quero fazer parte de alguma coisa. Quero lutar por alguma coisa. Não encontrei isso na polícia. Talvez encontre aqui. — Hopper hesitou, olhou para as plaquinhas que pendiam do pescoço de Saint John e notou que o peitoral do homem se movia, com a respiração pesada. — E acho que é por isso que você está aqui também, não é?

Hopper levantou o rosto e olhou para as lentes espelhadas. Saint John não se pronunciou. Martha mascava chiclete.

Saint John pôs a mão no ombro de Hopper.

— Não se preocupe, irmão, você está no lugar certo. Você não veio até aqui só pela própria redenção, mas pela redenção de todos nós, da cidade inteira, este inferno na Terra.

Ele se virou de volta para a mesa, agora vazia, com os documentos guardados. Debruçou-se nela, os cotovelos travados. Hopper seguiu o olhar do líder dos Vipers, como se o plano misterioso da organização pudesse de alguma forma se materializar diante dele.

— A hora está chegando, sr. Hopper. A nossa hora.

— O Dia da Serpente?

Saint John baixou um pouco o rosto e deu uma risadinha.

— Acho que Leroy falou mais do que deveria.

Hopper balançou a cabeça.

— Estou aqui, não estou?

Saint John o encarou. Em seguida, virou o rosto para um lado e depois para o outro.

— Ainda temos muito o que fazer. A cidade ainda me deve muita coisa antes que eu possa lhe conceder sua doce libertação.

Hopper manteve os olhos fixos no próprio reflexo. *Doce libertação?* Ele não sabia do que Saint John estava falando, mas uma coisa era certa: o homem era maluco.

Não, maluco, não. Era um rótulo injusto, e Hopper sabia disso. Ele cavou fundo e desenterrou questões antigas, memórias do Vietnã, e a estratégia tinha dado certo. Ainda que superficialmente, compreendia o estado mental de Saint John.

Não era um maluco. Saint John era *perturbado*. Hopper já tinha visto muito isso. Era o que a guerra fazia com as pessoas — nem Hopper escapara ileso. A única diferença entre os dois era que Hopper, apesar de seu discurso ali, tinha, sim, encontrado um novo propósito. Ele havia voltado para os Estados Unidos com vontade de fazer a diferença; tinha encontrado um caminho possível.

Já Saint John havia tomado outro rumo. Hopper se perguntou em que ponto a vida deles teria divergido, se teria sido uma simples decisão em algum momento comum da história deles.

O líder se levantou da mesa e fez um sinal para Martha.

— Leva ele lá para baixo. Ele pode se juntar ao bando do Leroy e do Lincoln. — Olhou para Hopper. — Trabalho não vai faltar para suas mãos ociosas.

Então atravessou a sala, de volta às janelas. Ficou parado onde estava antes, as mãos entrelaçadas atrás da nuca, observando o armazém.

Hopper olhou para Martha, que tinha parado de mascar chiclete e parecia, pela primeira vez desde que a conhecera... diferente, por alguma razão. Nem assustada, nem nervosa, mas desprovida de parte da autoridade — da *arrogância* — que ele havia percebido momentos atrás. Ela parecia menor, mais nova.

Como Leroy, aquele dia na delegacia.

— Sirva a mim, Hopper, e sirva aos Vipers que você terá seu lugar garantido diante do trono em chamas.

O policial se deu conta de que, pelo reflexo das janelonas, Saint John podia observar a sala inteira atrás dele.

Hopper não disse nada. Ouviu Martha se encaminhar em direção à porta.

— Vamos — disse ela. — Preciso de uma dose.

Capítulo Vinte e Quatro

COMUNICADO URGENTE

9 DE JULHO DE 1977
BROOKLYN, NOVA YORK

Tinha chegado o momento.

Delgado estava sentada no mesmo lugar de sempre, no meio da sala de conferência da 65ª Delegacia. Os colegas detetives chegavam aos poucos e garantiam seus lugares. Era sábado, fim de semana de plantão de Delgado, mas, em poucos minutos, ficou claro que o capitão LaVorgna tinha cancelado o fim de semana de todo mundo. Não parava de chegar detetive. Delgado reconheceu o pessoal do expediente noturno, da equipe do sargento Connelly, que foram obrigados a ficar no fundo da sala.

Tinha chegado mesmo o momento.

Delgado se preparou para ouvir o que haviam armado para o parceiro dela. Virou-se na cadeira, cruzando olhares com Harris, gesticulando como se não soubesse por que a sala estava tão cheia.

— Talvez finalmente tenham capturado o Filho de Sam — disse Harris antes de mergulhar o nariz no café.

A chegada do capitão LaVorgna fez o burburinho cessar. A sala de conferência tinha um púlpito na frente, que o capitão raramente usava em seus discursos, deixando as instruções mais detalhadas a cargo do sargento McGuigan. Mas naquela manhã foi diferente. O capitão seguiu a passos largos até o púlpito, ajeitou um documento no suporte e apertou as laterais do tampo de madeira com as mãos. Ergueu o rosto e olhou para os oficiais reunidos, então se voltou para o documento.

— Às duas da manhã de hoje, oficiais desta DP atenderam a um chamado em South Slope, por tiroteio e homicídio. Duas vítimas foram encontradas na cena, dois informantes que trabalhavam para detetives desta DP. Uma busca na cena revelou uma arma descartada, identificada como propriedade da polícia. A perícia conduziu uma análise balística imediatamente, no laboratório central, e confirmou que era a arma dos dois homicídios.

Delgado sentiu que estava ficando vermelha. Ficou parada na cadeira, encarando o capitão enquanto ouvia os detalhes da cena do crime. Sentia que qualquer reação, de alguma forma, poderia denunciá-la.

Mas, rapaz, o negócio estava feio mesmo.

O capitão pausou a recapitulação do ocorrido e olhou ao redor da sala. Delgado arriscou um movimento sutil para se virar na direção de Harris. Ele estava a duas cadeiras de distância, balançando a cabeça. Delgado viu outros oficiais se entreolharem.

O capitão limpou a garganta, recuperando a atenção da plateia.

— A arma está registrada em nome do detetive James Hopper.

Um murmúrio coletivo de surpresa preencheu a sala. O capitão levantou o rosto, e os oficiais começaram a fazer perguntas. Ele levantou a mão, e a sala ficou em silêncio.

— O detetive Hopper não aparece para trabalhar há mais de vinte e quatro horas, apesar de ser o fim de semana de plantão dele. Acreditamos que esteja foragido. Por conta disso, James Hopper por ora é o principal suspeito do homicídio duplo. Todas as licenças de folga estão canceladas até segunda ordem. Os sargentos McGuigan e Connelly vão passar as instruções adicionais a seus respectivos turnos.

O capitão abriu a boca de novo, depois fechou. Soltou um suspiro e esfregou a ponte do nariz.

— Escutem, sei que isso não parece nada bom, e não é mesmo. Mas ainda não sabemos o que aconteceu. Então sugiro que coloquem a mão na massa para resolver o caso, não importa o desfecho. Temos uma obrigação com a cidade e espero que todos nós tenhamos isso em mente. Fui claro?

Ouviu-se um murmúrio de consentimento. Delgado não se uniu ao coro e, quando olhou para Harris, percebeu que vários detetives a observavam.

— Isso é tudo — disse o capitão. — Sargento McGuigan, por favor.

McGuigan se desgrudou da parede. O capitão tocou o ombro dele quando os dois se cruzaram. Delgado observou o capitão se retirar da sala de conferência, ao passo que o sargento dava início ao próprio comunicado.

— Certo, pessoal, escutem, escutem com atenção, porque ninguém vai sair daqui até resolvermos isso.

Enquanto os detetives e policiais se ajeitavam para a reunião emergencial, Delgado abriu seu caderno e começou a registrar diligentemente os pontos-chave descritos pelo sargento. Manteve a cabeça baixa, os olhos no papel, torcendo com todas as forças para que o parceiro soubesse mesmo o que estava fazendo.

Capítulo Vinte e Cinco

MENSAGENS SECRETAS

9 DE JULHO DE 1977
BROOKLYN, NOVA YORK

Enquanto recapitulava em sua mente os diversos caminhos possíveis, Delgado observava Diane através do espelho falso. Na sala de interrogatório, Diane estava sentada à mesa, com os braços cruzados e uma expressão firme, encarando o espelho. Delgado sabia que não seria vista, mas isso não abrandou em nada seu desconforto.

Interrogar Diane sobre a ausência do marido — Delgado se recusava a pensar no caso como "sumiço", sabendo o que sabia — era o procedimento-padrão.

Mantê-la na sala de interrogatório, no entanto, não era.

Porque Diane não era uma suspeita nem mesmo testemunha. Um carro foi enviado para buscá-la em casa. Diane deixou Sara com os Van Sabben, os vizinhos do andar de cima, e foi levada à 65ª Delegacia, direto para a sala de LaVorgna, onde o capitão a informou sobre a situação do marido.

Delgado ficou vendo tudo de sua mesa, pelo menos até o capitão fechar as persianas. Enquanto a conversa dos dois continuava em particular, Delgado foi até a mesa do sargento McGuigan e perguntou se poderia ser a responsável por colher o depoimento de Diane.

McGuigan concordou de pronto. Assim que terminou a reunião emergencial, Delgado se viu no centro do furacão. Quase todo mundo do turno dela e do turno da noite prestou condolências; foi como se os pais de Delgado tivessem falecido. A detetive agiu no improviso, ciente de que a única pessoa que estava prestando atenção em suas reações era ela mesma. Até onde sabiam, Hopper havia se corrompido, se metido em uma encrenca sem volta, para além dos limites de um garoto caipira do interior de Indiana, com consequências graves, violentas.

Delgado não sabia se estava surpresa com a velocidade com que a delegacia tinha se virado contra Hopper. Pelo jeito, ele não havia exagerado quando comentou que era visto como um forasteiro por muitos veteranos do departamento.

A detetive tentou não pensar muito em como teriam reagido caso fosse *ela* a escolhida pelo agente especial Gallup para se infiltrar na gangue.

Assim que Diane saiu da sala do capitão, Delgado levou-a para fora dali discretamente. A esposa de Hopper estava claramente contente por vê-la e, apesar de chateada, parecia estar lidando com as notícias do capitão com certa resiliência.

Ali, sentada na sala de interrogatório, Diane parecia mais incomodada do que qualquer outra coisa.

Bom para ela, pensou Delgado. Evidentemente não acreditava que o marido tivesse se envolvido em um homicídio duplo, quanto mais puxado o gatilho.

Delgado não sabia até que ponto ia o disfarce. Será que havia mesmo dois corpos esfriando em um necrotério? Será que Gallup tinha ido longe demais? Ou era apenas uma mentira mais elaborada para dar tempo a Hopper de se infiltrar entre os Vipers e obter as informações necessárias?

A detetive não tinha essas respostas. O que tinha diante dela era a esposa de Hopper, refugiada em uma sala de interrogatório. Seguindo o procedimento-padrão, uma conversa dessas seria conduzida em uma sala de reuniões, quando não na própria mesa de Delgado. A sala de interrogatório era escura e ligeiramente fétida, com azulejos faltando em um canto perto do teto. Havia sido tomada pela umidade, que carcomia aos poucos a estrutura do prédio.

O lugar perfeito para intimidar um suspeito.

O lugar perfeito para uma conversa particular.

Delgado respirou fundo e deixou a sala de observação. Quando entrou na de interrogatório, Diane levantou o rosto e apenas balançou a cabeça.

— Rosario, que diabos está acontecendo? Espero do fundo do coração que você possa me dar uma explicação.

Delgado se sentou do outro lado da mesa e olhou para o relógio na parede. Embora a sala de interrogação *não* fosse o lugar indicado para colher o depoimento de Diane, Delgado sabia que, mais cedo ou mais tarde, alguém viria procurar as duas. Talvez estivesse sendo zelosa demais, mas era melhor assim.

— Não temos muito tempo — disse Delgado.

Diane tirou as mãos do colo e as apoiou na mesa.

— O que você quer dizer? Escuta, Rosario, não sei o que aconteceu, só sei que é impossível que o Jim esteja metido nisso. Nada que o capitão disse fez sentido.

Diane estava com o rosto vermelho. Ela se recostou na cadeira e esfregou a testa. Delgado percebeu que, apesar da postura corajosa, as mãos dela tremiam.

— Escuta, Diane, preciso contar uma coisa muito importante para você. Quero que preste bastante atenção, tudo bem? Eu não deveria estar fazendo isso, mas fiz uma promessa para o Hopper...

Diane se inclinou sobre a mesa para ouvir com mais atenção.

— Uma promessa? Você falou com ele?

De repente, Delgado ouviu um barulho, um baque bem suave, em algum lugar atrás dela. Ela não se virou, apenas encarou Diane e assentiu muito discretamente. Diane franziu a testa, confusa, mas pelo menos Delgado entendeu que tinha dado o recado.

Havia alguém na sala de observação. A detetive reconheceu o barulho da porta sendo fechada. Não era nada que um suspeito notaria, e não faria diferença se notasse também. Mas uma coisa era certa.

Aquela não era mais uma conversa particular.

Delgado trincou os dentes, enfiou a mão dentro do casaco e tirou um de seus cartões e uma caneta. Ela virou o cartão rapidamente, rabiscou um endereço e passou para Diane, ocultando-o como pôde sob o pulso. Diane seguiu a deixa, cobriu o cartão com a mão e sumiu com ele embaixo da mesa.

Bem na hora.

A porta se abriu, e o capitão LaVorgna entrou na sala.

— Detetive Delgado, preciso falar com você na minha sala, por favor.

Delgado se virou na cadeira.

— Sim, senhor. Eu estava só colhendo o depoimento de Diane...

— *Agora*, por favor, detetive.

Sem tirar a mão da maçaneta, gesticulou para Delgado deixar a sala.

Delgado trocou olhares com Diane, levantou-se e deixou a sala. Ela ouviu o capitão falando lá atrás.

— Peço desculpas por isso tudo, sra. Hopper. Vou arrumar um carro para levá-la de volta para casa. Obrigado pela paciência.

Delgado estava de pé, com a mão na cintura, diante da mesa do capitão LaVorgna. A pose era força do hábito, um costume que ela quase nunca notava.

Dessa vez notou.

A porta estava fechada, bem como as persianas. O capitão arrumou alguns itens na mesa antes de olhar para sua funcionária.

— Pode relaxar, detetive.

— Estou bem assim, senhor. Pode me dizer por que queria falar comigo? Estou com trabalho até o pescoço.

O capitão assentiu.

— Entendo seu desejo de ajudar.

Delgado franziu a testa.

— Desejo de ajudar? Senhor, estou apenas fazendo meu trabalho. Todos os detetives estão mergulhados no caso agora. Gostaria de ir para as ruas e cumprir com o meu dever.

— Isso não será necessário.

— Senhor, não sei se eu...

— A parceria entre detetives é uma relação muito especial, Delgado. Muito próxima também. Tem bastante coisa em jogo, tanto no campo pessoal quanto no profissional.

— Não precisa me explicar isso, senhor.

— Olha, detetive, talvez eu precise, porque não sei se você está me entendendo. — LaVorgna se recostou de volta na cadeira e jogou uma caneta na mesa. — Você está muito envolvida com a investigação. Além do quê, é uma detetive júnior, e é muita coisa para digerir.

Delgado estreitou os olhos. O capitão apenas bufou.

— Vá para casa, detetive. Tira uma licença administrativa de uma semana, com pagamento integral. Não vou nem deixar registrado.

Delgado balançou a cabeça.

— Mas eu posso ajudar, senhor.

— Acho que não, detetive. Preciso me certificar de que meus detetives estão trabalhando no caso sem distrações ou contestações de quem acha que seu envolvimento não cabe.

— *Contestações*? Senhor, eu...

— Vá para casa. É uma ordem. Vejo você em sete dias. Espero ter resolvido tudo isso até lá. Se surgir alguma coisa, eu telefono, pode deixar. Estamos entendidos?

Delgado respirou fundo e assentiu.

— Sim, senhor.

O capitão olhou para Delgado, que não se mexeu.

— Você pode fechar a porta ao sair, detetive.

Delgado mordeu o lábio e saiu da sala do capitão sem dizer uma palavra. Ao fechar a porta, olhou para o relógio na parede em frente.

Então, pegou a bolsa e deixou a delegacia, ignorando o semblante intrigado dos demais detetives.

O destino: Tom's Diner. Passaria o dia inteiro à espera por lá, caso fosse preciso.

Só torcia para que Diane tivesse entendido a mensagem.

Capítulo Vinte e Seis

DIA DOIS

9 DE JULHO DE 1977
SUL DO BRONX, NOVA YORK

A noite de Hopper no armazém não foi nada confortável, mas ele já tinha passado por coisa pior. Depois do encontro com o líder da gangue, Martha e Hopper retornaram à área de convivência, onde mais cervejas haviam sido consumidas, e ficaram sentados em um sofá esfarrapado e com as molas ruins. O mesmo sofá acabou servindo de cama para ele, depois que os demais finalmente terminaram a sessão de bebedeira e se retiraram. Hopper presumiu que houvesse outras áreas para dormir no armazém, visto que, quando acordou, aquele patamar estava deserto. Tinha dado um jeito na lombar.

— Está com fome?

Hopper se sentou de súbito. Martha apareceu, jogou uma caixa de pizza na mesa e desabou no sofá, ao lado de Hopper. Ela abriu a caixa, tirou uma das duas fatias de pizza fria e comeu de boca aberta, toda largada.

Pizza fria de café da manhã. Hopper soltou um suspiro e pegou uma fatia. Mas precisava mesmo era de café, e bastante.

Enquanto comia sua fatia envelhecida, olhou ao redor. Ainda eram as únicas pessoas no armazém.

— Onde está todo mundo?

— Trabalhando — disse Martha. — Que é o que deveríamos estar fazendo. Você dormiu muito, meu caro. Primeira noite, tudo bem. Agora, dormir até tarde uma segunda noite, nem ferrando. Se quer fazer parte dos Vipers, precisa seguir as regras.

— Essas regras incluem pizza de café da manhã?

Martha riu.

— Era o melhor que eu podia fazer. Você perdeu o café da manhã com a congregação.

Hopper mastigava enquanto pensava a respeito. Ele se virou para Martha, sentada ao lado dele.

— Vocês se congregam, como num concílio?

Martha deu de ombros.

— O Saint John gosta de administrar as coisas do jeito dele. Chama de congregação. Mas sei lá. É só uma sala com mesas e cadeiras. Sentamos lá e comemos enlatados. Rações militares ou algo assim. Vou dizer uma coisa, pizza dormida é um luxo comparado à porcaria que tem lá.

Hopper assentiu.

— Mas, então, onde nós dormimos?

— Bem lembrado! Precisamos ajeitar suas coisas. Você faz parte da equipe do Leroy e do Lincoln, então tem um espaço no quarto deles. — Com a borda dura da pizza, ela apontou para uma pilha de caixotes por perto. — Pega um saco de dormir para você.

— Um saco de dormir?

— Isso.

Hopper se levantou e foi até os caixotes que Martha tinha indicado, alongando os braços e as pernas enquanto caminhava, depois da noite no sofá. A pilha de caixotes estava parcialmente coberta por uma lona, que Hopper levantou, revelando um caixote destampado no topo. Estava cheia de trouxinhas atadas com cinta. Pegou uma.

Era um saco de dormir do Exército, igualzinho aos que usava nas noites no Vietnã. Ao virar a trouxinha nas mãos, notou que era um artigo militar genuíno — mofado mas intacto. Os Vipers decerto tinham saqueado um depósito do Exército.

— Vamos! — Martha se levantou do sofá e se dirigiu ao bloco de escritórios do armazém. — Vamos achar o seu canto e depois vamos botar você para trabalhar.

Ela saiu andando. Hopper a observou.

Os Vipers tinham um horário para congregar. Comiam ração. Dormiam em sacos de dormir.

Já não pareciam tanto uma gangue, mas um exército particular.

Hopper pegou o saco de dormir e seguiu Martha complexo adentro.

Capítulo Vinte e Sete

EXPLICAÇÕES

9 DE JULHO DE 1977
BROOKLYN, NOVA YORK

O café da lanchonete estava tão ruim que Delgado se perguntou se era o mesmo do dia anterior, mas isso não a impedira de tomar três — não, *quatro* — xícaras até Diane chegar. Estava com Sara no colo e não conteve o sorriso quando a menina avistou a pilha de panquecas que uma das garçonetes rabugentas serviu a uma mesa próxima. À medida que se aproximavam da mesa de Delgado — por coincidência, a mesma onde tinha se sentado com Hopper —, Diane combinava com a filha de pedir uma panqueca caso a menina se comportasse. Sara assentiu, ávida, e logo em seguida chegou uma panqueca, com uma jarrinha de metal de melaço, e um café para Diane.

Boa ideia, pensou Delgado. A panqueca manteria Sara ocupada enquanto a mãe ouvia a verdade sobre o marido. Mas foi Diane quem se pronunciou primeiro:

— Escuta, Rosario, é bom que você me explique tudo. Preciso saber o que está acontecendo! Preciso saber no que Jim está metido. Porque tenho certeza de que não é em um homicídio duplo. E, assim que vi você na delegacia, soube que você estava a par de tudo. Então não me venha com m...

Diane hesitou e deu uma olhada em Sara, que estava ocupada dividindo a panqueca em quadrados com o garfo. Diane se inclinou para se aproximar de Delgado.

— Não me venha com *merda* de desculpa nenhuma! Sem ladainha! — disse, quase sussurrando. — Está tudo bem com o Jim?

Delgado prendeu a respiração. Não conhecia Diane tão bem, tinham se visto duas vezes, se tanto, nas seis semanas de parceria com Hopper, mas sabia que ela era tão obstinada e forte quanto o marido. Honestamente, não esperava menos.

E isso era bom, porque facilitaria bastante as coisas.

Exceto que...

Delgado fitou o tampo da mesa. Diante dela, Diane pareceu sentir a mudança de humor e se aproximou um pouco mais.

— Que foi?

— Não posso responder essa pergunta, porque não sei a resposta.

Diane soltou um suspiro e se recostou na cadeira.

— Você não sabe me dizer se está tudo bem com o meu marido? Achei que soubesse o que estava acontecendo.

— Espera, espera. — Delgado levantou a mão. — Eu sei o que está acontecendo. Não tudo, mas o bastante. E, como eu já disse, prometi para o seu marido que cuidaria de você. Parte do processo é acalmá-la. Ou pelo menos tentar.

Diane balançou a cabeça. Sara levantou o rosto, o queixo lambuzado de melaço. Ela sorriu para a mãe, e Diane penteou a franja da filha para trás, com carinho. O sorriso que ela abriu para Sara não era genuíno como o da filha, nem de perto.

— Mas, se você sabe o que está acontecendo, por que não pode me dizer se está tudo bem com o Jim?

— Porque não sei se está. Não sei nem onde ele está.

Diane soltou mais um suspiro. Delgado via que, embora tentasse ser forte, Diane estava perdendo as forças, afundando aos poucos no assento de vinil da cabine.

Apesar de todo o seu esforço para aguentar firme, dizer que aquilo era demais para Diane suportar seria eufemismo.

— Escuta, Diane, eu não poderia estar te contando isso, e, se alguém descobrir, estaremos todos enrascados. Seu marido não está foragido. Não sei onde ele está, mas ele não desapareceu. O homicídio duplo é fachada. Ele está trabalhando em uma força-tarefa federal, tentando derrubar uma grande gangue criminosa que tem conexão com os crimes das cartas de Zener.

Delgado hesitou. Diane a encarava. A mulher sorriu e, por fim, debulhou-se em lágrimas.

Sara interrompeu a demolição da panqueca e levantou o rosto.

— O que aconteceu, mamãe?

Diane fez carinho nela de novo.

— Nada com o que se preocupar, minha linda. — Ela se virou para Delgado e enxugou as lágrimas. — Me conta tudo que você sabe.

Delgado assentiu, bebeu um gole do café e começou.

Capítulo Vinte e Oito

INVESTIGAÇÕES PELA CIDADE

10 DE JULHO DE 1977
MANHATTAN, NOVA YORK

Era domingo, fim de tarde, quando Delgado encontrou o último endereço da lista de Jacob Hoeler, um centro comunitário ao sul de Manhattan, um edifício moderno, atarracado, espremido entre prédios residenciais antigos, transformados em pequenas unidades comerciais.

Era o terceiro local que Delgado visitava naquele dia. Já tinha passado por duas reuniões dos AA e por dois grupos de apoio para veteranos de guerra. Não sabia ao certo se sua presença seria tolerada, mas, no fim das contas, foi acolhida por todos. Evidentemente, todos eram bem-vindos, e ninguém era julgado nesses lugares, concluiu ela. Era o propósito dos grupos. Além disso, a participação dos integrantes era voluntária, então Delgado pôde simplesmente se sentar e observar em silêncio, sem levantar suspeitas.

Se era a abordagem certa para a investigação, a detetive tinha suas dúvidas. Entre as quatro reuniões que acompanhou, encontrou apenas uma conexão com os crimes das cartas, em um grupo de apoio voltado para veteranos do Vietnã.

Não era uma conexão lá muito direta. Puxando papo com os participantes durante o intervalo do cafezinho, Delgado ficou sabendo que aquele grupo era relativamente novo, formado pelos frequentadores remanescentes de outro mais antigo. O grupo anterior havia se separado de repente, quando o facilitador desapareceu.

O facilitador, no caso, era Jonathan Schnetzer. A primeira vítima.

Quando Delgado mostrou a foto de Jacob Hoeler, dos documentos que tinha pegado emprestados da sala do capitão, dois membros do grupo o reconheceram, apesar da baixa qualidade da imagem. Sim, ele já havia frequentado as reuniões uma vez ou outra.

Enfim, alguma coisa! Mas Delgado sabia que ainda tinha um longo caminho a trilhar. Havia encontrado uma pista, mas somente uma, em quatro encontros, e já eram quase quatro da tarde. O ideal seria investigar várias reuniões de uma só vez, mas era impossível.

Ela estava sozinha e não deveria estar trabalhando naquele caso, para começo de conversa.

Quando olhou pela janela da frente do centro comunitário, uma nota afixada no vidro chamou sua atenção, quase perdida entre os demais recados, virados para que pudessem ser lidos da rua.

Ela estava no lugar certo. Mas seria na hora errada?

A nota dizia: *Sessão do grupo de veteranos das 16h cancelada.* Grupo de veteranos? Só podia ser aquele.

Delgado respirou fundo e se dirigiu à recepção. A mulher de cabelo encaracolado atrás do balcão ergueu os óculos e olhou para a detetive.

— Em que posso ajudar?

Era hora de fazer diferente. Delgado pescou o distintivo da bolsa e o apresentou. A mulher deu uma olhada, deixando cair os óculos de volta no nariz. Então olhou para Delgado por cima da armação.

— Algo errado?

— Sou a detetive Delgado.

— Hum.

Delgado guardou o distintivo e apontou para a janela abarrotada de recados.

— O grupo de veteranos que estava marcado para as quatro...

— Ah, sim! — A mulher se levantou da cadeira, dirigiu-se à janela e estudou os recados mais de perto para se certificar de que estava com a folha de papel certa antes de arrancá-la. — Nem sei o que esse recado está fazendo aí ainda. Esse grupo não se encontra mais aqui.

— Quando foi a última vez que o encontro aconteceu?

A mulher voltou para a cadeira.

— Deixa eu ver. — Ao lado dela, havia um grande livro de registro, já aberto, que puxou para perto e folheou, checando a primeira linha de cada uma das páginas com o indicador, antes de seguir para a próxima. — Hum, aqui. Na verdade, já faz um mês que o grupo não agenda nada. Faziam duas reuniões por semana, quarta à noite e sábado à tarde. — A mulher franziu o cenho e verificou a página seguinte. — É isso. Pagaram o mês todo adiantado, mas as últimas oito sessões não aconteceram. Desculpa, era para terem tirado esse aviso faz tempo. — Ela hesitou e olhou para cima. — Ah, sim!

— Lembrou mais alguma coisa?

A mulher examinou o registro mais uma vez, deu uma batidinha numa linha com o dedo e ergueu os olhos de volta, reajustando os óculos.

— A primeira quarta-feira que perderam... O grupo apareceu esse dia, mas o organizador, não. Perguntaram por ele. Minha colega, a Linda... Ela não está aqui agora... Ela tentou telefonar, e nada! Mesma coisa no domingo. Só umas duas pessoas apareceram e, de novo, tentamos ligar. Ninguém atendeu.

Delgado estava com o pressentimento de que já sabia qual seria a resposta para sua próxima pergunta.

— Você pode me dizer o nome do organizador?

— Bom, a Linda não está no momento. Posso procurar o número. Se bem que vocês precisam de um mandado, não precisam?

Delgado balançou a cabeça.

— Só quero saber o nome.

A mulher fungou e abriu o livro de registros de novo. Mais uma vez, traçou as linhas e bateu o dedo na página.

— Sam Barrett...

Ela levantou o livro e o virou para que Delgado pudesse ler.

O palpite dela estava correto. O grupo de veteranos era gerido por Sam Barrett.

A segunda vítima.

Delgado tinha só mais uma pergunta. Ela pegou a fotografia de Jacob Hoeler e passou à mulher.

— Você já viu este homem?

A atendente baixou os óculos. Aproximou e afastou a foto. Torceu o nariz.

— Talvez. Não sei. Difícil dizer. A foto está ruim.

Delgado assentiu.

— Pensa bem.

A mulher bufou mais uma vez, como se Delgado estivesse se intrometendo nos assuntos dela. Olhou para a foto de novo e a devolveu.

— Quarta. Ele apareceu na quarta, no dia em que o grupo ficou atrás do organizador. Mas por que tudo isso? Não queremos problemas por aqui.

Delgado guardou a foto de volta na bolsa.

— Sem problemas! Você já ajudou bastante. Obrigada.

A detetive se virou e foi embora. Quando botou os pés para fora, ouviu a mulher da recepção bufar com força mais uma vez.

Na calçada, Delgado parou e refletiu sobre o que havia descoberto a respeito de Jonathan Schnetzer, Sam Barrett e Jacob Hoeler.

Em seguida, deu meia-volta e seguiu para a parte nobre da cidade.

Tinha mais uma reunião à qual queria ir. Mais uma pessoa com quem queria conversar.

A dra. Lisa Sargeson.

Delgado consultou o relógio. Se apressasse o passo, chegaria a tempo para a reunião.

Capítulo Vinte e Nove

ATRASO

10 DE JULHO DE 1977
BROOKLYN, NOVA YORK

Delgado chegou à oficina de Lisa com alguns minutos de antecedência. Na entrada, conforme abria caminho entre os participantes que se preparavam para sentar, acabou chamando a atenção da coordenadora do grupo.

— Oi, detetive! Não esperava vê-la aqui. — Então, franziu a testa. — Aconteceu alguma coisa?

— Queria saber se eu poderia fazer umas perguntinhas...

Lisa torceu o nariz.

— É importante? Estou prestes a começar a oficina.

Delgado abriu a bolsa.

— Não quero demorar. — Ela tirou a foto de Jacob Hoeler da bolsa. — Você por acaso reconhece essa pessoa?

Lisa já estava balançando a cabeça.

— Não. Sinto muito. Quem é?

Não custava tentar.

— O nome dele é Jacob Hoeler. Tudo leva a crer que participou de diversos grupos de apoio pela cidade nas últimas semanas.

Lisa mordeu o lábio.

— Bom, aqui não é um grupo de apoio. Os participantes foram selecionados por um painel. Nunca vi na vida nem ouvi esse nome.

— Certo. Você conhecia Jonathan Schnetzer ou Sam Barrett?

Lisa balançou a cabeça.

— Também não. Nunca ouvi esses nomes antes.

— Bom, obrigada.

Dessa vez, foi Delgado quem bufou, frustrada, mas, ao notar a expressão confusa de Lisa, acabou deixando escapar um riso cansado.

— Não se preocupe! Só estou vendo aonde algumas pistas me levam.

— Bom, qualquer coisa, estou à disposição. Só ligar! — Lisa arregalou os olhos. — Não tem nada a ver com as cartas, tem?

— Desculpa, mas não posso entrar em detalhes.

Era verdade, mas principalmente porque Delgado precisava se proteger. Se alguém descobrisse que ela estava investigando o caso durante a licença que o capitão tinha concedido, seria um inferno.

— Obrigada pela ajuda.

Delgado se virou e notou que todas as cadeiras da sala estavam ocupadas, e os participantes do grupo conversavam entre si, esperando a oficina começar.

— Vou deixar você continuar o que estava fazendo. Se eu souber de alguma coisa, aviso.

Delgado se esgueirou pelo vão entre as cadeiras e abriu a porta dupla no fundo da sala. No corredor principal, cruzou com um homem alto de cabelo raspado, óculos escuros de aviador, de lente espelhada, o maxilar quadrado delineado por uma linha fina de barba. Um participante atrasado talvez.

A detetive não deu muita bola.

Capítulo Trinta

A SERPENTE CHEGA

10 DE JULHO DE 1977
BROOKLYN, NOVA YORK

— A reunião foi excelente! Gostaria de parabenizá-la por sua técnica.

Lisa continuou arrumando a bolsa. A reunião do grupo de reabilitação tinha terminado, e um ou dois participantes ainda estavam à porta, batendo papo, enquanto a orientadora fechava a sala.

O homem passou pelo corredor, entre as seções de cadeiras antigas, todas viradas para a frente do velho salão paroquial. Quando Lisa ergueu o rosto, ele apontou para as cadeiras, e, embora seus olhos estivessem ocultos por trás dos óculos espelhados, ela captou o recado.

— Ah, obrigada — disse Lisa, balançando um montinho de papel. — Toda ajuda é bem-vinda. Eu sempre pedia para o grupo me ajudar a arrumar tudo no fim do encontro, mas depois achei que parecia muito coisa de sala de aula.

O homem riu, começando a empilhar as cadeiras e levá-las para o canto da sala, ao lado de um velho piano vertical. Lisa parou e o observou, com a mão na cintura. Quando se virou para pegar um novo conjunto de cadeiras, torceu o nariz.

— Desculpa, mas acho que não nos conhecemos. Você faz parte do grupo?

O homem parou um instante, depois continuou a arrumação. Era alto, de pele escura, e, além dos óculos, usava uma camisa roxa por baixo de uma jaqueta de couro preta e uma corrente no pescoço com dois pingentes retangulares.

Lisa ficou tensa, de repente desconfiada do desconhecido. Embora o grupo de reabilitação fosse só para convidados, selecionados em conjunto com os diretores da instituição que dirigia o programa, o salão paroquial era um local público, sempre de portas abertas. Era preciso agendar horário, mas Lisa não trancava as portas no começo de cada sessão. Qualquer um podia entrar.

Inclusive aquele homem. Se fosse honesta, diria que ele parecia um homem qualquer do grupo. Ao contrário do antigo trabalho em Rookwood, a instituição de caridade não tinha acesso a prisioneiros, então funcionava um pouco diferente, oferecendo assistência a ex-detentos que tentavam levar uma nova vida, normal, longe do crime. A instituição tentava identificar pessoas em risco que tinham acabado de sair da prisão — quanto antes começassem a trabalhar, melhor o resultado —, então os membros do grupo, ou pelo menos alguns deles, tendiam a ser difíceis, ainda que participassem por livre e espontânea vontade, reconhecendo a necessidade de mudar alguma coisa na vida para não terminar atrás das grades de novo.

Os homens — eram todos homens — que entraram para o grupo de Lisa também corriam outros riscos. A vulnerabilidade deles, a incerteza da vida de cidadão comum, fazia deles alvos primários de recrutadores de gangues, e o que não faltava em Nova York eram organizações dessa natureza.

Sem dúvida, o desconhecido pertencia a uma dessas.

Quando ele ergueu a terceira pilha de cadeiras, Lisa notou o bordado nas costas da jaqueta de couro, era uma cobra vermelha, enrolada, com a língua bifurcada para fora. Embaixo, apenas uma palavra: *Vipers*.

Lisa respirou fundo e se aproximou do homem. Já tinha lidado com esse tipo de gente. Era preciso mais do que um símbolo de gangue para tirá-la do sério.

— Com licença — disse, chegando bem perto. — É melhor você ir embora agora ou vou chamar a polícia.

O homem ergueu as mãos e assentiu. Lisa, por instinto, deu um passo para trás, tentando se manter fora de alcance. Talvez pudesse gritar por ajuda — algum membro do grupo podia ainda estar por perto, eles sempre ficavam um tempo conversando na saída. Era um bom sinal, parte do processo, ensiná-los sobre amizade, formar laços, para depois montarem o próprio grupo de apoio particular.

A bolsa de Lisa estava na entrada da sala. Dentro, tinha uma lata de spray de pimenta e um cassetete retrátil. Para morar em Nova York, uma mulher precisava tomar certas precauções.

Ela se virava bem.

Dava conta *dele*.

— Desculpa — disse o homem. — Não quis atrapalhar. Mas, garanto, não quero lhe fazer mal, não quero assustar.

Lisa deu mais um passo para trás. Ele falava de um jeito estranho, bem diferente do que se esperaria de um membro de gangue. Era educado, inteligente. Ele deixou as mãos à vista.

— Estou falando sério. Você está fazendo um trabalho excelente aqui. Notável. Um trabalho necessário para ajudar a cidade e sua população. Gostaria de parabenizá-la. Aliás, foi por isso que vim aqui.

— Você veio aqui me *parabenizar*?

O homem riu.

— Isso mesmo! E oferecer um trabalho.

Lisa pestanejou.

— Desculpa, é isso mesmo que eu estou pensando?

O homem fez que sim.

— Represento uma organização...

— Você quer dizer uma gangue — disse Lisa, gesticulando na direção dele. — Os Vipers. Por acaso você esqueceu que está com isso estampado nas costas?

O homem deu mais uma risada.

— Sim, os Vipers. Mas, como eu disse, não somos uma gangue. Somos uma organização. É verdade, bebi um pouco dessa fonte, peguei alguns elementos emprestados, mas não é uma associação criminosa. E, verdade seja dita, também não é nenhuma instituição de caridade como esta, mas o objetivo é similar: ajudar quem precisa. Como você faz aqui. E quero que se junte a nós.

Lisa balançou a cabeça e, convencida de que o homem não ia atacá-la, aproximou-se dele, à porta da sala. Pendurou a alça da bolsa no ombro depressa e guardou o restante do material.

— Olha, sinto muito, mas, seja lá o que estiver me oferecendo, não me interessa. Boa sorte com o seu grupo, estou bem contente onde estou. Obrigada.

— Você está contente com o dinheiro?

Lisa hesitou.

— Como assim?

O homem olhou ao redor da sala, abrindo os braços.

— Deixam você em uma espelunca como esta, pagam uma mixaria, para quê? Você se mata de trabalhar para tentar salvar uma dúzia de almas por vez. Venha trabalhar para mim e salve centenas de pessoas. De quebra, ainda pagaria o aluguel em dia.

Ela balançou a cabeça de novo.

— Olha, já deu a minha hora.

O homem chegou mais perto.

— Você não quer fazer a diferença? Não quer fazer sua parte? Em algo grandioso? Você ajuda as pessoas. É o seu trabalho. É o que nasceu para fazer. Venha trabalhar para mim. Juntos, podemos ajudar a cidade toda.

Lisa suspirou, frustrada. Não queria dar continuidade àquela conversa, mas algo ainda a incomodava.

— Como você sabe quem eu sou e o que eu faço? Você não faz parte do grupo. Conhece alguém daqui? Já falou com alguém sobre isso?

— Ah, dra. Sargeson, eu sei quem você é. Conheço seu trabalho. Sua tese sobre metodologia de reintegração sociológica é uma obra de arte, se me permite dizer. Sou um estudioso dos seus escritos. Você tem uma mente fascinante.

Maravilha, um psicopata, só que esse fazia suas buscas na biblioteca pública em vez de espiar pela janela.

Lisa respirou fundo, prestes a começar uma nova réplica, mas o homem estendeu a mão.

— Você tem uma caneta?

Lisa cerrou os dentes.

— Eu... Uma caneta?

O homem assentiu e tirou uma caixa de fósforos vermelha de um bolso interno da jaqueta e a sacudiu, como se estivesse se certificando de que não precisaria mais dela mesmo.

Lisa franziu o cenho, mas acabou cedendo. Pescou uma caneta na bolsa e entregou a ele.

O homem se apoiou no piano para escrever algo na aba aberta da caixa de fósforos.

— Este é o nosso endereço. Pense um pouco. Algo me diz que você vai dar o braço a torcer. Quando estiver pronta, venha me ver. Estarei esperando.

Ele destacou a aba e entregou a ela. No lado em branco, havia um endereço escrito, algum lugar no Bronx.

Lisa o fitou.

— O que...

— Sua caneta — disse ele, devolvendo.

O homem se virou e saiu. No meio do caminho, parou e olhou para trás.

— Foi um prazer vê-la de novo, dra. Sargeson. Espero que tome a decisão certa.

Lisa estava sozinha na sala.

Trêmula, olhou o pedaço de cartolina.

Suspirou, jogou o papel na bolsa e de repente se deu conta de que ainda não tinha arrumado todas as cadeiras.

Largou a bolsa no chão e voltou ao trabalho, empilhando o restante, com a imagem do homem estranho fixada na mente.

26 DE DEZEMBRO DE 1984
CABANA DE HOPPER
HAWKINS, INDIANA

Ao notar a expressão confusa de El, Hopper fez uma pausa. Olhou o relógio. Estava ficando tarde, e ele suspeitava de que estivesse se cansando mais rápido do que ela.

El estava boquiaberta.

Hopper arqueou a sobrancelha.

— Está com uma pergunta entalada?

El cruzou os braços.

— Como... você sabe?

— Como sei o quê?

— A Delgado. Lisa. Você não estava lá.

— Boa pergunta! Eu e a Delgado juntamos todas as peças depois. Entrevistamos todas as pessoas possíveis e deixamos tudo registrado em um relatório oficial. Para falar a verdade, a papelada tomou muito mais tempo que a própria investigação. Fizeram a gente ir até a capital para apresentar o relatório para um monte de engomadinhos anônimos em um prédio do governo federal. Botaram a gente na parede, e até hoje nem sei quem são. — Ele abriu um sorriso. — Isso resume bem o processo todo.

El respondeu com um meneio vagaroso, mas a expressão dizia a Hopper que a menina não estava convencida.

— Não vou mentir. Admito que algumas informações eram meio suspeitas mesmo, sabe? Fizemos tudo a nosso alcance, mas nunca vamos entender totalmente o que aconteceu e o que as pessoas estavam pensando. — Hopper se debruçou e varreu a mesa com as mãos, como se estivesse organizando um conjunto de cartas invisíveis. — Esse é o outro lado de ser detetive. Você precisa pegar todos os tipos de informação, os depoimentos, suas próprias conclusões, e entender como tudo se encaixa. Não é fácil, porque às vezes muitas informações não fazem o menor sentido, e o que uma pessoa diz não condiz com o que aconteceu de fato, mesmo quando ela acha que está dizendo a verdade. Se estou contando essa história hoje, tim-tim por tim-tim, é porque está maturando na minha mente há anos. Às vezes, a gente precisa de um tempo para olhar para trás e enxergar melhor o que aconteceu. — Ele se recostou na cadeira e deu de ombros. — Às vezes ficam sobrando algumas lacunas, e um detetive precisa preenchê-las da melhor forma possível, mesmo sem saber se está certo. Mas, como eu disse, são ossos do ofício. Um detetive precisa ligar os pontos para resolver um caso. Se fizer um trabalho bem-feito e tiver sorte, tudo vai se encaixar.

El olhava fixamente para a mesa. Hopper não conseguiu interpretar a expressão dela, mas não sabia se precisava. A história era pesada e complicada e, nossa, bem longa, bem mais do que ele próprio imaginava.

Mas, além de tudo, era muito obscura. Ele não havia se dado conta, no início, dos detalhes da história que omitira para não assustar El, e agora se perguntava se não tinha ido muito longe. Por outro lado, tinha que contar a verdade sobre o que havia acontecido, tanto por ele quanto por ela. Eram memórias que Hopper não processava fazia muito tempo, e El precisava — e queria — saber do passado dele.

Bom, uma história de culto satânico com *serial killer* no meio talvez não fosse o tipo de aventura que pretendia relatar à jovem a seus cuidados. Tentou se lembrar de como ele era na idade de El, de como teria reagido à mesma história.

Não sabia ao certo se aquilo lhe dava alguma resposta. Hopper se debruçou na mesa de novo.

— Olha, pequena, já é tarde. Melhor seguirmos de onde paramos amanhã...

— Não!

— Hum... Tá bom — Hopper inclinou a cabeça. — Isso tudo não é muito assustador para você?

El hesitou, como se considerasse a pergunta com muito cuidado, e sorriu.

— Está tudo bem. Só... meio assustador. — El sorriu e fechou a cara por um breve momento. — É só que...

— Só o quê?

— Você ficou bem mesmo? — Ela estreitou os olhos, como se estivesse tentando entender a lógica. — Você está aqui... Então ficou bem.

Hopper sorriu, e o sorriso virou risada. O rosto de El se acendeu e ela pareceu relaxar, bastante até.

— Ficou tudo bem, El. Saí vivo para contar a história.

El assentiu, aparentemente satisfeita.

— Então você quer continuar?

Ela respondeu com um sorriso.

— Certo... Onde eu estava?

Ao retomar de onde havia parado, Hopper pensou na pergunta de El, na preocupação dela.

Sim, ficou tudo bem.

Mas foi por um triz.

Capítulo Trinta e Um

DELGADO FAZ A LIGAÇÃO

12 DE JULHO DE 1977
BROOKLYN, NOVA YORK

Delgado pegou o telefone, depois desligou. Repetiu a coreografia três vezes antes de resmungar alguma coisa e começar a andar em círculos no meio de seu apartamento minúsculo.

Antes de fazer o que estava prestes a fazer, precisava se certificar de que era a coisa certa. A questão era que estava atormentada com a história toda desde o dia anterior, e cada argumento já vinha com um contra-argumento em sua mente.

Porque, se pegasse o telefone, já era: não teria volta. Estaria apostando todas as fichas e haveria de encarar as consequências.

Portanto, precisava ter certeza. E, se não fizesse alguma coisa *exatamente* naquele dia, seria tarde demais.

Retornou à sala de estar, com cuidado para não escorregar em uma das dezenas de folhas de papel espalhadas pelo chão. No sofá, estava o caderno, no qual tinha passado horas, na noite anterior, despejando pensamentos e teorias em busca de um caminho coerente.

Ela pegou o caderno e leu a última página de anotações mais uma vez. No topo, havia dois nomes circulados, com uma linha conectando os dois balões.

Jonathan Schnetzer.

Sam Barrett.

Ambos líderes de grupos de apoio a veteranos do Vietnã. Grupos bem-sucedidos — pelo menos até os líderes desaparecerem de repente, forçando-os a se dissipar.

A terceira vítima, Jacob Hoeler, era o ponto fora da curva, mas o assassinato dele se encaixava na teoria de Delgado. Talvez fosse irrelevante, talvez uma conclusão precipitada, mas... fazia sentido. A detetive tinha certeza de que se encaixava.

Jacob Hoeler, agente especial infiltrado, membro da força-tarefa federal liderada por Gallup, tinha visitado todos os lugares da lista, sobretudo aqueles administrados por Schnetzer e Barrett.

E, depois de cada visita, o líder de cada grupo havia sido assassinado, dissolvendo o respectivo grupo. Pouco tempo depois, o próprio Hoeler se deparou com o mesmo fim: morto pelo assassino das cartas, porque acabou sendo *visto*. Porque o assassino tinha mirado nos grupos, nesses líderes — por motivos que ainda eram um mistério para Delgado —, e Hoeler estava na cola dele.

Então precisava ser eliminado. Virou a terceira vítima.

Delgado parou e balançou a cabeça. A teoria fazia sentido mesmo? Ou ela queria que fizesse? Eram duas coisas diferentes.

E qual era a conexão com Lisa? Por acaso havia alguma conexão? Ela conhecia as cartas de Zener e ministrava um grupo em um dos lugares da lista de Hoeler. Contudo, como a própria Delgado tinha visto, dezenas de organizações usavam o salão paroquial como sala de reuniões.

E o que Hoeler vinha fazendo? Estava investigando os Vipers, isso era certo. Mas tinha mesmo chegado ao assassino? Ou seria a interseção entre a investigação da gangue e os crimes das cartas pura coincidência? Teria sido morto por engano, porque o assassino achou ele que estava em seu encalço, quando, na verdade, Hoeler investigava outro assunto?

Delgado encarou as anotações até que a própria letra ficou turva diante de seus olhos. Jogou o caderno no sofá, deu mais uma volta no apartamento e então tomou uma decisão.

Talvez tivesse desenterrado algo importante. Algo útil. Algo que poderia ajudar o parceiro, onde quer que ele estivesse.

Ela retornou ao telefone e ligou para a sucursal local do FBI. Atenderam a ligação depois de alguns toques.

— Aqui é a detetive Rosario Delgado. Sou da 65ª Delegacia. Preciso falar com o agente especial Gallup, agora!

Capítulo Trinta e Dois

HORA DA DECISÃO

13 DE JULHO DE 1977
BROOKLYN, NOVA YORK

— Escuta, Jerry, não estou entendendo. O que você quer dizer?

Lisa andava para lá e para cá em seu apartamento. A cada volta pela sala de estar, deixava um rastro com o longo cabo telefônico. Olhava para o chão, tentando entender que diabos seu "chefe" — se é que o presidente do conselho da instituição que financiava o programa de reabilitação podia ser chamado de chefe — queria dizer.

Não fazia sentido. Nem de longe.

— Desculpa, dra. Sargeson. — Ela podia imaginá-lo sentado em um escritório, um cubículo quente, em algum lugar ao sul de Manhattan. — Mas não sei de que outra forma você espera que eu diga isso. Estamos suspendendo o programa de imediato. O conselho concordou em pagar o salário do mês inteiro, mas sinto informar que acaba por aí.

Lisa parou no meio do corredor e deu um tapinha na própria testa.

— Não consigo entender!

Jerry soltou um suspiro ao telefone.

— Sinto muito mesmo. A grana está curta, e simplesmente não temos como dar continuidade ao piloto.

Lisa apertou o telefone. Ele tinha acabado de dizer...

— Piloto? Você está de brincadeira, Jerry? Não era um programa-piloto. Você se comprometeu a financiar o programa por um ano e, na avaliação dos primeiros seis meses, disse que os resultados foram excelentes. Inclusive, você disse que estavam melhores do que o esperado. Até a porcaria da Polícia de Nova York escreveu uma carta de louvor. Quer que eu pegue a carta e leia para você pelo telefone, Jerry?

— Dra. Sargeson... Lisa... Eu entendo.

— Mas eu não.

Jerry bufou de novo.

— Olha, vou ser franco com você. É a grana. Não temos mais nada. Nadica de nada.

— Como assim, nada?

— Olha pela janela, Lisa — disse Jerry, com um quê de exasperação na voz. — Nova York não é mais a mesma. Algumas pessoas já desistiram, acham que não tem conserto. E, lamento informar, isso inclui alguns financiadores. Então, sinto muito, mas não temos como bancar a continuidade do programa.

Lisa voltou para a sala de estar e se jogou no sofá à beira da janela panorâmica.

— Não podemos abandoná-los — disse ela, indignada. — Os participantes do grupo... Eles estavam indo bem. Não podemos parar agora. Simplesmente cancelar as reuniões. Você sabe o que vai acontecer com eles.

— Acho que você não está dando o devido crédito a si mesma, dra. Sargeson. Ou a nós.

— Como assim?

— O conselho concordou em ajudar a realocar os participantes do programa em outros grupos. O seu grupo podia até ser o melhor da cidade, mas você não é a única tentando ajudar essas pessoas. E o seu trabalho foi excelente. Você ajudou. Sei que a interrupção não é a melhor opção, mas estamos tentando mitigar os problemas. Eles vão dar conta e só têm a agradecer a você.

A conversa prosseguiu, pelo menos a parte de Jerry. Lisa deixou a mente vagar enquanto o presidente do conselho zunia no ouvido dela.

Ela não estava acreditando. Todo aquele trabalho, todo aquele tempo, todo aquele esforço. Jogados na lata do lixo. Como se nada fossem.

Não era a primeira vez que passava por isso, claro, mas, no caso do Instituto Rookwood, ela pelo menos tinha identificado o naufrágio a tempo de pular do barco antes. A instituição de caridade, por outro lado... estava indo tão bem, com recursos mínimos.

Ela simplesmente não podia abrir mão disso. Não podia... e não iria.

Mas, por ora, pelo visto não tinha escolha. Desligou o telefone enquanto Jerry ainda se desculpava, pedindo compreensão e tentando assegurá-la de que era perfeitamente boa no que fazia, exemplar até.

Não era ela, eram eles.

Lisa jogou-se no sofá e gritou para o teto. Fechou os olhos e permaneceu alguns minutos ali sentada.

Em seguida, endireitou-se. Não deixaria aquilo pará-la. Sim, era boa no que fazia. Sim, estava ajudando pessoas.

E talvez ainda pudesse ajudar.

Levantou-se e pulou para pegar a bolsa no chão, ao pé de uma cadeira. Abriu a bolsa, afobada, e vasculhou até encontrar o que buscava, o cartão que o homem dos Vipers tinha dado a ela no dia anterior. Virou o cartão: na frente, estava impresso o nome do estabelecimento de onde vinha a caixa de fósforos — um restaurante no Bronx chamado Louie's — e, no verso, em uma tinta de caneta escura que quase não sobressaía na cartolina vermelha, o endereço que o homem tinha anotado.

Será que deveria mesmo fazer isso? Era uma maluquice, não era? Ela não fazia ideia de quem era o homem. Era inteligente, bem articulado, mas tinha cara de mafioso, usava até o símbolo da gangue no casaco, embora chamasse o grupo de "organização".

Até parece.

Mas... e se ele estivesse falando a verdade? Porque era uma história muito mirabolante para alguém simplesmente inventar daquela forma. Se ele fazia parte de uma gangue mesmo, por que ia querer contratar os serviços dela? Gangues não eram conhecidas por sua natureza benevolente, por sua preocupação com os cidadãos ou pela vontade de ajudar os mais necessitados. Eram o oposto, na verdade.

Então talvez estivesse dizendo a verdade. Ou talvez não.

Talvez valesse a pena averiguar. Até porque ela não tinha nenhum compromisso urgente.

Ou algum trabalho, além do de mágica autônoma. Se o homem estivesse falando a verdade, que podia fundar um programa próprio, do tipo que ela tentou conduzir em Rookwood e vinha tentando na instituição de caridade, com um financiamento adequado, que permitiria dedicação em tempo integral...

Enfim, tomou a decisão. Daria uma olhada. Na pior das hipóteses, seria uma viagem desperdiçada ao outro lado da cidade.

Na melhor das hipóteses...

Lisa colocou as cartas na bolsa, verificou se estava com o spray de pimenta e o cassetete, e partiu para o Bronx.

Capítulo Trinta e Três

VISITA A DOMICÍLIO

13 DE JULHO DE 1977
BROOKLYN, NOVA YORK

Delgado estava estudando a lista de nomes ao lado da campainha quando a porta do prédio antigo se abriu e ela deu de cara com a pessoa que pretendia visitar parada na entrada.

— Detetive — disse Diane, com a filha ao lado, apertando a mão dela. — Alguma novidade?

— Não, nada — respondeu Delgado, empertigando-se. — Ah... Não queria surpreendê-la em casa.

Diane balançou a cabeça.

— Não, tudo bem. Passei o dia todo sentada à beira da janela. Tirei a Sara da escola, só por uns dias, até as coisas se ajeitarem. Mas, quando vi você na rua, pensei... Ah, pensei que tivesse acontecido alguma coisa. Não queria colocar você numa sinuca de bico.

— Bom, aconteceram algumas coisas... Não, não ouvi nada do Hopper, mas pensei em passar aqui e contar pessoalmente. De qualquer forma, imaginei que quisesse uma companhia e prometi a seu marido que cuidaria de você. Então, é o que estou fazendo. Agora, você vai me convidar para entrar e tomar um chá com biscoito ou não?

Diane sorriu e abriu mais a porta.

— Você é mais que bem-vinda. Estou ficando maluca, enjaulada aqui dentro. Entra, por favor.

Delgado entrou, e Diane indicou a escada.

— Por aqui.

A detetive foi atrás dela.

Capítulo Trinta e Quatro

O SANTO DO BRONX

13 DE JULHO DE 1977
SUL DO BRONX, NOVA YORK

Está bom, já entendi. Isso é um erro. Lisa era madura o bastante para admitir. E, se fosse sincera consigo mesma, admitiria que as dúvidas surgiram tão logo ela deixou o apartamento. Mas ela estava nervosa, frustrada, e precisava de tempo para pensar. Conferir o endereço do verso da caixa de fósforos rasgada era uma distração bem-vinda.

E ali, caminhando pela rua esburacada de um parque industrial, olhando ao redor, os vastos lotes de erva daninha contornados por uma cerca de arame e armazéns anônimos do tamanho de hangares, percebeu que não era um lugar convidativo. O dia estava quente, e o céu aberto e azul, mas o lugar não era bem o tipo de vizinhança pela qual se caminharia a esmo. Até o táxi que tinha pegado na última parte da viagem se recusou a ir até o endereço e a largou a duas quadras de distância. O taxista só demonstrou alguma ligeira preocupação pela segurança de Lisa quando ela questionou a decisão dele.

Lisa chegou ao fim da rua, que se estreitava até virar um beco comprido, entre dois armazéns altos. Mais adiante, havia ainda um terceiro armazém. Talvez fossem parte de um mesmo complexo integrado. O terceiro armazém tinha um portão duplo gigantesco, grande o bastante para passar um caminhão, e nenhuma outra entrada.

Lisa deu meia-volta, numa tentativa de se localizar melhor. Não tinha sido uma boa ideia. Provavelmente não estava nem no endereço certo. Era impossível andar pelo parque industrial sem saber exatamente onde estava e aonde pretendia ir. Tinha caminhado pouco mais de um quilômetro desde o ponto onde o táxi a deixara, achava ela, por uma rua paralela à principal. Se conseguisse atravessar um dos terrenos baldios, chegaria à civilização — e encontraria outro táxi — muito mais rápido.

Apertou os dedos, nervosa, e olhou para a mão esquerda. O anel do humor estava preto, indicando tensão, nervosismo ou...

Ou que o anel estava quebrado.

— Porcaria! — murmurou, interrompendo a linha de raciocínio, relaxando os braços.

O anel era velho e tinha perdido a capacidade de mudar de cor fazia tempo, mas... ela não se lembrava dele escuro daquele jeito mais cedo.

Disse a si mesma que aquilo era obra de sua imaginação e continuou andando. Suas botas tamborilavam alto na rua, o som ecoando pelas laterais altas e lisas dos armazéns em torno dela. O lugar estava deserto — Lisa não tinha visto ninguém, nenhum carro, nenhum caminhão, nada —, mas isso não a acalmou. Era tudo muito...

"Arrepiante" talvez fosse a palavra certa. Tinha sido um erro ir até ali, uma decisão precipitada, motivada por raiva e frustração, e tudo bem, sem problemas, ela podia simplesmente voltar para casa e afogar as mágoas no barzinho italiano do bairro.

Talvez devesse ter ido direto para lá depois do telefonema de Jerry.

Assim que virou à esquerda para atravessar o terreno baldio pelo qual havia passado, um homem surgiu de trás de um prédio.

Ela arquejou, surpresa, e parou onde estava, então recuou. O homem abriu um sorrisinho para ela, mascava chiclete e estava com os dois polegares enganchados na cintura da calça jeans encardida. Vestia uma camiseta branca por baixo de um colete de couro marrom e uma bandana verde amarrada na cabeça.

— Já vai embora, mocinha? — Ele se aproximou dela devagar. — Ah, não vai nem dar um oi? É falta de educação, sabe?

Lisa continuou se afastando. Agarrou a bolsa e abriu o zíper. Quando enfiou a mão dentro, o homem parou de mascar o chiclete e balançou a cabeça.

— Hum, o que você tem aí dentro, mocinha? Tá de gracinha, é?

Lisa sacou o cassetete retrátil da bolsa e, com um movimento rápido, abriu a arma. O homem sorriu de orelha a orelha e bateu palmas, três vezes.

— Uau! Bacana, hein! Ei, Jookie, viu só?

Lisa ouviu um passo arrastado atrás dela e se virou, vendo outro homem com roupas quase idênticas saindo do armazém. Ele chutou os pedregulhos da rua, lançando uma pedra grande na parede metálica da construção, e deu um trago em um cigarro.

— Acho que vamos nos divertir com ela — disse Jookie, o recém-chegado.

Então jogou o cigarro no chão, e uma bola de cuspe seguiu a bituca ainda acesa.

Lisa continuou recuando, tentando se acalmar. Se quisesse sair dessa, teria que controlar as emoções, focar a mente. Eles estavam em dois. Certo. Ela estava em desvantagem, mas não de mãos atadas. Tinha uma arma, e eles não, pelo que ela podia ver. Seu cassetete podia fazer um belo estrago se bem usado.

E ela sabia disso.

Lisa se afastou mais um pouco. Os homens se cumprimentaram com um tapinha mútuo, então voltaram a atenção para ela. Eles avançaram, e ela recuou, mantendo sempre a mesma distância.

Então, Lisa olhou para cima, para os armazéns que se erguiam dos dois lados. Tinha recuado demais, estava ficando sem saída.

Foi quando os demais apareceram no alto das estruturas. Quatro de um lado, cinco do outro. De onde estavam, não havia muito o que pudessem fazer com Lisa, mas deixavam bem claro como ela havia se equivocado em ir até lá. Não estava sozinha, nunca esteve. Tinha mordido a isca.

Jookie e o colega riram. Lá do alto, alguns batiam palma, outros berravam.

Lisa segurou firme o cassetete. Os outros não importavam. Se passasse pelos dois homens do beco, conseguiria escapar.

Um baque metálico ecoou, seguido de um ruído pesado de metal se arrastando pelo asfalto. Os homens da cobertura desapareceram. Jookie e o amigo pararam diante dela, com um sobressalto, quase com medo, e deram um passo para trás.

Lisa arriscou dar uma olhada para trás. Uma portinhola que ela não tinha notado se abriu em meio ao portão. Um homem saiu, óculos espelhados refletindo a luz do sol.

Passou por Lisa e peitou os homens.

— Não é assim que recebemos visitas — disse ele em voz baixa, em tom ameaçador.

Os dois se entreolharam e encararam o homem diante deles.

— Mais tarde, teremos uma conversinha — completou. E virando-se para Lisa: — Que bom que você veio. — Ele apontou para o cassetete. — E estou impressionado com o seu preparo. Fico feliz que não tenha precisado usar isso. Meus companheiros às vezes são meio broncos, perdem a compostura.

Lisa balançou a cabeça.

— Mas o que é isso? Por que você pediu que eu viesse aqui? E quem diabos é você?

— Eu já disse, dra. Sargeson, chamei você aqui porque quero sua ajuda. Meu nome é Saint John, e este é o meu domínio. Bem-vinda.

Capítulo Trinta e Cinco

CARNE NOVA NO PEDAÇO

13 DE JULHO DE 1977
EM ALGUM LUGAR DE NOVA YORK

Depois de dois dias de carregamento e descarregamento de caminhões, Hopper finalmente parecia ter sido aceito pelos Vipers, a ponto de receber uma tarefa de verdade. Leroy e Lincoln tinham ido falar com o chefe. Voltaram um pouco depois e conduziram Hopper até a perua. Os três se amontoaram no carro e deram a partida no cair de uma noite de verão.

O ginásio era velho, mas parecia bem equipado. Cavalos de ginástica estavam empilhados em um canto, e cordas e argolas pendiam do teto, bem atadas às paredes. O lugar era de um marrom uniforme e cheirava a suor e café fresco, com dois bules fumegantes na mesa-cavalete que tinham improvisado bem em frente aos cavalos empilhados, sobre um tapete fino, estendido para proteger o assoalho de madeira quando o ginásio era usado para outros propósitos.

Os três homens fizeram hora na entrada. Leroy e Lincoln vestiam uma camiseta branca apertada. Tinham deixado os trajes da gangue no armazém. Hopper ficou de jaqueta, fechada com zíper até o pescoço para ocultar o sangue da camiseta de Jim Croce. A jaqueta era quente, mas pelo menos a noite estava fresca, e dentro do ginásio parecia ainda mais frio.

Ou talvez fosse só a imaginação dele.

Porque estava com um pressentimento muito, muito ruim.

No meio do ginásio, havia uma série de cadeiras dispostas em círculo. Algumas já estavam ocupadas, mas a maioria dos participantes estava fazendo hora do lado de fora, junto a Hopper e os dois Vipers, jogando conversa fora. Estavam todos ali pelo mesmo propósito.

Era uma reunião de apoio. Isso estava na cara. Mas não dos AA nem de qualquer outro vício; não estavam ali para tratar dores crônicas, desemprego ou violência doméstica. Todos na sala eram homens de certa idade. Pelo menos um terço usava jaquetas militares surradas, nos mais variados estados de conservação, e um deles segurava um par de plaquinhas, contando as bolinhas da corrente com o dedo como se fosse um rosário. Quase todo mundo estava fumando.

Hopper leu o aviso na porta quando entraram.... Sim, foi quando sentiu o calafrio.

Era um grupo de apoio a veteranos da Guerra do Vietnã.

Hopper sabia que esses grupos existiam. Sabia muito bem que eram necessários. Ter saído ileso da guerra, com o juízo preservado, foi uma bênção. Evidentemente, ele tinha mudado com a experiência e jamais fingiria que foi uma coisa fácil, porque não foi. Mas o que a guerra tinha feito com alguns de seus colegas... Ele nunca sentiu necessidade de participar de uma reunião do tipo, mas sabia que era de extrema importância para outros.

Naquele momento, no entanto, não fazia ideia do que ele, Leroy e Lincoln estavam fazendo ali, mas precisava descobrir. Só de estar no mesmo recinto que outros veteranos, ficava de estômago embrulhado. Era uma violação. A presença dos Vipers, incluindo ele próprio, era uma invasão de um espaço seguro, importante para os veteranos.

Hopper engoliu a bile que ameaçava subir pela garganta e se dirigiu ao círculo de cadeiras. Não queria estar ali, não queria estar fazendo aquilo, mas também sabia que fazia aquilo pelos motivos certos. Porque tinha conseguido ganhar a confiança de Saint John e, se conseguisse ir até o fim, ficaria a um passo de descobrir o que ele andava planejando e por que os Vipers miravam em grupos como aquele.

Quanto mais aprendesse, mais cedo acabaria com a história toda.

Em poucos minutos, os homens todos se ajeitaram no círculo. Leroy e Lincoln se sentaram de frente um para o outro, com Hopper na perpendicular. Diante de Hopper, sentou-se um homem que se parecia com os demais, exceto pelos olhos, que não transpareciam assombro como o dos outros veteranos. Vestia uma jaqueta de cotelê que parecia pesada demais para o clima e tinha caderno e caneta nas mãos.

— Sejam bem-vindos. Obrigado por comparecerem. — Ele cruzou as pernas, e as bocas da calça esvoaçaram feito bandeirolas de sinalização, então apoiou o caderno e a caneta no joelho. — Eu me chamo George e estou contente por ver tantos rostos conhecidos aqui hoje. — Ele olhou atentamente para o grupo todo e encarou Hopper. — E fico feliz por ver gente nova também. — O homem sorriu e ajeitou o caderno no joelho. — Então, quem quer começar hoje?

Hopper ouviu um clamor em seus ouvidos. Algo parecia faiscar em sua visão periférica, e, antes que ele pudesse entender o que estava acontecendo, pigarreou.

— Hum... Oi. Eu me chamo Jim.

— Oi, Jim — entoaram todos, em uníssono.

Hopper ergueu o rosto e abriu um sorriso contido, sem saber muito bem o que estava fazendo, sem saber muito bem se era a própria voz que ouvia ecoar pela quadra.

Em lados opostos do círculo, ele viu Leroy e Lincoln trocando olhares.

— Ah, oi! Bom, como eu vinha dizendo, eu me chamo Jim e servi no Vietnã.

Ele se inclinou para a frente, apoiando os cotovelos nos joelhos, e começou a falar.

O café era, no máximo, aceitável, mas Hopper mal sentiu o gosto ao virar o líquido morno goela abaixo. Depois de passar tanto tempo falando, precisava de algo para amaciar a garganta. Serviu-se de mais uma xícara, ficou parado ao lado da mesa, segurando o copinho, e estalou o pescoço para liberar a tensão, fechando os olhos. Ele não fazia ideia do que tinha dado nele, que tinha todo aquele sentimento preso dentro de si, mas...

— Muito bom, não é?

Hopper abriu os olhos. Um dos outros participantes também estava pegando café, de um bule fresquinho que havia surgido do nada.

Hopper tomou mais um gole do seu e deu de ombros.

— Já tomei piores.

O homem colocou creme e açúcar no copinho e se aproximou de Hopper.

— Não, eu estava falando da reunião — comentou, apontando com a xícara para o círculo de cadeiras.

— Ah! — Hopper riu. — Pois é... Foi bom mesmo. Eu me senti... Na verdade, não sei muito bem como descrever.

— Entendo o que você quer dizer. Eu me chamo Bob, aliás. Cabo Devlin, Robert Douglas, US096231777. — Ele estendeu a mão e olhou no fundo dos olhos de Hopper. — Eu te dou cobertura, Jim. — O veterano repetiu a última frase dita na reunião, aparentemente o mantra do grupo.

Hopper apertou a mão do sujeito.

— Eu te dou cobertura, Bob. Prazer em conhecê-lo.

Os dois bebericaram o café, escorados na mesa, observando o burburinho. Nenhum sinal de Leroy ou Lincoln.

— Você vem sempre? — perguntou Hopper.

— Sim e não. Frequento as reuniões, mas não desse grupo.

— Ouvi dizer que fazem reuniões por toda a cidade. É só chegar?

Bob deu uma risadinha.

— Acho que você está pensando nos AA. Mas, sim, estão por toda parte, e você pode dar as caras na reunião que bem entender. O ideal é frequentar sempre o mesmo grupo. Já é difícil retomar a vida normal, então você precisa de estabilidade. Como uma âncora em meio à tempestade, sabe?

Hopper sorriu.

— Não me diga que essa é uma das pílulas de sabedoria do George?

Bob riu.

— Aprendi essa com outro grupo. Era um grupo bacana também. Frequentei por dois anos, talvez um pouco mais. O orientador era ótimo. Verdade seja dita, gostava mais dele do que do George. Sem querer ofender o George, claro. — Ele bebeu mais um gole do café. — É que algumas pessoas têm, não sei, uma espécie de... como posso dizer? Um dom. Ou seria uma habilidade? Não sei. Ou talvez fosse apenas o costume. Sabe como é, ter que mudar de reunião, conhecer novas pessoas, demora um pouco para a gente se acostumar. Mas isso no meu caso.

— Você se mudou?

— O quê? Ah, não! O grupo se separou. — Bob deu de ombros. — Acontece.

— Pois é.

— Só que... Ah, não sei. Uma pena, porque foi tão repentino, sabe?

Hopper olhou em volta, nada de Leroy ou Lincoln ainda. Ele se virou de frente para Bob, embora mal prestasse atenção nele.

— De repente?

— É...

Ele pegou mais um sachê de creme em pó da mesa. Cortou a beirada com os dentes e despejou o pó branco na bebida.

— Nosso orientador não deu mais as caras. Juro para você, o cara simplesmente parou de ir. Nunca mandou mensagem, nunca enviou um substituto. Ele não apareceu, e ninguém mais ouviu falar dele. — Bob parou de falar e balançou a cabeça. — Uma pena mesmo. Sam era um bom orientador. Um dos melhores até.

Hopper congelou com a xícara a caminho da boca.

— Sam?

— Isso, Sam Barrett. Você conhece ele?

Hopper tomou mais um gole.

Sam Barrett. Orientador do grupo de apoio.

A segunda vítima.

Hopper não disse nada.

— Bom, só espero que ele esteja bem, onde quer que esteja. — Bob balançou a cabeça enquanto terminava o café. — Ele era um de nós, sofria como nós, entende o que quero dizer? Bom, se me der licença, tomei café demais, preciso dar um pulo no banheiro.

Hopper fez que sim. O veterano deixou o copo e o sachê na mesa e se dirigiu ao banheiro.

Sam Barrett.

Claro. Hopper sabia que havia uma conexão entre os Vipers, Saint John e os crimes das cartas, mas ouvir outra pessoa pronunciar aquele nome, alguém sem ligação com o caso ou com a gangue, deixou Hopper mais gélido do que já estava.

De repente, Leroy apareceu atrás de Hopper. No susto, Hopper jogou o copo de café na mesa. Fechou os olhos, querendo que a raiva desaparecesse, mas o sentimento só ganhou força dentro dele, uma bomba prestes a explodir.

Chega!

Ele puxou Leroy em um canto e o encurralou junto à pilha de cavalos de ginástica.

— Que porra é essa, Leroy? — sibilou Hopper, trincando os dentes. — O que o Saint John pensa que está fazendo? Ele recruta pessoas de lugares assim? Por favor, me diz que entendi errado! Porque, se eu tiver entendido bem e ele estiver se aproveitando de caras vulneráveis... Caras exatamente como ele, outros veteranos... Juro que vou...

Leroy se encolheu e empurrou Hopper.

— Ei, cara, calma!

— Calma uma ova! O que os Vipers estão planejando, Leroy? Você nos procurou, disse que tinha informações e precisava de proteção, mas, desde que passou a onda de seja lá o que você tenha tomado, parece que as informações evaporaram.

Leroy ajeitou a camiseta e olhou ao redor. Ninguém estava prestando atenção. Os veteranos todos, aos poucos, reagruparam-se em seus assentos.

— Hopper, relaxa aí, cara. Você precisa tomar cuidado com o que fala. Estamos nessa juntos, beleza?

Hopper fechou a cara. Leroy o encarou, então virou o rosto.

O policial podia farejar a hesitação de longe. Em anos e anos de polícia, tinha escutado todo tipo de mentira.

— O que você está escondendo de mim, Leroy?

— Está tudo bem por aqui?

Lincoln tinha chegado. Leroy afastou Hopper com um empurrão.

— Tudo certo.

Lincoln fitou os dois e apontou para a porta com o polegar.

— Recebi um chamado. O Saint quer a gente de volta.

— O quê? — indagou Leroy. — Por quê?

— O Saint não explica por quê, Leroy, você sabe. E não sou eu que vou questionar! Ele manda, a gente obedece.

Lincoln se virou e saiu. Hopper se virou para Leroy, que o ignorou e seguiu o colega até a saída.

Hopper deixou o ginásio e cruzou com o orientador, George, na porta do banheiro. George parou no meio do corredor.

— Ei, Jim, tudo bem com você? Estamos prestes a retomar a reunião. Sinta-se à vontade para...

— Desculpa, George, mas preciso ir — disse Hopper. — Mas obrigado. Foi uma ajuda e tanto, mesmo.

Lá fora, o carro estava esperando, de motor ligado, com Leroy pisando no acelerador. Hopper viu que Lincoln estava sentado na frente. Entrou pelo porta-malas e bateu a porta, e Lincoln o puxou para o banco de trás enquanto Leroy pisava fundo.

26 DE DEZEMBRO DE 1984
CABANA DE HOPPER
HAWKINS, INDIANA

Hopper se levantou e esticou as pernas, caminhando entre a mesa vermelha e a cozinha. Esfregou o rosto e passou a mão no cabelo, então parou, de costas para El.

Sem deixá-la ver, esfregou o rosto de novo e olhou para a janela da cozinha. Via o próprio reflexo, com El logo atrás.

O grupo de apoio para veteranos do Vietnã! Tinha se esquecido disso. Não, não bem esquecido. Não tinha como esquecer, mas, com o passar dos anos, aprendeu a compartimentalizar, a guardar as memórias em seu devido lugar. Um lugar onde permanecem não esquecidas, mas adormecidas.

Isso até aquele momento. Até aquela noite, quando a história de Hopper chegou ao grupo de apoio que ele visitou com Leroy e Lincoln.

Hopper estava surpreso também, surpreso com os sentimentos que a lembrança trazia, com a *profundidade* desses sentimentos. Ele percebeu, talvez um pouco tarde demais, que essa parte da história estava por vir, mas isso não tinha lhe ocorrido até começar sua narrativa para El.

Não entrou em detalhes sobre o que dissera na reunião, claro. Sabia que aquela parte tinha atiçado a curiosidade de El, mas se conteve. Não estava disposto a falar sobre o Vietnã. Já tinham se entendido quanto a isso. A história da vez era sobre Nova York.

Ninguém imaginaria que as duas histórias — os dois lugares — se encontrariam, e Hopper se sentiu meio bobo. Claro que tinham tudo a ver.

— Você está bem?

Hopper respirou fundo, deu meia-volta, se debruçou na bancada e olhou para El, sentada à mesa.

— Estou bem, sim, e você? É uma longa história. Desculpa... Sabe, podemos parar a qualquer momento.

El balançou a cabeça e franziu a testa.

— Você parece cansado.

Hopper riu.

— Nada que um pouco mais de café não resolva!

Deu um tapa na bancada com as duas mãos e se virou para passar um café fresquinho. Atrás dele, El permaneceu em silêncio por alguns minutos, então se pronunciou de novo.

— Eu te dou cobertura — disse ela.

Hopper parou. Inclinou a cabeça.

— O quê?

— O que quer dizer?

Hopper sentiu o corpo relaxar.

— Ah! — Só então relaxou. — É uma velha expressão militar. Porque, às vezes, quando o soldado está marchando, não consegue ver o que vem de trás. Então precisa de um parceiro para protegê-lo. É isso que significa dar cobertura. Hoje em dia, quando as pessoas dizem isso para alguém, estão querendo dizer: "Pode confiar em mim, conta comigo para o que precisar." — Ele parou e olhou por cima do ombro. — Faz sentido?

El fez que sim. Ela se levantou da mesa e caminhou pela cabana, esticando as pernas também. Hopper a observou por um instante e terminou de passar o café.

El apareceu na bancada da cozinha e disse:

— Eu te dou cobertura.

Ele olhou para ela, mas não disse nada, apenas estudou seu rosto. El o fitava de queixo erguido, com a expressão firme, séria.

— Você pode... contar comigo — disse ela, nos termos dele. — Eu te dou cobertura.

Hopper quase não conseguiu conter o riso. El hesitou e deu um passo para trás, a expressão confusa.

— Falei errado?

Hopper balançou a cabeça, aproximou-se e a puxou para um abraço. El correspondeu, abraçando a cintura dele.

— Não, pequena, você foi perfeita.

— Eu te dou cobertura.

Ele bagunçou o cabelo dela.

— Também te dou cobertura, pequena. Pode contar comigo.

El se afastou e deu uma fungada no ar.

— Café. Eca!

Ela torceu o nariz e, como se nada tivesse acontecido, retornou à mesa vermelha.

— Continua — mandou.

Hopper riu e tomou um gole do café.

— Sim, senhora.

Ele voltou para a mesa e se acomodou. El entrelaçou os dedos e o encarou.

Hopper coçou o queixo.

— Certo, onde estávamos...?

Capítulo Trinta e Seis

SE CUTUCAR A CASCAVEL, VAI LEVAR UMA MORDIDA

13 DE JULHO DE 1977
SUL DO BRONX, NOVA YORK

Hopper já tinha esfriado a cabeça quando Leroy parou a perua na vaga ao lado do cavalo mecânico, no estacionamento do armazém. Só então percebia que a reunião do grupo de apoio havia mexido com ele, mas não podia deixar isso atrapalhar os planos. Tinha que engolir o sapo e continuar o trabalho designado a ele por Gallup.

Os Vipers estavam ocupados, o armazém contava com o dobro ou triplo de pessoas que Hopper tinha visto mais cedo. Pareciam estar mudando os caixotes de equipamentos de lugar, um trabalho em equipe, carregando tudo em veículos. Haviam afastado um pouco o cavalo mecânico do muro, e um grupo mexia em alguma coisa enganchada na traseira. Assim que Hopper saiu da perua, viu que se tratava de um grande rolo de cabos enrolados em uma estrutura mecânica; aparentemente haviam "contratado" um caminhão da distribuidora local de energia elétrica, a Con Edison.

Lincoln desapareceu armazém adentro. Leroy se ajeitou no banco do motorista para assistir, junto a Hopper, à gangue colocar a mão na massa.

— Você precisa se acalmar, cara. Pra ontem — sussurrou Leroy.

Hopper assentiu. Leroy estava certo, ele sabia, não tinha o que discutir. Então ele só apontou para o caminhão.

— Para que tudo isso? O que o Saint John está fazendo?

Leroy deu de ombros, mas estava tenso.

— Já falei, não sei.

— Mas eles sabem — retrucou Hopper, apontando para a gangue com um sinal discreto. — Alguém está dando ordens a eles, instruções. Você nunca viu Saint John passando essas instruções?

— *Olha aqui*, cara — sibilou Leroy, olhando ao redor para se certificar de que ninguém estava ouvindo. — Esse não é o meu departamento. Saint John leva as regras e a organização muito a sério, sabe? Cada Viper tem seu lugar e sua função, está me entendendo? Então, vou falar de novo, não sei o que estão fazendo, e é justamente por isso que a gente está aqui só olhando. O que você quer, cara? Que a gente vá lá no Saint e pergunte o que está pegando e que horas o diabo vai aparecer para tomar uns coquetéis na varanda?

— Não. Mas é hora de buscarmos respostas.

Hopper desencostou do carro, alongou os ombros e foi até uma pilha de caixotes, que aos poucos eram transportados para a traseira de picapes, estacionadas ao lado da fileira de motos. Os caixotes eram compridos e relativamente rasos.

Ele tinha um pressentimento — um pressentimento bem ruim — de que sabia o que havia ali dentro.

Com o restante da gangue ocupada, Hopper resolveu arriscar. Pegou um pé de cabra no chão e estava prestes a levantar a tampa do caixote do topo quando sentiu um toque forte no ombro.

— Procurando algo, irmão?

A pessoa o virou na hora. Era Lincoln, que não parecia nada feliz de olho naquele pé de cabra.

— Que merda você está fazendo?

Lincoln deu um empurrão em Hopper, que foi parar em cima do caixote que queria abrir, a quina pontiaguda perfurando sua lombar. Soltou um berro de dor e caiu de quatro no chão, o pé de cabra voando longe. Tentou se levantar, mas sentiu um puxão violento na lombar, no cinto.

— Que merda *você* está fazendo?

Hopper se levantou e deu de cara com Lincoln segurando sua arma.

O sujeito olhou para a arma, depois para Hopper, com uma cara que o detetive não apreciou nem um pouco.

— O que você está tramando, cara? O Leroy me disse que você é um policial desvirtuado, e você está escondendo uma arma? Você está mesmo foragido ou está querendo bancar o herói?

A discussão chamou a atenção dos outros Vipers. Um por um, eles largaram o que estavam fazendo e se amontoaram em torno de Hopper e Lincoln.

Hopper olhou ao redor, observando os rostos. Os membros da gangue o encaravam, inclusive Lincoln. Hopper não conseguiu achar Leroy.

Lincoln cuspiu no chão, estalou o pescoço e pesou a arma de Hopper na mão. Hopper deu um passo à frente e parou quando o Viper apontou a arma bem para sua cabeça.

— O problema é que heróis não existem — discursou Lincoln. — Isso é coisa de gibi. Morando numa cidade como Nova York, você sabe que essa é a realidade. Não tem lugar para heróis em Nova York, nem para a polícia nos Vipers.

— Tudo bem por aqui?

Lincoln virou o rosto, esbaforido, ao som da voz. Hopper trincou os dentes quando notou que os membros da gangue abriam passagem para o recém-chegado.

Martha pôs o pé no círculo e caminhou até Lincoln feito uma modelo na passarela, pé ante pé.

— Martha W., deixa isso comigo! — disse Lincoln.

Ele segurou firme a arma, mas alguma coisa tinha mudado. O equilíbrio, o peso da situação. Ele não estava mais no comando.

Martha assumira o controle.

Ela deu a volta em Lincoln, ignorando a arma e se aproximando de Hopper, que permaneceu onde estava. Ela se agachou, pegou o pé de cabra e se reaproximou de Lincoln, balançando a ferramenta, arrastando a ponta bifurcada pelo piso do armazém.

— Está ficando curioso, é? — indagou ela e então se voltou para Lincoln. — O chefe quer ver você.

Lincoln virou o rosto para ela. Levantou e baixou a arma, sem deixar de apontá-la para Hopper.

— Eu disse, deixa isso comigo!

— E eu disse que o Saint quer ver você! Ele não gosta de ficar esperando.

Lincoln bufou e baixou a arma. Lançou um olhar para Martha, então lhe entregou a arma e se retirou sem dizer uma palavra.

Hopper viu tudo isso se desdobrar sem mover um músculo, não queria desequilibrar ainda mais aquela situação delicada. Martha segurava o pé de cabra com uma das mãos e a pistola com a outra.

— Tem algo em você, carne nova — disse ela, com um olhar desafiador. — Algo que não me agrada. É como um cheiro. Senti quando nos conhecemos, só não entendi o que era na hora. Mas não gostei logo de cara.

— Estou aqui por livre e espontânea vontade — disse Hopper. — Estou aqui para trabalhar para o Saint John. Pode perguntar para ele.

— Ah, sim, o Saint John me contou tudo sobre você. Mas, olha, carne nova, vamos fazer do meu jeito dessa vez.

Ela jogou a arma no chão, fora do alcance dos dois. Balançou o pé de cabra, deixando a ponta soltar faíscas em contato com o piso de cimento. Ao redor, a gangue começou a refazer um círculo. Um deles bateu palma e outro soltou um berro, e em questão de segundos Hopper se viu no meio de uma arena, frente a frente com Martha, que se movia devagar, empunhando o pé de cabra como uma espada.

Hopper se preparou para a briga. Estava desarmado, e, embora Martha fosse menor, era forte, deu para ver quando ela quebrou a vidraça da loja de eletrônicos na noite da invasão. Ela até carregava a pilhagem com os demais. Na bandidagem, quem não vira casca-grossa fica pelo caminho.

É a boa e velha seleção natural.

A lei da selva.

Tudo ou nada.

— Se quer mesmo fazer parte disso aqui — proclamou Martha —, prova.

Balançando o pé de cabra, ela avançou.

Capítulo Trinta e Sete

O SEGREDO DO ARMAZÉM

13 DE JULHO DE 1977
SUL DO BRONX, NOVA YORK

O complexo do armazém era vasto. E, como Lisa tinha pensado, não era uma série de prédios isolados, separados, mas uma única instalação interconectada. Saint John devia ter bons recursos à disposição, para conseguir estabelecer uma sede daquelas.

E seu domínio não acabava ali. Conforme o homem a conduzia pelo complexo, ficou claro que os Vipers trabalhavam pesado. Passaram por salas repletas de pessoas trabalhando, em mesas longas, montando, limpando e consertando equipamentos. Homens soldavam componentes eletrônicos, parafusavam mecanismos complexos e guardavam pequenos itens em caixas.

Lisa não fazia ideia do que estavam fazendo, e o guia não fez questão de explicar. Mais do que o trabalho em si, o silêncio a impressionava. O som das máquinas ecoava pelas grandes salas do armazém, mas os trabalhadores não abriam a boca, focados em suas tarefas.

— Por que você está me mostrando tudo isso? — perguntou Lisa quando passavam por mais um grupo de trabalhadores.

Saint John parou à beira de uma mesa e se virou para ela.

— Porque quero que você entenda.

Lisa franziu o cenho.

— Entenda o quê? — Ela gesticulou para os funcionários mais próximos. — Não sei nem o que eles estão fazendo.

— Quero que você entenda que estamos trabalhando aqui. Eu falei que não éramos uma gangue. E não somos. Isso aqui é uma organização, dedicada a fazer de Nova York um lugar melhor. Para realizar os nossos objetivos, precisamos nos unir com um propósito. Precisamos seguir um caminho, do qual não podemos desviar, que sabemos ser verdadeiro. Isso requer obediência e sede de poder.

Lisa apenas balançou a cabeça.

Saint John sorriu e estalou os dedos. Imediatamente, o funcionário ali perto, que prendia painéis laterais a algum tipo de aparelho com uma longa chave de fenda, parou o que estava fazendo.

— Henry-O! — disse Saint John. — Você trabalha para mim, não trabalha?

— Trabalho.

O semblante e o tom de voz do homem eram inexpressivos.

— Você faria qualquer coisa por mim, não faria?

— Faria.

Lisa empalideceu. Mesmo sem entender muito bem, não estava gostando nada daquilo. Em volta deles, os demais continuavam trabalhando, ignorando por completo a presença deles.

— Obrigado, Henry-O — disse Saint John. — Você me serviu bem. Agora sabe o que precisa fazer.

O operário ergueu a chave de fenda e a encostou no pescoço, a ponta cravada na pele.

Lisa estendeu o braço para afastar a chave de fenda dele, por puro instinto.

— Para! O que você está fazendo?

Ela puxou o braço do homem, forçando-o a baixar a ferramenta. Sangue escorria do pescoço dele.

Ao lado dela, Saint John riu e estalou os dedos mais uma vez. Henry-O cedeu, relaxando os braços e, com isso, fazendo a mão de Lisa também bater na mesa.

Lisa virou-se para Saint John.

— Isso é doentio! Você é doentio!

— Não, isso não é doença. É poder.

— Me dê um bom motivo para não ir embora agora e chamar a polícia.

— Ah, dra. Sargeson, motivos não faltam. Você quer mudar o mundo, não quer? Juntos, é exatamente o que podemos fazer.

Ele acenou para que Lisa seguisse em frente. Ela cerrou os punhos, tremendo de raiva, medo e mais uma centena de emoções. À mesa, Henry-O tinha retomado o trabalho como se nada tivesse acontecido.

Então, sem saber muito bem o que estava fazendo, Lisa seguiu Saint John.

O escritório era grande, ficava no topo de um bloco de quatro andares; as janelas de canto fornecendo uma vista imponente do armazém. Saint John passou por uma mesa grande e chegou a uma porta menor. Ele a abriu e estendeu a mão para o interior do recinto.

— Por favor. Temos bastante coisa para discutir.

Lisa entrou em uma salinha, uma sala de arquivo, com as paredes cobertas de estantes de metal, prateleiras cheias de livros e caixas de arquivo morto. No meio da sala, havia uma pequena mesa redonda, com duas cadeiras posicionadas uma de frente para a outra. Na mesa, ela avistou uma faca enorme, de cabo com guarda-mão — parecia até um crucifixo —, e um cálice prateado com um líquido escuro.

Aquilo foi a gota d'água. A situação tinha passado dos limites.

Lisa se virou para ir embora, mas Saint John estava parado na soleira. Ele fechou a porta e deu um passo adiante, forçando Lisa a retroceder até colidir com uma das cadeiras.

— Por favor, sente-se. Vou explicar o que estamos fazendo aqui e por que pedi para você vir.

Sem muita escolha, Lisa puxou a cadeira e se sentou. Esquadrinhou a sala, notando pela primeira vez que os livros eram de psicologia e psiquiatria: textos acadêmicos em sua maioria, quase todos conhecidos.

De repente, entre as pastas-arquivo, viu a série de fichários, todos etiquetados com um adesivo branco exibindo apenas duas palavras impressas:

INSTITUTO ROOKWOOD

— Mas o quê...? — Ela olhou para Saint John, boquiaberta, enquanto ele se sentava do outro lado da mesa. — Onde você arrumou isso? Quem diabos é você?

Saint John sorriu.

— Quer dizer que você não se lembra de mim? Ou não está me reconhecendo?

Lisa balançou a cabeça, confusa.

— Sou um grande admirador seu — disse ele. — Aprecio muito seus artigos sobre pensamento coletivo e o poder do sugestionamento. Um trabalho fascinante. Até falamos um pouco sobre isso quando nos conhecemos.

Lisa franziu a testa, a mente em um turbilhão. Então, virou-se de volta para os fichários.

O Instituto Rookwood! Mas é claro!

A ficha caiu. Só então conseguiu visualizar: o cabelo mais longo, a barba cobrindo o rosto todo, e sem óculos escuros, claro.

Saint John assentiu, satisfeito por ver que ela enfim o reconhecera.

— Fiz parte do programa-piloto — disse ele. — Um dos seis primeiros prisioneiros.

— Eu... Eu não fazia ideia. Mas.... O que você está fazendo? Quer dizer que você está conduzindo um programa *próprio*, é isso? Aqui? — Ela apontou para os arquivos. — Está se baseando no meu trabalho?

— Sim, estou administrando um programa. Você e o seu trabalho são só o começo. Quando nos conhecemos, você reacendeu algo dentro de mim. Me lembrou um passado que eu tinha tentado esquecer. Um trabalho que fiz uma vez, muito tempo antes. Pode até chamar de inspiração divina.

— Divina?!?

Saint John ignorou a surpresa da mulher.

— Trabalhei bastante nos últimos meses. E ainda temos um longo caminho pela frente até tudo ficar pronto. Mas tenho feito bom uso desse tempo. Você não é minha primeira recruta. Longe disso. Passei meses enviando meus companheiros à cidade, mandei encontrar os perdidos e necessitados. Então, eles trazem essas pessoas até aqui, e venho mostrando a verdade a elas, revelando meu plano. Coloquei todo mundo para trabalhar. Agora, vou colocar *você* para trabalhar.

Lisa balançou a cabeça e tentou se levantar...

Mas não conseguia se mexer. Olhou para baixo, viu as próprias mãos agarradas à cadeira, mas... não conseguia movê-las. Nem as pernas. Ficou congelada.

— O Dia da Serpente se aproxima. Você já viu também, não viu? Seus olhos dizem tudo. Logo a escuridão há de cobrir a Terra, e Ele há de clamar pelo trono.

Lisa encarou a si mesma refletida nos óculos do homem. Ela se sentia... fraca, mas não sonolenta. Estava desperta, viva, cada fibra de seu ser formigava. Do outro lado da mesa, Saint John parecia distante, fora de alcance. Em torno dela, as prateleiras de metal da salinha pareciam oscilar feito ondas quebrando na praia.

Um estrondo ecoou atrás de Lisa. Ela ergueu o rosto depressa, a sala entrando em foco de novo, e a mulher discerniu claramente a figura de Saint John.

O líder dos Vipers estava nervoso.

— Sai daqui! — disse ele a quem quer que tivesse irrompido pela porta.

Lisa flexionou os dedos e percebeu que conseguia se virar na cadeira. À porta estava um dos homens de Saint John.

— O pau está comendo lá embaixo! — anunciou ele.

— Então trate de resolver!

— É o cara novo, com a Martha. Acho que você precisa ir lá.

As narinas de Saint John se dilataram de raiva, e ele se levantou. Lançou um olhar a Lisa e saiu correndo. Bateu a porta com tanta força que as prateleiras chacoalharam.

Lisa saltou da cadeira, contente por poder se mexer, sem saber se aquela experiência de fato tinha sido real.

Sua única certeza era de que a porta estava trancada.

Ela puxou a maçaneta, chacoalhou, e de nada adiantou.

Mas uma porta trancada não a pararia. Ela encostou o ouvido na madeira e fechou os olhos para se concentrar, então caiu de joelhos. Tirou um grampo do cabelo, desdobrou-o e começou a cutucar a fechadura, grata pelo tempo que passou estudando escapologia para seu número de mágica. Nunca imaginou que fosse usar suas habilidades de mágica para salvar a própria pele.

Capítulo Trinta e Oito

ESCONDE-ESCONDE

13 DE JULHO DE 1977
SUL DO BRONX, NOVA YORK

— Já chega!

Hopper e Martha pararam de dar voltas e se viraram na direção do inconfundível som da voz de Saint John. A plateia mais uma vez abriu passagem, deixando o líder da gangue passar para confrontar os dois gladiadores. Ele olhou para os dois por trás dos óculos espelhados, parou e olhou ao redor, para o grupo reunido.

— Todo mundo de volta ao trabalho!

Ninguém se mexeu.

Saint John se virou e abriu bem os braços. A túnica roxa esvoaçava.

— *De volta ao trabalho!*

Dessa vez, as pessoas escutaram. A gangue se dispersou, correndo em todas as direções para escapar da ira do líder.

Saint John se dirigiu à arena de Hopper e Martha. O detetive estava com os punhos em riste, e Martha, com o pé de cabra nas mãos. Saint John ignorou Martha e se pôs entre os dois, encarando Hopper.

Por cima do ombro de Saint John, Hopper não pôde deixar de notar como Martha olhava para o amado líder. Era um olhar de puro ódio, fervoroso.

Hopper achou curioso. Teria ficado brava simplesmente porque interromperam o jogo dela? Ou aquela raiva era parte de alguma animosidade mais profunda, algo contra o próprio líder da gangue?

Saint John se dirigiu a Martha sem tirar os olhos de Hopper.

— Martha, por que você decidiu desafiar nosso novo amigo justo agora? Você sabe tão bem quanto eu que o momento se aproxima, não sabe?

O líder se virou com uma prontidão ofensiva que deixou Hopper surpreso. Ele peitou Martha, que baixou a guarda, arrastando o pé de cabra pelo chão, recuando aos tropeços.

— *Não sabe?!*

Martha assentiu.

— Sim, Saint John. Sei, sim.

— Então sugiro que volte ao trabalho!

Ele acariciou a bochecha de Martha e abriu um sorriso, que não foi retribuído. Em seguida, baixou a mão e se virou para o detetive. Hopper notou que Martha fitava as costas do líder com o mesmo olhar furioso, confirmando que, sim, a raiva dela era direcionada ao próprio Saint John. A garota se virou e foi embora.

— Peço desculpas pelo comportamento da minha... *sócia*. Imagino que você queira saber o que estamos fazendo aqui.

Hopper não disse nada.

— Talvez seja hora. Vem comigo, tenho umas coisas para mostrar.

Saint John retornou à escada ao fundo do armazém.

Hopper o seguiu.

— Você acredita em sacrifícios, sr. Hopper?

Saint John conduziu Hopper pela escada externa de metal até o segundo andar dos escritórios do armazém. Mais uma vez ficou claro que o local estava abandonado por anos — os escritórios não passavam de carcaças vazias, com tijolos expostos, tudo pichado. Hopper notou que todas as salas estavam cheias de caixotes. Os Vipers usavam a área como um espaço adicional de estocagem.

Hopper precisava saber o que continham os caixotes. Assim como os caixotes do armazém, eram retangulares, compridos e rasos.

Ele precisava ver com os próprios olhos.

— É uma pergunta difícil, entendo — continuou Saint John.

Hopper parou diante de uma das salas cheias de caixas e subitamente interrompeu seu raciocínio quando viu que Saint John tinha parado no corredor e se virado de frente para ele, observando-o.

— Deixe-me dizer qual eu acho que seja a resposta. — Saint John se aproximou, e o olhar de Hopper foi parar nas plaquinhas reluzentes penduradas no pescoço do homem. — Acho que a resposta é *sim*. Acho que a resposta é que você acredita em sacrifícios da mesma forma que *eu* acredito. Acho que você *entende* do mesmo jeito que eu entendo. Posso ver nos seus olhos.

Saint John hesitou. Estava tão perto que Hopper podia sentir a respiração dele em seu rosto.

— Dizem que os olhos são a janela da alma — prosseguiu Saint John. — E eu acredito nisso piamente. E, quando olho nos seus olhos e vejo a sua alma, enxergo a verdade aí dentro. Vejo *sacrifícios*. Vejo *fé*.

Você vê exatamente o que quer, pensou Hopper. *Um reflexo seu e nada mais*.

— Vejo que compartilhamos a rara noção de que há trabalho a ser feito — prosseguiu o líder da gangue com um meneio. — Eu e você passamos por tanta coisa. Já vimos tanta coisa. E agora estamos aqui, prontos, à espera, à disposição. Sei que você entende. As suas mãos pertencem a Ele, mãos que Ele conduzirá quando tomar as rédeas da missão. Ele usará as nossas mãos como se fossem dEle, manejando-as como quem maneja uma ferramenta para um propósito singular, verdadeiro. Ele sabe. Ele enxerga a verdade da sua alma, pois sua alma pertence a Ele. Eu pertenço a Ele, você pertence a Ele, e por isso nos regozijamos.

Hopper tentou respirar com calma. Saint John o tinha em alta conta, pelo visto, simplesmente porque haviam servido no Vietnã.

Teria sido por isso que Leroy e Lincoln o levaram ao grupo de apoio dos veteranos? Saint John levava a experiência militar muito a sério.

Mas era óbvio! O grupo de apoio — *grupos*, no plural — era um território de recrutamento. Saint John estava procurando pessoas. O tipo certo, pelo menos na cabeça dele.

Pessoas como Hopper, um veterano com experiência e um desejo ardente de... fazer alguma coisa. Hopper se encaixava nos dois critérios, mas Saint John havia se apropriado do segundo em prol de uma fantasia, um devaneio ao qual tinha se agarrado com unhas e dentes, promovendo-o de carne nova no pedaço a queridinho do chefe.

De perto, Hopper conseguiu ler a inscrição nas plaquinhas do líder. O formato era igual às próprias plaquinhas de Hopper, guardadas na gaveta.

SAINT
JOHNATHAN
RA098174174
A POS
CATÓLICO

Hopper olhou para o rosto de Saint, *Johnathan Saint*, seu reflexo pairando nas lentes prateadas. O corredor estava bem iluminado, e, depois de muito observar, o policial imaginou ter visto uma leve sombra em movimento por trás dos óculos quando o líder da gangue piscou.

— Se os olhos são a janela da alma — disse Hopper —, por que você usa esses óculos?

O que você está tentando esconder dos seus seguidores?

Saint John sorriu e pôs o dedo no peito de Hopper.

— Sabia que você era o cara certo! Na terra dos cegos, existem aqueles que podem ver, meu irmão, existem aqueles que podem ver. Eu e você somos os escolhidos. Ele o enviou até mim para realizar o trabalho dEle. E que trabalho glorioso!

Saint John se virou e seguiu pelo corredor. Parou e deu meia-volta quando percebeu que Hopper não o acompanhou.

— Quem é Ele? — indagou Hopper, abrindo os braços. — Para quem é tudo isso?

Saint John sorriu.

— Para o nosso mestre.

— *Nosso* mestre?

— O mestre. — Saint John se aproximou novamente. — As pessoas O conhecem por muitos nomes, mas o que Ele usa para sussurrar no meu ouvido é Satã. Em breve, Ele andará entre nós, e nós O elevaremos ao trono de fogo.

Saint John seguiu em frente.

Hopper levou alguns segundos para angariar forças, organizar os pensamentos e ir atrás dele em vez de fugir dali o mais rápido possível.

Saint John fez o caminho de volta para seu escritório, no último andar, dessa vez pela escadaria interna do prédio. O complexo decerto era enorme, embora estivesse fora de operação. Em diversos pontos, Hopper pensou ter escutado pessoas trabalhando, com estrondos e baques metálicos ecoando de algum lugar lá dentro, como se o armazém ainda sediasse a antiga indústria que operava ali. No entanto, de onde estavam até o grande escritório, Hopper não viu nenhum outro membro da gangue.

O escritório parecia igual desde a última visita de Hopper, mas dessa vez Saint John se dirigiu até o outro lado do recinto, a uma das duas portas na parede, atrás da mesa. A porta estava aberta.

— Não, *não*! — sibilou Saint John.

Ele escancarou a porta. Hopper se juntou a ele. Era uma pequena sala de arquivo, cheia de prateleiras e caixas de arquivo morto. No meio, havia uma pequena mesa redonda com duas cadeiras iguais, sem nenhuma outra porta.

Saint John se virou e esbarrou com força em Hopper ao sair correndo da salinha em direção à janela. Abriu um painel e gritou para os lacaios lá embaixo.

— Leroy, Lincoln! Aqui em cima! Tragam suas equipes. Agora!

Lá embaixo, Hopper viu os homens despertar, saltar dos velhos sofás em torno dos tambores de óleo e sair correndo rumo à escada.

— Algo errado? — perguntou Hopper.

Saint John se virou, com a veia saltando do pescoço e as têmporas latejando.

— Tudo sob controle — disse ele, então apontou para Hopper. — Sob *nosso* controle.

Em seguida, retornou à mesa. Depois de uma última olhada na sala de arquivo vazia, abriu a primeira gaveta da mesa. De onde estava, à beira da janela, Hopper não conseguia ver o que estava guardado lá dentro. O líder da gangue assentiu para ele e fechou a gaveta bem na hora em que Leroy e Lincoln entraram voando, ofegantes por causa da corrida pela escada. Atrás deles, juntaram-se diversos outros integrantes da gangue.

Saint John olhou para eles e então se virou para as longas gavetas de arquivo. Abriu a segunda, que estava destravada, de onde tirou uma grande folha de papel. Balançou-a e a colocou na mesa. Os outros, incluindo Hopper, reuniram-se ao redor. Ele viu que se tratava de uma planta do armazém e dos escritórios. Como suspeitava, tinha visto apenas pequena parte do complexo. Ao que parecia, os Vipers haviam tomado mais duas unidades industriais vizinhas, sendo o bloco todo conectado em diversos andares por uma série de pontes e passarelas.

O líder da gangue começou a apontar para várias áreas da planta.

— Leroy, você e sua equipe fazem uma varredura na ala leste. Dividam-se em dois: um grupo fica com a área das escadas até a cobertura, e o outro começa pelo andar de baixo. Lincoln, mesma coisa! Divida sua equipe e fique com a ala oeste. Continuem a varredura de cima a baixo. Instruam seus homens a cobrir as saídas, ao norte e ao sul. Se ela ainda estiver no prédio, podemos encurralá-la.

Ela?

Os demais assentiram, aparentemente seguindo as instruções do chefe sem pensar duas vezes. Hopper não sabia ao certo o que estava acontecendo, mas tinha uma suspeita.

Alguém — uma mulher, ao que tudo indicava — tinha sido trancada na sala de arquivo e conseguido escapar. Ele se perguntou quem poderia ser. Delgado talvez? Não, ela sabia o que Hopper estava fazendo e, mais importante, confiava nele. Jamais se envolveria.

Então... quem?

Saint John deu uma batidinha no mapa.

— Hopper, junte-se a uma das equipes de Leroy. Vocês começam por aqui, então vão descendo, cobrindo as áreas centrais e os escritórios. De novo, se ela estiver por aqui, será obrigada a sair para o campo aberto.

Hopper olhou para o líder.

— Quem você está procurando?

Saint John permaneceu de pé, altivo, sem se virar para Hopper. O olhar espelhado continuava fixo no mapa na mesa.

— Alguém muito importante. Vamos lá! Ao trabalho!

O líder acenou para que todos se retirassem.

Os homens seguiram as ordens com prontidão e logo se dividiram em pequenas patrulhas de dois ou três. Leroy confabulou com parte de seu grupo, então acenou para Hopper.

— O City e o Reuben vão com você.

Os dois membros da gangue mencionados deram um passo à frente. Hopper os reconheceu do primeiro dia: City era o jovem loiro de rosto alongado e com o cabelo comprido que usava uma bandana vermelha, e Reuben, um homem negro, mais velho, de cabelo raspado com precisão matemática. Assim que Leroy e Lincoln saíram com suas equipes, Hopper fez sinal para seus dois homens.

Ele teve uma ideia. Virou-se para Saint John.

— Olha, tenho experiência com isso. Trabalhei como policial por anos, sei como organizar uma busca. Posso?

Saint John estendeu as mãos e deu um passo para trás, abrindo espaço para Hopper explicar seu plano. O detetive se aproximou e virou o mapa para si, para visualizar melhor. Contornou uma área com um dedo... mas seus olhos estavam em outro lugar, escaneando outras seções, tentando memorizar a planta.

— Certo — disse, passado um instante, apontando para o mapa. — Se nos separarmos, cobrimos uma área maior. City, fique com este setor. Reuben, por aqui. Eu fico com o meio. Como disse o chefe, devemos fazer o movimento de pinça. Se conseguirmos encurralar o alvo no meio, missão cumprida. E, se por acaso já estiver fora do perímetro, devemos forçar o alvo para cá ou para cá, para que os outros tomem conta dele. Entenderam?

Os outros dois assentiram e partiram para o trabalho. City deu um tapinha caloroso nas costas de Reuben.

Hopper estudou o mapa mais uma vez e se levantou. Saint John estava olhando para ele, de braços cruzados.

— Belo planejamento, irmão.

Hopper mordeu o lábio, mas não respondeu. Apenas assentiu e se pôs ao trabalho.

Hopper teve duas reações diametralmente opostas à escala da operação dos Vipers. Por um lado, era de se admirar que a gangue tivesse tomado um quarteirão inteiro de propriedades industriais para interesses próprios. Ele não sabia quantas propriedades eram ao todo, mas estava claro que Saint John precisava de espaço para alguma coisa.

Por outro lado, o fato de terem ganhado controle do complexo de armazéns inteiro com tanta facilidade não era nenhuma surpresa. Nova York era uma cidade de contradições selvagens. Na parte baixa de Manhattan, as torres gêmeas do World Trade Center alcançavam o céu, prova da resiliência e ambição de uma cidade que mergulhava na maior crise financeira de sua história. Mais acima, a cidade ainda prosperava, e a alta sociedade nova-iorquina curtia o luxo no Upper West Side.

Quanto tempo Nova York duraria, Hopper jamais saberia dizer. Porque, como tinha visto com seus próprios olhos, outras partes da cidade iam de mal a pior. Nunca havia trabalhado como policial no Bronx e nunca teve vontade. Tinha ouvido falar bastante sobre o bairro, mesmo quando ainda morava em Hawkins. Diversas partes de Nova York sucumbiram à má gestão dos líderes, de diversas formas, mas o Bronx era quase outro planeta, composto de edifícios em ruínas e estruturas incendiadas em meio a terrenos baldios e fileiras de cortiços caindo aos pedaços. Encontrar um complexo industrial abandonado nessa área e cooptá-lo para uso próprio provavelmente não tinha sido muito difícil para Saint John e seus seguidores. Era uma base de operações perfeita também: grande o bastante para que a gangue crescesse e transformasse o lugar em uma verdadeira matriz, com espaço suficiente para juntar recursos, equipamentos, materiais; a uma distância ideal de zonas comerciais e residenciais; jamais seriam incomodados ali por alguém — nem mesmo a polícia chegava, e ai de quem tentasse chegar. E, ainda assim, era central o bastante para permitir um acesso fácil à cidade.

Apesar de tudo, Saint John tinha feito um ótimo trabalho. Podia estar delirando, se não sofrendo de problemas mentais graves, mas realmente levava jeito para planejamento e logística. Chegou a mencionar que havia sido destacado para "operações especiais" no Vietnã. Hopper se perguntou o que isso queria dizer exatamente.

Também queria saber o que Saint John estava planejando e por quê.

E chegara a oportunidade perfeita para descobrir. Com a gangue à procura de uma prisioneira à solta — Hopper duvidava que, quem quer que fosse, tivesse ido parar ali por vontade própria —, ele tinha a liberdade de que precisava para investigar o local sem levantar suspeitas.

Perfeito.

Explorou os corredores vazios, tentando retraçar a planta de cabeça. O lugar era um labirinto. A princípio, Hopper presumiu que a fugitiva já tivesse encontrado a saída e estivesse longe dali, mas depois de meia hora, checando sala por sala, corredor por corredor, Hopper não estava mais tão certo disso. Tinha perdido a noção de onde estava, o mapa se dissipava em sua mente, mas ouvia os outros, que não faziam a menor questão de conduzir uma busca furtiva.

Evidentemente, era só mais um jogo para eles. Esporte.

Até então, a busca de Hopper pelos depósitos não tinha revelado o que ele esperava. Aquela parte do prédio era usada para armazenar comida, ao que parecia. Os antigos escritórios e salas de reuniões estavam repletos de caixas e caixotes. Hopper fuçou, mas descobriu apenas presunto, leite em pó e frutas, tudo enlatado. O bastante para alimentar um exército.

Hopper não gostava muito da ideia.

Quanto à fugitiva, nenhum sinal. Ninguém viu nem ouviu nada. Hopper atravessou um corredor que o levaria de volta a uma escadaria da ala oeste. Estava prestes a deixar a área e seguir para o andar de baixo quando parou.

Bingo! Um ruído. Enquanto a barulheira da busca reverberava escadaria abaixo, pela ala oeste, ele teve certeza de escutar algo muito mais perto, naquele mesmo andar, em algum lugar no fim do corredor por onde havia acabado de passar.

E lá estava, de novo, o mesmo ruído. Uma porta rangendo e o som inconfundível de sapatos se arrastando por um piso de cimento.

A fugitiva. Só podia ser. Estava escondida em um escritório, esperando Hopper ir embora. Preocupado demais com a própria busca, não detectou a presença dela.

Hopper deixou a porta da escadaria bater e seguiu agachado pelo corredor até o primeiro cruzamento. Ele se esgueirou por uma curva, bem colado à parede, o rosto voltado para o som, e esperou.

Ouviu mais passos. Ainda que devagar, alguém definitivamente tentava atravessar o corredor.

Na direção dele.

Hopper se preparou, sem saber ao certo quem ou o que esperar. Mas duas coisas lhe vieram à mente.

Primeiro, se fosse o responsável pela captura da fugitiva, ganharia pontos com os Vipers. Já havia, bem rápido até, ganhado a confiança do líder, impulsionado, ao que tudo indicava, pela experiência compartilhada no Vietnã. Mas os outros, tirando Leroy, ainda eram uma incerteza. A gangue tinha curtido o espetáculo de Martha, e Lincoln certamente não ia com a cara dele. Mesmo com o apoio de Saint John, Hopper não sabia quão firme era sua posição entre os Vipers.

E, segundo, se Hopper conseguisse encontrar a fugitiva antes dos outros, poderia usar a situação a seu favor de outra forma. Porque, embora não soubesse quem era a pessoa, tinha uma chance de fazer de uma inimiga de Saint John sua aliada. Saint John havia dito que era alguém importante; talvez ela soubesse o que a gangue estava tramando, o que o líder estava planejando. Talvez pudesse fornecer a Hopper as informações que precisava levar de volta a Gallup.

Mais dois passos. Eram lentos e silenciosos, mas, no ar pesado do corredor, soavam como um sino aos ouvidos de Hopper. Ele aguçou todos os sentidos, tentando formar uma imagem da pessoa que se aproximava, discernir seu tamanho ou se portava uma arma. Ele sabia que a fugitiva era mulher, mas isso não significava nada. A irmã de Leroy, Martha, era da metade do tamanho dele e mais do que capaz de enfrentá-lo. Hopper não tinha como prever o que viria.

Se ao menos pudesse ver a pessoa através do muro sólido, como o símbolo de uma carta de Zener.

Ficou tenso, preparando-se para entrar em ação. A pessoa estava quase chegando ao corredor dele.

Foi quando Hopper ouviu outro som: uma porta se abrindo, passos pesados e um falatório alto. Era outra equipe de busca entrando em um corredor próximo. A qualquer momento, dariam de cara com Hopper. Pelo cessar dos passos, ele soube que a pessoa à esquina tinha se assustado com o barulho.

Hopper precisava agir, e rápido.

Cerrou os dentes e saiu de seu esconderijo, pegando em flagrante o rosto vermelho e surpreso de uma mulher de cabelo castanho e longo, então parou no meio do pulo.

Lisa Sargeson o fitava de olhos arregalados.

Atrás de Hopper, era possível ouvir os Vipers se aproximando. Hopper rapidamente levou o dedo à boca, indicando à Lisa que permanecesse em silêncio, então apontou para o corredor de onde tinha acabado de sair. Ela entendeu o recado imediatamente. Os dois correram de volta pelo corredor e entraram na porta mais próxima.

O escritório tinha uma janela panorâmica, na altura da cintura, com vista para o corredor por onde haviam passado. Lisa se agachou e deslizou para debaixo da velha mesa, o único móvel que ainda restava na sala. Hopper foi atrás, mas parou quando viu que não havia espaço o bastante para os dois.

Lisa olhou para ele, com a tensão estampada no rosto. Hopper fez um sinal afirmativo com a mão e se dirigiu à parede, ajoelhado para não aparecer na janela. Se os Vipers aparecessem, encontrá-lo seria um problema menor que encontrá-la.

Ao contrário de Hopper, os Vipers passaram pelo corredor, fazendo uma cacofonia de ruídos. O escritório estava escuro, a luz do corredor estava acesa, então Hopper viu as cinco sombras se mover pelo andar. Passaram direto por eles. Hopper se levantou e espiou por cima do peitoril, vendo que os Vipers já estavam depois do cruzamento.

— A barra tá limpa?

Lisa estava com a cabeça para fora. Hopper fez que sim, chamando-a. Ela saiu do esconderijo, mas permaneceu agachada.

— Que diabos você está fazendo aqui? — sussurrou ela.

— Estou à paisana, trabalhando em uma força-tarefa federal. Mas por que *você* está aqui? Saint John trancou você na sala dos fundos, não foi?

Hopper conferiu o corredor de novo antes de se voltar para Lisa.

— É uma longa história — disse ela.

— Então pode começar a falar!

— Ele me ofereceu um trabalho.

Hopper a encarou.

— O quê? Um *trabalho*? Fazendo o quê?

Lisa deu de ombros.

— Não sei direito. Não passava de uma armadilha. Ele me convidou para vir aqui, fez uma visita guiada, mas então me trancou naquela sala. — Ela passou a mão pelo cabelo e balançou a cabeça, olhando para o chão. — Ele tentou me fazer...

Hopper sentiu o sangue gelar.

— Fazer o quê?

Ela balançou a cabeça de novo.

— Não importa. Mas, escuta, essa gangue é diferente de todas as outras com que trabalhei antes. É estranho. É como se fosse, não sei descrever muito bem, um misto de exército particular e culto. Saint John exerce algum tipo de poder sobre essas pessoas. Ele está obcecado com um tal de Dia da Serpente, uma espécie de profecia apocalíptica que ele acredita estar prestes a se concretizar.

Hopper franziu o cenho.

— Tem certeza de que você também não acredita nisso?

— Do que você está falando?

— A festa no Dia da Independência. Quando você entrou em transe, falou da escuridão por vir, uma noite negra feito serpente.

Ela franziu a testa, confusa.

— Desculpa, não me lembro. — Hesitou. — Eu disse isso mesmo? Caramba!

— Pois é, "caramba" é a palavra. — Hopper ajeitou as pernas para tentar ficar mais confortável. — Vai me dizer que não tem nenhuma conexão entre você e os Vipers?

— Não! Tem, sim. Eu conheço o Saint John.

Hopper sentiu a pontada familiar de adrenalina no peito.

— Você *conhece* ele?

— Já trabalhei com ele antes, numa pesquisa antiga, em um lugar chamado Instituto Rookwood. Ele era um dos criminosos matriculados nos grupos-piloto. Logo o instituto fechou e não tivemos oportunidade de progredir muito, mas ele chegou a participar.

Lisa contou a ele o que sabia sobre Saint John. Hopper escutou atentamente, processando a informação.

— Tá bom. Precisamos tirar você daqui — disse ele.

— Eu? Mas e você?

Hopper balançou a cabeça.

— Pelo que você acabou de dizer, o Dia da Serpente não é pouca coisa. Preciso descobrir o que é.

— Mas eu posso ajudar!

— Pode mesmo. Dando no pé. Quero que vá até a 65ª Delegacia do Brooklyn e procure a detetive Delgado. Conte a ela tudo que sabe, que ela vai encaminhar seu relato para a força-tarefa.

— Combinado! Mas *como* eu saio daqui?

Hopper coçou o queixo.

— Tenho um contato na gangue, ele vai poder ajudar. Mas preciso encontrá-lo primeiro. Você vai ficar bem aqui?

Lisa fez que sim.

— Ótimo! Não acenda a luz! Não deixe ninguém ver você, tá bom? Vou ser o mais rápido possível.

— Boa sorte! — disse Lisa.

Hopper assentiu para ela, então se levantou, deixou o escritório e fechou a porta.

Capítulo Trinta e Nove

DESCOBERTAS PERIGOSAS

13 DE JULHO DE 1977
SUL DO BRONX, NOVA YORK

Hopper tentou refazer seus passos. No fim das contas, lembrava-se mais da planta do complexo do que imaginava. Não demorou muito para chegar ao bloco central de escritórios. Seguindo os ruídos da equipe de busca, conseguiu localizar o grupo de Leroy.

— E aí, cara? Deu sorte? — perguntou o jovem.

Hopper balançou a cabeça. Precisava ser rápido, sem deixar espaço para dúvidas.

— Parece que uma pessoa foi vista no prédio da ala oeste — disse Hopper, acenando para os dois Vipers ali perto. — Vocês dois! Peguem o Lincoln e a equipe dele, e corram para lá! Eu e o Leroy vamos dar a volta pela rua e entrar pelos fundos. Assim, encurralamos o alvo.

Os dois membros da gangue se entreolharam, processando as instruções de Hopper. Leroy precisou intervir. Batendo palmas, botou os homens para trabalhar.

— Vocês ouviram o cara! Vamos! Vamos!

Funcionou. Eles deram um tapinha no ombro de Leroy e aceleraram o passo. Hopper esperou até que sumissem de vista e se virou para o parceiro.

O rapaz fez um sinal de positivo, com um sorriso torto no rosto.

— Então, cadê ela?

Hopper pôs a mão no ombro de Leroy e o puxou para perto, para uma conversa particular.

— O nome dela é Lisa, e você precisa tirá-la daqui. Tem informações importantes para os agentes federais, tá bom? Ela precisa chegar até Gallup sã e salva. — Ele olhou Leroy nos olhos. — Você acha que consegue tirá-la daqui sem ser visto?

— Deixa comigo!

Hopper tentou dar instruções claras para o caminho até o escritório. Leroy assentiu, dizendo que sabia chegar. Hopper o liberou e olhou ao redor para se localizar. Estava no térreo do bloco principal de escritórios. A sala de Saint John ficava no quarto andar.

Perfeito.

Com um plano de ação definido para tirar Lisa dali, Hopper sentiu certo alívio. Um peso foi tirado de seus ombros, dando a ele um novo senso de urgência, mais energia.

Era hora de examinar melhor os depósitos.

Hopper reconheceu a disposição dos corredores do bloco central e se enfiou no primeiro escritório vazio que encontrou. A sala estava repleta de caixotes de madeira, empilhados em torres de seis, na altura do peito. Dessa vez, Hopper notou que todos os caixotes, na verdade, tinham uma marca de identificação estampada, mas todas haviam sido cobertas com rabiscos de tinta spray preta.

Hopper foi até o caixote mais próximo. Estava selado, pregado, demandava uma ferramenta para abrir, algo como aquele pé de cabra. Ele olhou ao redor, mas não encontrou nada que servisse. Praguejando, voltou para o corredor e tentou o escritório seguinte, e assim por diante.

No terceiro, deu sorte. Assim como o escritório onde havia deixado Lisa, a sala tinha uma mesa velha, confinada a um canto. O tampo era de madeira, mas, ao examiná-la mais de perto, Hopper notou que tinha gavetas de metal dos dois lados. Puxou uma delas e a ergueu para examinar a estrutura. Eram quatro placas parafusadas. A base era uma chapa de metal que oscilava ao toque.

Hopper carregou a gaveta de volta até o primeiro escritório. Colocou-a no chão, de pé, escorada na própria botina, e segurou o puxador com as duas mãos. Com dois puxões, a gaveta envergou, ao menos o bastante para que ele puxasse a chapa metálica da base.

A ferramenta improvisada era melhor que nada. Hopper voltou para a pilha de caixotes e enfiou a ponta da chapa na fresta entre o caixote e a tampa. Alternou-se entre fazer pressão para alavancar a tampa e empurrar a chapa cada vez mais para dentro, até conseguir uma abertura larga o suficiente para enfiar os dedos. Os pregos do caixote caíram sozinhos. Hopper colocou a tampa no chão, ao pé da pilha, do lado da chapa de metal, e deu uma olhada no interior.

Era exatamente como ele suspeitava. Dentro, em um ninho de palha, havia uma arma — mais precisamente, um fuzil Kalashnikov, também conhecido como AK-47, projetado na União Soviética, fabricado em algum lugar do Bloco Oriental. Sem muitas alterações nos últimos trinta anos, o AK-47 era surpreendentemente simples, mas muito eficaz. Não demandava muita manutenção, tampouco grandes habilidades, fazendo dele a escolha número um do mercado paralelo entre os grupos de guerrilha dos quatro cantos do mundo e dos grandes cartéis de droga.

Ainda assim, para uma gangue de Nova York, era barra-pesada. Hopper tirou a arma do caixote e fez um exame rápido, superficial. Não precisava de muito conhecimento em armas de fogo para saber que tinha um modelo de verdade nas mãos. Ainda segurando aquele fuzil tenebroso, deu mais uma olhada no caixote. Ao que tudo indicava, havia mais cinco unidades soterradas na palha, ou seja, eram seis rifles por caixote. Aquela pilha tinha seis caixotes idênticos, e havia pelo menos uma dúzia de pilhas no depósito. Multiplicando isso pelos demais depósitos, sem mencionar as pilhas no térreo, no armazém, dava uma operação de escala assustadora.

Saint John não estava criando uma gangue. Estava criando um exército. Um exército liderado por um louco, um veterano do Vietnã que tinha voltado da guerra com uma ideia fixa sobre como mudar o mundo.

Um homem que, ao voltar, não ouviu a voz de Deus, mas a de seu rival. E que usava a fé para persuadir seus seguidores de que era chegada a hora, que um mundo melhor estava por vir e que eles estariam no comando.

Isso se lhe obedecessem.

O Dia da Serpente se aproximava, o dia em que o próprio diabo viria à Terra e tomaria Nova York como seu reino.

Era tudo absurdo, uma fantasia, claro. Saint John era um homem perturbado, mas jamais acreditaria no demônio. Declamar uma ladainha pseudobíblica pretensiosa era uma fórmula fácil para se colocar em um patamar acima da gangue, um jeito fácil de manter o controle.

Porque algumas pessoas tendiam a acreditar em qualquer história bem contada.

Mas o Dia da Serpente? *Isso* era verdade. Era o dia em que Saint John soltaria seu exército pelas ruas em uma espécie de ataque.

Hopper colocou a arma de volta no caixote, lutando contra a onda de náusea e pânico que começava a fervilhar dentro dele.

Qual era o plano? Onde pretendiam atacar? Estariam os Vipers planejando sair do armazém atirando a esmo?

Não, não fazia sentido. Saint John era estratégico. Vinha formando uma gangue e angariando um arsenal lenta e cuidadosamente. Levando o tempo que fosse necessário.

Preparando o plano de ataque.

E Hopper sabia exatamente onde os planos estavam guardados.

Saiu correndo daquela sala direto para a escada e foi até o escritório de Saint John.

Hopper agiu rápido, mas com cautela. Encontrou o andar deserto. Todas as equipes de busca pareciam ter migrado para a ala oeste do prédio, uma vez que Leroy difundiu a falsa orientação de Hopper, abrindo caminho para tirar Lisa dali.

Ele torcia para Saint John ter seguido o mesmo caminho, porque, caso contrário, precisaria abortar o plano de entrar no escritório. Conforme se aproximava da sala, decidiu que o plano B seria simplesmente dar no pé. Tinha informação suficiente para a força-tarefa de Gallup agir contra os Vipers, sem contar as informações que Lisa levaria. A bem da verdade, Hopper não sabia o que era o Dia da Serpente e não conseguiu estabelecer uma conexão entre os Vipers e os crimes das cartas. Sua esperança era que tudo viria à tona quando Saint John e sua gangue estivessem sob custódia dos agentes federais.

Hopper ainda estava com sorte: encontrou o escritório de Saint John vazio.

Entrou. O mapa do armazém ainda estava aberto na mesa ao lado de ferramentas de desenho técnico. Hopper tirou um tempinho para estudar o diagrama, então dobrou o mapa com pressa e o enfiou em um bolso da jaqueta. Com certeza seria útil para a força-tarefa, para planejarem a batida.

Então, voltou-se para o arquivo enorme encostado na parede. Tinha seis gavetas, todas trancadas, exceto pela segunda de cima para baixo, vazia. Contudo, as gavetas não eram lá muito seguras. Espiando pela fresta entre a primeira gaveta e a estrutura do arquivo, Hopper estudou os pinos da trava. Era um mecanismo fraco.

Ele retornou à mesa, pegou a régua de metal entre os compassos, lápis e esquadros, e a forçou na fresta. Aplicou um pouco de força, feito uma alavanca, e a trava se partiu. Hopper abriu a gaveta e vasculhou com afinco a papelada.

Eram plantas originais, as tradicionais linhas brancas em papel escuro, traçadas meticulosamente. Hopper não conseguia entender os diagramas, mas logo encontrou a legenda. Estreitou a vista para tentar ler as letras minúsculas.

Aparentemente, eram planos para a construção de uma turbina, um enorme dispositivo industrial para uma usina.

Intrigado, ele folheou o resto da papelada. Era tudo mais do mesmo, planos para aparatos semelhantes: transformadores e sistemas de energia. Embaixo de tudo, havia folhas brancas com o que aparentava ser um mapa das ruas da cidade. Examinando mais de perto, Hopper percebeu que eram diagramas de circuitos elétricos de larga escala.

Puxou as folhas e colocou todas na mesa. Repetindo o truque com a régua, abriu as outras gavetas. Eram desenhos arquitetônicos e folhas arrancadas de um livro-caixa. Hopper não sabia o que era nada daquilo e não tinha tempo para pensar.

Eram aqueles os planos para o Dia da Serpente? Não fazia ideia.

Precisava continuar a busca.

Primeiro, checou a mesona. Todas as gavetas da mesa estavam vazias, exceto pela de cima, à direita, a que Saint John tinha aberto mais cedo. Dentro, havia um crucifixo prateado.

Hopper torceu o nariz, então se lembrou do texto gravado na plaquinha de Saint John, com dizeres do catolicismo. Hopper não entendeu por que aquilo estava na gaveta. Mas não era importante e certamente não era o que ele procurava.

Em seguida, abriu a primeira porta atrás da mesa, a sala de arquivo que tinha sido usada como cela improvisada para Lisa. Ao passar pela pequena mesa redonda, olhou para as estantes de metal e congelou.

Enfileiradas em uma prateleira estavam várias pastas-arquivo, cada uma com uma etiqueta que Hopper já tinha visto antes.

DEPARTAMENTO DE DEFESA DOS ESTADOS UNIDOS

RETIRADA PROIBIDA

Os documentos do apartamento secreto de Hoeler. Estava tudo ali.

Bom, enfim um mistério resolvido. Hopper não sabia se fazia diferença, mas certamente reportaria para Gallup. Continuou vasculhando as estantes, em busca de qualquer pista para o plano de Saint John, mas logo recuou, confuso.

Todas as prateleiras de metal estavam cheias, mas Hopper não conseguia entender muito bem a coleção de livros de Saint John. Eram tomos de capa dura sobre psicologia e psiquiatria — livros didáticos, acadêmicos, presumiu Hopper. Havia livros sobre história militar e manuais práticos de sobrevivência na selva. Em outra estante, encontrava-se uma seleção variada de exemplares mais antigos, cada um de um tamanho, alguns com capa de couro e páginas de borda dourada, outros de acabamentos mais simples. A maioria das lombadas não era em inglês. Hopper reconheceu o latim e imaginou que as outras eram em grego. O que ele conseguiu ler já serviu para dar uma boa ideia dos conteúdos:

A *Chave de Salomão*. O *Grimório Cavalgante*. A *Palavra do Olho*.

Hopper continuou examinando o restante das prateleiras. Mais livros, novos e velhos. Mais documentos em fichários, em ordem alfabética, com um adesivo impresso na lombada:

Hopper fez uma pausa. Era onde Lisa havia dito que ela e Saint John se conheceram, mas ele não tinha tempo para investigar isso. O conteúdo da pequena biblioteca do líder dos Vipers poderia até ser relevante, mas ele não podia levar nada naquele momento. Já tinha visto o bastante.

Hora de ir embora.

Foi quando ouviu uma movimentação no escritório. Hopper recuou em silêncio até um dos cantos da salinha, onde ficou com as costas coladas a uma prateleira de metal. Esperou, escutou, procurando ficar invisível ou pelo menos sem atrair ninguém para ali.

Ouviu outra porta se abrir e fechar, e o silêncio reinou novamente. Hopper contou alguns segundos e se aproximou da porta com cautela. Não ouviu nenhum barulho do outro lado e arriscou olhar pela fechadura.

O escritório estava vazio. A papelada que ele tinha empilhado na mesa permanecia intocada.

Hopper saiu do escritório, pensando no barulho que havia escutado, de outra porta. Não era a porta principal do escritório — essa ainda estava aberta. Devia ter sido a outra, a segunda porta, que provavelmente dava em outra sala de arquivo.

Hopper se arrastou pela parede atrás da mesa e tentou abrir a segunda porta. Estava destrancada.

Ele encontrou exatamente o que esperava, com as mesmas dimensões que a primeira. Ali, no entanto, surpreendeu-se ao se deparar com um espaço ocupado por um grande armário modulado.

Hopper o abriu. Dentro, encontrou alguns cabides vazios e uma longa túnica preta com capuz, pendurada, feita de um tecido rústico, barato.

Ele balançou a cabeça, ciente de que tinha pouco tempo. Fechou o armário e voltou para o escritório.

De repente, escutou um baque no andar de cima, como se alguma coisa bem pesada tivesse caído no chão. Hopper então notou que a única coisa em cima dele era o próprio telhado do armazém e, parado ali no meio do escritório, escutou novos ruídos. Pessoas se mexendo sobre a cabeça dele.

Muitas pessoas.

Precisava descobrir o que estava acontecendo.

Hopper subiu até a cobertura e ficou escondido atrás da escadaria, colado à parede, grato pela trincheira. Seguiu andando de lado até conseguir dar uma espiada pela lateral para ver o que estava acontecendo.

A cobertura do bloco de escritórios se estendia em um quadrado plano sobre o telhado do armazém, uma área do tamanho de um campo de futebol à esquerda de Hopper. De lá de cima, as luzes do Bronx reluziam em meio à atmosfera quente da noite de verão. O complexo parecia ser a estrutura mais alta das imediações, embora logo adiante fosse possível ver as luzes dos prédios residenciais. Numa olhada rápida ao redor, notou que o céu atrás dele brilhava. As luzes de Manhattan pintavam de laranja cintilante as nuvens que se dissipavam. Mesmo a distância, a torre reluzente do Empire State Building era imponente, junto com os outros patrimônios do centro da cidade; mais adiante, as luzes vermelhas do pináculo de uma das torres do World Trade Center piscavam sem parar.

Mas Hopper estava sem tempo para apreciar a vista. Ele se virou para ver o que estava acontecendo na cobertura, tomando o devido cuidado para não ser visto atrás da parede da saída da escadaria.

A cobertura estava cheia. Eram os Vipers, claro, embora Hopper não pudesse afirmar isso, uma vez que todos os membros vestiam longas túnicas brancas com capuz. Formavam várias fileiras, de costas para ele.

Diante da... Diante do quê, da congregação? Do conciliábulo? Hopper não fazia ideia de como se referir ao grupo... Diante deles, estava um homem com uma túnica idêntica às demais, só que preta.

Saint John. Estava de *frente* para Hopper, mas, embora a cobertura fosse bem iluminada pelas luzes da cidade, Hopper tinha quase certeza de que estava escondido pela sombra da parede da escadaria.

Saint John ergueu os braços, abriu as mãos e dirigiu a palavra ao grupo:

— Irmãos. Ó, irmãs! Estamos aqui unidos à sombra negra do senhor das trevas e agradecemos a Ele! Oferecemos o nosso reconhecimento, o nosso sangue, a nossa vida e as nossas almas a Ele. Escutem!

Saint John ergueu o rosto, ainda ocultado pelo capuz, mas Hopper via a luz que emanava dos óculos escuros prateados de aviador que o líder continuava usando.

— Estamos aqui reunidos no nascer de um novo dia. Do nosso dia. O dia do *arrebatamento*. O dia do *despertar*. O dia cravado na trama das nossas almas desde o momento em que nascemos e deixamos a escuridão. Escutem! O dia chegou. O Dia da Serpente!

A gangue estava em silêncio. Saint John baixou os braços e o pescoço, como se tivesse perdido as forças. Ninguém se mexeu ou se pronunciou.

Saint John ergueu o rosto de novo.

— Dou cobertura a vocês — disse ele, tão baixo que Hopper quase não ouviu. — E vocês me dão cobertura.

A plateia veio abaixo. Com os punhos para o alto, gritavam a frase célebre dos soldados e veteranos. Saint John ergueu os braços de novo, gesticulando para os seguidores aumentarem o volume, o fervor.

Os Vipers obedeceram. Hopper sentiu o corpo afundar e balançou a cabeça.

— Escutem! — Saint John berrou por cima do coro da gangue. — Escutem! Falta só uma tarefa! Um só ato antes de tudo pertencer a nós, antes de o senhor da noite vir até nós com Sua bênção. Um sacrifício final, e a escuridão cairá sobre nós, a noite, a serpente negra!

Hopper virou a cabeça depressa ao notar um movimento no campo de visão periférico. Ele se afundou ainda mais nas sombras quando dois Vipers de branco surgiram pela lateral da cobertura arrastando uma mulher de vestido vermelho, descabelada, tentando se soltar.

Hopper sentiu o peito apertar e o ar escapulir do pulmão, embora tentasse se conter, com todas as forças, para não fazer nenhum movimento, o menor que fosse.

Lisa. Tinha sido capturada.

Os dois homens a levaram até Saint John. Lisa se debatia, mas estava bem presa. Posicionaram-na sob os holofotes do espetáculo. Ela olhou ao redor, e o medo em seu rosto fez o sangue de Hopper gelar.

É culpa minha. É culpa minha. Eu mesmo deveria ter tirado ela daqui.

Saint John subiu na mureta que contornava o telhado. Sabe-se lá de onde sacou um objeto prateado que reluzia em suas mãos, o crucifixo da gaveta do escritório. Ele puxou uma das hastes da cruz, revelando uma lâmina, a bainha brilhando na outra mão.

Hopper soltou um palavrão baixinho. Esquadrinhou o perímetro, o coração batendo à velocidade da luz.

Mas qualquer esforço seria inútil. Era ele contra cem. Não tinha o que fazer.

Ao ver a adaga, Lisa gritou e se debateu contra os braços que a prendiam. A movimentação brusca acabou por derrubar o capuz de um deles.

Leroy.

Hopper sentiu a bile subir pela garganta.

O que foi que eu fiz?

Lisa foi arrastada até os pés de Saint John. Ele olhou para ela do alto da mureta, de braços erguidos e com a adaga na mão direita. Ele dizia alguma coisa, mas Hopper não conseguia ouvir.

Então, Lisa parou de lutar e se empertigou. Ao sinal de Saint John, Leroy e o outro homem a soltaram. Os braços de Lisa despencaram. Saint John ofereceu a mão, e ela a segurou. Levantou-se, subiu na mureta ao lado do líder da gangue e se virou para os outros.

Um dos sacerdotes entregou um cálice prateado a Saint John. O líder o pegou e o estendeu para Lisa. Hopper ouviu a palavra seguinte com clareza.

— Beba.

Lisa pegou o cálice, quase sem olhar. Ela o ergueu até a boca e...

Parou. Balançou um pouco. Saint John a amparou pelas costas.

— O momento chegou — disse ele. — É como está previsto. Você sabe bem. Você sabe o que fazer. Beba.

Hopper precisava fazer alguma coisa. Não sabia o que estava acontecendo e não sabia o que podia fazer, só sabia que não podia ficar ali parado. Apesar das circunstâncias, precisava intervir, ainda que fosse uma missão inútil, suicida até.

Só lhe restava tentar. Mesmo que fosse em vão.

Equilibrou-se, agachado, pronto para sair correndo do esconderijo.

Então Lisa deixou cair o cálice, que retiniu no chão.

Hopper avançou, expondo sua presença; sua única vantagem era que todos os membros da gangue — exceto Saint John — estavam virados para o outro lado.

Saint John e Lisa. Assim que Hopper emergiu da escadaria, ela levantou o rosto e olhou para *ele*; sem dúvida, diretamente para ele.

Em seguida, deu um passo para trás e desapareceu no abismo além do telhado. O vestido vermelho esvoaçando, sob o efeito da gravidade.

— Não! — berrou Hopper.

A gangue se virou, surpresa, para ele. À frente do grupo, Saint John ergueu os braços.

— A escuridão chegou! O Dia da Serpente se inicia!

Atrás dele, as luzes do Bronx se apagaram.

Hopper sentiu a respiração presa na garganta. Olhou ao redor, o armazém fora cercado por nada além de um vazio negro nas três direções. Ele se virou para o brilho laranja atrás dele, Manhattan, uma joia resplandecente no meio da noite.

E então as luzes daquela direção foram se apagando também, a começar pelo topo da ilha. Blocos de cores desapareceram, quase em zigue-zague. A onda de escuridão varria Manhattan.

Hopper viu o Empire State Building sumir. Um instante depois, as luzes do World Trade Center piscaram para não mais voltar.

A cidade de Nova York sucumbia a um apagão de proporções homéricas.

Hopper se virou. A cobertura estava iluminada apenas pelo luar. Na beira do telhado, Saint John riu e apontou com as duas mãos envoltas pela túnica para Hopper.

— Atrás dele!

De repente, alguém segurou a mão de Hopper. Ele se virou.

Martha o olhou nos olhos.

— Está esperando o quê? Corra!

Hopper correu.

Capítulo Quarenta

APAGÃO NO BROOKLYN

13 DE JULHO DE 1977
BROOKLYN, NOVA YORK

— Achou alguma coisa?

Delgado olhou para baixo, do alto da escada portátil, com cuidado para não cegar Diane com a lanterna. À sua frente, estava o quadro de disjuntores do prédio, um emaranhado ancestral de fios expostos, fusíveis de cerâmica e interruptores.

— Nada. Parece que está tudo certo, mas não sou especialista — disse Delgado.

Ela fechou o quadro e desceu, amparada pelo vizinho do andar de cima de Diane, Eric Van Sabben. A esposa de Eric, Esther, virou a própria lanterna para os pés de Delgado, iluminando sua descida, enquanto um segundo feixe de luz, da sra. Schaefer, do apartamento térreo, era direcionado ao quadro de disjuntores.

— Eu falei! — disse a senhora. — Foi igualzinho em 1965. A cidade ficou sem luz por pelo menos doze horas. E era inverno. Um inverno rigoroso.

De volta ao chão, Delgado se preparou psicologicamente para mais uma história da sra. Schaefer sobre os velhos tempos. Conhecia a mulher havia apenas meia hora e já sabia tudo não só sobre o prédio como também sobre a vizinhança inteira, incluindo o sufoco durante o último apagão, pouco mais de uma década antes.

Dessa vez, no entanto, a sra. Schaefer pareceu ter entendido o recado. O grupo estava no saguão da entrada, apontando as lanternas uns para os outros.

— Acho que ela está certa — disse Delgado. — Não é só aqui.

A detetive caminhou até a entrada e abriu o portão. A rua estava escura, exceto pela luz das lanternas de outros moradores, que também saíram para investigar.

— Acho que vou dar uma olhada lá fora — disse Eric, pegando a lanterna de sua mulher. — Não tem mais muito o que fazer, tem?

Ele olhou para Esther, depois para Delgado, como se uma das duas pudesse fazer a luz voltar em um passe de mágica para ele continuar assistindo à partida dos Mets. Ninguém disse nada, e Eric bufou.

— Quero ver quanto está o jogo!

— É uma longa caminhada até o estádio — disse Diane, cruzando os braços e ameaçando abrir um sorriso.

Eric olhou para ela e também soltou uma risadinha, sem conseguir se conter.

— Desculpa.

Então olhou para Delgado de novo, como se aguardasse permissão.

Delgado percebeu que, pelo menos na teoria, tinha certo grau de autoridade ali por ser policial. Ela assentiu e apontou para a porta com a própria lanterna.

— Tá bom, mas toma cuidado. Provavelmente, vai ficar mais escuro do que você imagina.

Eric sorriu.

— Não se preocupe, não vou ser roubado.

Esther suspirou de medo e se agarrou ao braço do marido.

— Não estou preocupada com roubos — disse Delgado. — O risco maior é você tropeçar e cair, prender o pé em um buraco ou algo assim. Não é uma boa hora para quebrar a perna, Eric.

Ele fez uma saudação com a lanterna.

— Entendido. — Eric se virou para os outros. — Vou ser o mais rápido possível, só quero ver se descubro alguma coisa. —Então deu um beijo no rosto da mulher, acendeu a lanterna e se afastou. — Volto logo!

Esther foi até a porta e ficou de olho até o marido desaparecer na escuridão. Delgado a observou por um instante, depois tomou uma decisão.

— Bom, acho que seria uma boa permanecermos juntas, certo? Vamos esperar o Eric voltar, ver se ele descobre alguma coisa. Enquanto isso, vou dar uns telefonemas. — Ela se virou para Diane. — Podemos voltar para o seu apartamento?

— Claro! Temos um radinho de pilha em algum lugar também. Talvez passe algo no noticiário.

— Maravilha! — respondeu Delgado. Ela se virou para Esther. — Tudo bem por você?

Esther assentiu.

— Sra. Schaefer? Prefere esperar em casa?

— Por Deus, não! Quero ouvir o que o Eric tem para dizer quando voltar.

— Certo.

— Só vou pegar umas coisinhas — disse a sra. Schaefer. — Podemos jogar uma partida de Monopoly à luz de velas.

Delgado soltou um longo suspiro depois que a senhorinha se enfiou em seu apartamento.

— Certo — repetiu.

Diane riu e deu um tapinha no ombro de Delgado.

— A sra. Schaefer é boa gente, você daqui a pouco está adorando ela.

— Não importa o que aconteça — acrescentou Esther —, só não começa a falar de *Loucuras de verão* com ela.

Delgado franziu a testa.

— *Loucuras de verão*? O filme?

Diane assentiu.

— Sim, e é uma *longa* história. Vamos ver se conseguimos encontrar o tal radinho.

Capítulo Quarenta e Um

APAGÃO

13 DE JULHO DE 1977
SUL DO BRONX, NOVA YORK

Martha chegou à escada primeiro e voou pela porta vaivém, que por pouco não bateu em Hopper, que vinha logo atrás. A mulher bateu a porta e bloqueou a barra de abertura com um pé de cabra, provavelmente o mesmo que tinha empunhado contra Hopper mais cedo.

— Vamos! Vamos! — disse ela, correndo escada abaixo.

Hopper a seguiu, ignorando todas as perguntas em sua mente, exceto pela mais óbvia, ao se concentrar em descer a escada sem se espatifar. O caminho era iluminado apenas por réstias de luar, que penetravam em intervalos irregulares pelos pequenos basculantes de cada patamar.

— Que diabos está acontecendo?

— Mais tarde eu explico. Não temos tempo agora! Só cuidado para não se quebrar nessa escada!

Hopper achou um bom conselho. Conforme desciam, a escada ia virando um buraco negro. Ele escutava Martha à frente, mas se viu forçado a diminuir o passo, tateando o corrimão de um lado e a escuridão do outro, volta e meia conseguindo tocar a parede.

A luz irrompeu pela escadaria quando Martha abriu a porta do térreo. Ela olhou para cima, à espera de Hopper. Ele acelerou o passo, descendo dois degraus por vez, e passou pela saída enquanto sua salvadora segurava a porta.

Estavam de volta ao armazém. Não que Hopper conseguisse enxergar algo... Ele levou as mãos ao rosto para bloquear a luz e ouviu o ronco de um motor apenas minutos depois, dando-se conta de que estava diante dos faróis da lata velha de Leroy. Martha já estava ao volante.

Hopper não precisou de convite para entrar. Correu para o banco do passageiro e se enfiou lá dentro, quase desmontando a perua de suspensão gasta. Martha girava o volante, manobrando o carro em marcha a ré, apontando os faróis para a saída. A porta do lado de Hopper deslizou e se fechou com o impulso, e Martha engatou a marcha e pisou fundo no acelerador. Os pneus cantaram pelo armazém. A perua acelerou pelos portões, noite afora. Hopper se agarrou à alça do teto, o carro sacolejando pela via esburacada. Os faróis iluminavam as muradas do beco. Poucos segundos depois de deixarem o parque industrial, os muros desapareceram e desembocaram na rua principal. Martha fez uma curva fechada, deixando para trás a área dos galpões, rumo ao Bronx propriamente dito.

— Algum sinal deles?

Jogado de um lado a outro, Hopper tentou se virar para checar. Não havia nada atrás deles além da sombra distante do armazém, cada vez mais escondido pelo luar, atrás de uma nuvem.

— Não consigo enxergar nada! — respondeu ele.

Martha virou o volante e, mais uma vez, fez uma curva em alta velocidade. A perua bateu no meio-fio, o motor tossiu ruidosamente e morreu. Martha pisou no freio, e o carro derrapou até parar. Ela balançou a cabeça, ofegante.

— Lataria de merda! — exclamou, batendo no volante e praguejando de novo.

— Agora você pode me contar que diabos está acontecendo? O que foi aquilo lá no telhado, e por que você resolveu me ajudar agora? Na última vez que nos vimos, você queria me matar.

Martha olhou de soslaio para ele, sem tirar as mãos do volante.

— Desculpa, mas eu precisava fazer alguma coisa. O Lincoln estava prestes a estourar os seus miolos, e eu achei que você poderia ser útil. Mas não se preocupe, eu não ia matar você. Talvez desse uma surra, mas nada além disso. Agora, escuta, essa história de polícia. Você ainda está de serviço, não é?

Hopper pestanejou.

— Como assim?

— Você é um policial infiltrado aqui, não é? Pode falar! Não sou idiota. Eu estava prestando mais atenção que os outros. Compensa ficar de olhos abertos nos Vipers. Estou nessa há um ano já, então acho que me acostumei.

Hopper a encarou, perplexo.

— Como assim ficar de olhos abertos? Você *é* uma Viper, não é?

— Sim e não. Mas, olha, não temos tempo para entrar em detalhes. Precisamos sair daqui *agora*.

Martha virou a chave no contato. Depois de três tentativas, o carro pegou no tranco. Ela pisou no acelerador uma, duas vezes, até que se deu por satisfeita e engatou a marcha.

— Fica de olho na retaguarda — ordenou. — Não vai demorar até colarem na gente.

— Tem razão, não demorou.

Martha também olhou para trás. Ao longe, luzes piscavam à medida que outros veículos se aproximavam por uma via lateral.

Os Vipers estavam atrás deles. Hopper se virou para a frente.

— Vai! Agora!

Martha pisou fundo, e o carro disparou.

Capítulo Quarenta e Dois

A CIDADE INVERTIDA

13 DE JULHO DE 1977
SUL DO BRONX, NOVA YORK

A escuridão que engoliu Nova York foi uma surpresa para Hopper. A percepção de que a noite era mesmo preta — feito uma serpente, disse uma vozinha em sua mente — era desconcertante.

Ele já tinha vivido esse tipo de escuridão, claro. Talvez fosse isso que o deixava tão agitado, ainda mais depois da experiência na cobertura do armazém, o suposto salto de Lisa Sargeson para a morte.

Porque era o tipo de escuridão que só existia nos lugares mais ermos.

Ou em uma selva, a centenas de quilômetros da civilização.

Hopper enterrou aqueles pensamentos nos confins da mente, focando no presente para sobreviver àquela situação. O plano era simples: sair de perto dos Vipers e ir para algum lugar seguro. Só então poderia parar um pouco para entender quem de fato era Martha e por que estava ajudando. Depois, precisava contatar as autoridades, contatar Gallup. Se Martha ajudaria nisso, ele ainda não sabia. Mas uma coisa era certa: ela estava tão determinada a fugir dos Vipers quanto ele.

Por fim, precisava voltar para casa. Ele não sabia se o apagão tinha chegado até o Brooklyn — esperava mesmo que não —, mas já havia passado tempo demais longe de Diane e Sara.

Hopper segurou mais firme na alça do teto. Tentou não pensar na família, por ora, pelo menos. Precisava focar na tarefa imediata que tinha nas mãos. Mas logo ficou claro que qualquer plano que traçasse não seria nem um pouco fácil.

As imediações do parque industrial estavam vazias, sem trânsito ou transeuntes, e Martha cortou caminho pela malha de ruas inexpressivas — que parecia conhecer bem — na tentativa de despistar os perseguidores. E parecia ter funcionado, porque, depois do primeiro clarão dos faróis, Hopper não viu mais sinal deles.

Logo adiante, a escuridão dava lugar a um brilho alaranjado. O tom do céu mudava em meio a uma névoa, e Hopper logo percebeu que era fumaça.

Martha saiu da zona industrial e desembocou em uma das vias movimentadas do bairro, onde precisou frear de repente e girar o volante com tudo para não atropelar a multidão no meio da rua. Mais à frente, numa esquina, um prédio estava em chamas; a estrutura se resumia a uma carcaça esquelética, com labaredas chegando a dez metros de altura. De onde estavam, Hopper sentia o calor. Pessoas se espalhavam pela rua, algumas com lanternas, todas a uma distância segura do incêndio.

Martha deu uma buzinada de leve, e a multidão começou a se dispersar. Hopper ficou com a impressão de que eram o único veículo passando e logo entendeu o porquê.

O apagão tinha levado todo mundo às ruas. Ainda era relativamente cedo, por volta das nove, e a noite estava abafada. Sem energia, não havia luz, televisão, ar-condicionado — isso para aqueles que tinham um ar-condicionado — ou ventilador.

Hopper reparou que as pessoas não estavam assustadas ou nervosas. Pareciam até contentes. Olharam para o carro sorrindo e acenando. Algumas davam batidinhas no capô ou no teto e, por cima do rugido do prédio em chamas, Hopper ouviu o burburinho da multidão, pontuado por um ou outro grito, certamente abafado por risadas. Passado o fogo, a multidão diminuiu um pouco. Pessoas sentaram-se na calçada ou nos carros estacionados, bebendo em latinhas e garrafas, e as centelhas laranja dos cigarros dançavam à meia-luz.

Martha se debruçou no volante e arriscou acelerar, atenta à rua.

— Que bela hora para uma festa na rua, hein! — sussurrou ela.

Hopper franziu a testa e se virou para trás de novo. A meio quarteirão de distância, ele por fim conseguiu ver o tamanho da multidão, iluminada pelo fogo. Parecia mesmo uma festa de rua.

Um estrondo fez Hopper se virar. Com um palavrão, Martha deixou escapar o volante, e a perua foi parar na contramão. Ela praguejou mais uma vez quando alguém surgiu diante do veículo, forçando-a de volta à pista do meio. Ela desviou do pedestre, que berrou qualquer coisa, e então um baque foi sentido; o homem tinha jogado um pedaço de tijolo na porta do motorista.

Martha pisou fundo, e o carro arrancou. Hopper olhou pela janela traseira, ainda ouvindo barulho de vidro se quebrando. Atrás deles, os homens que haviam jogado tijolos no carro passaram a estilhaçar as vitrines de uma loja. À luz das chamas, mais adiante, Hopper viu uma turba passar pelo buraco na vitrine. Forçaram os painéis de vidro até quebrar a fachada toda. Várias pessoas corriam, vultos pulavam para dentro da loja.

— Começou a pilhagem — anunciou Hopper. — E só tende a piorar.

— Quanto antes sairmos daqui, melhor.

Hopper balançou a cabeça.

— Sair de onde? A cidade toda está às escuras. Se a luz não voltar logo, Nova York vai virar de ponta-cabeça.

— Esse é o plano — disse Martha. — O Dia da Serpente. Cortar a energia, transformar a cidade em um caos. Apagar as luzes, colocar uns contra os outros. A cidade se autodestrói. Esse é o plano, Hopper. Saint John quer destruir Nova York. Ele tem seu exército próprio. Sem luz, ele é o rei dessa merda.

Enquanto falavam, a rua ficava mais movimentada, iluminada por mais fogo. Os rostos eram pouco amigáveis, e a multidão se movia depressa, de um lado a outro da rua, todo mundo carregando trouxas de roupas. Hopper olhou pela janela de Martha e viu uma grande loja de departamento com as portas destruídas, e a calçada entulhada de roupas abandonadas, que as pessoas reviravam e surrupiavam.

— Escuta... — disse Hopper.— Não sei da sua história, mas, sim, ainda sou policial, ainda estou fazendo meu trabalho. Preciso contatar as autoridades e presumo que você vai cooperar ou teria me deixado no armazém. Estou certo?

Focada na direção, Martha não disse nada, mas assentiu.

Então surgiram luzes atrás deles. Hopper viu outro carro se aproximar, com a buzina estridente, desviando das pessoas na rua.

— Vipers — disse ele. — Precisamos despistá-los.

Martha gesticulou pela janela.

— Tem gente demais aqui. Não vamos conseguir passar.

Hopper já estava avaliando o caminho à frente. Ele apontou.

— Por ali!

Logo adiante, havia um cruzamento apinhado de carros com as buzinas a toda, conforme novos veículos eram engolidos pelo engarrafamento. Na contramão, a rua estava vazia.

Martha pegou a pista livre e, mais uma vez, a perua foi engolida pela escuridão ao fugir das fogueiras na via principal. Ela desacelerou e se debruçou no volante para ver melhor pelo para-brisa.

— Qual é o problema?

— Estou tentando me localizar.

De repente, o rosto dela foi iluminado por um clarão de faróis refletidos no retrovisor, deixando Hopper momentaneamente às cegas. Ele se agachou e olhou para a rua transversal, de onde vinha o carro dos Vipers.

— Acelera! — berrou Hopper.

— Essa lata-velha não vai mais rápido do que isso!

A luz dos faróis invadia a perua, e os Vipers chegavam cada vez mais perto. O carro deles, mais moderno, rugia enquanto ultrapassavam a perua com facilidade. Dois homens lá dentro estavam debruçados na janela, berrando com Martha e Hopper. O detetive viu Lincoln ao volante e, por um instante, fizeram contato visual. O veículo acelerou com tudo, passou correndo pelo cruzamento e, assim que tomou a distância necessária, virou de frente para a perua, que se locomovia a passos de formiga.

— *Meu Deus!*

Martha pisou no freio de novo. Os pneus protestaram, mas obedeceram. Hopper se preparou para o impacto. Não achava que Lincoln seria louco o bastante para colidir com eles, mas tampouco queria pagar para ver.

De repente, surgiu um terceiro veículo no cruzamento, da rua à esquerda de Hopper: um caminhão com caçamba, cinza e rebaixado, uma massa sólida de aço reforçado. Hopper foi quem avistou o veículo primeiro, de canto de olho, bem a tempo de puxar o volante das mãos de Martha, fazendo a perua derrapar de lado, numa tentativa de fugir da catástrofe.

Hopper não sabia ao certo se Lincoln chegara a ver o caminhão, mas, instantes antes da colisão, os Vipers pareciam ter se dado conta do acidente iminente. Assim que o carro da gangue entrou de volta no cruzamento, levou uma pancada forte do caminhão e teve o lado do passageiro arrebentado. O impacto refreou o caminhão, mas não muito. A perua derrapou na diagonal, quase virando, e parou no meio da estrada. O caminhão rebocou os Vipers pelo cruzamento, praticamente partindo o carro ao meio. Faíscas brancas e douradas voaram pelo ar, em grandes arcos, até os Vipers pararem na calçada do lado oposto.

Hopper se endireitou, seus ouvidos zuniam, e Martha se encolhia ao lado dele. Não havia mais movimento no carro dos Vipers... Hopper achava difícil alguém ter sobrevivido. Dois homens saltaram do alto da cabine perfeitamente intacta do caminhão. Um deles se esgueirou pela janela do passageiro e subiu no teto, o outro abriu a porta do lado do motorista e apoiou o pé na roda da frente. Hopper viu o homem no teto da cabine levantar os braços, erguer o rosto e praguejar aos céus, enquanto o motorista inspecionava os destroços do outro carro. O farol do caminhão estava quebrado, mas ainda funcionava. Ao se aproximar, Hopper viu que o homem usava uma jaqueta de couro com um bordado nas costas:

DREADNOUGHTS

Outra gangue. Os dois deviam ter roubado o caminhão para dar uma voltinha.

— Merda! — disse Martha.

Hopper olhou para ela, que se endireitava ao volante, os olhos fixos na carnificina da esquina.

— Pensei o mesmo aqui — disse Hopper. — Olha, desculpe por tomar o volante. Não sabia se você tinha visto o caminhão na nossa direção.

— Se não fosse por isso, teríamos morrido.

Martha se atrapalhou com o volante e a alavanca de câmbio; estava ofegante, trêmula.

— Você se machucou? — perguntou Hopper.

Ela balançou a cabeça.

— Certo, vamos embora, antes que eles cismem com a gente também.

Martha engatou a ré e estremeceu ao arranhar a marcha. O motorista do caminhão olhou para eles, nada mais que uma silhueta contra a luz do farol do caminhão. Segundos depois, Martha seguia às pressas pela rua lateral, vazia. Saindo do cruzamento, Hopper continuou vigiando a retaguarda, mas ninguém mais se aproximava.

Capítulo Quarenta e Três

COMO A OUTRA METADE VIVE

13 DE JULHO DE 1977
SUL DO BRONX, NOVA YORK

Martha balançou a cabeça, debruçada no volante de novo. Estavam dirigindo tranquilos havia quinze minutos, passando por ruelas mais afastadas relativamente calmas. Parecia que a maioria das pessoas tinha tomado as principais avenidas em meio ao caos. Hopper não as culpava. Ali, nas ruas estreitas em meio aos edifícios altos, a escuridão era quase uma presença física, algo com vida, uma serpente enrolada em torno da cidade, esmagando-a aos poucos.

Hopper disse a si mesmo para parar de imaginar coisas.

— Estamos na direção errada — disse Martha, desacelerando até parar no meio de um quarteirão residencial. — Se quisermos mesmo acionar as autoridades, precisamos seguir para Manhattan.

De repente, o motor tossiu, deu umas cusparadas e morreu de novo. Hopper aproveitou a deixa:

— Mas, então, por que você está me ajudando?

Martha mordeu o lábio, bateu com as duas mãos no volante e depois nas próprias pernas, enfim se virando para Hopper.

— Olha, você é um policial, e, de onde eu venho, um policial é um mau sinal.

Ele balançou a cabeça.

— Não é bem assim...

Martha suspirou.

— O que quero dizer é: posso confiar em você? Preciso confiar em você. Fiz uma aposta comigo mesma e agora estou torcendo para ter vencido.

— Você tem razão, sou um policial infiltrado, ou *era*. O meu trabalho era investigar o que o Saint John estava fazendo nos Vipers, quais eram os planos dele e como detê-lo. Assim que descobrisse, deveria reportar a uma força-tarefa para que entrassem em ação. Então, sim, pode confiar em mim, mas agora preciso saber se eu posso confiar em *você*. Porque preciso passar as informações para as autoridades imediatamente, e talvez precise da sua ajuda para isso.

— Pode contar comigo. Sei que esperei muito tempo, mas talvez a gente ainda tenha uma chance de fazer isso.

— Esperou muito tempo para fazer o quê?

— Olha, não sou que nem você, mas estava só tomando conta do meu irmão, Leroy.

— *Você* estava tomando conta *dele*? Ele estava tentando tirar você de lá. Foi assim que me envolvi nisso, para começo de conversa. Ele procurou a polícia e pediu proteção em troca de ajuda.

Martha ficou boquiaberta.

— Foi para *lá* que ele foi? — Passado o susto, ela começou a achar situação divertida e sorriu. — Caramba. Que orgulho! — Ela se ajeitou no banco e balançou a cabeça, como se refletisse sobre a revelação. — Levei anos para encontrá-lo. Sabe, a vida lá em casa não era moleza. Às vezes eu consigo entender o lado dele. As gangues fizeram várias promessas, apresentaram outro tipo de vida, e ele não resistiu. Nossa mãe era uma peça. Sabe quantos anos ele tinha? Onze! O idiota tinha *onze* anos quando começou a andar com os Bronx Kings. Tentei ajudar na época, mais de uma vez, mas nunca deu certo. Daí perdemos contato. A família toda imaginou que ele tivesse morrido em uma esquina qualquer. Menos a minha mãe. Ela nunca desistiu dele. Nem eu. Então, chegou uma hora em que eu falei para minha mãe que ia atrás do Leroy para trazer ele de volta, sabe? Larguei o trabalho, me despedi da minha mãe e saí pela cidade procurando. Ele já não fazia mais parte dos Kings, estava andando com o pessoal dos Furies. Não demorei muito a entrar para a nova gangue. Leroy foi contra. Tinha medo de que eu o levasse de volta para casa. E, claro, estava certo. Mas sou a irmã mais velha dele, sabia entrar na brincadeira e sabia que, se quisesse mesmo tirar ele da lama, levaria um tempo, sabe? Ele estava envolvido até o pescoço, e eu sabia que seria um longo caminho até ele me ouvir e cair na real.

— Então você resolveu ficar por lá, de olho nele?

— Pois é! Dei a cara a tapa. Fiz uma promessa para a nossa mãe. Você faria o mesmo, não faria?

Hopper fez que sim.

— Claro que faria! — disse Martha, olhando para baixo. — E correu tudo bem. Voltamos a nos falar. Ele parecia menos agressivo comigo por perto, o que encarei como um bom sinal. Então aguentamos o tranco juntos. Daí surgiram os Vipers, e os Furies aderiram, e todas as outras gangues também. Os Slits, os Fixers, os Crazy Jacks, toda essa galera.

— E você entrou com eles?

— Entrei. Você não vai acreditar, mas eu estava procurando um jeito de sair. Mas só me restava tomar conta de nós dois e ficar de olhos abertos. — Ela fitou Hopper. — E, como eu disse, espero ter feito a escolha certa aqui com você. Porque preciso sair dessa e preciso tirar o Leroy também. Precisamos voltar para casa.

— Você não é a única. Podemos nos ajudar. Você parece saber bastante coisa sobre Saint John e os Vipers, e o que quer que estejam tramando.

Martha deu de ombros.

— Conheço alguns caras melhor que outros. Subi de cargo nos Furies, até o alto escalão, e o Saint John me manteve por perto. Então, sim, estou um pouco por dentro.

— Mais que eu, isso é certo. Precisamos levar o máximo de informação possível para os agentes federais. Posso contar com você?

— Claro que pode! Se for para levar o Leroy de volta para casa, topo tudo. — Martha observou as fileiras de casas geminadas. — Imagino que usar um telefone agora vai ser quase impossível...

— Bom, o sistema telefônico não está ligado à rede elétrica — disse Hopper. — Ali! Tem uma cabine telefônica na esquina. Vê se você consegue falar com alguém.

Martha virou a chave e o carro pegou no tranco, entre resmungos. Ela engatou a marcha a ré e estacionou no meio-fio, ao lado da cabine. Hopper saiu do carro e ficou com a impressão de ter visto uma movimentação de soslaio, figuras e vultos dançando na laje das casas, mas olhou ao redor e não encontrou nada. Era apenas o efeito das construções escuras contra o céu, que estava um tom mais claro, as nuvens iluminadas por um número cada vez maior de chamas enquanto o Bronx queimava. Ele podia ouvir as sirenes dos caminhões de bombeiro, mas pareciam a quilômetros de distância. Até então, ele não tinha escutado nem avistado nenhuma presença policial na área.

A cabine telefônica estava praticamente intacta, sem sinais de vandalismo, o que deu a Hopper uma dose comedida de otimismo. O telefone estava no lugar e parecia inteiro.

No entanto, estava mudo. Ele chacoalhou o gancho algumas vezes, mas não fez diferença. Pelo jeito, os telefones estavam tão desativados quanto a luz.

Assim que pôs o pé na calçada, ouviu as sirenes e buzinas de carros ao longe e imaginou escutar algo mais. Correu para o meio da rua e esquadrinhou as casas.

— Deu sorte? — Martha estava parada ao lado da perua, com um pé apoiado no carro, recostada na porta do motorista.

— Não — disse ele, e olhou ao redor mais uma vez. — Está ouvindo isso?

Hopper ouviu uma porta bater atrás dele. Martha se aproximou. Ele seguiu andando até um cruzamento. Logo adiante, havia um pequeno parque cercado de árvores, entrecortado por uma trilha sinuosa, que dava em um chafariz seco no meio. Do outro lado do parque, na rua paralela, Hopper notou que o último andar da casa do meio estava com a luz acesa. Havia pessoas se movendo lá dentro e uma música tocando baixinho.

— Parece que os ricos não precisam de luz — disse Martha.

Ela tinha razão. A região em torno do parque parecia relativamente tranquila. As casas geminadas eram de cinco andares e algumas pareciam ter uma varanda compartilhada no último andar, com janelas francesas. Era numa dessas varandas em que a festa parecia correr solta.

Martha arqueou as sobrancelhas.

— Você acha que podemos usar o telefone deles?

Hopper balançou a cabeça.

— Os telefones estão fora de serviço — disse ele, apontando com o polegar para a cabine atrás. — Precisamos achar um policial e usar o rádio dele.

Martha riu.

— Algum sinal da polícia? Estão deixando o Bronx queimar e não é de hoje. E bombeiros? Eles têm rádio?

— Podemos tentar, mas imagino que já estejam ocupados.

Um assovio estridente ecoou pela rua, como se alguém estivesse tentando chamar um táxi.

— Foi você, Frankie? — gritaram da varanda.

Hopper franziu a testa e deu um passo à frente para ao menos ter uma visão melhor para além das árvores. Ao atravessar o parque, com Martha ao lado, viu uma dúzia de pessoas na varanda, conversando, fumando e bebendo. Tinha uma mesa em um canto e um toca-fitas enorme, a pilha, onde tocava "Born to Run", de Bruce Springsteen.

— Não é o Frankie aqui, não. Desculpa — gritou Hopper.

As pessoas começaram a se amontoar na varanda para ver o que estava acontecendo. Hopper não conseguiu discernir o rosto de ninguém contra a luz das janelas.

— Charles? — chamou uma mulher.

Hopper trocou um olhar com Martha, então se voltou para o grupo.

— Não, não é o Charles.

— Charles, *Mike*, que seja, só espero que você tenha trazido mais champanhe.

Para reforçar a ordem da mulher, alguém fez um barulho de estouro de rolha. Outra pessoa riu.

De repente, outro tipo de estalido varou a noite: um tiro, em algum lugar perto. Hopper e Martha se agacharam instintivamente. Um convidado da festa soltou um berro, assustado, e a varanda ficou em silêncio, exceto por Bruce e a E Street Band.

Ouviram-se mais dois tiros em sequência. Hopper deu um tapinha no ombro de Martha e, juntos, correram para a fileira de carros estacionados na calçada, embaixo da casa. Martha olhou por cima de um porta-malas, e Hopper para a casa. A varanda ainda estava acesa, e alguém os observava do parapeito.

— Leva todo mundo para dentro — berrou Hopper, o mais alto que pôde. — Desliguem a música, apaguem a luz e não saiam de casa.

A sombra na varanda não respondeu, mas desapareceu. Logo em seguida, a música parou e as luzes se apagaram. Dava para ouvir as janelas se fechando.

Hopper se virou para Martha, que ainda esquadrinhava a área.

— Parecia ser perto demais daqui — disse ele.

— Não consigo enxergar nada — disse Martha. — Pelo barulho, parece que foi na rua do lado.

— Vamos! Precisamos sair daqui. Você sabe onde estamos?

— Sei, sim, pode deixar! A barra está limpa?

Hopper se levantou devagar, averiguando. Não dispararam mais tiros e não havia mais ninguém na rua.

— A barra está limpa. Vamos, rápido!

Martha saiu correndo e atravessou o parque. Hopper esquadrinhou a área mais uma vez e foi atrás, chegando à perua na mesma hora que ela, e os dois saltaram juntos para dentro do veículo. Martha virou o volante e deu um cavalo de pau na rua estreita. A perua era tão comprida que ela se viu forçada a pisar fundo no acelerador e subir um pouco na calçada. Mesmo assim, quando por fim conseguiu colocar a perua na direção certa, estava com as rodas da lateral esquerda no meio-fio. O carro morreu de novo.

De repente, ouviram uma pancada. O carro quicou e balançou de um lado para outro. Martha olhou para cima e deu um berro: o ponto do teto exatamente sobre sua cabeça amassava com mais uma pancada, e o carro balançou de novo quando alguém aterrissou nele. Mais dois baques, e o vidro do para-brisa começou a rachar bem na frente de Hopper, conforme o teto cedia.

O carro continuou balançando. Martha se enrolou com a marcha, então olhou para cima de novo e gritou, surpresa. Hopper viu pernas surgirem no para-brisa: alguém escorregava do teto e caía de joelhos no capô. Os arruaceiros se viraram e grudaram o rosto no para-brisa. Batiam no carro e gargalhavam.

Havia movimento por toda parte, homens desciam do teto do carro pela frente, pelas laterais e pela traseira. Hopper se virou no assento, de um lado para outro, esmurrou a trava de sua porta, mergulhou por cima de Martha e fez o mesmo com a porta dela.

O carro estava cercado. Os homens aparentemente tinham pulado da varanda da casa em frente à qual Martha havia estacionado. Hopper contou sete e, quando começaram a balançar o carro de um lado para outro, viu mais um chegando a pé do fim da rua. Alguns empunhavam armas improvisadas: tacos de beisebol, um machado de incêndio. Estavam todos vestidos de jeans claro, parecia uniforme.

Outra gangue. Não eram os Vipers, mas Hopper achou que não faria muita diferença em termos de chances de sobrevivência.

Martha virou a chave na ignição e o carro pegou, mas, quando ela pisou no acelerador, o motor tossiu e morreu de novo. Enquanto Martha tentava de novo, Hopper não tinha muito o que fazer além de observar os homens que os cercavam e o carro balançando feito um navio perdido no mar. Bastaria uma ação coordenada para a gangue virar o veículo de ponta-cabeça, com eles dentro.

Hopper ergueu os braços instintivamente quando a lâmina do machado de um dos recém-chegados se enganchou no para-brisa diante dele. O vidro não estilhaçou, mas as rachaduras que já tinham se formado começaram a se ramificar. O arruaceiro pulou no capô e se lançou contra a arma, que havia ficado presa no para-brisa. Quando conseguiu soltá-la, perdeu o equilíbrio e caiu do carro, para a alegria de seus comparsas. Foi substituído por outro, que pegou o machado e desferiu o segundo golpe.

— Vamos! Vamos! — berrou Hopper.

Ele agarrou Martha pela jaqueta de beisebol e pulou por cima do banco, indo parar na parte de trás, com as pernas bambas. Ele sentiu Martha agarrá-lo pelo tornozelo, usando as pernas dele para se impulsionar para lá também. Ela caiu no chão ao lado de Hopper, que não perdeu tempo: arrastou-se para o banco, até chegar ao porta-malas espaçoso. Martha foi logo atrás, depressa, e os dois se encolheram na mala, atrás do banco, enquanto a gangue se ocupava com a dianteira do veículo, batendo nos vidros com os tacos de beisebol, ao mesmo tempo que o homem com o machado se ocupava de destruir o teto.

Se a gangue sabia que ele e Martha ainda estavam lá dentro, Hopper não fazia ideia, mas era agora ou nunca. Viu pelo retrovisor que a rua estava livre. Aproximou-se da porta traseira e arrancou o tapete da perua, revelando um espaço vazio onde devia estar o estepe. Ao menos encontrou o que estava procurando: o macaco. Enquanto tentava soltar a ferramenta do suporte lateral, Martha passou por ele e abriu o porta-malas com a alavanca interna. Com a rota de fuga livre, ela olhou para Hopper.

Com um meneio, ele sinalizou para a rua.

— Vai lá! Vou logo atrás de você.

Ela desceu do carro e correu. Alguns membros da gangue finalmente se deram conta de que eles tentavam escapar; Hopper ouviu dois homens gritarem. Estavam dando a volta no carro para persegui-los.

Hopper saltou, ostentando o macaco. A arma improvisada acertou os dois homens, derrubando-os em um piscar de olhos. Um caiu duro, o outro ficou rolando pelo chão, segurando o rosto, o sangue escorrendo por entre os dedos.

Os outros à frente perceberam a comoção, mas, quando se aproximaram dos comparsas caídos, Hopper já estava longe. Adiante, ele viu Martha agachada ao lado de um carro estacionado. Acenou, e ela saiu em disparada de novo, com Hopper na cola.

Eles fugiram.

Capítulo Quarenta e Quatro

MOTOQUEIROS DO INFERNO

13 DE JULHO DE 1977
SUL DO BRONX, NOVA YORK

Eles fizeram mais progresso a pé, tanto que Hopper lamentou não ter largado a perua de Leroy mais cedo. A gangue de ladrões de carro desistiu fácil, não foram muito além do parque. Quando Hopper e Martha, sem fôlego, pararam para descansar e se sentaram na calçada, ela sorriu para ele. Hopper retribuiu o sorriso, partilhando com ela a satisfação por terem conseguido escapar ilesos, mas sabia que tinha sido uma questão de sorte. Se os ladrões de carro estivessem portando armas de verdade, as coisas poderiam ter sido diferentes.

Recuperados do susto, voltaram pela rua principal. Precisavam de um rádio de polícia para contatar Delgado e, com sorte, o agente especial Gallup. Hopper imaginou que teriam mais chance de encontrar policiais nas vias mais movimentadas, e Martha concordou.

O problema era que não havia nenhum policial à vista. As ruas mais amplas estavam amontoadas, assim como na área nobre da cidade, mas a alegria geral já tinha se dissipado havia um bom tempo. A cidade estava sem luz fazia horas e, sem sinal de autoridades, os cidadãos se dividiram em facções, apelando para a justiça com as próprias mãos. Caminhando na direção sul, Hopper e Martha passaram por mais pilhagens e estabelecimentos depredados, meros arcabouços rodeados por cacos de vidro e lixo. Passaram por um senhor sentado em um jardim, do lado de fora de uma loja de esportes, com uma espingarda escorada no ombro e uma pistola na mão, enquanto a mercearia vizinha era saqueada até a última prateleira por um monte de gente. Quando Hopper e Martha passaram, o homem os encarou e apertou a pistola. A loja atrás dele permanecia intocada, ao passo que dois jovens empurravam um carrinho pela rua com uma geladeira de refrigerantes tirada da mercearia.

— A cidade está morrendo — disse Martha, olhando adiante, inexpressiva, enquanto seguiam a jornada. — Sem luz, com esse calor, isto aqui vai virar um zoológico.

Hopper não disse nada. Manteve-se alerta, vendo a destruição aflorar, procurando algum sinal da polícia.

E nada.

Pararam no cruzamento seguinte, localizaram-se e pegaram uma rota alternativa, visto que a rua adiante estava bloqueada por vários carros, um deles virado de lado, outro em chamas. Na frente do acidente, um jovem discutia com outros três, enquanto um trio de mulheres berrava ao lado. Logo em seguida, o rapaz estava no chão, sendo chutado pelos outros, e duas mulheres seguravam a terceira.

A rua seguinte parecia ter sido atingida por uma bomba, mas, segundo a avaliação de Hopper, o estrago era antigo. Nova York vinha caindo aos pedaços muito antes do apagão. Dois prédios amplos, com tapumes nas janelas, estavam rodeados de erva daninha já quase da altura dele. No outro lado da rua, havia dois homens escorados em uma cerca de corrente, fumando.

Hopper acelerou o passo, e Martha fez o mesmo.

Na esquina seguinte, ouviram alguém pedir ajuda. Era a voz de uma mulher mais velha que ecoava pelas ruas, mas era impossível saber de onde vinha. Conforme caminhavam, a voz ficou mais alta, depois mais baixa, até parar completamente.

Hopper rangeu os dentes. Olhou para Martha e notou a jovem mulher encarando o nada de novo, com a expressão vazia.

Martha tinha razão. A cidade estava morrendo. Estava se autodestruindo.

Era o Dia da Serpente, de Saint John.

Hopper jurou que faria os Vipers pagarem pela destruição que estavam espalhando.

Conforme seguiam a jornada pela rua principal, rumo a Manhattan, a noite foi ficando mais iluminada, por causa dos incêndios que se multiplicavam. A algumas quadras de distância, parecia que uma rua inteira estava em chamas; o brilho do fogo estava por todo lado, tremeluzindo na escuridão. Como estaria o Bronx no raiar do dia, supôs Hopper.

— Você acha que Manhattan está assim também?

Hopper mordeu o lábio. Pensou nos arranha-céus imponentes, os clichês turísticos da Grande Maçã, e não conseguiu imaginá-los em chamas. Mas Manhattan era uma grande ilha, e a parte que as pessoas viam como a cidade em si ocupava apenas uma porção relativamente pequena.

— Não sei — disse ele, sendo bem honesto. — Não vimos nenhum policial por aqui porque devem estar todos por lá, tentando manter a paz. Tem bastante gente rica na região.

— Enquanto isso, no Bronx, a população continua de mãos abanando.

As ruas começaram a ficar movimentadas de novo, com mais carros e pessoas tentando debandar. Embora estivesse tudo parado, os motoristas não tiravam a mão da buzina. Hopper estremeceu com o barulho ao passarem pela pior parte do engarrafamento. Viu um grupo de motoqueiros passar por um cruzamento, cortando caminho por entre os veículos sem nenhuma dificuldade.

Se ao menos tivéssemos motos, pensou ele. *Teríamos chegado a Manhattan há horas.*

O ruído das motos ficou ainda mais alto e, pouco depois, um motoqueiro saiu de uma rua lateral e parou. Hopper observou o sujeito, que parecia encarar os dois, mas que logo em seguida acelerou e voltou para a rua de onde tinha saído, reverberando um chiado agudo até sumir.

Hopper parou. Estava exausto, ludibriado pela própria mente, mas com um mau pressentimento.

— Que foi? — perguntou Martha.

O chiado das motos parecia ter surgido do nada, de novo. Martha deu meia-volta. Hopper seguiu o olhar dela quando o motoqueiro reapareceu com um grupo de seis outros homens, todos no mesmo tipo de moto leve, alta. O motoqueiro da frente ficou de pé nas pedaleiras de metal e começou a bradar.

— Ora essa, se não é a Martha W. com o namoradinho dela da polícia! Fala, Martha W.! Que é que tá pegando?

O líder era ninguém mais, ninguém menos que City. Atrás dele, seus companheiros dirigiam em círculos, e o riso chegava a superar o gemido das motos.

Martha olhou para Hopper. Ele se ateve a balançar a cabeça.

Os Vipers os encontraram.

Capítulo Quarenta e Cinco

O RELATÓRIO DE CAMPO DE ERIC

13 DE JULHO DE 1977
BROOKLYN, NOVA YORK

— Então eu disse para o George: olha, já falei, se quer fazer um filme que signifique algo para um público, tem que fazer um filme que signifique algo para *você*. E ele olhou para mim e disse: como assim? E então olhei para ele e disse: escuta, filho, sabe qual foi a melhor época da sua vida? Quando você estava na escola. Depois você se forma, cada amigo vai para um lado e, *puf*, acabou a festa. Você pode fazer um filme sobre isso.

Delgado olhou para Diane de relance. Diane estava com uma expressão firme, tentando segurar um bocejo. Balançava a cabeça de leve.

Não era a primeira vez na noite que escutavam aquela história. O tabuleiro de Monopoly estava aberto na mesa de jantar diante deles, mas Delgado se cansou do jogo rapidinho e, apesar do aviso, resolveu indagar a sra. Schaefer sobre o assunto proibido.

A mulher atendeu ao pedido de bom grado. Duas horas depois, tinha dado um jeito de repetir a história de quatro formas diferentes, mudando um pouco os detalhes a cada relato, mas sempre centrada no dia em que inspirou um tal diretor chamado George Lucas a fazer, segundo ela, sua “grande obra” quando lecionava para ele na Universidade do Sul da Califórnia. Delgado não fazia ideia se era verdade ou só uma fantasia conjurada pela senhora excêntrica. Diane se recusava a pensar no assunto.

Talvez mais uma partida de Monopoly à luz de velas não fosse uma ideia tão ruim assim.

Esther estava à janela já fazia um tempo, aguardando o retorno do marido. A sra. Schaefer seguia tagarelando. Delgado olhou para o relógio e depois para Diane, que balançou a cabeça de novo. Aquela conversa também já tinha se repetido algumas vezes.

— Não adianta sair — disse Diane. — Você nunca vai encontrá-lo! Ele pode estar em qualquer lugar. Aí ele volta e você vai ter sumido.

Diane tinha razão, claro. Tudo que podiam fazer era esperar. Sabiam que a cidade estava toda às escuras, mas foi tudo que conseguiram ouvir no rádio antes de acabar a pilha. Passaram meia hora procurando por pilhas novas nos apartamentos, em vão.

Só lhes restava sentar e esperar.

Delgado pelo menos tinha conseguido falar com Gallup. Ela não sabia muito bem por que insistia em se reportar a ele, mas parecia o caminho lógico. Repassou o que havia descoberto em sua breve investigação e foi recebida com uma centelha de interesse. O agente, pelo menos, ficou contente o bastante para não escorraçá-la por estar a par da operação secreta de Hopper.

Delgado não fazia parte da operação, mas, dadas as circunstâncias, achou melhor manter Gallup e seus agentes informados sobre seu paradeiro durante aquele momento delicado. A qualquer momento, poderia irromper uma crise pela cidade toda.

Gallup a aconselhou a se reportar aos superiores da Polícia de Nova York, mas, assim que desligaram, o telefone ficou fora do ar. Delgado cogitou a ideia de se reportar à delegacia mais próxima, mas logo a descartou.

Tinha feito uma promessa a Hopper.

— Ele voltou!

A sra. Schaefer ficou em silêncio. Esther correu para a janela, depois voou para a porta. Delgado chegou a ouvir a mulher correndo pela escada. Pouco tempo depois, Esther e Eric retornaram ao apartamento juntos.

Diane se levantou da mesa.

— Meu Deus, Eric, você demorou horas! Por onde andou?

Eric ligou e desligou a lanterna, e a colocou na mesa. Puxou uma cadeira, sentou-se e respirou fundo. Esther segurou a mão do marido.

— Passei por tudo que é lugar — disse ele, balançando a cabeça, olhando para a mulher. — Está um circo lá fora! Um monte de gente, um monte de carro. Nunca vi nada igual. Então fui para a casa do Charles e da June. Estão bem, mas Charles resolveu sair por conta própria para dar uma investigada. Aí fomos juntos. Desculpa, não me dei conta de que passei tanto tempo fora. Mas fomos até a avenida Willoughby.

Eric parou e balançou a cabeça de novo.

Os demais se entreolharam. Então Delgado puxou uma cadeira e se sentou do lado de Eric.

— Que foi?

Eric olhou para a detetive.

— Não sei o que está acontecendo, mas é esquisito.

Diane se aproximou.

— Esquisito?

Ele assentiu.

— Na avenida Willoughby, tem um prédio que ainda está com luz, talvez tenha um gerador ou algo do tipo. Estava todo aceso. — Ele gesticulava como se estivesse esculpindo a história para elas, ainda balançando a cabeça. — Mas tinha essas pessoas... Não sei, umas centenas, talvez? Não sei. Mas todas estavam indo para lá marchando. E todas usavam o mesmo tipo de jaqueta e portavam rifles.

— O Exército — disse a sra. Schaefer. — Eu sabia. Sabia que eles viriam ajudar.

— Não, não, não era o Exército! Olha, assim que entendemos que não era boa coisa, voltamos o mais rápido possível. Era uma *gangue*. Uma gangue grande. Todos usavam o mesmo desenho nas costas, uma cobra.

O coração de Delgado saltou no peito.

— Uma cobra?

— Isso!

Delgado se recostou de volta na cadeira. Esther apertou com mais força a mão do marido enquanto olhava para a detetive.

— Isso significa alguma coisa? Você sabe quem são essas pessoas?

Delgado se endireitou na cadeira, ignorando, por um instante, a pergunta.

— Você disse que foi na avenida Willoughby? Você se lembra de onde exatamente?

— Ah, claro, claro — disse Eric. — O edifício com luz é enorme. Chama-se Instituto Rookwood.

Capítulo Quarenta e Seis

ESCAPADA PARA O PERIGO

13 DE JULHO DE 1977
SUL DO BRONX, NOVA YORK

City parou a moto de lado e apoiou um pé no asfalto. Girava a manopla, sorridente, acelerando enquanto falava.

— Caramba, garota! Procurei você por toda parte! — Hopper detectou um leve sotaque caipira. — Sua mãe nunca falou para você não sair por aí com caras estranhos?

Hopper sentiu Martha tensa. Estava entre os Vipers fazia tempo, tentando tomar conta do irmão. Era bem próxima dos membros da gangue, incluindo o jovem que atendia pelo nome de City.

Atrás do sujeito, os outros seis motoqueiros formavam uma fileira e aceleravam, imitando o líder. Um homem na ponta parecia entusiasmado demais; deixou a moto dar um coice e chegou a tombar no chão.

Hopper não entendia muito do assunto, mas sabia que aquelas motocicletas eram modelos leves, com amortecedores longos. Eram próprias para terrenos irregulares, específicas para *motocross*. O torque era alto, e os controles oscilantes.

Hopper olhou de soslaio para Martha.

— Quando eu disser para correr — sussurrou ele —, você corre, tá bom?

Martha torceu o nariz, mas assentiu discretamente.

— Opa, opa, opa! — resmungou City. — Sem essa de guardar segredinhos dos seus irmãos, Martha W. Precisamos levar você de volta para o Saint. Você pode vir comigo na garupa, tá entendendo? Tem que segurar *bem* firme.

Ele acelerou de novo, uma, duas, três vezes. Atrás, os outros riram e fizeram o mesmo.

— Corre!

Hopper saiu correndo pela direita, rumo à marquise. Depois da rua, a cerca de um parque municipal brilhava na escuridão, indicando um espaço vasto ali, maior do que o parque que tinham atravessado momentos antes. Ao chegar à cerca, olhou para trás e não viu nenhum sinal de Martha.

— Merda!

Ela havia corrido em outra direção. Hopper viu três das motos se dispersarem, aos trancos, derrapando, tentando formar um círculo para começar a caçada, ao passo que os outros três e City já vinham atrás dele.

Hopper passou por debaixo do portão e quase escorregou no barranco que pendia do outro lado, logo à beira da cerca. O parque se estendia pela escuridão. Trilhas estreitas e desgastadas desenhavam uma rota sinuosa entre árvores anciãs; o solo era todo desigual, com partes desabando.

Ele desceu o barranco ora correndo, ora deslizando e usou uma das árvores para se apoiar e escolher uma direção. O ronco das motos se aproximava; ele se virou e viu City e seus três comparsas atravessarem o portão. As motos alçaram voo por cima do barranco, muito provavelmente sem querer, e pousaram na clareira do parque. Um dos motoqueiros tombou, e os outros dois não esperaram por ele. Assim que avistou Hopper, City acelerou e ficou de pé no selim, berrando de empolgação atrás do policial.

Hopper se agachou atrás de uma árvore. City passou por ele e deu meia-volta. Costurava por entre as árvores, fazendo curvas fechadas. Tanto ele quanto os outros dois estavam com dificuldades no terreno. Bem como Hopper suspeitava, os motoqueiros dos Vipers eram totalmente inexperientes — se viravam em ruas asfaltadas, mas eram um desastre com os declives e as árvores do velho parque, mesmo com motos específicas para aquele tipo de terreno.

— Hopper!

Hopper parou ao pé de outra árvore. As luzes das motos varriam o parque conforme os Vipers se restabeleciam. Do outro lado do local, Martha acenou, com o jeans branco e a jaqueta branca visíveis na escuridão. Ela corria de braços abertos, na tentativa de se equilibrar no terreno íngreme. Logo em seguida, mais faróis a cercaram. Três Vipers tinham surgido no alto da calçada em busca das presas. Então, entraram no parque também.

Martha alcançou Hopper no mesmo instante que City. O líder da gangue empinou a moto, a roda girando na altura do rosto deles. Martha e Hopper saltaram, cada um para um lado. City baixou a moto, levantando uma nuvem de poeira, e virou-se para Hopper. O farol evidenciava a bruma marrom asfixiante.

Os outros Vipers berravam e corriam atrás dos dois. Hopper se escondeu atrás de uma árvore e Martha fez o mesmo. Agarraram-se aos troncos, esperando as motos passarem com um rastro de mais poeira e detritos. Hopper se virou e notou que os feixes de luz oscilavam. Os Vipers se viram forçados a parar um pouco e ajeitar as motos com a ponta dos pés para então retomar a perseguição. Perdido na nuvem de poeira, Hopper aproveitou a oportunidade para mudar de posição, movendo-se para um esconderijo novo, atrás de outra árvore. Ele botou a cara para fora e fez um sinal para Martha ficar onde estava, mas, com aquela poeira toda, não sabia dizer se Martha tinha visto.

As motos ainda roncavam. City gritou, não com os dois fugitivos, mas com seus colegas da gangue. Pequenas explosões de motor indicavam que os Vipers avançavam, ainda que devagar. As luzes oscilantes iluminavam a poeira.

O plano de Hopper estava dando certo, tinham conseguido despistar os Vipers. Sem se dar muito bem com as motos, estavam mais preocupados em não cair do que em caçar. Os pneus ainda esfacelavam o solo, oferecendo mais cobertura para Hopper e Martha.

Hopper se agachou e tateou a terra solta. Estava repleta de pedras pequenas, mas ele queria algo maior.

E encontrou. Estava incrustada no chão, mas se soltou rapidinho. O pedregulho era do tamanho de uma bola de beisebol, serviria.

Quando os motoqueiros se aproximaram, Hopper ergueu a rocha e a lançou, traçando um arco alto por cima das nuvens de poeira iluminadas. A pedra desapareceu na noite e, um segundo depois, atingiu com um estrondo algum arbusto fora de vista.

Imediatamente, os faróis das motos viraram na direção do barulho. Mas Hopper, escondido bem atrás do motoqueiro que ficara por último no grupo, saltou a tempo de agarrar o Viper pela gola da jaqueta. Os outros seguiram sem notar.

O ataque foi certeiro. O homem largou o guidão, e a moto derrapou. Hopper saiu do caminho e soltou a jaqueta do homem quando a moto tombou. O Viper caiu no chão. Sem desperdiçar um segundo, Hopper montou no peito dele, impedindo-o de se mover ou respirar. Agarrou-o pela camiseta, levantou-o e deu um murro. Sentiu o nariz do homem ceder ao impacto e os respingos de sangue quente em seu punho.

Em seguida, Hopper se levantou, passou por cima do Viper e foi até a moto, ainda ligada, caída no chão. Levantou-a, tomou o controle do acelerador e olhou para trás. Martha saiu de trás de uma árvore e subiu na garupa.

Hopper localizou os pedais de embreagem e freio. Martha agarrou sua cintura e praticamente gritou no ouvido dele:

— Você tem certeza de que sabe andar nisso?

— Estou meio enferrujado!

Ainda que aquele modelo fosse completamente desconhecido para Hopper, já tinha andado bastante de moto na juventude. Assim que saíssem do parque, dirigir aquele maquinário temperamental seria moleza.

Pelo menos, em teoria.

Martha deu um tapinha no ombro dele. Mais adiante, no topo do barranco, as luzes das outras motos contornavam o perímetro, conforme City conduzia o grupo na direção contrária.

Hopper girou a manopla do acelerador, chutou o pedal da marcha e segurou firme, como se sua vida dependesse disso. Imaginando que a velocidade os manteria no eixo, acelerou e correu para a entrada do parque. Quando passaram pelo portão, arranhou o ombro no arame e cambaleou com a moto. Ele praguejou e acelerou ainda mais, e, assim que as rodas da moto tocaram o asfalto duro da rua, ganharam tração, e o ganho repentino de velocidade surpreendeu tanto Hopper quanto Martha, que berrou qualquer coisa no ouvido dele.

E lá foram eles, firmes e fortes.

O policial interpretou como uma vitória.

Hopper pegou uma via na direção oeste, com o rio Harlem à vista, depois virou na ruela marginal, ladeada por uma via férrea do outro lado. Até então, estava conduzindo a moto aleatoriamente pela malha de ruas, veloz e agilmente, ganhando cada vez mais distância dos Vipers. Agora, em linha reta em uma rua deserta, a moto comia poeira com facilidade.

Seguiram na direção sul, passando por avenidas e vias de acesso que logo convergiram em uma ponte. As ruas estavam entupidas de carro, uma mistura de faróis e buzinas. Nada se movia, mas Hopper esperava que, caso pegassem trânsito, conseguiria costurar o caminho com a moto.

Estavam diante da ponte University Heights, em um emaranhado de cruzamentos. Hopper desacelerou em uma rampa de acesso, tentando passar pelo meio dos carros, até que se viu forçado a parar.

Não era um congestionamento qualquer. A ponte estava fechada e, mais do que isso, interditada por uma barricada. Tinham arrastado uma cerca portátil pesada pela rua para fechar a passagem, obrigando os carros a dar uma volta e pegar uma via afunilada para chegar a Manhattan. No espaço depois das cercas, holofotes haviam sido instalados. Quatro geradores do tamanho de um furgão zuniam no meio-fio.

Ainda mais adiante, onde começava a ponte, policiais montados formavam uma barreira. Fechavam a ponte de uma ponta à outra, ocupando ambas as pistas. Estavam com o visor abaixado nos capacetes, cassetete e luva tática em mãos, o uniforme completo da tropa de choque. Os cavalos — menos protegidos que seus cavaleiros — trotavam e balançavam a cabeça pela noite quente.

— Autoridades! Finalmente! — exclamou Hopper. — Espera um pouco.

Ele acelerou e conduziu a moto entre os carros parados, então passou por uma brecha na cerca. Seguiu reto, na direção da montaria da polícia.

— Alto lá! — gritaram.

Hopper desacelerou até parar e virou a moto de lado. Na extremidade da barreira policial, um oficial estava com um megafone. Deu um passo à frente com o cavalo, que se virou em protesto.

— Desçam da moto e permaneçam onde estão!

Martha saltou; Hopper olhou por cima do ombro, deu um chutinho no descanso da moto e desceu também. Ele e Martha se entreolharam, e Hopper deu um passo à frente.

— Alto lá! Fiquem onde estão e deixem as mãos à vista!

Hopper parou e ergueu as mãos. Precisava tentar. Tecnicamente, era um homem procurado, mas, em meio ao caos do momento, imaginou que os guardas da ponte tinham mais com o que se preocupar e não reconheceriam o nome dele.

— Sou o detetive Jim Hopper! Trabalho na 65ª Delegacia do Brooklyn, na divisão de homicídios.

O oficial a cavalo baixou o megafone, aproximou-se dos companheiros e se comunicou com o mais próximo, que por sua vez deu meia-volta com o cavalo e saiu trotando pela ponte. Os demais policiais ajustaram a posição para preencher a lacuna.

Hopper respirou fundo e deu mais um passo à frente.

— Hopper, espera!

Ele se virou para Martha, então ouviu os cascos dos cavalos atrás dele: dois dos policiais montados se aproximavam.

Hopper parou e levantou os braços de novo.

— Escutem! Sou policial! Preciso passar uma mensagem de rádio para minha delegacia. Tenho informações importantes que precisam ser repassadas para as autoridades federais.

Os dois policiais montados começaram a circundar Hopper, isolando-o no meio da ponte, forçando Martha a recuar.

— Mãos na cabeça! De joelhos!

Hopper não conseguiu ver o rosto do policial sob o visor. O policial ergueu o cassetete.

— De joelhos!

Hopper soltou um suspiro e obedeceu. Entrelaçou as mãos na nuca e se agachou no asfalto quente. De nada adiantou não ser reconhecido.

A montaria policial se dispersou de novo, e apareceu uma viatura com as luzes piscando, seguida de um furgão policial maior, preto. A viatura e o furgão pararam, e uma tropa armada saltou dos veículos e partiu para cima de Hopper. Vestiam o uniforme típico dos oficiais das ruas, camisa azul-clara de manga curta e calça escura. Alguns empunhavam pistolas.

— Ei, tira as mãos de mim!

Hopper se virou e viu que Martha já estava algemada. Dois policiais a arrastavam até o furgão. Quando se virou de volta, sentiu um punho de encontro à sua mandíbula.

O mundo de Hopper foi virando de ponta-cabeça, e ele se estatelou no chão. Zonzo mas ainda consciente, sentiu um líquido quente escorrer pelo rosto, um gosto de metal preencher a boca. Então, enfiaram a cara dele no asfalto, algemaram-no e o levantaram.

Os pés de Hopper não chegaram a encostar no chão. Ergueram-no pelo cangote e o jogaram no banco de trás do furgão.

26 DE DEZEMBRO DE 1984
CABANA DE HOPPER
HAWKINS, INDIANA

Não estava mais nevando. Já era um avanço. Hopper ficou olhando pela janela da cozinha enquanto lavava a caneca. Devia ter bebido um galão de café.

El estava deitada no sofá da sala, enterrada sob uma montanha de cobertas. Hopper espiou e viu os cachos dela no braço do sofá, despontando das mantas. Ela não se mexia fazia um tempo. Era tarde, e tinham feito mais uma pausa na história. El provavelmente já havia caído no sono. Melhor assim. Hopper passara a tarde toda e boa parte da noite falando. Não sabia se aguentaria terminar a história naquela noite, embora sua voz estivesse boa.

Poderiam continuar de manhã. Na verdade, ele poderia simplesmente resumir o que faltava. Aqueles dias de Nova York em 1977 eram complicados, e talvez a história fosse pesada demais para ela.

Será? Hopper se perguntou se estava subestimando El. A filha adotiva era esperta. Certo, não era como as outras crianças daquela idade, mas estava curtindo a história, prestando atenção, absorta. Ele estava revelando um mundo inteiramente novo para El, uma versão bem diferente de si próprio.

E esperava que fosse uma boa versão. Fez o melhor que pôde na época e não queria mentir para a filha. Não queria se passar por alguém que não era.

A história era obscura e assustadora, mesmo sem as partes censuradas. Mas talvez não fosse tão problemática assim. Crianças gostam de sentir um pouco de medo, desde que não corram perigo real. E que perigo havia naquilo? Hopper tinha saído de Nova York são e salvo. Já tinha dito que estava tudo bem com Delgado.

Pessoas haviam morrido, sim, e mais mortes estavam por vir. Hopper suspirou. Talvez estivesse se preocupando demais. E dando créditos de menos para El.

Não, nada de talvez. Claro que estava.

El se revirou no sofá. Hopper voltou para a sala, e ela afastou as cobertas.

— O que aconteceu depois?

— Achei que você estivesse dormindo!

El balançou a cabeça enquanto se ajeitava no sofá, passando uma perna por cima da outra.

— O Saint John era como eu?

Hopper franziu a testa.

— Como... *você*?

El fez que sim.

— Especial. Diferente.

Hopper coçou o queixo. Era uma boa pergunta, e ela devia estar pensando nisso havia um bom tempo. Dada a experiência dela com o dr. Brenner e o projeto MKULTRA, era a conclusão lógica a se chegar.

E talvez até fizesse sentido.

— Bom, ele não conseguia mover as coisas com o poder da mente, como você faz. Mas, sim, ele era parte de um projeto. Não era bem como aquele no laboratório do Brenner... Mas estamos nos adiantando um pouco na história de novo. — Hopper se sentou no sofá. — E não quero que você tenha pesadelos, tá bom?

El pareceu levar a questão bem a sério, então olhou para Hopper e fez que sim. Ela se acomodou melhor no sofá, claramente à espera da continuação da história.

Hopper bagunçou o cabelo dela e se levantou, alongando-se mais uma vez. Em seguida, sentou-se na poltrona, recostou-se e entrelaçou as mãos na nuca.

A aventura continuou.

Capítulo Quarenta e Sete

COMPARANDO ANOTAÇÕES

13 DE JULHO DE 1977
NOVA YORK

— Está vendo alguma coisa?

Martha espiou pelo vidro da traseira do furgão, uma janelinha quadrada com grade, a única vista que tinham do mundo lá fora. Ela suspirou e se ajeitou de volta em um dos dois bancos de metal que ocupavam a extensão do furgão.

— Nada! Não faço ideia de onde estamos.

Sentado no banco de frente para ela, Hopper tentou se acomodar, mas de nada adiantou. Sua cabeça inteira latejava, a bochecha ardia, e a boca estava com um corte no lábio, lembrança do murro do policial. Um homem do seu tamanho não cabia naquele furgão. Mal conseguindo ficar sentado na banqueta de metal, tinha que no máximo se encolher em um canto. O cóccix doía. As mãos algemadas atrás das costas também não ajudavam muito.

O furgão seguia num ritmo lento, andando e parando em questão de segundos. Atravessaram a ponte a uma velocidade razoável, então pararam de novo, em algum ponto de inspeção. Pela janelinha de trás, Hopper tinha visto as sombras intimidadoras de mais policiais montados, então o furgão retomou o trajeto sabe-se lá para onde.

Dez minutos depois, fizeram uma nova parada, onde se passaram mais dez minutos.

Mais dez minutos depois, pararam de novo. E ali ficaram por pelo menos meia hora. O furgão ainda estava com o motor ligado, e Hopper não tinha escutado ninguém sair do veículo, tampouco havia aparecido algum policial para checar os prisioneiros na traseira.

— Você acha que alguém vai ligar para o que a gente tem a dizer? — perguntou Martha. — Uma integrante de uma gangue e um policial procurado?

Hopper franziu o cenho. Era uma bela pergunta.

— Bom, precisamos tentar. Se eu conseguisse ao menos contatar alguém da força-tarefa... Eles sabem quem eu sou.

Martha se ateve a arquear a sobrancelha.

— A cidade está em chamas. Acho que ninguém vai ter a boa vontade de colocar a gente em contato com as autoridades. — Ela se escorou na parede do furgão, frustrada. — Vão nos jogar numa cela, e seremos submetidos aos procedimentos de rotina. Então, claro, vão perceber que estamos falando a verdade. Mas, até lá, já é Natal.

Hopper refletiu. Martha tinha razão. A Polícia de Nova York estava sobrecarregada, sem fundos, e uma crise como aquela demandava recursos que o departamento definitivamente não tinha. Ocorreu a ele que talvez não houvesse celas disponíveis. Talvez estivessem destinados a ficar no furgão por um bom tempo.

Martha se reaproximou da janelinha e pressionou o rosto no vidro, tentando ver o que estava acontecendo do lado de fora.

Hopper tentou se ajeitar de novo, todo desengonçado, e sentiu um cutucão no queixo. Era um papel dobrado, o mapa da sede dos Vipers despontando da gola da jaqueta.

Ele ergueu o rosto.

— Me conta o que você sabe do plano do Saint John.

Martha se sentou de volta no banco.

— Não sei muita coisa. Saint John deixava poucas pessoas a par dos esquemas. Eu fazia parte do círculo de confiança, mas, mesmo assim, ninguém sabia os detalhes. O que sei é que ele está reunindo os Vipers já faz pelo menos dois anos, recrutando outras gangues, dominando os territórios e os recursos delas. Mão de obra, dinheiro, tudo a que tem direito.

— Armas — completou Hopper.

— Ah, sim! Armas não faltam. Ele fez negócio com alguns cartéis, um pessoal barra-pesada da Colômbia e do México, grupos que já dominavam boa parte de Nova York. Os caras tinham o que ele queria, e ele sabia como conseguir isso.

— O que ele ofereceu a esses caras?

Martha deu de ombros.

— Não sei. Dinheiro, talvez. Rotas pela cidade. Não sei. Enfim, imagino que ele soubesse o que estava fazendo. O cara é um gênio do crime, um mandante de primeira, entende? Ele sabe lidar com as pessoas, é manipulador, consegue convencer todo mundo a fazer o que ele quer. Cara, já vi pessoas morrerem só porque ele mandou.

Martha respirou fundo. Hopper entendeu o que ela quis dizer. Lisa Sargeson. Ele tinha visto a mulher saltar do alto de um prédio, aparentemente sob as ordens de Saint John. Tinha visto com os próprios olhos, mas ainda não conseguia acreditar.

E Martha também tinha visto. Devia ter visto. Estava na cobertura com ele.

Hopper baixou o rosto e encarou o forro metálico do chão do furgão. Ainda não entendia todas as peças do quebra-cabeça, mas sabia que se encaixavam.

Claro, não era o bastante.

— É psicologia — disse Hopper.

— Como assim?

— Psicologia. Saint John tinha uma coleção de livros atrás do escritório, com apostilas e manuais. Uma biblioteca de pesquisa particular. Ele me contou que estava envolvido em atividades suspeitas no Vietnã. Disse que foi destacado para "operações especiais". E se essas operações especiais tivessem a ver com lavagem cerebral?

— Isso existe mesmo?

Hopper deu de ombros e mudou de posição no banco.

— Não sei. Eu mesmo nunca vi, mas já ouvi histórias. Olha, nós dois já vimos do que Saint John é capaz. Ele tem algum tipo de poder, consegue exercer algum tipo de influência sobre as pessoas. É daí que vem a ladainha da magia negra. Ele precisava de um gancho, uma história estranha, algo do qual as pessoas nunca tinham ouvido falar.

— E bota estranha nisso!

Hopper jogou a cabeça para trás.

— E ele não convenceu você?

Martha deu de ombros.

— Ele até tentou, mas, como eu disse, tenho meus próprios interesses, entende? Me mantive focada e fiz o que tinha que fazer para sobreviver e proteger Leroy.

— Só que o Saint John acabou conquistando Leroy, não foi? Ele pode não ter conseguido convencer você, mas convenceu seu irmão.

— Achei que podia manter meu irmão longe dessas coisas. Sabe, ele estava indo bem. Ou pelo menos era o que eu pensava. Acho que estava errada.

— Não, não estava — disse Hopper. — Foi assim que entrei nessa história. O seu irmão me procurou, pedindo ajuda para tirar *você* da gangue. Ele estava lutando contra o que quer que Saint John estivesse fazendo com ele. E quase conseguiu.

— Infelizmente, nesse caso, o "quase" não adianta nada. Mas, sim, já vi do que ele é capaz. Eu *sei* do que ele é capaz.

— Mas, como eu disse, é pura psicologia. Ele sabe como a mente humana funciona. Sabe que, se conseguir convencer as pessoas, as pessoas certas, de que teve contato com outro tipo de poder, isso as assustará. E o medo é uma ferramenta poderosa, talvez a mais poderosa de todas. Ele mesmo não acredita em nada disso. Nem precisa, contanto que seus seguidores acreditem. Ele só reforça a crença, fazendo os Vipers vestirem túnicas de vez em quando e cometerem assassinatos ritualísticos.

— Como assim, assassinatos ritualísticos?

— Antes de sabermos de qualquer conexão com os Vipers, eu estava investigando uma série de assassinatos com a minha parceira. Os assassinatos eram ritualísticos, mas não significavam nada por si sós, não passavam de parte do método de controle de Saint John.

Martha exalou vagarosamente.

— Não estou sabendo disso. Não pode ser! Está falando sério?

Hopper fez que sim.

— Agora, esse plano... O que você sabe sobre ele? Saint John com certeza está por trás do apagão. Só pode! Ele cortou a luz da cidade e deve ter uma razão para isso.

Martha só balançou a cabeça.

Foi quando as portas traseiras do furgão se abriram bruscamente. Hopper e Martha se viraram ao mesmo tempo e quase foram cegados pelas lanternas. Eram novos oficiais, também com equipamentos de tropa de choque. Mas, quando foram retirados do furgão, Hopper notou que não eram apenas policiais, mas sim militares. Tinham equipamentos mais avançados, mais seguros. Em meio ao clarão, conseguiu ler as duas palavras gravadas nos coletes à prova de balas dos homens, em letras amarelas garrafais:

AGENTE FEDERAL

Hopper olhou ao redor. Era um enxame de agentes. Estavam em uma vasta área aberta, cercados de prédios altos, às escuras. Os agentes tinham instalado holofotes e geradores pelas imediações, mas, mesmo assim, Hopper levou um tempo para se dar conta de que estavam no meio da Times Square.

Um agente virou Hopper e tirou as algemas dele. O tratamento, dessa vez, foi bem mais delicado. Hopper chacoalhou as mãos, recuperando a circulação do pulso. Outro agente se aproximou correndo. Usava um terno escuro por baixo de um colete à prova de balas.

— Detetive Hopper — disse o agente especial Gallup. — Que bom que você não perdeu a festa! Por aqui, por favor.

Capítulo Quarenta e Oito

A MISSÃO FINAL

13 DE JULHO DE 1977
MANHATTAN, NOVA YORK

O centro de comando improvisado ficava bem no meio da Times Square, era uma tenda branca que ocupava a Broadway inteira. O lugar estava apinhado de gente quando Gallup entrou com Hopper e Martha. Policiais uniformizados e agentes federais misturavam-se a homens à paisana e a outros com macacões de operário e capacetes de obra. O último grupo estudava planos e mapas dispostos em grandes mesas-cavaletes. Hopper notou que havia um telefone de campanha militar em um canto e um gerador a diesel zunindo por perto.

Gallup os atualizou sobre a situação. Toda a rede elétrica da Con Edison estava fora de operação. A distribuidora se viu obrigada a desligar a rede que ainda funcionava após o blecaute inicial, na tentativa de redistribuir a carga e encontrar o problema, embora algumas áreas, incluindo uma parte do Queens e da península de Rockaway, ainda estivessem com luz. Por sorte, não estavam ligadas à rede da Con Edison, mas de outra distribuidora, a Long Island Lighting Company.

Gallup chamou Hopper e Martha para um canto, onde um grande mural vertical tinha sido erguido, coberto por uma folha de acetato, para que pudessem fazer anotações. Já estava forrado de informações.

O agente prosseguiu com o resumo da situação, mas apenas um pensamento ocupava a mente de Hopper, ofuscando todo o resto.

Até ouvia alguém falar, mas estava longe dali.

— Detetive Hopper?

Interrompido o devaneio, Hopper se virou para o agente especial Gallup.

— Olha, fiz tudo que você pediu. Então agora você vai me ajudar, certo? Chega dessa balela! Preciso ir para casa. Diane, Sara... É hora de voltar. Essa situação toda deve estar acabando com a Diane, principalmente agora que a cidade está sem luz, até mesmo no Brooklyn.

Gallup se aproximou de Hopper e pôs a mão no braço dele.

— Elas estão bem.

— Eu... O quê? Como assim?

— A detetive Delgado está com elas.

— O quê? A *Delgado*?

Gallup assentiu.

— Ela nos procurou ontem e apresentou as provas que coletou enquanto você esteve fora. Quando concluímos a reunião, ela disse que ia direto para o seu apartamento, que tinha uma promessa para cumprir. Por sorte, ela fez isso. Não posso poupar ninguém agora que estamos às escuras. Ela ainda está lá... Chegou assim que a luz acabou.

Hopper quase engasgou com o riso, com uma sensação gloriosa de alívio, que nunca havia sentido antes. Saber que sua mulher e sua filha estavam seguras no meio daquele caos...

— Preciso ir até elas. — Hopper olhou para Gallup, depois para Martha, então apontou para o quadro. — Não há nada que eu possa fazer aqui. Martha sabe mais do que eu. — Ele abriu o zíper da jaqueta e sacou o mapa da sede dos Vipers. — Isso vai ser útil. Se a força-tarefa fizer uma batida agora...

Gallup levantou a mão.

— Falar é fácil, detetive. A força-tarefa ainda não está pronta. Estão espalhados pela cidade, à espera de instruções que não vão receber.

— Como assim?

— Todos os rádios estão fora do ar — explicou Gallup. — Sem energia, estamos sem transmissores. Mesmo se você tivesse acesso a um rádio da polícia, não conseguiria me contatar. Só fiquei sabendo que você vinha porque um policial de moto me procurou para relatar o que estava acontecendo no Bronx.

— O Bronx está virando uma zona de guerra, isso é o que está acontecendo — disse Martha.

— Eu sei, pode acreditar — disse Gallup. — Assim que acabou a luz, antes de as linhas telefônicas caírem, todos os policiais foram convocados a se apresentar na delegacia mais próxima.

Hopper praguejou.

— O quê? Que ideia péssima!

— Você queria que a polícia tivesse ficado parada, detetive?

— Acontece que os policiais quase nunca moram perto da delegacia onde trabalham, ainda mais no Bronx! — Ele se virou para Martha. — Isso explica por que não conseguimos achar nenhum policial. Não havia nenhuma autoridade por lá.

— Não é bem assim — disse Gallup. — Os policiais de plantão estavam por lá.

— Não era o bastante para lidar com o que vimos — retrucou Martha.

— De qualquer forma, estamos instalando uma rede alternativa de rádio. — Gallup apontou para o equipamento de comunicação militar no canto. — Mas precisamos implementar o sistema junto às equipes da força-tarefa antes de ligar a conexão. Vai demorar um pouco, mas vamos conseguir avançar e investir contra os Vipers em breve.

Hopper se virou de volta para Gallup.

— Tá bom. Mas, olha, preciso ir. Agora!

— Entendido. A Martha pode relatar tudo para mim. Pode deixar que arrumamos uma moto policial para você.

Gallup chamou um dos policiais que estava por perto. Hopper observava. De repente, sentiu-se...

Culpado?

Todo aquele trabalho, todo aquele tempo, o perigo que a cidade estava enfrentando, Saint John instaurando o caos no Bronx, e ele só pensava em...

Diane.

Sara.

Porque, embora tivesse a obrigação de proteger a cidade, tinha a obrigação de proteger sua família também.

E ele tinha feito o certo, tinha cumprido com seu dever. Tinha levado informações. E, mais que isso, tinha levado Martha.

Gallup retornou pouco tempo depois, carregando um grande telefone de campanha militar.

— Imagino que você saiba operar isso, não? — perguntou o agente especial.

Hopper pegou o aparelho. Pesava uma tonelada. O modelo para chamadas bidirecionais a longa distância não era muito diferente da versão que tinha usado no Vietnã.

— Sei, sim. Obrigado.

— Tem uma moto esperando lá fora. Boa sorte!

Capítulo Quarenta e Nove

NINGUÉM DORME NO BROOKLYN

14 DE JULHO DE 1977
BROOKLYN, NOVA YORK

Era meia-noite quando Hopper chegou ao apartamento. Gallup tinha arrumado uma moto policial enorme para ele, uma máquina colossal, que Hopper pilotou com muito mais familiaridade do que aquela bicicletinha agitada e imprevisível de *motocross*. Atravessou o festival de sirenes e luzes em Manhattan, enfrentou o trânsito do Brooklyn e abriu caminho por entre as ruas aglomeradas sem grandes dificuldades. Hopper achou a situação bem mais estável nessa parte da cidade. Graças às determinações improvisadas dos chefes de polícia, Manhattan e o Brooklyn contavam com uma tropa desproporcional de policiais — o que era uma boa notícia para as vizinhanças da região, mas nem tanto para o Bronx e outras áreas menos abastadas, onde havia diversas delegacias, mas não tantos policiais.

Hopper parou na calçada do prédio. Mal desligara o motor e já baixava o descanso da moto. Saltou do veículo e na mesma hora tirou o telefone do alforje e subiu as escadas da entrada correndo.

Alguém segurava a porta do edifício quando ele tentou entrar. Confuso, Hopper chutou a porta e conseguiu abri-la com uma pancada, mas quase tropeçou em alguma coisa debaixo da soleira. O saguão do edifício estava iluminado à luz de velas, e havia um homem estendido no chão.

— Jesus amado! — gritou o homem, apoiando-se nos cotovelos para se levantar, mas de repente parou. — Jim, é você?

Era Eric Van Sabben.

Hopper olhou de relance para ele e correu para a escada.

— Oi, Eric! Desculpa!

Hopper esmurrou a porta de casa. Não queria assustar ninguém abrindo-a com a própria chave.

— Diane? Sou eu! Abre a porta! Estou aqui, abre a porta!

Um instante depois, ouviu o barulho de algum objeto pesado sendo arrastado atrás da porta. Então, a corrente se soltou. A trava se abriu.

— Jim!

Diane quase derrubou o marido ao abraçá-lo com força, enterrando o rosto no peito dele, o corpo todo tremendo com os soluços. Ainda segurando o telefone de campanha, Hopper tentou retribuir o abraço, pressionando o rosto na cabeça dela. Ele respirou fundo, devagar, para sentir o cheiro da esposa.

— Estou aqui — disse, e repetiu essa frase até Diane parar de chorar.

Enfim, ela se afastou e o olhou nos olhos. Carinhosamente, Hopper afastou uma mecha de cabelo do rosto dela e sorriu, sem conter as próprias lágrimas, que se misturavam com as da mulher.

— Cadê a Sara?

Diane entrou de volta no apartamento, com Hopper logo atrás. Ao fechar a porta, apontou para o trambolho nas mãos do marido.

— O que é isso?

Hopper ajeitou o aparelho no balcão da cozinha.

— É um telefone de campanha. Para eu me comunicar de volta com a base. Mas e a Sara? — insistiu ele, seguindo logo para o quarto.

— Já está dormindo — respondeu Diane atrás dele. — Não se preocupe, ela está bem. Já estava na cama quando acabou a luz.

Hopper abriu a porta e entrou no quarto da filha. Sara estava de bruços e tinha chutado os lençóis. Sem luz, não havia ar-condicionado. O quarto estava quente.

Ele se sentou na beirada da cama sem fazer barulho. Sara abriu um pouco os olhos e por um instante fitou o pai. Então apagou de novo. Hopper ficou lá observando a filha e fazendo cafuné.

Estou em casa, estou em casa, estou em casa.

Com um suspiro profundo, esfregou o rosto e se levantou com calma. Deu mais uma olhada na filha adormecida e voltou para a sala, onde Diane acendia mais velas. Então alguém bateu à porta. Ela abriu e deixou Eric entrar. Hopper o cumprimentou com um aceno tímido.

— Tudo bem com a Esther, Eric?

— Tudo bem, sim. Ela já foi deitar. A sra. Schaefer está no quarto de hóspedes também. Você acha melhor acordar as duas?

Hopper levantou a mão.

— Não, se estão bem, então tudo certo. — Ele olhou ao redor da sala. — Cadê a Delgado?

Diane e Eric se entreolharam.

— Eu ia te perguntar isso agora — disse Diane.

— Como assim?

Eric balançou a cabeça.

— Ela não se encontrou com você?

— Encontrou comigo? Onde?

— No Instituto Rookwood.

Hopper levou alguns minutos para conseguir ligar o telefone de campanha. Enquanto tentava contatar Gallup no centro de comando da Times Square, Diane resumiu brevemente para Eric o que o marido vinha fazendo — ou, pelo menos, pensou Hopper entreouvindo a conversa, um resumo do que Delgado havia contado a ela.

Quanto a Delgado, só Deus sabia onde tinha se metido.

O telefone finalmente começou a crepitar, e a sala ficou em silêncio.

— *Comando T-Setenta-e-Sete na escuta. Câmbio.*

Hopper suspirou de alívio e apertou o botão.

— Aqui é o detetive Jim Hopper. Preciso falar com o agente especial Gallup. Câmbio.

— *Entendido.*

A linha ficou muda por um instante. Diane se aproximou e ficou ao lado de Hopper, na bancada da cozinha.

Então, o rádio tornou a crepitar.

— *Hopper, você precisa ser rápido. Câmbio.*

— A Delgado não está aqui — disse Hopper ao microfone. — Ela foi para o Instituto Rookwood. Câmbio.

O rádio ficou mudo. Hopper imaginou que Gallup talvez estivesse repassando as informações para Martha, só então se dando conta de que talvez o agente não soubesse nada sobre o local, do que ele representava para Saint John.

Aliás, pensando melhor, será que a própria Martha sabia?

Hopper olhou para a mulher e apertou o botão de chamada novamente.

— Querem que eu repita? Câmbio.

— *Desculpa! Eu estava falando com a Martha. Não sabemos o que isso quer dizer. Você sabe a localização? Câmbio.*

Hopper ficou aflito; não tinha tempo para contar da relação de Saint John com aquele prédio, pelo menos não por ora, sobretudo via rádio, numa conexão ruim.

— Sei, sim. Aparentemente, os Vipers foram vistos por lá, a caminho do instituto, em uma grande caravana. Parece que o local está com luz. Câmbio.

— *E só por causa disso a Delgado iria para lá? Câmbio.*

— Rookwood é importante para o Saint John. A Martha falou da Lisa Sargeson para você? Câmbio.

— *Afirmativo. Câmbio.*

Hopper gesticulava.

— O Instituto Rookwood foi onde Saint John a conheceu, pouco antes de ser solto da prisão federal. Posso explicar melhor depois, mas foi lá que tudo começou. Se os Vipers estiverem mesmo indo para esse prédio, Saint John deve estar liderando o grupo. Delgado acha que ainda estou com eles, então foi atrás de mim. Câmbio.

— *Entendi. Fique onde está. Vou enviar quantos agentes puder para lá. Se o que você diz estiver correto, podemos capturar Saint John por lá...*

Hopper balançou a cabeça, pensando no arsenal que os Vipers tinham à disposição, toda aquela munição chegando à sua vizinhança.

— Negativo, negativo! — gritou ele ao microfone. — Se você aparecer por aqui com agentes, vai travar uma guerra.

Ele hesitou, e, antes que pudesse voltar a falar, o telefone de campanha crepitou de novo, dessa vez mais alto. O alto-falante soltava um estalido atrás do outro, como se alguém estivesse apertando e soltando o botão do microfone sem parar. Hopper olhou para o microfone em suas mãos. O trambolho parecia estar funcionando bem, com a luz vermelha no topo indicando modo de espera.

— O que está acontecendo? — indagou Diane.

Hopper deu de ombros.

— Problemas do outro lado da linha, pelo que parece.

— *Hopper!*

A voz que grasnava no rádio não era mais a do agente especial Gallup. Hopper apertou firme o microfone.

— Martha?

Pipocaram mais alguns estalidos, até que o microfone do outro lado da linha voltou a funcionar. Hopper ouviu um alvoroço e algo como duas pessoas discutindo. Passado um instante, as vozes ficaram mais altas.

— *Me larga!* — Era Martha. O microfone ficou mudo de novo, então voltou a funcionar. — *Já entendi! Me deixa em paz um minuto, por favor! Hopper, você ainda está aí?*

— Estou. O que está acontecendo? Câmbio.

— *Peguei o rádio emprestado um segundo.*

— Você ouviu a nossa conversa? Câmbio.

— *Ouvi, sim. Escuta, se todos eles estão a caminho do Instituto Rookwood, o Leroy com certeza está por lá também. Ah... Câmbio.*

Hopper balançou a cabeça, sabendo exatamente o que viria em seguida.

— Martha, fique onde está. Eu seguro as pontas por aqui. O Gallup está a postos com os agentes dele. Tá bom?

— *Nada disso, Hopper. Estou indo agora mesmo. Preciso tirar o Leroy de lá antes que aconteça alguma coisa, tá bom? E não vou deixar você ou o senhor agente especial me parar.*

— Martha, espera! Martha?

Hopper soltou o botão. O rádio zuniu, então estalou de novo, e Gallup ressurgiu na linha.

— *Você também, detetive, fique onde está! Cuidaremos disso.*

— Ah, claro! Porque vocês fizeram um excelente trabalho até então... Câmbio. Desligo.

Hopper soltou o microfone na bancada da cozinha e virou a chave principal do aparelho, que ficou mudo de vez. Diane e Eric o observavam.

— Vou atrás dela!

Eric estava boquiaberto, incapaz de dizer alguma coisa. Hopper o ignorou. Toda a atenção dele estava voltada para Diane. Ela também não disse nada. Esperava alguma coisa, uma explicação melhor.

Hopper só tinha a verdade para oferecer.

Deu a volta na bancada e foi até Diane, mas ela deu um passo para trás, com os braços envolvendo o corpo com força, e balançou a cabeça.

— Jim...

— Desculpa. A Delgado pode estar em perigo. Preciso ajudá-la e preciso dar um fim nisso. Quero me infiltrar sem alardes e cuidar disso tudo antes de a cavalaria entrar em ação.

Diane assentiu.

— Quem é Martha?

— Uma mulher tentando salvar o irmão. E ela sabe o que está fazendo... Talvez, juntos, a gente consiga acabar com isso.

Diane o fitou por alguns segundos, então baixou o rosto.

— Então toma cuidado, tá bom?

Ela ergueu os olhos e abriu um sorriso fraco, os olhos cheios de lágrimas.

Hopper se aproximou de novo e, dessa vez, a mulher não fugiu. Balançaram de um lado para outro, em um abraço apertado. Hopper olhou para Eric, atrás dela, no meio da sala.

— Eric, cuida da minha família por mim.

O vizinho assentiu.

Hopper soltou Diane e deu um beijo na testa dela.

— Volto logo — prometeu, e saiu do apartamento sem olhar para trás.

Capítulo Cinquenta

NO NINHO DE COBRAS

14 DE JULHO DE 1977
BROOKLYN, NOVA YORK

As ruas afastadas do Brooklyn eram quietas e escuras. O caos e a carnificina da cidade em chamas pareciam obra de um sonho semiesquecido. Hopper escondeu a moto policial em um terreno baldio e fez o resto do caminho até o Instituto Rookwood a pé. Ele sabia o que se passava pela própria cabeça, claro, para começar a pensar assim. Adrenalina, exaustão, fome, sede, sem mencionar os ferimentos da fuga dos Vipers. Ainda que superficiais, tudo começava a pesar em seu corpo. Já tinha passado por isso antes, no Vietnã, então pelo menos reconhecia que não conseguiria manter o ritmo por muito tempo.

Encontrar o instituto não foi complicado. Era um edifício enorme, um amontoado de colunas e arcos góticos, algo entre uma igreja e uma mansão colonial, um caixote de concreto no fim de uma ampla avenida, o ponto focal da vizinhança.

Além disso, era a única construção com luz em um raio de quilômetros. Tudo que Hopper precisou fazer foi seguir o clarão branco reluzente — e os Vipers, que marchavam em um fluxo contínuo, reunindo-se nas ruas ao redor do instituto. A gangue provavelmente tinha fretado algum veículo para ir até lá. A sede dos Vipers ficava *bem* longe, mas em algum ponto desembarcaram e, assim como ele, seguiram a pé. Hopper não sabia muito bem o porquê e não sabia se ligava para isso, mas começava a achá-los perturbadores. Talvez fosse a marcha, em completo silêncio. Eles apenas caminhavam — não estavam exatamente em sintonia, mas em silêncio, exceto pelo trote estável na rua.

Decerto estavam em um número muito maior do que ele tinha visto no armazém, e todos vestiam os coletes de couro com as víboras nas costas. Também ostentavam uma AK-47 pendurada no ombro.

O exército particular de Saint John marchando sem parar, rumo...

Rumo a quê?

Hopper precisava dar um jeito de entrar no instituto. Os Vipers, que não paravam de chegar, formaram uma fileira do lado de fora do edifício e ergueram o rosto, esperando pacientemente pelo discurso do líder, deduziu Hopper. A cena o lembrou da reunião que havia testemunhado na cobertura, a reunião que tinha levado Lisa à morte.

Hopper afastou a lembrança da mente. Observou a gangue por mais um minuto, então tomou a decisão.

Não esperaria por Martha. Ela levaria um bom tempo para chegar, isso se tivesse mesmo convencido Gallup a emprestar algum veículo. Ele não fazia ideia de onde a mulher estava ou mesmo *se* estava a caminho, então não tinha por que ficar perdendo tempo. Além do quê, se ela desse mesmo as caras e visse os Vipers reunidos em fileiras do lado de fora do prédio, Hopper torcia para que usasse o bom senso e mantivesse distância.

Que era precisamente o contrário do que ele faria.

Hopper correu de volta pela rua deserta. No cruzamento seguinte, virou numa rua, virou em mais outra rua e logo se posicionou na retaguarda da marcha dos Vipers. Os últimos gatos pingados estavam bem dispersos, a caminho do destino final.

A rua era ladeada por árvores anciãs. Usando uma de cobertura, Hopper ficou à espreita, contando as horas e os soldados, até que deu um bote, enganchou o braço no pescoço do último homem da fila e o esganou com todas as forças. O Viper se debateu, mas, antes que pudesse pedir socorro, Hopper tapou a boca dele e o arrastou até a calçada, atrás de um carro estacionado, com cuidado para não deixar cair o rifle e alertar os demais.

Quando teve certeza de que o homem estava inconsciente, Hopper o soltou e tirou o colete de couro dele. Trocou sua jaqueta pelo colete dos Vipers, por cima da camiseta amarela manchada de sangue.

Pegou a arma, pendurou no ombro e correu de volta para a rua, seguindo os demais. Na retaguarda, Hopper ficou praticamente invisível. Aos poucos, todos os membros da gangue se aproximavam do instituto e se organizavam em fileiras atrás dos comparsas. Continuavam olhando para o topo do prédio, que transbordava luz por todas as janelas.

E assim ficaram, à espera.

Hopper se descolou da retaguarda usando os carros estacionados de cobertura. Precisava entrar no prédio, e a porta da frente estava fora de questão. Mas o instituto era um edifício enorme, ocupava um quarteirão inteiro. Abaixado ao lado da fileira de carros estacionados, Hopper seguiu pela rua, sem ser visto, quase até a frente do prédio. De onde ele estava, as luzes do instituto formavam uma sombra em forma de cone dos dois lados. Mesmo estando de frente para os Vipers, Hopper resolveu arriscar: atravessou a rua e desapareceu na escuridão, na lateral do prédio. Ele aguardou, colado na parede de tijolos, tentando ouvir alguma coisa — *qualquer coisa* que fosse.

A barra estava limpa. Hopper fitou o edifício e seguiu pela lateral, procurando por outra entrada, e logo encontrou a oportunidade perfeita. Nos fundos, a parede se curvava para dentro do prédio, abrindo espaço para um enorme quintal, onde estava uma lixeira cercada de sacos cheios. Havia uma porta ali, escondida atrás de uma mureta. A porta estava trancada, mas Hopper se escorou na mureta e chutou a maçaneta com o calcanhar da botina. Depois de quatro golpes, a porta cedeu um pouco, o bastante para Hopper empurrar com o ombro e conseguir abrir.

Lá dentro estava um breu. Hopper respirou fundo e entrou no recinto.

A visão logo se ajustou, e ele notou uma luz adiante, transbordando pela fresta de outra porta fechada. Hopper se moveu depressa, em silêncio, e virou a segunda maçaneta com cautela. Estava destrancada, dava em um corredor. O policial deu uma olhada e entrou.

O corredor tinha assoalho de madeira e era iluminado por grandes lamparinas de aço ornamentadas que pendiam do teto. O piso estava polido e reluzente. Depois de passar horas em meio a um blecaute na cidade, entrar em um prédio com luz era desconcertante, ainda mais sabendo que era o único lugar com eletricidade em um raio de quilômetros. Hopper inclinou a cabeça, prestando atenção, e então ouviu: baixinho, mas constante, o ruído de um gerador ligado, provavelmente em um porão.

Hopper avançou, pé ante pé, a AK-47 confortavelmente em mãos — talvez até demais.

Ao perceber que o Instituto Rookwood estava deserto, ele apertou o passo. Ao contrário da sede dos Vipers no Bronx, o prédio estava em perfeitas condições, com o piso brilhando, e os móveis dos escritórios fora de uso bem acomodados em um canto. Lembrou-se do fim do ano letivo na escola, em Hawkins, vinte e cinco anos antes, quando os alunos ajudavam os professores a empilhar as cadeiras para que pudessem limpar a sala de aula durante as férias de verão.

Hopper continuou olhando, sem saber aonde estava indo, sem a menor intenção de desistir.

Delgado estava por ali, em algum lugar. Saint John também. Ele tinha certeza.

Só precisava encontrá-los.

No terceiro andar, Hopper encontrou um mapa: a planta do prédio desenhada em marchetaria, nos mínimos detalhes, enquadrada e pendurada na parede, ao lado da escadaria principal. Era uma obra de arte. Hopper não sabia o que funcionava ali antes de o imóvel ser comprado pelo governo federal, mas agradeceu aos artesãos do século XIX o trabalho. Estudou a planta tentando entender os padrões para conduzir melhor a busca, mas logo desistiu e decidiu seguir a esmo. Era tarde demais para traçar estratégias.

Logo adiante, havia uma porta dupla de vidro jateado atrás da qual a luz parecia se mover. Não era exatamente uma cintilação, mas um vulto se movia. Curioso, Hopper se aproximou para espiar dentro. Foi quando soltou um palavrão, abriu a porta com uma pancada e entrou correndo.

Era uma sala grande, comprida, talvez uma sala de reuniões ou um auditório para palestras, embora fosse destituída de móveis. Também não era iluminada por lamparinas antigas, mas por centenas de velas pretas de cera dispostas pelo chão.

No meio da sala, estava Delgado. Estirada de costas no chão, com os braços e as pernas abertas, no meio de uma grande estrela de cinco pontas entalhada no assoalho de madeira. Em torno da estrela, havia mais símbolos, dessa vez desenhados com uma substância vermelha, reluzente, como uma tinta grossa. Delgado estava de olhos fechados, mas o peito subia e descia numa respiração regular.

Hopper ficou congelado à porta, tentando assimilar a cena, fitando o homem que pairava sobre o rosto de Delgado.

Saint John.

Usava a túnica preta, mas o capuz estava abaixado. A luz das velas reluzia nas lentes prateadas de seus óculos escuros.

— Seja bem-vindo, ó irmão.

Hopper sentiu o grito ganhar forma dentro de si antes mesmo de abrir a boca. Saint John estava de pé, de mãos entrelaçadas, sorrindo. Hopper voou em cima dele, sem sequer recorrer à arma.

Queria resolver isso com as próprias mãos.

Mas seu ímpeto foi interrompido bruscamente: duas pessoas agarraram Hopper por trás e o forçaram a ficar de joelhos. Ele caiu no chão e foi desarmado.

Leroy jogou o fuzil para um canto e voltou a segurar Hopper pelo ombro. Outro lacaio de Saint John — Reuben — segurava firme do outro lado. Os dois estavam com olhos vidrados e uma expressão vazia, exatamente como os seguidores do lado de fora.

Saint John estava no controle.

Hopper se virou na mesma hora em que o líder da gangue dava a volta no corpo inerte de Delgado.

— Que merda é essa? — berrou Hopper. — Aonde você quer chegar com tudo isso?

Saint John parou na frente de Hopper, então se agachou para ficar na altura do detetive, olho no olho. Mais uma vez, Hopper encarou o próprio reflexo.

Saint John não se pronunciou.

Hopper balançou a cabeça.

— Que ladainha mística é essa? Você já foi um líder, não foi? No Vietnã. Você comandou homens. Deu ordens, seguiu ordens. Não tem nada de mágico nisso. Nem naquela época. Nem agora. Esse papo furado de apocalipse, do diabo em Nova York, fim do mundo, o Dia da Serpente... Não passa de um teatro. Você não acredita nisso nem precisa acreditar. Só usa isso para ser venerado pelos seus seguidores, para intimidá-los e dar a eles uma razão para servirem a você, porque, para eles, você é a única saída. Você é o único homem entre eles e o diabo. Não é?

Saint John permaneceu calado.

— E você gosta disso, não gosta? — Hopper fitou os óculos do homem, tentando enxergar por trás das lentes. — Isso te dá poder. Você se sente forte, reunindo os fracos e vulneráveis no seu culto. Você é um manipulador. Um mandante de primeira, ouvi dizer. E é verdade, um grande planejador. Um *líder*. Pode acreditar, eu entendo. Você está planejando isso há bastante tempo. O apagão, não sei como conseguiu, mas foi uma jogada de mestre. O gatilho perfeito, o início desse tal Dia da Serpente.

Hopper esquadrinhou o cenário ao redor de Saint John. Delgado não se mexia. As velas ao redor dela oscilavam, como se uma leve brisa varresse a sala, embora Hopper não sentisse o ar mover uma única molécula que fosse.

Saint John sibilou com a ponta da língua entre os dentes e assentiu.

— Parabéns pelo trabalho investigativo, Hopper! Teríamos nos dado bem, eu e você.

— Para que tudo isso? —A voz de Hopper não passava de um sussurro. — Me diz, por que você está fazendo isso?

Saint John se levantou e riu. Dirigiu-se de volta a Delgado e olhou para ela, então se virou para Hopper. Abriu os braços, as mangas da túnica preta esvoaçando.

— Você mesmo disse. É o Dia da Serpente, a hora marcada para Ele tomar o trono. — Saint John se agachou de novo diante de Hopper. — Ele apareceu para mim quando eu me arrastava na lama, quando eu matava pessoas porque era o que me mandavam fazer. Ele veio até mim, compartilhou os planos comigo, me mostrou o futuro.

Ele me explicou como preparar o caminho, como conduzir os rituais. — Saint John se levantou de novo e se aproximou de Delgado, de costas para Hopper. — Cinco sacrifícios para invocar o véu de sombras sobre a Terra.

Hopper sentiu o coração acelerar e as têmporas latejarem.

Tinha entendido errado. Tudo errado, muito errado.

Saint John não estava manipulando os Vipers. O homem acreditava em suas próprias palavras.

Acreditava naquilo tudo.

O líder da gangue pôs a mão dentro da túnica, tirou uma grande carta branca e virou-se para mostrar a Hopper.

Uma carta de Zener: feita à mão, como as outras. Só que aquela trazia um quadrado oco. Então, ajoelhou-se ao lado de Delgado e colocou a carta sobre o coração dela.

Hopper contou as vítimas de cabeça.

Jonathan Schnetzer. Sam Barrett. Jacob Hoeler.

Lisa Sargeson.

Com Rosario Delgado, eram cinco.

Hopper juntou todas as forças e tentou empurrar os dois homens que o subjugavam, mas não teve sucesso. Com os tendões do pescoço tensos como cabos de aço, o policial se debateu contra Leroy e Reuben. Saint John caminhava diante dele e tirava alguma outra coisa de dentro da túnica.

Hopper viu um lampejo prateado e sentiu uma ferroada quente, elétrica, no pescoço.

E então não viu mais nada.

Capítulo Cinquenta e Um

A VÍTIMA FINAL

14 DE JULHO DE 1977
BROOKLYN, NOVA YORK

Luzes dançavam na escuridão. Um fogo lampejava ao longe, em um crescendo, ardente, um brilho em meio à noite preta, preto cor de serpente.

Hopper acordou com um grito e se sentou, ofegante, tentando assimilar a situação.

Ainda estava na grande sala de reuniões. Delgado continuava no chão, no meio do pentagrama.

Hopper olhou para baixo, confuso. Estava sentado em uma cadeira de madeira, as mãos agarradas aos braços dela, mas não estava amarrado. Diante dele havia uma pequena mesa redonda e, do outro lado, uma cadeira idêntica à dele, com Saint John. Entre eles, na mesa, estava um cálice prateado cheio de um líquido escuro e o crucifixo-adaga prateado, com a lâmina desembainhada, apontada para Saint John.

Hopper respirou fundo e tentou levantar o braço...

Não se mexeu. Com a respiração presa na garganta, tentou de novo mexer as pernas, mas seus membros se recusaram a obedecer. Ofegante, lutava contra nada. Conseguia mexer um pouco os dedos, mas os braços não saíam do lugar.

— O que você fez comigo? — perguntou ele, encarando Saint John.

O líder da gangue deu de ombros, solene.

— Eu? Nada. O que acontece com você é você mesmo quem faz.

Hopper tentou se mexer de novo e, dessa vez, conseguiu balançar a cadeira de um lado para outro. Olhou para baixo, sem entender como estava preso. Olhou por cima de um ombro, depois do outro, e viu Leroy e Reuben impassíveis à porta, fora de alcance.

— Você estava certo.

Hopper se virou de volta para ficar de frente para seu raptor. Saint John respondeu com um meneio.

— Vietnã. Isso é que é inferno, não é, Jim?

Hopper não disse nada.

— As coisas que fizemos por lá — prosseguiu Saint John. — As coisas que *eu* fiz por lá. Não me voluntariei, não a princípio. Eles me tiraram da minha unidade, falaram que eu era um candidato compatível e me disseram para eu me reportar em uma base escondida em algum lugar nas profundezas da selva. Disseram que eu estava prestando um serviço e tanto para o meu país por estar lá. Como se eu tivesse escolha. Como se eu tivesse qualquer escolha.

Hopper respirou fundo e assentiu.

— Uma operação secreta? — disse ele. — Ouvi histórias da CIA por lá, fazendo experimentos com os soldados, com drogas e todo tipo de coisa estranha. Não acreditei em nada na época. Você fez parte disso?

— Eles me usaram de ratinho de laboratório. Cobaia Zero, era como me chamavam. Me disseram que queriam criar um tipo de soldado melhor. E eu acreditei neles. Achava que estava cumprindo com o meu dever. Não entendi nada, não no começo. Mas não morri. Acho que isso os surpreendeu, a princípio. Não importava o que fizessem, o que tentassem, não me matava. Matou os outros, claro. Mas a mim, não.

Hopper suspirou.

— Sinto muito.

Saint John deu de ombros, vagaroso, como de costume.

— Não sinta. Eu sobrevivi. Colaborei. Inclusive, cheguei a me juntar aos investigadores e fiz com outros o que fizeram comigo. Eu os ajudei com os experimentos, ajudei a refinar o processo. — Ele sorriu. — Fizemos um bom trabalho. Aprendi bastante sobre o funcionamento do cérebro. — Ao dizer isso, ele deu uma batidinha na têmpora. — Somos pura química e eletricidade, sabia? A mente e a alma são ilusões, efeitos colaterais de um caldo de neurotransmissores, hormônios, reações químicas e impulsos nervosos. Tudo isso está acontecendo agora, dentro do nosso crânio, fazendo de nós quem somos. Fazendo a gente sonhar. Fazendo a gente *acreditar*. — Ele baixou as mãos. — Química, eu e você, nada além de química. Quando você entende como funciona, entende como trabalhar com isso, como alterar ou mesmo controlar essas coisas. Pode usar drogas. Poder usar outras coisas. Gosto de chamar de programação. Transformar a mente em uma máquina, pronta para instruções, comandos, pronta para fazer o que você quiser.

Hopper balançou a cabeça.

— Sinto muito.

— Você já disse isso. Repetir isso não vai dar mais credibilidade às suas palavras.

Hopper olhou ao redor e estudou a sala.

— E este lugar? Você esteve aqui em reabilitação? O que aconteceu?

O canto da boca de Saint John se contorceu em um sorriso.

— O que aconteceu? Você ouviu alguma coisa do que eu disse? O Vietnã aconteceu. Foi isso. E, quando desistiram de tentar me transformar em um super-homem, quando eu mesmo desisti de transformar outros em super-homens, me mandaram para casa e me disseram para esquecer tudo. Disseram que nunca tinha acontecido. Disseram que eu tinha sonhado. Que eu tinha imaginado tudo. Que era uma fantasia pós-traumática. Mas eu sabia que era verdade. Eu sei o que vivi. Você sabe como é difícil quando as pessoas não te dão ouvidos? Quando não importa quanto você se esforça, quanto tenta fazê-las escutar, e elas não veem o que deveriam?

— Quanto tempo você passou no programa?

Saint John riu.

— Ah, tempo demais! Mas foi aqui, no Instituto Rookwood, que encontrei minha salvação. Porque foi aqui que O escutei de novo. Fazia anos, mas eu sabia que já tinha escutado uma vez e que escutaria de novo. Não acreditaram nisso também, então aprendi a ficar quieto.

Assim que fui arrastado por aquelas portas, ouvi a voz dEle de novo. Ele me lembrou o meu caminho. Ele me lembrou o que precisava ser feito. Foi quando minha mente foi destravada... Eu não sabia, mas tinha me fechado para o mundo. Eu tinha parado de dar ouvidos a Ele. Mas Ele esteve a meu lado o tempo todo. Com a ajuda de Lisa, ouvi a voz dEle de novo. Uma pena que ela não esteja aqui para ver o plano glorioso dEle se concretizar, mas ela sempre fez parte de tudo.

Saint John levantou o rosto e olhou para o teto. Sorriu, e Hopper viu o peito do homem se mexer, como se ele tivesse sido tomado por uma onda de emoção.

— Ele me enviou até aqui, a este lugar, para o ato final... Tudo se encaixa.

— Você precisa se tratar — disse Hopper. — Eu posso ajudar com isso. Sou como você, lembra? Também passei por isso. Eu voltei e passei por maus bocados. Mas superei e fiquei forte de novo. Você também pode ficar. Só precisa confiar em mim. Posso *ajudar* você. Posso ajudar a consertar isso.

Saint John baixou a cabeça e fitou Hopper por cima dos óculos. Pela primeira vez, Hopper teve um vislumbre dos olhos do homem. Eram claros, castanhos e... No fim das contas, Saint John era apenas um homem, assim como Hopper. O detetive experimentou uma sensação estranha de frustração.

Saint John era só um homem.

— Consertar, sei — disse Saint John calmamente. — Sabe, eles nos mandaram para lá, para o meio de um pesadelo. Para quê? Por isso aqui? Pelos Estados Unidos? Por Nova York? Nova York é o pesadelo americano. Uma ruína, um deserto. Mas Ele pode consertar. Ele me mostrou como consertar.

A mente de Hopper girava conforme ele tentava absorver a extensão da loucura de Saint John. Era um homem atormentado pelas experiências no Vietnã, relegado a um mundo de dor não pelas mãos do inimigo, mas pelas do próprio país. E, quando voltou para casa, deparou-se com uma nação que seguia na mesma direção.

Hopper entendia. Ali, naquele momento, odiou-se por isso, mas entendia. Voltou do Vietnã querendo consertar as coisas, mudar as coisas. Controlar as coisas.

E Johnathan Saint não queria nada além disso também. Dois veteranos tentando encontrar um novo caminho, um novo lugar no mundo.

Quão diferentes foram os caminhos que seguiram?

— As caixas — disse Hopper. — Os documentos... aqueles no armazém. Jacob Hoeler tinha aquilo tudo guardado. Eu vi, mas desapareceram. Foi você, não foi? Ou um dos Vipers, algum enviado seu.

— Ah, Jacob, Jacob, Jacob. — Saint John colocou a mão no peito. — Aqueles documentos eram *meus*, detetive. Um registro do meu trabalho na selva. Disseram que nunca aconteceu, mas estava tudo lá, não estava?

— Então foi o Jacob que pegou os documentos para você? Ele se infiltrou nos Vipers, mas você descobriu quem ele era, para quem ele trabalhava. Não foi assim? Você descobriu para quem ele trabalhava e para que poderia usá-lo.

Saint John bufou, como se estivesse ficando entediado com a conversa. Hopper aproveitou a oportunidade para levantar os braços, mas ainda não conseguia se mexer.

— Sim, Jacob Hoeler trabalhava para mim. Foi fácil corrompê-lo a meu bel-prazer. Ele manteve as autoridades afastadas e deu tempo de pôr os meus planos em prática. Tinha certo grau de acesso e conseguiu pegar os documentos. Nos arquivos, constavam registros de um trabalho importante. Eu queria dar continuidade ao trabalho.

— Mas e depois? Ele conseguiu se libertar do seu controle e tentou pegar os documentos de volta? Então você mandou matá-lo sob o pretexto dos rituais e conseguiu os documentos de volta?

Saint John levantou o rosto, ríspido.

— Cuidado com o que você fala, detetive. Não tem nada de pretexto.

Hopper o ignorou.

— Você mandou matá-lo, assim como mandou matar Sam Barrett e Jonathan Schnetzer.

— James Hopper...

— Os grupos de apoio serviam para recrutamento. Você saiu procurando por alvos vulneráveis, suscetíveis. Pessoas que tinham medo. Porque o medo é a chave, não é? Quando as pessoas estão com medo, é possível controlá-las.

— Chega!

Hopper respirou fundo.

— Escuta, *Johnathan*, eu posso ajudar você.

Saint John sorriu.

— Sim, você pode ajudar todos nós.

Hopper franziu a testa. Então, Saint John apontou para os objetos na mesa entre eles.

— Você vai pegar a faca e matar a sua parceira. Então vai beber do cálice e vai morrer. Uma vítima para Ele. Outra para mim.

— O quê?

— Você vai fazer o que é certo. Vai fazer o que eu ordenar. Você vai encontrar o caminho e vai segui-lo, porque sabe que é a verdade.

Hopper abriu um sorriso. Sentia-se... estranho. Não zonzo exatamente, mas... desconectado.

— Você quer pegar a faca. Quer matá-la. Quer beber.

Hopper piscou, e de repente parecia que a sala estava a milhas e milhas de distância, como se ele estivesse olhando pelo lado errado de um telescópio.

Queria pegar a faca. Queria matar. Queria beber. Queria isso porque era o certo, porque era a verdade. Porque queria. Porque queria...

Ele arfava, tentava encher o pulmão de ar. E ao fazer isso babava no próprio queixo. Agarrava os braços da cadeira com tanta força que os dedos doíam.

Saint falava, mas Hopper não conseguia ouvi-lo. Só via os lábios dele se mexendo, passando mais instruções.

Fui dopado. O lampejo de lucidez colocou a sala de volta em foco. A voz de Saint John de repente ficou alta.

Dopado. O que quer que tivessem lhe dado — um coquetel de agentes hipnóticos, algo da época de Saint John no Vietnã — estava mexendo com a química do cérebro dele, deixando-o influenciável, suscetível aos comandos de Saint John.

Hopper se concentrou. Precisava focar, limpar a mente, tentar resistir — talvez em vão — às instruções do líder da gangue. Começou a recitar o alfabeto de trás para a frente.

— Z...

— Pegue a faca. Pegue o cálice. Essa é a sua verdade.

— Y...

— Mate a mulher. Mate-se. Essa é a sua verdade.

— X...

— Você só serve a Ele, que se aproxima. Essa é a sua verdade.

— W...

— Você sabe o que precisa fazer. Sabe o que quer fazer. Essa é a sua verdade.

Hopper olhou para Saint John. Lambeu os lábios e franziu a testa.

— W...?

A cabeça de Hopper desabou no peito, e ele soltou um longo suspiro irregular.

— Dá uma olhada nele!

Dedos frios tocaram seu pescoço, checando a pulsação. Mãos tatearam o rosto dele, levantaram a cabeça, abriram as pálpebras.

Hopper não se opôs.

— Ele apagou! Dá alguma coisa para ele voltar a si. Só toma cuidado com a dose.

Barulho vindo de algum lugar atrás dele. Um barulho metálico...

Alguém — Leroy talvez? — preparava uma nova seringa, um novo coquetel, algo para neutralizar a dose de drogas que Saint John tinha calculado errado.

Leroy parou atrás de Hopper e virou a cabeça dele para o lado. O detetive sentia a respiração do homem, que escolhia com cuidado um ponto para a injeção.

Foi quando ele entrou em ação. Projetou o cotovelo com força e acertou o pescoço de Leroy. O membro da gangue ficou sem ar e tombou para trás, deixando a seringa cair. Hopper saltou da cadeira e, girando, agarrou Leroy pelo colarinho e deu uma cabeçada nele. O barulho que se deu indicava um nariz quebrado, ao passo que a testa de Hopper parecia prestes a explodir, tamanha dor.

Estava precisando de dor. A descarga de adrenalina o despertou, clareando seus sentidos.

Ele se virou bem na hora em que Reuben avançou na direção dele, balançando os punhos. Hopper desviou com facilidade, agachou-se e revidou com um soco bem no meio da barriga dele. Reuben se dobrou de dor e caiu de lado, derrubando a mesa redonda. O cálice prateado voou e caiu na cabeça de Reuben bem na hora em que o gângster estava se levantando do chão, desengonçado. A surpresa do impacto o derrubou de volta, e o conteúdo vermelho-escuro correu por seu rosto.

Com um rugido, Saint John foi para cima de Hopper, agarrou-o pelo pescoço e fez força para derrubar o detetive. Hopper tentou se soltar do líder da gangue, mas Saint John era forte. Rolaram pelo chão, espatifando velas. Hopper empurrava e Saint John empurrava, de volta, lançando Hopper contra Delgado, ainda inconsciente. Saint John se debatia, tentando se apoiar no chão, a barra da túnica voando sobre as velas.

Um baque suave se fez ouvir, e a túnica começou a pegar fogo. Saint John olhou para baixo, distraído por um segundo, e Hopper aproveitou a oportunidade para se levantar e chutar o líder. O homem tombou para trás, rolou pelo chão e se agarrou à túnica, tentando apagar o fogo da barra.

Hopper avançou contra ele e acabou tropeçando, acometido por uma nova onda de tontura. Os efeitos das drogas ameaçavam se apoderar do detetive mais uma vez. Uma figura cintilou para ele. Hopper chacoalhou a cabeça para recuperar a visão e viu que era a adaga prateada no chão, dando sopa a seu lado.

Ele pegou a arma bem na hora em que Saint John o atacou de novo. Hopper se virou e revidou, golpeando-o com a adaga. A lâmina envergou e quase se partiu ao meio. Hopper deixou a mão deslizar pelo punho da faca e, com força, conseguiu furar a túnica de Saint John no ombro. Forçou mais um pouco, quase quebrando os dedos de tanto apertar a faca, até que a lâmina afundou inteira.

Saint John gritou de dor, com a força de repente minada. Ele se soltou das garras de Hopper, tombou e rolou pelo chão. Estatelado, tentou estancar a ferida e se levantar, mas foi inútil.

Hopper estava pronto para mais uma investida, mas não precisou agir. Reuben estava encostado na porta, ofegante, entres longos chiados de respiração, quando uma espuma branca obstruiu sua garganta e escorreu de sua boca. O veneno do cálice estava fazendo efeito.

Leroy se levantou, ainda vertia sangue do nariz estraçalhado. Hopper se agachou e fechou um punho, pronto para mais um ataque.

Então Leroy começou a rir. Hopper ficou tenso, ainda tentando se equilibrar, sem saber qual seria o próximo passo de Leroy, sem querer tirar qualquer conclusão precipitada.

Foi quando Leroy sacou a arma de trás da calça. Hopper reconheceu a pistola Colt M1911, o mesmo modelo que Lincoln havia tirado dele no armazém.

Aparentemente, Leroy tinha tomado a arma de Martha durante a briga.

— Leroy, escuta! — disse Hopper.

Até que ponto chegava a programação de Saint John? Teria drogado seu lacaio antes de partir para o Instituto Rookwood? Hopper se lembrou do estado de Leroy na delegacia, quando apareceu pedindo ajuda. Não estava despertando de uma viagem qualquer, aquilo era efeito do coquetel misterioso que Saint John o forçara a tomar.

Em que estado se encontrava naquele momento? O detetive se perguntou se conseguiria despertá-lo daquele transe. Leroy podia muito bem estar agindo sob as últimas ordens de seu mestre, assim como o restante dos Vipers.

Hopper baixou a guarda.

— Vamos, Leroy! Vamos, cara! Estou aqui. Você só precisa escutar a minha voz. Pensa na Martha. Ela está procurando por você. Ela quer proteger você. É o que todos nós queremos, não é? Segurança e liberdade? Eu posso ajudar. Podemos superar isso juntos. Não pense em mais nada. Foca na minha voz. Você vai sair dessa. A Martha está esperando a gente. Podemos sair dessa.

A arma na mão de Leroy começou a tremer. Hopper estava tenso, de olho no tambor da arma. Deu mais um passo adiante. Olhou para o jovem.

— Pode baixar a arma. Sou eu. Você se lembra de mim, não lembra? Já tentei ajudar você antes. Posso ajudar de novo. Podemos sair daqui e podemos encontrar a sua irmã. A Martha está lá fora. Podemos encontrá-la. Ela está esperando. Você só precisa baixar a arma.

O tremor de Leroy piorou. Seu rosto se contorceu em agonia, a mandíbula se contraindo enquanto o rapaz lutava contra a programação.

Leroy baixou o braço.

Hopper respirou fundo e deu mais um passo à frente.

— Isso, Leroy! Eu posso ajudá-lo. Concentre-se apenas no som da minha voz. Vou tirar a gente dessa.

Leroy deu de ombros.

Levantou a arma e mirou.

Hopper parou e ergueu as mãos, balançando a cabeça.

— Leroy, posso ajudá-lo.

O garoto, então, baixou o braço com a arma de novo.

Hopper deu um passo à frente, mas Leroy soltou um berro, exprimindo a dor que martelava sua mente. Por fim, levantou a arma e apertou o gatilho.

O detetive havia chegado tarde demais. Golpeou o braço de Leroy bem na hora do disparo. A explosão foi ensurdecedora, deixando os ouvidos de Hopper zunindo. Ele sentiu uma fisgada no braço esquerdo e, logo em seguida, parecia que seu ombro estava pegando fogo.

Tinha levado um tiro. A gravidade do ferimento ele não sabia, mas, para sua alegria, o braço ainda funcionava. Ainda estava atracado com Leroy.

A resistência de Leroy logo se esvaiu. Hopper segurava a mão dele pelo pulso e só precisou dar uma chacoalhada para o garoto soltar a arma. Com o outro braço, Hopper acertou o queixo de Leroy com o cotovelo e o impacto fez com que os joelhos do jovem cedessem. Ele grunhiu e desmaiou.

Hopper caiu de joelhos, o braço ferido. A manga estava ensopada de sangue, e o ombro latejava de dor quando ele mexia o braço, sentindo uma queimadura incandescente.

Sobreviveria.

Levantou-se e girou, com outras preocupações em mente.

Delgado.

Na batalha contra Saint John, ela foi arrastada pelo chão e se encontrava deitada de lado, o cabelo perigosamente perto de duas velas pretas. Hopper correu até ela e caiu de joelhos. Tirou as velas do caminho e a virou de costas. Checou o pulso e encostou o ouvido na boca, pronto para tentar reanimá-la, mas a parceira soltou um grunhido e abriu os olhos devagar. Levantou a cabeça, fitou Hopper, suspirou e deixou a cabeça cair de volta no chão duro. Estremecendo de dor, soltou um "ai" baixinho.

Convencido de que ela estava começando a se recuperar, Hopper se voltou para Saint John. O líder da gangue ainda estava caído no chão, mas tinha se virado de lado. Estava de frente para Hopper, agarrado à túnica amarrotada e ensanguentada no ombro. Respirava com dificuldade, e sangue escorria do canto da boca.

Tinha perdido os óculos na luta. Piscava enquanto encarava Hopper.

O detetive se aproximou, pronto para virar o líder da gangue de costas e estancar o sangue. A faca tinha sido arrancada, e a ferida estava pior do que Hopper havia imaginado. A quantidade de sangue indicava que uma artéria importante tinha se rompido.

Quando ele encostou em Saint John, o líder da gangue tentou afastá-lo, sem muita força.

— Ei, ei, calma! Preciso estancar o sangramento.

Saint John não disse nada, mas sorriu e, quando Hopper o virou, começou a rir.

Hopper encontrou o furo na túnica, enfiou o dedo e rasgou o tecido para expor a ferida. O sangue arterial, vivo, borbulhava feito água de nascente.

— Sacrifício — sussurrou Saint John, com dificuldade, olhando para Hopper com seus grandes olhos castanhos. — Você... acredita em mim... não... acredita?

Hopper não respondeu. Mergulhou os dedos no sangue, tentando encontrar uma maneira de estancar o fluxo.

De onde saía tanto sangue?

Saint John fechou os olhos.

— Às vezes, homens bons... Homens bons fazem coisas ruins. Às vezes... homens bons... não têm escolha.

Ele ficou parado, o rosto pálido. Sangue escorria pela túnica, encharcando Hopper, inundando o pentagrama entalhado no piso com um traço grosseiro e irregular.

Hopper se ajoelhou ao lado dele por um momento, então se levantou.

— Hã... Hopper?

Hopper se virou. Delgado se mexia. Ele se aproximou da parceira e a ajudou a se sentar. Ela balançou a cabeça e deitou no ombro do amigo, e ele a abraçou, as mãos ainda cheias de sangue.

E ali ficaram até chegarem os agentes.

Capítulo Cinquenta e Dois

DEPOIS DO TERROR

14 DE JULHO DE 1977
BROOKLYN, NOVA YORK

Fizeram um curativo no ombro de Hopper. O tiro tinha pegado de raspão, mas doía bastante, como se a bala tivesse atravessado o corpo. Ele estava sentado na traseira de uma ambulância e se encolheu de dor ao tentar ajeitar a manta nas costas. A noite não havia esfriado, mas ele sentiu uma brisa gélida vinda de algum lugar.

De sua imaginação, muito provavelmente.

A área em torno do Instituto Rookwood estava apinhada de veículos — ambulâncias, caminhões de bombeiros e pelo menos uma dúzia de viaturas, as luzes em um redemoinho azul e branco, fazendo a cabeça de Hopper girar. O efeito das drogas ainda não tinha passado de todo, e ele se sentiu um pouco desconcertado novamente, como se tivesse passado mil anos sentado na porta traseira da ambulância e os eventos no Instituto Rookwood tivessem sido um sonho muito antigo.

Hopper pulou da ambulância. Deu um tempo para se certificar de que realmente estava conseguindo se equilibrar, então se dirigiu à ambulância ao lado. Delgado estava sentada em uma maca, respondendo a perguntas de bate-pronto ao paramédico, enquanto ele inflava o aparelho de medir pressão afixado ao braço dela. Quando viu o amigo, abriu um sorriso e afundou de volta no travesseiro.

Ela estava viva.

Leroy também. Hopper prosseguiu para a ambulância seguinte. O rapaz estava estendido na maca, e um paramédico examinava suas pupilas com uma caneta-lanterna, enquanto outro preenchia um formulário em uma prancheta. Leroy ergueu o braço, e o paramédico com a lanterna o baixou de novo. Ele estava consciente, mas o efeito das substâncias de Saint John ainda não havia passado.

O importante era que estava vivo.

Hopper se virou de volta para a rua. De todo o exército dos Vipers, restava apenas um punhado de gatos-pingados, todos sob custódia, nos bancos traseiros das viaturas. Os policiais já tratavam de arrancar informações deles. O restante fugiu antes mesmo de os primeiros agentes federais — uma pequena parcela da força-tarefa de Gallup — darem as caras.

Duas viaturas se afastaram da calçada, e outro veículo apareceu, um carro sem marcação, com uma sirene magnética piscando do lado do motorista. Parou em diagonal, e as portas da frente se abriram com violência. Martha e o agente especial Gallup saltaram. Hopper largou o cobertor e foi ao encontro dos dois no meio da rua.

— Você está bem? — perguntou Martha. — O que diabos aconteceu?

Hopper olhou para si mesmo, ainda encharcado do sangue de Saint John.

— Estou bem, estou bem. E você? Não conseguiu dar um jeito de vir para cá?

— Pois é! Tudo culpa desse palerma! — Martha lançou um olhar a Gallup. — Ele disse que me emprestaria um carro, mas acabou me trancando aqui dentro. — Ela se virou para estudar o entorno, os veículos de emergência. — Cadê o Leroy? Hopper, ele estava no instituto?

O detetive apontou para uma das ambulâncias. Martha saiu correndo, aos tropeços. Mergulhou na ambulância, ignorando o susto dos paramédicos, e quase pulou em cima do irmão. Hopper só viu Leroy levantando os braços, abraçando a irmã sem muita força.

— Acabou, detetive.

Hopper coçou o rosto e se virou para Gallup. Respirou fundo e se recompôs. Estava com dor no corpo e se sentia muito, muito cansado.

Gallup deu um tapinha no ombro dele.

— Acabou. Vai para casa. Vai ficar com a sua família.

Estava começando a amanhecer quando Hopper correu para a entrada de seu prédio. As luzes da viatura que o levaram até lá já estavam sendo ofuscadas pelo brilho do sol. Antes de ele subir, a porta da frente se abriu, e Diane apareceu com Sara embalada em seus braços, dormindo com a cabeça aninhada sob o queixo da mãe.

Hopper parou a dois degraus do topo. Diane riu, certamente por causa do alívio intenso que devia ter sentido, o rosto úmido de lágrimas.

O marido se juntou a ela, também emocionado. Abraçaram-se no saguão. O braço ferido de Hopper, preso entre o corpo dos dois, doía, mas ele ignorou o desconforto, contente.

Abrigada em segurança entre eles, Sara abriu os olhos e levantou o rosto. Olhou para Diane, depois para Hopper. Esfregou o olho com as costas da mãozinha.

— É você, papai?

— Sou eu, querida, sou eu. — Ele beijou a bochecha da filha. — Estou em casa.

Capítulo Cinquenta e Três

HERÓIS POR UM DIA

26 DE JULHO DE 1977
BROOKLYN, NOVA YORK

— Ei, Cher, tem certeza de que quer fazer isso?

— Querida, você não deveria estar com as mãos na cintura, não?

— Imbecil!

— Ei, espera um segundo!

— Que foi?

— Eu sou o Sonny. *Você* é a Cher.

— Por que eu sou a Cher?

— Ora! Porque a Cher é uma mulher. Sou o Sonny. Você é a Cher.

— Cher é uma mulher?

— Você está me dizendo que não sabe quem são Sonny e Cher?

— E por acaso eu deveria saber?

— Você só pode estar de brincadeira. Por favor, me diz que é uma piada!

— Ei, não tenho culpa, sou de Cuba.

— Você não é de Cuba, é do Queens. E você sabe quem são Sonny e Cher.

— A pergunta continua de pé.

— A pergunta?

— Tem certeza de que você está pronto para isso? Porque você sabe o que nos espera do outro lado da porta, não sabe?

— Sei, mas...

— Então tem certeza de que quer fazer isso?

— Você está me dizendo que temos escolha?

— Ah... Você que sabe!

— Talvez eles não tenham preparado nada.

— Para falar a verdade, não me surpreenderia.

— Não faz o estilo do capitão, não é mesmo? Ele não curte essas coisas.

— Não, verdade.

— Então talvez não tenham feito nada mesmo.

— Certo.

— O que significa que podemos entrar, sem drama.

— Certo.

— Você sabe o que mais isso significa, detetive Delgado?

— O quê, detetive Hopper?

— Significa que estamos atrasados para o trabalho.

Delgado olhou para o parceiro e abriu um sorriso malicioso.

— Acho que estamos no direito. Digo, pelo menos dessa vez. Passamos por maus bocados. Fui internada, sabe? Passei a noite no hospital. A noite toda, detetive Hopper.

Ele riu.

— Eu deveria ter mandado flores.

— Nem pensar, sou alérgica — retrucou Delgado. — Como está o seu braço?

Hopper levantou o braço, ainda com a tipoia.

— Ainda dói. Bastante.

— Um.

O detetive franziu o rosto.

— Um o quê?

— Estou contando. Você só pode dizer que seu braço está doendo quatro vezes por dia, e olha que estou sendo generosa! Depois disso, perco a paciência, parceiro.

Hopper usou o braço ferido para fazer continência.

— Ai! Sim, senhora.

De repente, a porta dupla da divisão de homicídios foi escancarada. O capitão LaVorgna estava parado, balançando a cabeça.

— Vocês vão entrar ou vão ficar esperando um convite do prefeito?

— Só aceito um convite da Bella Abzug — brincou Delgado.

— E só se for um convite formal, com letra cursiva e papel especial — retrucou Hopper.

— Bem que vocês gostariam! — disse LaVorgna. — A prefeitura não tem como bancar essas porcarias! E você nem ficou no hospital tanto tempo assim, Delgado. Além do quê, depois de tudo o que aconteceu, Cuomo já está com a eleição ganha. Espera só para ver.

Delgado torceu o nariz para Hopper.

— É o calor, não é? A obediência ao código de vestimenta do departamento finalmente fez o cérebro dele derreter, imagino. Ou talvez seja a sequela de ficar enjaulado em um cubículo, em uma nuvem perpétua de fumaça de cigarro.

Hopper abriu a boca para dizer alguma coisa, mas o olhar de LaVorgna sugeriu que guardasse para ele.

O capitão segurou a porta e acenou para os dois detetives passarem.

Hopper e Delgado trocaram olhares. Ele não conteve o sorriso; ela sorriu também e liderou o caminho.

Uma salva de palmas irrompeu pela repartição. Hopper seguiu Delgado, mas se viram obrigados a parar, cercados pelos outros detetives, que formavam um semicírculo e ovacionavam os dois. E não eram só os colegas do turno deles — a equipe do sargento Connelly, do turno da noite, ficou na delegacia para participar da festa de boas-vindas.

Hopper sentiu um tapinha pesado nas costas. LaVorgna parou entre os dois detetives, com um braço em torno do ombro de cada um.

— Tá bom, pessoal, já chega. É capaz de alguém nos ouvir e achar que resolvemos mesmo um caso. — Ele largou seus funcionários assim que os aplausos se abrandaram e deu um passo à frente para fazer um comunicado. — Não é sempre que temos motivo para celebrar, mas o fato é que esses dois colegas fizeram um bom trabalho. Pode parecer um elogio vago depois de tudo pelo que passaram, mas vou tentar ser claro. Eu espero que cada um de vocês faça o seu trabalho. É por isso que estão aqui. É por isso que trabalham para mim. Então, quando eu digo que fizeram um bom trabalho, acreditem em mim, não existe elogio maior. Um bom trabalho é o que mantém esta cidade segura. Um bom trabalho é o que nos salva quando nada mais salvará.

Alguns detetives soltaram risadinhas, enquanto outros pareceram intrigados, sobretudo os colegas do turno da noite, notou Hopper.

O capitão se virou para ele e Delgado.

— Vocês fizeram um bom trabalho, detetives. E há mais a ser feito, sem contar o relatório que vocês precisam preparar para a viagem a Washington na quinta. O agente especial Gallup já telefonou para dizer que ele e seus agentes mal podem esperar para repassar o relatório com vocês dois, Leroy e Martha. Disse que vai ser um dia longo e produtivo.

Delgado arqueou a sobrancelha. Olhou de relance para o parceiro.

— Longo e produtivo?

— A quinta promete — disse Hopper.

— Então... Que tal sentarem a bunda na cadeira e começarem o trabalho? — O capitão abriu um sorriso e bateu uma única palma. — O pessoal vai tomar umas no Mahoney hoje à noite.

Hopper riu.

— Obrigado, capitão. É bom estar de volta.

LaVorgna assentiu e voltou para a sala dele. Quando Hopper e Delgado se dirigiram a suas mesas compartilhadas, os demais detetives se mobilizaram, cumprimentando-os com apertos de mão e tapinhas nas costas. Hopper respondeu a todos, mas sentiu o sorriso morrer ao chegar à sua cadeira. Delgado se sentou e olhou para a própria mesa, confusa.

— Que foi, Hopper?

Ele crispou os lábios e também se sentou.

— Que retorno triunfal, hein.

— Ei, não vai deixar o discurso do capitão subir à cabeça— brincou a parceira.

Hopper abriu um sorrisinho frouxo.

— Já fui herói uma vez. Pelo menos, foi o que me disseram.

— Você ganhou medalha e tudo. Quer mais que isso?

— Mas não é por isso que estamos aqui, não é mesmo? — disse Hopper, cabisbaixo. — O capitão tem razão.

— Tem mesmo. Estamos aqui para fazer o nosso trabalho. E foi o que fizemos.

Hopper encarou a própria mesa. Delgado suspirou, agachou-se, abriu uma gaveta e tirou uma garrafa de uísque. De sobrancelha arqueada, Hopper fitou a garrafa na mesa entre eles.

— O pessoal bebe uísque em Cuba?

— Não, mas no Queens, sim, seu besta.

Delgado entornou uma dose em sua caneca de café e na de Hopper também.

— A um bom trabalho! — anunciou ela, erguendo a caneca.

Hopper ergueu a dele.

— Por fazer um bom trabalho.

Ele tomou tudo num gole só, então estendeu a caneca a Delgado. Ela riu e a reabasteceu.

— Bebendo em pleno expediente, Hop. O que o capitão diria?

Hopper sorriu e levantou o braço.

— Ainda dói. Foi uma torção feia, segundo os médicos.

— Dois.

Hopper ergueu a caneca.

— Um brinde a isso — disse ele.

27 DE DEZEMBRO DE 1984
CABANA DE HOPPER
HAWKINS, INDIANA

Na cabine do avô de Hopper, reinava o silêncio. Hopper estava sentado em sua poltrona e El no sofá diante dele, envolta em mantas, com o olhar distante.

Já era tarde, havia passado da meia-noite. Mas tudo bem. Não tinham planos para o dia seguinte. Os dois podiam dormir até tarde.

Mas ele não sabia se conseguiria pegar no sono. Por ora, não. Olhando para El, perguntou-se de novo se tinha ido longe demais.

— Ah, olha... — começou Hopper, e parou assim que El levantou o rosto e olhou para ele.

— Obrigada — disse ela.

— Eu... Ah, de nada. — Hopper coçou o rosto. — Só queria pedir desculpas.

El se endireitou no sofá e lançou a Hopper um olhar intrigado.

— Por contar essa história, digo. Talvez você seja muito nova para isso.

— Não! Aprendi... Você ajudou as pessoas.

Hopper riu.

— Puxa, obrigado!

— Por que você ficou triste?

Hopper fitou El com um sorriso melancólico.

— Triste?

— Você salvou pessoas. Mas...

— Também vi pessoas morrerem.

— Você foi um herói. — El virou a cabeça de lado. — Heróis são bons.

Hopper deu uma risadinha tímida.

— Verdade, mas acho que passei a maior parte do tempo tentando me manter vivo e não arranjar confusão. E olha, pequena, ser um herói é legal, mas não é a nossa motivação. Ninguém deveria querer ser um herói. O negócio é querer fazer a coisa certa. Heroísmo não é um trabalho. Ser policial é o meu trabalho. Ser policial é a coisa certa para mim, então é o que eu faço. É o que eu faço agora, é o que eu fazia na época. Era só o meu dever, e tentei fazer da melhor forma possível.

El assentiu e bocejou. Hopper tentou conter o próprio bocejo, e a careta que acabou saindo fez El rir. Sem se aguentar mais de sono, Hopper se levantou e se alongou.

— Certo, pequena. Para a cama! Agora! Pode dormir até tarde, mas sem exagerar, tá bom? Não quero que essas madrugadas virem hábito.

El se desenrolou das cobertas e se dirigiu ao quarto. Parou diante da mesa vermelha e pegou a carta de Zener, ainda selada no saquinho de evidências. Hopper parou e observou a filha. Ela estudou a carta, colocou-a de volta na caixa de arquivos de Nova York e fechou a tampa.

Então, foi para o quarto e fechou a porta sem ao menos tocar nela.

Hopper sorriu, com as mãos na cintura. Estava exausto, mas contente. Talvez El tivesse aprendido algo, algo sobre o passado dele, sobre a antiga vida dele em uma cidade longínqua, fazendo um trabalho tão recompensador quanto perigoso.

Sua vida antiga.

Hopper pegou a caixa de Nova York e a guardou de volta no porão. Ajoelhado, levantou a beirada do tapete e abriu o alçapão que dava no depósito. Tateou a parede à procura do interruptor e acendeu a luz, deixando o cubículo parcamente iluminado pela pequena lâmpada.

Com cuidado, colocou a caixa de volta no espaço vazio.

Apagou a luz, fechou o alçapão e foi para a cama.

25 DE DEZEMBRO DE 1977
BROOKLYN, NOVA YORK

Não estava exatamente nevando, mas uma cortina de granizo caía, levada pelo vento cortante, deixando a sensação térmica perigosamente abaixo de zero. A rua lá fora era um pesadelo glacial...

E Hopper estava curtindo cada minutinho congelante. Porque, dentro do apartamento, no prédio de época do Brooklyn, estava quente e iluminado, e ele estava com sua família.

E era Natal.

Hopper adorava o Natal.

Ele se recostou na poltrona e fechou os olhos. Um instante depois, abriu-os e viu que Diane o fitava do chão, onde abria os presentes debaixo da árvore com a ajuda de Sara. Ela estava com uma caixa retangular grande e fina nas mãos.

Oba! A Sara vai amar esse!, pensou Hopper, então arqueou a sobrancelha e crispou os lábios. Por que demoravam tanto para abrir?

— Tudo bem aí, vovô? — perguntou Diane.

Hopper abriu e fechou a boca. Sara riu e disse a Diane, com todas as letras, que o papai não era vovô e que a ideia fazia da mamãe a pessoa mais boba da rua, senão do mundo.

— *Vovô?* — Hopper finalmente entendeu a piada e olhou para a própria roupa. — Esse é o seu jeito de dizer que este adorável suéter que minha adorável esposa me deu de Natal me faz parecer mais maduro e digno?

Diane deu risada, e a filha gargalhou junto, ainda tentando vestir a nova boneca, o primeiro presente de Natal que tinha aberto. Ao lado dela, no chão, estava o presente número dois, um grande livro ilustrado cuja capa proclamava as maravilhas do espaço sideral. Hopper estava bastante entusiasmado para dar uma olhada no livro também, quando tivesse oportunidade.

— Não, não é o suéter — disse Diane. — Mas fico contente que tenha gostado.

— Se gostei? Amei!

— Que bom! Mas não. Acho que o que denunciou você foi o ronco contido e os olhos fechados. Talvez devesse ter dado um cachimbo e pantufas também.

Hopper sorriu.

— Digamos que eu tenha soltado um ronco mesmo, assim, hipoteticamente... Com certeza, não seria nada contido!

Ele se recostou na cadeira e fechou os olhos, ajeitou-se exageradamente na poltrona e entrelaçou as mãos no peito. Fingiu roncar alto, arrancando mais uma gargalhada de Sara.

O baque do presente pesado de Diane despertou Hopper. Ele riu, pegou o embrulho e leu o cartão.

— Olha, esse é um presente especial para Sara, da mamãe e do papai. Vem cá, pequena. Pode abrir!

Sara foi saltitando até Hopper e escalou o colo dele antes de tentar pegar o presente. Diane se levantou, ajeitou-se ao lado do marido no braço da poltrona e o abraçou. O casal deu um selinho enquanto Sara destruía o papel de presente, revelando um grande livro de capa dura. Na capa, havia uma ilustração de uma garotinha de vestido azul e cabelo loiro se olhando no espelho.

Sara se virou para os pais, completamente maravilhada. Ela reconheceu a garota na capa do livro e na mesma hora começou a folhear as páginas, procurando as ilustrações que sabia que estariam escondidas ali.

— Ei, vai com calma, pequena — disse Hopper, pegando as mãos de Sara com delicadeza para guiá-la em um ritmo menos frenético.

Ele ajustou o livro diante dela e voltou para a página do título.

— *Alice através do espelho e o que ela encontrou por lá* — leu ele, delineando as palavras com o dedo.

— Alice! — Sara quase berrava. — Eu gosto muito da Alice, porque ela tomou chá com a rainha e o gato e caiu naquele buraco.

Diane fazia carinho no cabelo de Sara.

— Isso mesmo, meu amor! Ela tem outra história. O papai pode começar a ler para você hoje à noite.

Sara se contorceu para olhar para o pai.

— Posso ir para a cama agora para você começar a ler?

— Melhor não, ou vai virar um vovozinho, que nem o papai.

Sara riu.

Diane se recostou em Hopper.

— Acho que nunca li esse livro.

— Ela gostou tanto do primeiro, não gostou? Você também, pelo que me lembro agora.

Diane apertou o ombro de Hopper.

— Talvez eu acabe ouvindo junto.

Sara virou o livro para mostrar a contracapa, então o envolveu nos braços e o pegou pelas beiradas com as duas mãos.

— Acho que o papai pode começar a ler agora. Porque dá para ler livros a qualquer hora do dia, não precisa ser só na hora de dormir.

Hopper mordeu o lábio.

— Sabe, ela tem razão.

— Tem mesmo — reconheceu Diane.

— Certo — disse Hopper, endireitando-se e colocando Sara de volta em seu colo. — Chega mais, chega mais, que é hora de uma história de Natal. — Ele hesitou — Bom, uma história contada no Natal, não uma história de Natal...

— Para de enrolar, pai!

— Ih, plateia difícil! — brincou Hopper.

Ele abriu o livro e, com a filha no colo e a esposa ao lado, começou a ler.

Agradecimentos

Meus agradecimentos a Tom Hoeler, editor extraordinário, pelo trabalho intenso, entusiasmo incessante e competências superlativas. Tom, Elizabeth Schaefer e a equipe toda da Del Rey não pouparam esforços, e sou eternamente grato por me darem a oportunidade de trabalhar em um projeto tão empolgante — um projeto que não existiria se não fossem a imaginação e a visão dos irmãos Duffer e da Netflix, que criaram todo um universo e tiveram a gentileza de me deixar brincar com ele. Agradeço também a Paul Dichter os conselhos e ideias.

Meus sinceros agradecimentos à minha agente, Stacia Decker, da Dunow, Carlson & Lerner. Agradeço também a David M. Barnett, Bria LaVorgna, Cavan Scott e Jen Williams o apoio e a Martin Simmonds o desenho maravilhoso da Eleven, pendurado na parede do meu escritório. Um agradecimento especial a Jason Fry e a Greg Prince, pelo conhecimento profundo de beisebol em 1977, e a Greg Young e a Tom Meyers, do podcast *The Bowery Boys: New York City History*, pela assistência na pesquisa.

Poder agregar à mitologia de uma série como *Stranger Things* é uma honra e tanto, e não seria a mesma coisa sem David Harbour e Millie

Bobby Brown, que deram vida a Jim Hopper e a Eleven de forma brilhante. Espero ter feito justiça a seus personagens.

Enfim, agradeço a minha esposa, Sandra, a paciência infinita, o amor e o incentivo quando mais precisei. Este livro é para você.

1ª edição	FEVEREIRO DE 2020
reimpressão	DEZEMBRO DE 2025
impressão	CORPRINT
papel de miolo	PÓLEN NATURAL 70 G/M²
papel de capa	CARTÃO SUPREMO ALTA ALVURA 250 G/M²
tipografia	ELECTRA